ullstein

Piper Rayne

Falling for my Brother's Best Friend

Roman

Aus dem Amerikanischen
von Cherokee Moon Agnew

Ullstein

Besuchen Sie uns im Internet:
www.ullstein.de

MIX
Papier
FSC® C083411

Deutsche Erstausgabe im Ullstein Taschenbuch
1. Auflage März 2021

Die amerikanische Originalausgabe erschien 2019 unter dem
Titel: *Falling for my Brother's Best Friend*

Umschlaggestaltung: zero-media.net, München
Titelabbildung: © FinePic®, München
Gesetzt aus der Quadraat Pro powered by pepyrus.com
Druck- und Bindearbeiten: CPI books GmbH, Leck
ISBN 978-3-548-06468-0

Kapitel 1

SAVANNAH

Mittwochmorgen schleiche ich nur mit einem Handtuch bekleidet über den Flur, schlüpfe in mein Zimmer und schließe vorsichtig die Tür, bevor ich endlich ausatme. Hoffentlich habe ich Liam nicht geweckt.

Sich geräuschlos fertig zu machen ist schwieriger, als Grandma Dori beim Dart-Abend aus Lucky's Tavern zu schleifen. Die letzten Tage habe ich es geschafft, Liam aus dem Weg zu gehen, indem ich immer das Haus verlassen habe, bevor er aufgewacht ist. Und ich habe nicht vor, ihm heute zu begegnen.

Langsam schiebe ich die Kleiderbügel über die Metallstange und suche das weiteste Outfit aus, das mein Schrank hergibt. Nach Austins Hochzeit letzten Samstag – dem heißesten Tag seit drei Jahren – bin ich immer noch total vollgefressen. Nachdem ich mich angezogen habe, bürste ich mein langes blondes Haar und hoffe, es trocknet schnell genug, damit ich mir irgendeine Art von Dutt machen kann, bevor ich gehe.

Ich mache das Bett, hänge das nasse Handtuch an den Haken an der Tür, schnappe mir ein passendes Paar High Heels und schließe den Schrank. Ich will gerade gehen, mache aber noch mal kehrt, um eine Falte auf der Bettdecke glattzustreichen.

Langsam drehe ich den Türknauf, halte aber abrupt inne, als ich aus dem Flur Geräusche höre. Jemand seufzt laut und benutzt bei geöffneter Tür die Toilette am Ende des Korridors. Meine Schultern sacken vor Erleichterung zusammen. *Denver*.

Ich werfe einen Blick durch den Türspalt und beobachte, wie er gähnend und noch halb schlafend aus dem Badezimmer kommt und sich im Schritt kratzt.

Etwas, das jede Schwester unbedingt sehen will.

Er geht zurück in sein Zimmer und schließt die Tür.

Ich schlüpfe aus meinem Zimmer, schleiche so schnell wie möglich mit den High Heels in der Hand über den Flur, steige die Treppe hinunter und gelange in die Küche. Ich stelle meine Schuhe zusammen mit meiner Handtasche und meiner Laptoptasche auf den Konsolentisch beim Eingang, lege vorsichtig die Schlüssel daneben und schnappe mir schnell etwas zu essen, bevor ich endlich abhauen kann.

Ich will mir gerade einen Joghurt aus dem Kühlschrank nehmen, als ich höre, wie sich die Haustür öffnet und schließt. Mir läuft es eiskalt den Rücken hinab. Er ist schon wach und schläft nicht in seinem Zimmer, wie ich gehofft hatte. Ich schließe den Kühlschrank und drehe mich um.

»Aaaahhhh!« Vor Schreck mache ich einen Satz rückwärts, denn ich habe nicht damit gerechnet, dass sich der große Kerl bereits gegen den Tresen lehnt, die Arme vor der Brust verschränkt.

Verdammt.

»Guten Morgen, Savannah«, sagt Liam arrogant grinsend.

»Lass das.« Ich ziehe den Joghurtdeckel ab und beäuge die Besteckschublade, die er gerade blockiert.

Genau aus diesem Grund habe ich versucht, mich davonzuschleichen. Liam Kelly ist der beste Freund meines Bruders, der Fluch meines Lebens und leider viel zu heiß. Außerdem ist er für unbestimmte Zeit mein Vermieter, denn die Versicherung lässt sich nach dem Wasserschaden verdammt viel Zeit mit der Renovierung meines Hauses.

»Was denn?«, fragt er.

»Diesen Gesichtsausdruck.«

»Welchen Gesichtsausdruck?«

Die Situation ist so unangenehm, dass ich am liebsten schreien würde.

Wie viele Leute gabeln auf Hochzeiten jemanden auf? So etwas passiert häufig. Es ist also nichts Besonderes, dass wir nach Austins und Hollys Trauung miteinander rumgemacht haben.

»Dieser Gesichtsausdruck, als hättest du deine Beute in die Enge getrieben«, erwidere ich.

»Und du denkst, du wärst meine Beute?«

»Nein.« Wieder beäuge ich die Schublade.

Er folgt meiner Blickrichtung und grinst noch breiter.

Sein T-Shirt ist verschwitzt und klebt an seinem muskulösen Körper, was bedeutet, dass er früh aufgestanden ist, um Sport zu machen. Normalerweise lässt er seine Zimmertür immer offen, wenn er nicht da ist. Doch sie war definitiv zu, als ich eben nach unten gegangen bin. Hat er das hier extra eingefädelt, um darüber zu sprechen, was Samstagabend passiert ist?

Mein Blick fällt auf den Plastikstrohhalm auf der Küchentheke, daneben eine Essensbox. Denver. Aber den Strohhalm könnte ich eventuell für meinen Joghurt benutzen.

»*Willst* du denn meine Beute sein?«, fragt er.

»Nein. Warum sollte ich das wollen?«

»Es schien dir zu gefallen, neulich.«

Ich schnappe nach Luft. »Das war ein Fehler. Ein *betrunkener* Fehler.«

»Ich war nicht betrunken.«

Ich mache einen Schritt auf die Schublade zu und verlagere das Gewicht auf ein Bein. Er könnte ein Gentleman sein und beiseitetreten, doch er tut es nicht.

»Und ich glaube, du warst auch nicht betrunken«, fährt er fort.

Ich starre in seine strahlend blauen Augen, bevor mein Blick über seine tätowierten Arme wandert, die im Moment nicht von seinem *Smokin' Guns Tattoo Shop*-Shirt bedeckt werden. Ich erinnere mich noch, wie er diese T-Shirts beim letzten Gründertag mit einer Kanone in die Menge geschossen hat. Sie waren ein Hit – wie alles, was er hier in Lake Starlight macht. Egal, ob jung oder alt – die Leute lieben ihn.

»Es spielt keine Rolle, ob ich betrunken war oder nicht. Das ändert gar nichts. Wir sind nicht …«

»Erspar mir den Vortrag. Ich habe mir alles ganz genau eingeprägt.« Er drückt sich vom Tresen ab, das Blau seiner Augen funkelt frech. »Tatsache ist, dass du mir nicht widerstehen konntest.«

Liam Kelly könnte nicht überzeugter von sich sein. Ja, er ist heiß. Doch wenn er denkt, ich würde mit ihm schlafen, nur um danach wie eines seiner Fangirls weggeworfen zu werden, hat er sich geschnitten.

Ich öffne die Schublade, schnappe mir einen Löffel und schlage sie zu. Dann schnelle ich zu ihm herum. »Was willst du von mir?«

Er schlägt die Zeitung auf, die auf der Küchentheke liegt, und setzt sich auf einen Hocker. »Nichts, Savannah. Genau das ist dein Problem. Immer denkst du, alle würden was von dir wollen.«

Das soll wohl ein Witz sein.

»Weil es so ist. Immer braucht oder will jemand was von mir. Seit ich neunzehn bin, ist es entweder Bailey Timber, Austin, Grandma Dori oder diese Stadt. Willst du die Liste von Leuten sehen, die von mir abhängig sind?« In meiner Handtasche piept mein Smartphone, als wollte es mir zustimmen. Ich muss gar nicht nachsehen, um zu wissen, dass wieder *jemand* etwas von mir *will*.

Cool und gelassen liest er weiter seine Zeitung, während ich innerlich brodle. Er hat keine Ahnung, wie es ist, als zweitälteste Bailey so viel Verantwortung zu tragen. Die Bailey, die dazu auserwählt wurde, das Familienunternehmen zu führen. Ich kann mich nicht mal mehr daran erinnern, wer ich war, bevor meine Eltern gestorben sind.

»Ich habe doch gesagt, dass ich nichts will«, sagt er, nachdem ich ihn eine gefühlte Minute lang mit meinem Blick durchbohrt habe.

»Du lügst.« Ich schiebe mir einen Löffel Joghurt in den Mund.

Er senkt die Zeitung. »Du hast recht. Ich lüge. Ich will, dass du zugibst, dass du am Samstag nicht betrunken warst.«

Ich werfe die Hände in die Luft. »Ernsthaft? Was kümmert es dich?«

Er lässt die Zeitung fallen und lehnt sich zurück. Wieder lasse ich den Blick über seinen Körper schweifen und versuche, nicht daran zu denken, wie es war, seine Hände auf mir zu spüren.

»Es wäre schön, wenn du einmal ehrlich zu dir selbst wärst«, erwidert er.

»Warum? Damit du dich besser fühlst? Willst du jetzt von kichernden Mädchen auf Frauen mit Klasse umsteigen?« Ich schiebe mir einen weiteren Löffel Joghurt in den Mund.

Er verengt die Augen zu Schlitzen. »Du weißt, was das am Samstag war. Sag mir, dass es dir nicht gefallen hat.«

Ich schlecke den Löffel ab und stecke ihn in die Spülmaschine, bevor ich den Joghurtbecher wegwerfe. »Was war es denn? Ich habe fluchtartig das Zimmer verlassen, falls du dich daran erinnern kannst.«

Ich zettle gerade einen Streit an, den ich nicht gewinnen kann. Wir sind nicht betrunken ins Bett gefallen und haben uns gegenseitig die Klamotten vom Leib gerissen. Wir haben heftig miteinander rumgemacht wie zwei geile Teenager. Seither muss ich immer wieder an seine Worte denken. Wie er meinen Körper bewundert hat. Aber ich lebe nicht in einer Märchenwelt, in der es die *eine* Frau schafft, Liam zu ändern.

»Wenn ich dir das sagen muss, bist du es nicht wert.«

Seine Worte treffen mich – wie beabsichtigt. Liam sagt selten etwas, ohne vorher intensiv darüber nachzudenken. Darin unterscheidet er sich von meinen Brüdern. Sie mögen vielleicht die besten Freunde sein, doch Denver und Rome sagen immer, was sie denken, ohne über die Konsequenzen nachzudenken. Doch Liam wählt seine Worte weise.

Ich seufze, als mein Handy erneut piept. »Na schön. Ich muss jetzt zur Arbeit.« Ich schlüpfe in meine High Heels, schultere meine Handtasche und krame mein Smartphone hervor.

»Das ganze Gewicht lastet auf dir, was? Du bist verantwortlich für den Erfolg.« Er hat mir den Rücken zugedreht, sein Shirt ausgezogen und überprüft den Inhalt des Kühlschranks.

Wie angewurzelt stehe ich da und starre ihn an. Meine Schultern sacken zusammen, und meine Bissigkeit ist auch dahin. Ich hasse es, dass wir so miteinander umgehen. »Du verstehst es einfach nicht … Die Firma und die Familie. Grandma Do …«

»Keine Sorge, Sav. Ich bin schon ein großer Junge.« Er hebt die Hand, immer noch mit dem Rücken zu mir. »Hab einen schönen Tag.«

Ich fühle mich besiegt. Ich wünschte, ich könnte die Distanz zwischen uns überwinden, die Hände auf seine Hüften legen, seinen Rücken küssen, das Salz auf seiner Haut schmecken und meine Zunge über seine Tattoos gleiten lassen. Stattdessen mache ich auf dem Absatz kehrt und knalle die Tür hinter mir zu.

Wieder piept mein Handy.

»Um Himmels willen. Wer will jetzt schon wieder was von mir?«, schreie ich und bin froh, dass Liam keine Nachbarn hat.

Doch meine Wut verschwindet, als ich die Nachricht öffne und ein Foto von meiner Schwester und Wyatt sehe, wie sie in einer Kapelle in Las Vegas stehen, die linken Hände gehoben. In typischer Brooklyn-Manier schreibt sie *Rate mal*, gefolgt von einer weiteren Nachricht.

BROOKLYN: Zeit, eine Hochzeitsfeier zu planen, Trauzeugin. YAY!

Ich starre auf mein Handy, bevor ich einen letzten Blick zurück aufs Haus werfe. Liam wäre perfekt, um mich von der Tatsache abzulenken, dass ich einsam sterben werde, nachdem ich miterlebt habe, wie meine Geschwister nacheinander ihr Happy End gefunden haben.

Kapitel 2

LIAM

Als die Tür hinter Savannah ins Schloss fällt, knalle ich frustriert den Kühlschrank zu.

»Hui, was hat der Ketchup dir nur angetan?« Denver betritt die Küche. Er trägt nur Boxershorts, und sein Haar steht in alle Himmelsrichtungen.

Es ist das erste Mal, dass ich ihn seit der Hochzeit sehe. Wahrscheinlich hat er den Tag danach und auch die Nacht mit jemandem im Bett verbracht. Mein Freund ist großartig, aber er muss endlich sein Leben auf die Reihe kriegen.

»Kaffee?«, frage ich, um das Thema zu wechseln. Savannahs To-go-Becher steht noch neben der Kaffeemaschine. *Zwing mich nicht dazu, dich damit zu bewerfen* steht in Mädchenhandschrift darauf. Juno lässt keine Gelegenheit aus, ihre Schwester mit ihrem Fauxpas aufzuziehen, und Savs Geburtstag war keine Ausnahme.

»Auf jeden Fall.« Denvers Kopf fällt auf den Tisch.

Ich fülle unsere Tassen und setze mich mit der Zeitung

neben ihn. »Zuerst verschwindest du von der Hochzeit, und dann tauchst du erst gestern Nacht wieder auf?«

Er hebt den Kopf und grinst.

»Wer war sie?«, frage ich.

»Eine Wiederholung.«

Im Kopf gehe ich die Gästeliste durch. Es ist schwierig, die Möglichkeiten einzugrenzen, denn es war die erste Bailey-Hochzeit, und die ganze Stadt war anwesend. Doch dann erinnere ich mich an eine kleine Brünette. »Mindy?«

Sein Grinsen wird breiter, und er nippt an seinem Kaffee. »Sie liebt es immer noch, wenn ich ...«

Ich hebe die Hand. »Wir sind keine verzweifelten, geilen Sechzehnjährigen mehr.«

»Bist du etwa nicht geil?«

Ich hebe eine Augenbraue.

»Sieh mich nicht so an. Ich verstehe, dass du dich zurückhältst, weil Savannah jetzt hier wohnt, aber deine Dürreperiode hat schon vorher begonnen.« Er nimmt noch einen Schluck von seinem Kaffee.

Wie erkläre ich ihm, dass ich mich bewusst gegen Sex entschieden habe und nicht, weil ich *muss*? Und dass es erst sechsunddreißig Stunden her ist, dass ich eine Frau in meinem Bett hatte? Und dass diese Frau seine Schwester war?

Savannah ist wie ein juckender Mückenstich auf meinem Rücken, an den ich nicht rankomme. Ich bin nicht gerade glücklich darüber, dass ich mich immer noch darüber ärgere, dass sie am Samstag einfach aus meinem Zimmer gestürmt ist, als wir miteinander rumgemacht haben. Wir waren nur Sekunden davon entfernt, den Durst zu stillen, den wir schon so lange verspüren. Savannah mag es vielleicht abstreiten, aber ich weiß genau, dass das, was sich da zwischen uns zusammenbraut, nicht einfach wieder verschwinden wird.

»Ich habe keine Zeit. Zu viel zu tun im Tattoo-Studio.« Ich stehe auf, um den Rest meines Kaffees wegzuschütten. Dann gehe ich jetzt eben in den Laden und mache die Buchhaltung, bevor wir später öffnen.

»Schon witzig.« Denver stellt sich neben mich ans Waschbecken. »Als ich bei Mindy zu Hause war, dachte ich …«

»Du hast im Haus ihrer Eltern mit ihr geschlafen?« Ich dachte, Mindy wäre nach Vancouver gezogen.

»Sie wohnt über der Garage.« Er zuckt mit den Schultern und stellt seine Tasse in die Spüle, während ich meine in die Spülmaschine räume.

»Hast du zusammen mit ihren Eltern gefrühstückt?«

»Nein«, erwidert er schnaubend. »Wir sind im Bett geblieben. Hör auf, vom Thema abzulenken.«

»Aber es ist so einfach, dich vom Thema abzubringen.« Ich nehme seine Tasse und stelle sie ebenfalls in die Spülmaschine, denn wir wissen beide nur zu genau, dass er es nicht machen wird.

»Haha. Also … Du und Savannah …? Buzz Wheel hat über euch berichtet.«

Natürlich hat Buzz Wheel über uns geschrieben, nachdem wir gemeinsam Austins Hochzeit verlassen haben. Ich hasse diesen Klatsch-Blog. »Ich habe sie nach Hause gefahren.«

»Gut. Ich will kein Arsch sein und dir verbieten, was mit meiner Schwester zu haben, aber ich hoffe, deine Dürreperiode ist nicht ihretwegen.«

»Du spinnst doch. Ich muss jetzt duschen.« Ich gehe zur Treppe.

»Gehst du mir etwa aus dem Weg?«, ruft er mir hinterher.

»Ich habe deine Frage bereits beantwortet«, erwidere ich, bevor ich meine Zimmertür schließe. Jetzt, da ich allein bin, versuche ich, seine Worte zu verdrängen, doch beim Anblick meines Betts muss ich unweigerlich an sie denken. Wie sich ihr Körper an meinem angefühlt hat. Wie weich ihre Haut war. Der blumige Duft ihres Haars. Ihre geschwollenen Lippen und liebestrunkenen Augen. Ich muss sie mir unbedingt aus dem Kopf schlagen. Egal, wie.

Nachdem ich mich ausgezogen habe, gehe ich ins Bad und putze mir die Zähne, während ich darauf warte, dass das Wasser in der Dusche warm wird.

Jetzt denkt Denver vielleicht noch, dass es für ihn in Ordnung wäre, wenn ich mit seiner Schwester rummache, aber er ist einer, der sich erst im Nachhinein eine Meinung bildet. Und genau so wäre es auch bei dieser Sache. Vor allem, da seine Schwester denkt, ich wäre nicht gut genug für sie.

• • •

Wollt ihr wissen, was richtig beschissen ist? Wenn man ein Problem mit einer Frau hat, aber nicht mit seinen zwei besten Freunden darüber reden kann, weil sie die Brüder der besagten Frau sind, die man nicht aus dem Kopf kriegt.

Ich betrete Smokin' Guns, schließe die Tür und lasse die Jalousien zu, damit mich keiner nervt. Nach der Konfrontation mit Savannah heute Morgen bin ich immer noch sauer. Ich brauche jetzt ein wenig Zeit für mich. In meinem Büro im hinteren Teil des Ladens bin ich nur wenige Minuten allein mit meiner Musik, bevor die Türglocke klingelt.

»Liam!«, ruft Rhys. Er betritt das Büro, bevor ich ihm sagen kann, wo ich bin. Als meine rechte Hand weiß er, was ich jeden Montagmorgen mache. »Was geht ab?«

Er lehnt sich gegen den Türrahmen und verschränkt die Arme vor der Brust. Rhys ist ein eher untypischer Tätowierer, denn er hat keinen Tropfen Tinte unter der Haut. Mit seinen ausgelatschten Vans und ausgewaschenen Jeans und T-Shirts sieht er aus wie ein Skater.

»Nicht viel.« Ich lasse den Stift fallen und rolle mit dem Stuhl zurück. »Wie war das Wochenende in der Heimat?«

»Gut. Seattle hat sich verändert. Ich bin noch nicht sicher, ob das gut oder schlecht ist.«

Rhys ist ein Zugezogener. Ich weiß nicht viel über ihn, nur, dass er eines Tages in meinem Laden aufgekreuzt ist und gefragt hat, ob ich einen Mitarbeiter brauche. Er führt ein ruhiges Leben und wohnt mit seinem Hund am Stadtrand. Wir waren schon ein paar Mal zusammen campen und fischen. Verglichen mit Denver und Rome ist er ziemlich in sich gekehrt.

»Inwiefern?«

Er zuckt mit den Schultern. »Es ist einfach anders,

schätze ich. Viele neue Wohnhäuser. Die Leute sind gezwungen, in die Vororte zu ziehen, weil sie sich die Mieten in der Innenstadt nicht mehr leisten können. Aber inzwischen gibt es überall Tattoo-Studios. Vielleicht solltest du eine Zweigstelle eröffnen.« Er grinst, denn jeder, der mich auch nur ein bisschen kennt, weiß, dass ich Lake Starlight niemals verlassen und aus Smokin' Guns ein Franchise-Unternehmen machen werde.

»Vielleicht solltest du einen Laden eröffnen?« Ich hebe eine Augenbraue.

Er bricht in schallendes Gelächter aus. Ich weiß, er ist verdammt schüchtern. Außerdem hat er keine Tattoos. Manche Leute würden sagen, er sei kein richtiger Tattoo-Künstler, weil er nicht weiß, wie es ist, selbst eins zu bekommen. Doch ich gehöre nicht zu diesen Menschen. Glück für ihn. Er ist ein großartiger Künstler. Das ist alles, was für mich zählt.

»Ich fände es besser, wenn *du* eine Zweigstelle eröffnen würdest.«

Ich muss lachen. »Warum bist du schon hier?«

»Ich wollte ein paar Skizzen anfertigen.«

»Warum machst du das nicht bei dir zu Hause?«

Wieder zuckt er mit den Schultern. Er ist kein Mann vieler Worte. »Wie war die Hochzeit?«

Okay, ich verstehe. Er will jetzt nicht über sich sprechen. »Super.«

»Super, was? Wurdest du endlich flachgelegt?« Er lacht.

»Das geht dich überhaupt nichts an.«

Er nickt und drückt sich vom Türrahmen ab.

Doch Rhys ist jemand, dem man vertrauen kann. Und ich muss unbedingt mit jemandem reden, bevor ich noch durchdrehe. »Hey, Rhys?«

Er dreht sich um. Sein Grinsen sagt alles. Die Gerüchte haben sich schon verbreitet, obwohl wir sehr vorsichtig waren, als wir die Hochzeit verlassen haben.

»Was erzählt man sich?«, frage ich.

»Nichts. Ich weiß nur, dass es entweder heiß oder kalt ist, wenn du mit Savannah Bailey in einem Raum bist. Vergiss nicht, dass ich dabei war bei dem Amsel-Tattoo.«

An dem Abend, als sie hereinkam und mich um ein Tattoo zu Ehren ihrer Eltern gebeten hat, hatte ich einen Tunnelblick. Wenn ich daran zurückdenke, bin ich immer noch erstaunt, dass sie mir vertraut hat, ihre Haut für immer mit Farbe zu versehen. »Die Wahrheit?«

Wieder lehnt er sich gegen den Türrahmen. »Immer.«

»Ich habe sie nach Hause gebracht, wir haben miteinander rumgemacht, und jetzt kriege ich sie nicht mehr aus meinem Kopf. Und da wir zusammenwohnen, verbringe ich die meiste Zeit außerhalb meines Hauses oder in meinem Schuppen.« Ich klinge gerade viel zu verletzlich. Wie ein Mädchen.

Rhys hört auf zu grinsen. »Du musst dich entscheiden, ob du versuchen willst, sie zu erobern. Entweder gibst du jetzt alles, oder du lässt es.«

»Das klingt so einfach.« Ich fahre mir durch mein dunkles Haar und reibe mir den Nacken. Ich wünschte, meine Verspannungen würden verschwinden.

»Glaub mir. Ich weiß, dass es nicht einfach ist. Aber

so geht es nicht weiter. Es ist nicht gut für dich, so in der Schwebe zu sein, Mann. Wenn es mit euch nicht klappt, musst du dein Leben weiterleben.« Er verschränkt die Arme, und ich frage mich, was ihn nach Lake Starlight geführt hat. Es klingt, als würde er aus Erfahrung sprechen.

»Sie ist die Schwester meiner besten Freunde.«

»Genau.«

»Was bedeutet, dass ich ihr nicht für immer aus dem Weg gehen kann.«

»Du *willst* nicht.« Er durchbohrt mich mit seinem Blick, als wollte er sagen *Sag mir, dass ich falschliege*.

»Was soll ich denn machen? Sie rausschmeißen und andere Frauen daten?«

Er tippt sich an die Nase, als hätte ich gerade die korrekte Antwort geliefert.

»Ich kann sie nicht rauswerfen. Ihre Grandma würde mir die Eier abreißen. Bist du Grandma Dori schon mal begegnet?«

Er lacht leise. »Dann mach das, was du machen *kannst*. Triff dich mit anderen Frauen. Schlag sie dir aus dem Kopf. Ich verstehe, dass die Situation nicht ideal ist. Dass ihr zusammenwohnt. Aber wenn sie dich auf Abstand hält, kann sie nicht von dir erwarten, dass du in deinem eigenen Haus lebst wie ein Priester.«

Ich denke über seine Worte nach. Vielleicht hat er recht. Vielleicht nehme ich zu viel Rücksicht auf Savannah.

»Oder du überzeugst sie davon, mit dir zu schlafen. Du willst eh keine feste Beziehung, oder?«

Seine Frage wirft mich ein wenig aus der Bahn. Ich hatte

noch nie eine feste Freundin, aber ich hätte auch nichts dagegen, eine zu haben. Ich habe nur noch keine Frau gefunden, die ich fest in meinem Leben will. Ich lebe allein, seit ich achtzehn bin. Sie müsste wirklich umwerfend sein, damit das passiert.

Ich kann jedoch nicht abstreiten, dass ich schon mal darüber nachgedacht habe, nur mit Savannah zu schlafen. »Ich glaube, ihre Brüder hätten was dagegen, wenn ich nur mit ihr ins Bett steigen würde.« Ich hebe eine Augenbraue.

»Müssen sie es denn wissen?«

»Eigentlich nicht. Vielleicht hast du recht.«

Frech grinsend drückt er sich wieder vom Türrahmen ab. »Ich habe eigentlich immer recht.«

»Bist du deshalb nach Alaska abgehauen? Um zu beweisen, dass du immer recht hast?«

»Nein. Mir wurde nur die Aussicht zu langweilig.« Er geht zum Empfangstresen, der aus irgendeinem Grund sein Lieblingsplatz zum Zeichnen zu sein scheint.

Ich tippe auf meinem Handy auf Play, und *Call You Mine* von The Chainsmokers erklingt über den Bluetooth-Lautsprecher.

Rhys kommt zurück und schnappt sich mein Smartphone. »Wenn du dir das oft genug angehört hast, glaubst du es womöglich noch.«

Dann macht er *Get Lucky* von Daft Punk an, tätschelt mir die Schulter und verlässt den Raum.

Vielleicht war er Therapeut, bevor er nach Lake Starlight gekommen ist. Jedenfalls werde ich tun, was er sagt. Entweder werde ich mit ihr schlafen, oder ich werde mich mit so vielen Frauen treffen, bis ich nicht mehr weiß, wie Savannah Bailey halb nackt aussieht.

Kapitel 3

SAVANNAH

»Du bist heute aber schlecht drauf.« Juno sitzt mir im Lucky's gegenüber und nippt an ihrem neuen Lieblingsdrink – Malibu Cola.

Sie trinkt jedes Mal, wenn wir hier sind, etwas anderes. Zum Glück ist Colton noch nicht hier. Doch ich rechne jede Sekunde mit ihm.

»Ich bin nicht schlecht drauf.« Ich nehme einen Schluck von meinem Wein. Dank Holly, die uns mit Weißwein versorgt, kenne ich jetzt alle Sorten. Im Moment schwanke ich zwischen Riesling und Moscato.

»Doch, bist du. Und ich glaube, es hat etwas mit dem Typen am Billardtisch zu tun.«

Ich weigere mich hinüberzusehen. »Nun ja, unsere Brüder bringen mich regelmäßig auf die Palme.«

»Vor allem Denver«, erwidert sie, ohne darauf zu bestehen, dass ich nachsehe, mit wem er hier ist. Ich sehe Liam sowieso oft genug. Ich habe ihn heute Morgen gesehen, heute Abend, bevor ich hierhergekommen bin, und ich werde ihn auch heute Nacht sehen, bevor ich ins Bett gehe. Das reicht. »Vielleicht liegt es nicht an dem Typen, sondern an dem Mädel, das er dabeihat?« Sie tippt sich an die Lippen, als würde sie darüber nachdenken.

»Ist mir egal. So lange ich nachts nicht hören muss, wie sie Denvers Namen seufzt.«

»Ich glaube, es wird nicht Denvers Name sein, den du heute Nacht hören wirst.« Ihre roten Lippen legen sich um den Strohhalm, während sie das Geschehen hinter mir beobachtet.

Ich werfe einen Blick über die Schulter. Liam schenkt seine Aufmerksamkeit einer Frau mit Minirock, die an einem Tisch neben dem Billardtisch sitzt. Denver macht sich an ihre Freundin ran. Am liebsten würde ich die Augen verdrehen, doch ich kann mich gerade noch rechtzeitig zusammenreißen.

»Wie wäre es ... wenn ich dich verkuppeln würde?«, fragt Juno. »Ich bin auf der Suche nach einer echten Herausforderung.«

Ich schürze die Lippen. »Ich bin eine Herausforderung?«

»Du bist nicht gerade Mary Poppins.«

Ich lege den Kopf schief. »Ist Mary Poppins denn wirklich so nett? Ich finde, sie ist ziemlich streng.«

»Das sagt man so, Sav.«

Ich setze mein Weinglas ab und lasse meinen Nacken knacken, als das Mädchen am Billardtisch so laut lacht, dass mir beinahe das Trommelfell platzt. Jetzt bluten mir bestimmt die Ohren. »Ich habe keine Zeit für einen Mann. Ich muss Brooklyns Hochzeitsfeier planen. Wann kommen sie noch mal zurück?« Ich drehe mein Weinglas zwischen den Fingern.

»Sie meinte, sie kämen morgen zurück. Wundert mich nicht, dass sie durchgebrannt sind, nachdem Du-weißt-schon-Wer sie vorm Altar hat stehen lassen. Aber ich kann dir helfen mit der Organisation.«

Ich nicke. »Wyatts Eltern kommen hergeflogen. Die Feier wird in zwei Wochen stattfinden.«

Brooklyn ist die Einzige, die das für machbar hält. Hoffentlich meint sie mit klein auch wirklich *klein*. Nicht wie Austins und Hollys »kleine« Hochzeit, zu der sie ganz Lake Starlight eingeladen haben.

»Wenigstens kannst du es dann schnell von deiner To-do-Liste abhaken.«

Ich verdrehe die Augen.

»Komm schon. Du musst auch mal ein wenig Spaß haben. Ich weiß, dass ich einen guten Kerl für dich finden werde. Das ist mein Job.«

Wieder spähe ich über meine Schulter. Die Frau drückt förmlich ihre Möpse gegen Liams Brust. Er hat die Beine gespreizt, in einer Hand hält er den Queue, in der anderen ein Bier. Offensichtlich ist Liam über das, was letztes Wochenende passiert ist, bereits hinweg. Wie ich vermutet habe.

Ich seufze. Um ehrlich zu sein, könnte ich ein wenig Ablenkung gut gebrauchen, wenn ich schon mit ansehen muss, wie sich Liam durch die Stadt vögelt. Wenigstens, bis ich endlich ausziehen kann. »Probier's, wenn du denkst, du könntest jemanden finden, den ich mag. Aber er muss mit der Tatsache zurechtkommen, dass ich Firmenchefin bin.

Ich arbeite viel und sehe es nicht ein, deshalb ein schlechtes Gewissen zu haben. Ich habe familiäre Verpflichtungen.«

Als sie anfängt zu lachen und der Malibu-Drink aus ihrem Mund quillt, höre ich auf, meine Bedingungen aufzuzählen. Ich schwöre bei Gott. Wenn sie mich anspuckt, weil sie sich nicht zusammenreißen kann …

»Schon verstanden, Schwesterherz. Du willst also einen Kerl, der akzeptiert, dass du ein Workaholic bist und aufgrund deines vollen Terminkalenders regelmäßig Dates absagst?«

»Ganz genau.« Ich führe das Weinglas an die Lippen.

»Und du hältst dich nicht für einen schwierigen Fall«, erwidert sie trocken.

»Wo findest du überhaupt die ganzen Leute, die sich von dir verkuppeln lassen wollen?«, frage ich.

Sie zuckt mit den Schultern. Ihre Geheimnisse gibt sie nicht gern preis. Juno ist der festen Überzeugung, ihre Fähigkeiten als Kupplerin von unseren Vorfahren geerbt zu haben. Der Rest von uns hatte – oder hat – damit zu kämpfen, den Richtigen oder die Richtige zu finden, doch Juno …

»Hey, Ladys«, sagt Colton und setzt sich zu uns in die Sitzecke. Junos bester Freund lächelt mich an, blickt dann zu Nate an der Bar und hebt die Hand.

»Colton, wie läuft's mit dem Praktikum?« Ich nippe an meinem Wein und richte mich gerader auf, als wäre das, was mir Colton gleich erzählen wird, das Interessanteste, was ich heute Abend zu hören bekomme. Ich bin für alles dankbar, was mich von dem schrillen Gelächter hinter mir ablenkt.

»Gut. Du kennst ja Dr. Murray. Ein Prinzipienreiter. Heute kam Mrs Klein mit ihrer Katze in die Praxis ...«

Coltons langweilige Geschichte über sein Dasein als Praktikant in einer Tierarztpraxis rückt in den Hintergrund, als Liams tiefe Stimme an mein Ohr dringt und mir Gänsehaut bereitet. Er bettelt Denver um eine weitere Runde an. Nur noch ein Spiel, bevor sie gehen.

Und das hieße, zu uns, ähm, zu ihm nach Hause? Ich rüge mich innerlich und mache mir eine gedankliche Notiz, den Handwerkern, die meine Wohnung renovieren, morgen Beine zu machen. Ich kann mich überhaupt nicht mehr konzentrieren. Nicht mal mehr auf meine Arbeit. Mit Liam zusammenzuleben ist keine Option mehr. Aber wenn ich gehe, gebe ich mich geschlagen. Ich sehe schon sein arrogantes Grinsen vor mir, wenn er mir hilft, auch noch den letzten Karton in mein Auto zu laden.

Scheiß auf ihn.

»Pärchen?« Die Stimme der Frau ist so fürchterlich wie die von Janice von *Friends*. Ich kann unmöglich die Einzige sein, die davon genervt ist.

»Perfekt«, sagt Denver. »Darf ich mir meinen Partner aussuchen?«

Als mich Colton ansieht, schüttle ich lächelnd den Kopf und tue so, als würde ich immer noch zuhören. Schön, dass Juno seine Tiergeschichten so sehr liebt, aber da ich sowieso kein großer Tierfreund bin, finde ich seine Storys nicht sonderlich faszinierend.

»Und dann fängt die Katze an zu pinkeln, und Mr Dweedles Hund, der Schäferhund ...«

Ich kann unmöglich länger hier sitzen. Mein Körper ist voller nervöser Energie. Ich brauche dringend Bewegung.

»Wer will mein Partner sein?«, ruft Denver.

Ich stehe auf, ohne darüber nachzudenken. »Ich bin dabei.«

»Was? Sav?«, jammert Juno, doch ich habe keine Kontrolle über meinen Körper, während ich auf den Billardtisch zugehe.

Liam grinst wie immer und nimmt einen Schluck von seinem Bier. Kurz denke ich, ich wäre in eine Falle getappt, doch so ist er nun mal. Er säuft, hängt mit meinem Bruder ab und schleppt Frauen ab. Diesen Liam habe ich nicht mehr gesehen, seit ich vor ein paar Wochen bei ihm eingezogen bin. Doch das ist Liam Kelly, wie er leibt und lebt.

»Perfekt.« Breit grinsend deutet Denver auf mich.

Die Frau auf dem Barhocker mustert mich von oben bis unten und flüstert der anderen etwas zu, die gerade ihre Finger in Liams Hosenbund geschoben hat. Ich beäuge ihre Hand und wende mich dann meinem Bruder zu.

»Wer ist das?«, fragt das Mädchen, das an meinem Bruder interessiert zu sein scheint. Vermutlich wohnt sie ein paar Städte weiter.

Denver dreht sich zu ihr. »Meine große Schwester. Savannah.« In seinem Ton schwingt Stolz mit.

»Du hattest schon seit Jahren keinen Queue mehr in der Hand«, erinnert mich Liam. Wenigstens hat er jetzt einen Schritt beiseite gemacht. Die Hand des Mädchens legt sich nun um ein Cocktailglas, statt halb in seiner Hose zu stecken.

»Es ist wie Fahrradfahren, das verlernt man nicht.«

In unserem Elternhaus, das nun Austin und Holly gehört, hatten wir früher einen Billardtisch. Als wir noch jung waren, hingen immer alle bei uns ab. Dad kam oft herunter in den Keller und forderte die Jungs heraus, was sie zu besseren Spielern gemacht hat. Und Mom versorgte sie mit Snacks. Alle kamen gern zu uns. Die meisten unserer Freunde unterhielten sich immer zuerst eine Weile mit unseren Eltern, bevor sie nach demjenigen suchten, den sie eigentlich besuchen wollten.

»Ich hole dir einen Queue«, sagt Denver.

»Sav kann einfach den Stock aus ihrem Hintern ziehen und den benutzen«, sagt Liam bissig.

»Noch ein Glas Wein?«, fragt Nate, bevor ich etwas erwidern kann.

»Gern.« Ich glaube, ich brauche mehr Wein, wenn ich das hier überstehen will.

Nate sammelt die leeren Bierflaschen ein und geht zurück hinter die Bar.

»Ich dachte, wir wollten uns unterhalten«, bemerkt Juno, als sie und Colton zu uns stoßen und sich zu der Frau an den Tisch mit den Barhockern setzen.

Ich zucke mit den Schultern. »Ich will aber Billard spielen.«

»Seit wann?«, bohrt Juno nach.

»Genau.« Liam stützt sich auf den Queue und sieht uns an. Ich wünschte, er würde abrutschen und sich den Stock in die Nase stecken.

»Warum spielst du nicht?«, fragt Juno die Frau, die an

Denver interessiert ist, denn sie ist kein bisschen schüchtern. Aber das kann man auch nicht sein, wenn man als Partnervermittlerin sein Geld verdient.

Die Frau lächelt höflich und streicht ihr Haar zurück. »Ist nicht mein Ding.«

»Und woher kommt ihr?« Wären sie von hier, würden wir sie kennen.

Wie gut, dass ich nicht diejenige bin, die Informationen über Liams Date sammeln muss. Juno erledigt den Job für mich.

»Sunrise Bay.«

»Sehr schön. Und ihr seid mit Denver und Liam hier?«

»Wir wollten mal einen Tapetenwechsel. Wir haben sie hier kennengelernt.«

Juno nickt und rückt mit ihrem Hocker näher an sie heran. »Dann seid ihr also Single?«

»Japp.« Sie nickt so heftig, dass sie mich an einen Wackeldackel erinnert.

Ich überlasse es Juno, Denvers »Date« kennenzulernen, während ich die Spitze meines Queues einkreide. »Was steht auf dem Spiel?«

Denver sieht Liam an und zuckt mit den Schultern.

»Vielleicht Aufgaben im Haushalt. Wenn ich gewinne, bleibt alles an dir hängen«, sagt Liam.

»Deal.« Denver lacht.

»Wie wäre es, wenn wir bei jedem Treffer unseren Spielpartner küssen?«, schlägt die Frau neben Liam vor.

Ich starre sie an.

Liam schlingt den Arm um ihre Taille und zieht sie zu

sich, sieht mich jedoch über ihren Kopf hinweg an. »Was sagst du, Sav?«

»Ich werde auf keinen Fall meinen Bruder küssen.«

»Dann trinken die Verlierer eben Kurze.« Denver schiebt die Kugeln auf die Startlinie und entfernt das Dreieck.

»Na schön.« Diese Frau hat keine Chance gegen Denver und mich.

Liam schnappt sich die weiße Kugel und platziert sie auf der anderen Seite des Tischs. »Wer von euch will anfangen?«

»Sav«, erwidert Denver.

Als ich Denver umrunde, bekomme ich mit, wie Juno der Frau, die wegen Denver hier ist, ihre Visitenkarte gibt. Innerlich muss ich lachen, denn Juno kennt wirklich nichts.

»Bereit?« Liam sieht mich intensiv an, während der Stock vor und zurück durch seine Finger gleitet. Eingebildeter Mistkerl.

»Japp.«

Sein Blick bleibt die ganze Zeit auf mich gerichtet, während er die weiße Kugel anstößt. Fast landet sie wieder dort, wo sie am Anfang lag. Ich könnte ihm jetzt sagen, dass er anfangen soll, doch so spiele ich nicht.

Ich richte die Kugel aus und beobachte, wie der Queue einen blauen Kreideabdruck auf ihr hinterlässt. Sie kommt langsam zurück, aber nicht so nah wie eben bei Liam.

»Das heißt wohl, dass ich gewinne«, flüstert er mir ins Ohr.

»Noch nicht.« Ich verenge die Augen zu Schlitzen und umrunde den Tisch.

»Ich habe einen Klienten in Sunrise Bay. Er ist Fischer und total nett und …«

Endlich schenkt Denver seinem Date – oder was auch immer – ein wenig Beachtung. »Juno!«

»Was denn?« Juno sieht ihn unschuldig an.

Colton lacht.

Denvers Blick wandert zu ihm und wieder zu Juno. »Sie ist mit mir hier.«

»Sie hat gesagt, sie sei nicht mit dir hergekommen.«

Denver schnaubt und schüttelt den Kopf, als könnte er es nicht fassen. »Ich habe ihr gerade einen Drink ausgegeben.«

Juno steht auf, hebt die Hände und geht mit Colton zurück an unseren Tisch. »Okay, sorry«, sagt sie zu Denver und wendet sich der Frau zu. »Ruf mich morgen an.«

Die Frau blickt drein, als würde sie Juno nicht verstehen.

Ich muss mir auf die Unterlippe beißen, um nicht laut loszulachen.

»Danke«, sagt Denver und stellt sich vor die Dame, damit Juno nicht mehr mit ihr reden kann.

Juno und ich sehen einander an und grinsen, denn wir wissen beide, dass sie nur eine flüchtige Affäre ist. Dafür sind Liam, Denver und sein Zwillingsbruder Rome (bevor er Vater wurde) bekannt.

Das Geräusch zusammenstoßender Kugeln lenkt meine Aufmerksamkeit wieder auf den Billardtisch, wo Liam gerade dabei ist, seinen nächsten Stoß vorzubereiten.

Das habe ich ganz vergessen. Es waren nicht nur meine

Brüder, denen mein Dad im Keller das Billardspielen beigebracht hat. Liam war auch immer dabei.

Kapitel 4

LIAM

»Sicher, dass du noch eine Runde spielen willst?«, frage ich Savannah. Sie ist schon total besoffen von den ganzen Kurzen, die sie trinken musste.

»Japp. Mein Dad hat dir vielleicht das Billardspielen beigebracht, mir aber auch.« Sie verliert das Gleichgewicht. Statt mir den Finger in die Brust zu piksen, trifft sie meine Schulter.

Irgendwie mag ich es, wenn sie so ist. Nicht, dass sie betrunken ist, sondern dass sie sich endlich mal keine Sorgen macht um Bailey Timber, ihre acht Geschwister, Grandma Dori oder sonst irgendwas, das ihr permanent im Kopf herumschwirrt. Sie lebt im Moment. Alles, was sie will, ist, mich zu besiegen. Und ja, ich liebe es, wenn ihre volle Aufmerksamkeit auf mir liegt.

Darlene oder Marlene oder vielleicht auch Carly schmiegt sich jedes Mal an mich, wenn mir Savannah zu nahekommt. Am liebsten würde ich sie abservieren, aber ich bin nun mal ein Arschloch, das Savannah eifersüchtig machen will. Ich will, dass sie denkt, ihr würde etwas entgehen.

»Komm schon. Lass uns zu dir gehen.« Sie schiebt die Finger hinten in meinen Hosenbund.

»Oh, du willst, dass dich Liam mit nach Hause nimmt?«, fragt Savannah. Ich packe ihren Arm, bevor sie noch das Gleichgewicht verliert und sich ihr Schnaps über den Billardtisch ergießt.

Darlene oder Marlene – verdammt, nennen wir sie ab jetzt einfach Bartussi – sieht mich fragend an. »Was ist das mit euch beiden?«

Savannah wackelt mit den Augenbrauen, dreht sich um, leert ihren Kurzen und hält sich am Tisch fest, als wäre er ein Geländer auf einer Klippe, das sie davon abhält, hinunter in die Wellen zu stürzen.

»Sie ist die Schwester meines Kumpels.«

Savannah schnellt herum. Eine weitere blonde Strähne fällt aus ihrem Pferdeschwanz. »Ist das alles?«

Das Gespräch zwischen Juno, Colton, Denver und seiner Barbekanntschaft kommt zum Erliegen. Stille breitet sich aus.

»Ist es das nicht?«, frage ich Savannah. Soll sie die Frage doch selbst beantworten.

»Doch.« Sie lächelt Bartussi lieblich an. »Er gehört allein dir.«

Bartussi rückt näher an mich heran. Ich erstarre. Hitze breitet sich in mir aus.

»Also noch eine Runde?« Sav stellt ihr Schnapsglas ab und lässt den Queue durch ihre Hände gleiten.

Vor zwei Spielen hat Bartussi versucht, mich mit ebenjener Bewegung anzumachen. Doch Savannah entlockt meinem Schwanz die Reaktion, die Bartussi beabsichtig hatte. Mit anderen Frauen rumzumachen ist wohl nicht der richtige Weg, um Savannah zu vergessen. Vielleicht ist Rhys' Plan B doch der richtige, aber ich werde heute Nacht definitiv nicht mit ihr schlafen. Nicht in diesem Zustand.

»Ich bin müde«, jammert Denver und lässt seine Hand über den Oberschenkel seiner Bekanntschaft wandern.

»Ja, wir sind auch raus«, sagt Juno und steht auf.

Colton zückt sein Portemonnaie und geht hinüber zur Bar, um für ihre Drinks zu bezahlen. Wie war das noch mal? Warum sind die beiden kein Paar?

»Was? Jetzt fängt es erst richtig an, Spaß zu machen.« Savannah führt einen kleinen Tanz auf, bevor sie sich am Tisch festklammert und sich den Bauch hält. »Ohoh …«

»Komm, Sav. Ich bringe dich nach Hause.« Juno tritt neben sie und sieht mich vorwurfsvoll an.

Was zum Teufel? Ich war schon vorher hier und habe in Ruhe Billard gespielt, bevor sie dazugekommen sind.

»Das ist doch nicht meine Schuld«, sage ich.

Juno nickt und holt tief Luft.

»Liam kann mich nach Hause bringen«, sagt Savannah und lässt den Blick über meinen Körper schweifen.

Hm, Betrunkene sagen wohl tatsächlich die Wahrheit. Ich habe schon viele Lügen erzählt, wenn ich besoffen war, aber für Savannah scheint Alkohol ein Wahrheitselixier zu sein, so glühend, wie sie mich ansieht.

»Sav, er muss schon Marlene nach Hause bringen«, flüstert Juno, aber nicht so leise, dass ich es nicht hören kann.

Savannah dreht den Kopf in Marlenes Richtung. Danke, Juno. »Oh.«

Marlene legt den Queue auf den Billardtisch und schlingt die Arme um meine Taille. Sie ist so winzig – ganz im Gegensatz zu Savannah. »Komm, wir gehen.«

Ich mustere Savannahs Gesicht und suche nach irgendeinem Zeichen, dass ich diese Einladung nicht annehmen soll. Doch sie hakt sich lächelnd bei ihrer Schwester unter. »Ich schlafe heute bei dir, damit Liam mit Marlene allein sein kann.« Den Namen Marlene spuckt sie aus, als würde er einen widerlichen Geschmack in ihrem Mund hinterlassen.

Ich blinzle nicht mal. Wir wissen beide, dass ich sie am liebsten über die Schulter werfen und wieder ins Bett tragen würde. Stattdessen tut sie so, als würde sie die Vorstellung von mir mit einer anderen Frau kein bisschen stören. Doch jeder, der diese Frau kennt, weiß genau, dass sie sich an *allem* stört.

»Danke. Das weiß ich sehr zu schätzen.« Ich löse mich aus Marlenes Griff und nehme ihre Hand. »Hoffentlich hast du nächstes Mal mehr Glück«, flüstere ich Savannah ins Ohr, bevor ich mit Marlene an meiner Seite das Lucky's verlasse.

»Endlich. Ist sie deine Ex oder so? Denn sie wollte dich so was von. Ich meine, sie könnte ein wenig Respekt zeigen. Ich habe dich zuerst gesehen.« Marlene drückt mich gegen eine Backsteinmauer, die Hand bereits auf der Beule in meiner Hose.

Doch sie ist nicht der Grund für die Beule.

Ich lege die Hand auf ihre, um sie zu stoppen. Ich werde dieses Mädchen nicht verarschen, ganz egal, was ich Savannah vormachen will. »Nein. Sie hat mich zuerst gesehen.«

Die Wahrheit ist, dass ich *sie* zuerst gesehen habe. Vor *so* vielen Jahren.

Die Tür der Bar öffnet sich, und Savannah stolpert zwischen Juno und Colton heraus. Juno hilft kaum mit, die ganze Arbeit hängt an Colton. Savannahs Blick fällt auf mich und Marlene und richtet sich dann auf meine Hand auf Marlenes – die auf meinem Schwanz liegt. *Fuck*.

»Mir ist schlecht.« Sie stellt sich neben den Baum auf dem Bürgersteig, beugt sich vornüber und übergibt sich.

Colton schließt die Augen und lässt den Kopf in den Nacken fallen.

Dann kommt auch noch Denver dazu. »Zu hart gefeiert, Sav?« Er lacht. Er ist genauso besoffen wie seine Schwester, doch um ihn mache ich mir keine Sorgen. Er kann sich um sich selbst kümmern. Er grinst mich an, denn er denkt, Marlene und ich wären schon drauf und dran. »Lasst euch nicht stören.«

»Alles okay, Sav?«, fragt Juno.

Nate kommt heraus und bringt ihr eine Flasche Wasser. Wahrscheinlich amüsieren sich gerade die anderen Gäste über sie. Bestimmt macht irgendjemand Fotos, und Buzz Wheel wird über sie schreiben, noch ehe die Nacht vorbei ist.

»Denver, ruf für Marlene ein Uber.« Ich lächle Marlene entschuldigend an und drücke mich von der Mauer ab.

Ich hebe Savannah hoch. Ihr Kopf fällt über meinen gebeugten Ellbogen, während ihre Arme schlaff herunterhängen.

»Sie kann mit zu mir kommen. Kein Grund, deine Nacht vorzeitig zu beenden.« Juno folgt mir zu meinem Auto.

Da wir alle Spiele gewonnen haben, habe ich heute Abend nur ein Bier getrunken und bin durchaus noch in der Lage zu fahren. »Nein, ich kümmere mich um sie. Aber stell sicher, dass Denver nicht mit den beiden bei mir zu Hause aufkreuzt.« Mit dem Kopf deute ich hinter mich.

Colton öffnet die Beifahrertür, und ich platziere Savannah auf dem Vordersitz. Als ich sie anschnalle, murmelt sie irgendwas.

»Bloß nicht wieder kotzen«, sage ich.

»Danke, Nate.« Juno reicht mir die Wasserflasche.

Ich umrunde das Auto, steige ein und werfe Savannah einen letzten Blick zu, bevor ich den Motor starte und sie von hier wegbringe, denn diese Situation könnte ihren Ruf ruinieren. Und dafür lebt sie schließlich.

Kapitel 5

SAVANNAH

Mein Kopf pocht wie verrückt, als ich mich auf die Seite rolle. Ich liege unter einem marineblauen Laken. Ich blicke in Richtung Nachttisch und erwarte, meinen Wecker zu sehen. Doch da ist kein Wecker. Nur eine Zeichnung eines aufwendigen keltischen Motivs.

Ich bin umgeben von Liams männlichem Duft. Ich suche das Zimmer nach ihm ab, doch nichts. Es sieht nicht mal so aus, als hätte er mit mir in einem Bett geschlafen.

Ich setze mich auf und fasse mir an den Kopf. »Was ist gestern Nacht passiert?« Ich versuche, eine Antwort zu finden, doch ich habe keine Ahnung, was nach der zweiten Runde Billard vorgefallen ist.

Ich schwinge die Beine über die Bettkante und stehe auf. Die kühle Luft des Ventilators trifft mich. Ich trage nur BH und Slip – und nicht mal die guten. Ein Baumwoll-BH mit einer rosa Schleife in der Mitte. Als wäre ich elf. Meine Unterhose bedeckt meinen gesamten Bauch. Fantastisch. Ich greife nach dem Laken, um mich darin einzuhüllen.

Ich höre unten die Tür, was mich daran erinnert, dass ich meinen Arsch besser in Bewegung setzen sollte. Mit Liams Laken um mich gewickelt, schleiche ich in mein Zimmer. Der reinste Walk of Shame – nur ohne die vorherigen Vorzüge.

Nachdem ich mir Shorts und ein T-Shirt angezogen habe, bringe ich das Laken zurück in sein Zimmer, das noch immer leer ist. Dann mache ich das Bett und suche das ganze Haus nach ihm ab. Doch ich kann ihn nirgendwo finden. Mein Blick fällt auf den grünen Schuppen, dessen Tür leicht offen steht.

Immer macht er ein Geheimnis daraus, was er da drin so treibt.

Ich verlasse das Haus und versuche, meinen hämmernden Kopf zu ignorieren, während ich den gepflasterten Weg entlanggehe. Ich will gerade die Tür zum Schuppen öffnen, als Liam herauskommt und sie hinter sich zuzieht. Manchmal glaube ich, er hat Superkräfte. Oder ein Überwachungssystem.

»Morgen«, sagt er. »Hast du das Aspirin und das Wasserglas auf der Küchentheke entdeckt?«

Ich schüttle den Kopf. »Was ist passiert?« Meine Stimme klingt rauer als gewöhnlich.

Er geht in Richtung Haus, also folge ich ihm. Er trägt immer noch das Shirt und die Jeans von gestern Abend, nur mit mehr Falten.

»Du hast dich betrunken.«

»Und wie bin ich in deinem Bett gelandet?«, frage ich schnippisch.

Vor der Tür, die in die Küche führt, bleibt er so abrupt stehen, dass ich fast mit ihm zusammenstoße. »Du hast dich reingelegt.«

»Habe ich?« Ich senke den Blick auf die perfekt verlegten Pflastersteine. Wahrscheinlich hat Liam es selbst gemacht. »Daran kann ich mich nicht erinnern.«

»Wahrscheinlich, weil du dich nüchtern ganz sicher *nicht* in mein Bett gelegt hättest.« Er schiebt die Hände in die Hosentaschen.

Ich würde ihn gern fragen, ob er sich zu mir gelegt hat. Wie es kommt, dass ich halb nackt aufgewacht bin. Aber es ist einfach zu peinlich. Dann bleibe ich lieber im Ungewissen.

»Danke. Tut mir leid, wenn ich dir gestern Nacht Umstände bereitet habe.« Ich schiebe mich an ihm vorbei und muss über den Rasen gehen, um nicht mit ihm in Berührung zu kommen.

Doch er packt mich vorsichtig am Arm, um mich aufzuhalten. Ich versuche, mich aus seinem Griff zu lösen, aber er lässt mich nicht los. Also halte ich inne und blicke ihm direkt in die blauen Augen.

»Ich habe auf dem Sofa geschlafen.« Er rückt ein bisschen näher. »Du hast dich selbst ausgezogen.« Noch näher. »Und du bereitest mir nie Umstände.«

»Aber du warst mit diesem Mädchen zusammen. Was ist passiert?«

Er krümmt sich ein wenig, grinst dann aber breit. »Wir haben einfach das Sofa benutzt.«

Mein Körper wird kalt, und all meine Muskeln verspannen sich. »Oh.«

»Mein Gott, denkst du wirklich, das würde ich tun?« Er lässt mich los und geht zurück zum Schuppen.

»Wäre doch möglich«, rufe ich ihm hinterher.

Er bleibt stehen und lässt den Kopf hängen. Ich beobachte, wie sich sein Rücken hebt und senkt, wie er es oft tut, wenn Liam von mir genervt ist. »Ich wollte sie nicht. Die Frau, die ich in meinem Bett haben wollte, lag bereits drin«, sagt er, ohne sich umzudrehen.

»Liam?« Was wird er jetzt tun? Will er mir erklären, warum wir miteinander schlafen sollten? »Du hättest mit ihr nach Hause gehen sollen.« Als er sich umdreht, beginnt mein Herz, immer schneller zu schlagen.

Bis er mich ansieht. »Ist es das, was du willst?«

»Ich weiß nicht, wie es anders funktionieren sollte.«

Er fährt sich mit der Zunge über die Unterlippe. »Du kannst wirklich dastehen und so tun, als wolltest du nicht, dass ich dich packe und in mein Zimmer trage?«

Ich mache einen Schritt nach vorn. Am liebsten würde ich ihn berühren, doch ich tue es nicht. Liam gehört zu den Menschen, die die ganze Hand nehmen, wenn man ihnen den kleinen Finger reicht. Er liebt die Herausforderung. Das ist alles, was ich für ihn bin. Ich bin die erste Frau, die sich nicht bereitwillig auszieht und in sein Bett legt. Nun ja, scheiße. Doch, das habe ich getan. Er war nur anständig genug, es nicht auszunutzen.

»Und warum hast du es gestern Nacht nicht gemacht, wenn es doch das ist, was ich angeblich will?«

»Du warst betrunken.« Er sieht mich an, als könnte er direkt in mein Inneres blicken und all meine Unsicherheiten und Zweifel sehen, die sich darin verbergen.

»Du bist schon oft mit betrunkenen Mädels in die Kiste gestiegen. Warum nicht mit mir?«

Er verengt den Blick und schüttelt den Kopf, als würde ich eine fremde Sprache sprechen. »Du bist eingepennt. Selbst als du dich ausgezogen hast, warst du nicht genug bei Bewusstsein, um mit mir in die Kiste zu springen.«

»Danke. Oder so.«

Er atmet laut aus. Doch mit einem Mal wandelt sich seine Stimmung um hundertachtzig Grad, und er lächelt strahlend. »Gern geschehen. Oder so.« Ich verdrehe die Augen, und er verschränkt die Arme vor der Brust. »Es war schön, dich mal so locker zu erleben.«

»Ich wünschte, ich könnte mich daran erinnern, wie sich das angefühlt hat. Aber der Abend ist ein einziger Nebel.« Mir entweicht ein nervöses Kichern.

»Vielleicht solltest du diese Seite an dir öfter aus dem Käfig lassen.«

»Wenn das nur möglich wäre.« Selbst ich höre die Sehnsucht in meiner Stimme.

Fragend hebt er die Augenbrauen.

»Was willst du von mir, Liam?«

»Was denkst du denn, was ich von dir will, Savannah?«

»Ich glaube, du willst, dass ich wieder das naive Mädchen bin, das ich vor dem Unfall meiner Eltern war. Aber ich bin jetzt die, die sich um Bailey Timber kümmern muss. Ich bin das weibliche Oberhaupt der Bailey-Familie. Nach

Dori natürlich. Man stellt Erwartungen an mich. Ich kann nicht einfach zu jemandem aufs Motorrad springen und jede Nacht Party machen.«

Kurz denkt er über meine Worte nach, bevor er etwas erwidert. »Du hast keine Ahnung, was ich von dir will. Und ich habe dieses Mädchen gestern Abend gesehen.«

Ich werfe die Hände in die Luft. »Weil ich betrunken war! Das war eine Ausnahme.«

»Red dir das nur weiter ein. Vielleicht glaubst du es dann irgendwann.«

»Hör jetzt auf.« Ich richte den Zeigefinger auf ihn. »Das ist die Frau, die ich jetzt bin.«

»Na schön. Ich habe nicht gesagt, dass du dich komplett ändern sollst.«

Er sieht nicht das, was ich sehe, wenn ich in den Spiegel blicke. Er sucht nach Spuren des Mädchens, das mit ihm geflirtet hat, obwohl sie es nicht hätte tun sollen. Das Mädchen, das seine Aufmerksamkeit geweckt hat, weil es die ältere Schwester seines Kumpels ist. Der eine rote, glänzende Apfel in einem ganzen Haufen verrotteter Äpfel. Zu diesem Mädchen fühlt er sich hingezogen, nicht zu der Frau, die an Tabellen denkt, Steuererklärung und daran, ob mit ihren Geschwistern alles in Ordnung ist.

»Ich glaube, wir finden keinen gemeinsamen Nenner. Ich werde heute die Versicherung kontaktieren, damit du mich so schnell wie möglich los bist. Wenn jeder von uns wieder mehr Platz hat, wird das«, ich deute zwischen uns hin und her, »wieder verschwinden.«

Er klatscht langsam, und ich verenge die Augen zu Schlitzen. »Bravo, Sav. Du hast eben immer einen Plan.«

»Hör auf!«

Lachend schüttelt er den Kopf. »Geh jetzt. Bestimmt wirst du wieder irgendwo gebraucht.«

Dann lässt er mich stehen und verschwindet in seinem Schuppen.

• • •

Abends bin ich in der Northern Lights Seniorenresidenz bei meinem wöchentlichen Strickkurs. Am Anfang dachte ich, Stricken würde Spaß machen. Mich von meinen To-do-Listen ablenken. Doch ich glaube, ich bin zu neurotisch, um die Kunst des Strickens zu genießen. Und Ethel, meine Lehrerin, stimmt mir zu.

»Du machst das nicht richtig.« Ethel lehnt sich über meine Schulter, nimmt mir die Stricknadeln aus der Hand und zeigt mir zum millionsten Mal, wie man die Maschen größer hinbekommt. »So ist es besser.«

Grandma Dori verdreht die Augen. Sie hat die Füße auf den Couchtisch gelegt und spielt an ihrem Handy herum. »Buzz Wheel schreibt, du hättest gestern Abend gegen einen Baum gekotzt. Ich glaube, ich muss dir nicht sagen, dass sich eine Bailey nicht so verhalten kann«, schimpft sie, ohne mich anzusehen.

»Da gebe ich dir recht. Aber denk nur mal daran, wie viel Mist Rome und Denver schon gebaut haben.«

»Bei denen ist es nicht so schlimm. Sie sind Jungs. Und

sie leiten nicht Bailey Timber.« Sie legt das Handy beiseite. Sie strickt nicht gern, also greift sie nach ihren Spielkarten und beginnt, sie zu mischen.

»Dann soll ich also immer funktionieren?« Verdammt, jetzt habe ich eine Masche fallen lassen.

»Das habe ich nicht gesagt. Aber wenn sich jemand so besäuft, dass er sich übergibt, hat er für gewöhnlich Probleme, um die er sich kümmern sollte.« Sie hebt eine ihrer grauen Augenbrauen. Ich sollte ihr vorschlagen, sie waxen oder zupfen zu lassen, doch ich tue es nicht, denn ich bin eine nette Enkelin.

»Ich habe aber keine Probleme«, murmle ich.

»Wie läuft es denn mit Liam?«

»Gut. Die Baufirma sagt, noch einen Monat. Ich glaube, ich ziehe zu Juno. Im Moment ist Feuersaison. Da ist Kingston eh kaum da. Ich könnte in sein Zimmer ziehen.«

Sie schüttelt den Kopf. »Das bringt doch nichts.«

»Savannah, ich weiß, dass du ein wenig nervös bist, aber entspann dich jetzt. Deine Maschen werden sonst zu eng.« Ethel schlägt mir auf die Hände, weil ich die Nadeln so fest umklammere, dass es wehtut.

»Du musst mich deshalb nicht schlagen«, schimpfe ich, doch Ethel drückt auf ihr Hörgerät.

»Sie tut es schon wieder. Geht einfach ans Telefon.« Grandma Dori schüttelt den Kopf. »So unhöflich.«

»Und du hast die besten Manieren?«

Sie hört auf, das Solitärspiel vorzubereiten und sieht mich an. »Ich bin nicht unhöflich. Ich bin vielleicht direkt, aber das ist was anderes.«

Ich hebe die Hände. »Mein Fehler.«

»Zurück zu dir und Liam. Ich fände es nicht gut, wenn du ausziehen würdest.«

»Warum nicht?« Ich muss lächeln, denn inzwischen habe ich das mit den Maschen ein wenig besser drauf.

»Weil ihr zwei die Spendengala für den Ausbau der Bibliothek organisieren müsst.«

Die Nadeln klimpern, als sie in meinen Schoß fallen. »Was?«

Sie beschäftigt sich weiter mit ihren Spielkarten, ohne mich eines Blickes zu würdigen. »Es ergibt Sinn. Alle in Lake Starlight lieben Liam. Alle Ladenbetreiber in der Innenstadt blicken zu ihm auf. Und natürlich muss auch einer von uns Baileys dabei sein.«

»Warum ein Bailey? Und warum ausgerechnet ich? Ich muss mich schon um Brooklyns Hochzeitsfeier kümmern. Zusätzlich zu allem anderen, was ich sonst noch zu tun habe.«

»Nun ja, Phoenix wird diesen Sommer ein Praktikum bei Bailey Timber machen und kann dir helfen. Dann hast du mehr Zeit für die Spendengala. Und Brooklyns Hochzeitsfeier ist ja schon bald. Die Wohltätigkeitsgala findet erst in zwei Monaten statt. Ich habe deinen Vater großgezogen, während ich all die Dinge gemacht habe, die du machst.«

Ich sehe sie durchdringend an. Diesmal geht sie zu weit. Aber ich kann ihr nicht sagen, dass mein Grandpa derjenige war, der die Firma geleitet hat. Sie denkt, sie könnte mir etwas vormachen, aber nachdem ich seit Jahren die Thelma zu ihrer Louise bin, weiß ich genau, was sie vorhat. »Du willst dich einmischen und uns verkuppeln.«

»Glaub mir. Bei dir würde ich mich niemals einmischen. Aber es ist absolut logisch. Das ist alles. Du kümmerst dich um die Organisation und Liam ums Kreative und die Sachen für die Auktion.«

»Warum machst *du* es nicht mit Liam?«

Sie tippt sich an die Schläfe und legt eine Karte. »Mein Gedächtnis. Ich würde es nur vermasseln.«

Ihr Gedächtnis ist mehr als in Ordnung.

»Ich erkenne ein Muster«, bemerke ich und greife nach meinem Handy.

»Rachel Quinlan hat sich bereit erklärt zu helfen, falls dir das lieber ist. Dann sage ich dem Vorstand, dass ich einen Fehler gemacht habe. Und dann kann sie sich mit Liam um alles kümmern. Sie würden sich bestimmt gut verstehen.«

Sie lässt den Köder hängen wie einen fetten saftigen Wurm und wartet darauf, dass ich wie ein hungriger Fisch zuschnappe. Rachel ist die Einzige, von der ich weiß, dass sich Liam öfter als einmal mit ihr getroffen hat. Es könnte sogar sein, dass sie zusammen waren, während ich das erste Jahr auf dem College war, bevor ich nach Lake Starlight zurückkehren musste, weil meine Eltern gestorben waren. Mit ihr ist er zum Abschlussball gegangen.

Es sollte mir egal sein, aber verdammt, das ist es nicht. »Schon okay. Du hast recht. Eine Bailey sollte sich darum kümmern.«

Sie lächelt ihre Karten an. »Ich bin froh, dass du mir zustimmst. Tu mir einen Gefallen und vereinbare für morgen einen Termin mit ihm im Büro. Ich komme um halb elf. Nach meiner Augen-OP.«

»Wie bitte?«

Sie hört auf, Karten zu spielen. »Grauer Star. Was gibt es daran nicht zu verstehen, Schätzchen?«

»Die Operation ist morgen? Wer bringt dich hin? Du kannst nicht selbst fahren.«

»Phoenix. Jetzt, da sie aus Los Angeles zurück ist, ist sie über den Sommer meine rechte Hand. Ich lasse nicht zu, dass sie den ganzen Tag zu Hause rumsitzt und instachattet oder was auch immer. Wenn sie nicht versuchen will, in L. A. Karriere zu machen, muss sie herausfinden, was ihr nächster Schritt sein wird.«

»Okay, ich dachte kurz …«

»Nein. Ich werde nach einer Augen-OP kein Auto fahren. Für wen hältst du mich denn?« Sie sieht mich an, als wäre ich dumm, doch der Sheriff wird ihr den Führerschein abnehmen, wenn er sie noch einmal dabei erwischt, wie sie die Stadt verlässt.

»Dori Bailey. Für die halte ich dich.«

Sie tätschelt mir das Knie. »Mach einfach einen Termin aus, Schätzchen.«

»Gute Arbeit, Savannah. Aber hier …« Ethel deutet auf eine Stelle, die nicht ganz so schön aussieht.

Keine Ahnung, was sie meint. Ich habe genug vom Stricken. »Was für eine alte Jungfer werde ich mal sein? Ich hasse Katzen. Und stricken kann ich auch nicht.«

Ethel umrundet das Sofa, setzt sich neben mich und tätschelt mein Knie. »Das kriegen wir schon noch hin. Keine Sorge.«

Es ist immer gut, sich Ziele zu setzen.

Kapitel 6

LIAM

Ich stecke mein Smartphone in die Hosentasche und betrete Bailey Timber. Das vierstöckige Firmengebäude ist immer noch beeindruckend, obwohl ich schon so oft hier gewesen bin. Als wir noch klein waren, hat Mr Bailey mit einem Architekten zusammengearbeitet, um ein größeres Büro zu bauen. Bailey Timber ist dem alten Gebäude in der Nähe der Produktionsstätte einfach entwachsen.

Ich trete an die Rezeption und will gerade erklären, warum ich hier bin, als mir die Dame bereits ein Namensschild zuschiebt.

»Bitteschön, Mr Kelly. Ms Bailey erwartet Sie bereits. Wissen Sie, wo sich ihr Büro befindet?« Die Dame ist Mitte zwanzig. Und sie ist süß. Und ihr Lächeln verrät, dass sie mich vielleicht auch süß findet.

»Denk nicht mal darüber nach, Carrie. Er ist in meine Schwester verliebt.« Phoenix ist aus dem Nichts aufgetaucht. »Liam.« Sie hebt die Augenbrauen.

Ich grinse sie an. »Ich habe schon gehört, dass du wieder da bist.«

Sie zuckt mit den Schultern. Im Gegensatz zu ihrer Schwester hat sie langes dunkles Haar. »L. A. hat sich noch nicht bezahlt gemacht. Aber ich bleibe nicht lange.«

»Gehst du mit Sedona nach New York?«

»Auf keinen Fall. Ich hasse diese Stadt. Außerdem ist der Broadway nicht mein Ding. Ich will ein Star werden.« Es ist nicht das erste Mal, dass mir auffällt, wie ihre Augen leuchten, wenn sie vom Singen spricht. »Ich liebe Hollywood. Aber es ist viel zu teuer.«

Ich umarme Phoenix, denn für mich ist sie wie eine kleine Schwester. »Gibt es einen Plan B?«

»Uff. Du klingst wie Savannah. Was ist falsch daran zu versuchen, seine Träume zu verwirklichen?«

Am Aufzug drückt sie den Knopf fürs oberste Stockwerk, der Chefetage. Ich erinnere mich noch daran, wie Rome, Denver und ich mit zwölf mit den Fahrrädern hierhergefahren sind, um ihren Dad um Geld zu bitten.

»Weil es so unwichtige Dinge gibt wie Miete, Rechnungen, Essen. Eben die Dinge, die man zum Überleben braucht.«

Nachdem wir geduldig gewartet haben, bis alle ausgestiegen sind, betreten wir den Aufzug. »Ich weiß, ich weiß. Austin rechnet mir die ganze Zeit vor, wie viel es sie kostet, seit ich bei ihm und Holly eingezogen bin.«

»Warum ziehst du nicht den Sommer über zu Juno, während Kingston Buschbrände bekämpft?«

»Savannah wollte vielleicht zu ihr ziehen.«

Mein Kopf schnellt herum. »Was?«

Sie schlägt die Hand vor den Mund, als hätte sie eben ein Geheimnis verraten. Das Drama kann sie sich sparen. »Sorry, ich dachte, du wüsstest es.« Grinsend zuckt sie mit einer Schulter. »Bestimmt wollte sie dich damit überraschen.«

Der Aufzug klingelt, und ich folge Phoenix den Flur hinab.

»Dann stehst du also auf ältere Frauen, was? Und auf die große Schwester deiner besten Freunde.« Nur Phoenix bringt es fertig, mich so direkt zu fragen. So ist sie nun mal. Darin ist sie ihrer Großmutter sehr ähnlich.

»Wie alt sind wir? Dreizehn?«

Sie stößt mich mit der Schulter an und hält vor einem Eckbüro inne. Durch das Milchglas der Tür sieht man bereits Dori. »Ich kann Geheimnisse für mich behalten.«

»Keiner von euch Baileys kann ein Geheimnis für sich behalten. Außerdem gibt es nichts, was man ausplaudern könnte. Zwischen Savannah und mir herrscht Eiszeit.«

»Es sei denn, es geht heiß her. Wie an dem Abend von Hollys und Austins Hochzeit?« Sie lehnt sich nach vorn, als wollte sie mehr von dem Klatsch und Tratsch hören, den Buzz Wheel verzapft.

»Du kannst deinen Notizblock jetzt wegpacken, Frau Kommissarin. Ich habe nichts zu sagen.«

Ich klopfe an die Tür, denn Phoenix starrt mich immer noch mit ihren dunklen Augen an und versucht herauszufinden, was zwischen mir und ihrer großen Schwester vorgeht.

»Herein«, ruft Dori, und Phoenix öffnet die Tür.

Meine zukünftige Ex-Mitbewohnerin sitzt auf dem Sofa, den Kugelschreiber zwischen die Zähne geklemmt und auf die Tastatur ihres Laptops einhämmernd. So findet man sie meistens vor. Auch samstags und sonntags.

»*Liam!*« Dori steht vom Schreibtisch auf und kommt auf mich zu. Sie trägt eine riesige Sonnenbrille.

Früher hat mir Grandma Dori Angst eingejagt. Als wir noch jung waren, Denver und Rome ständig ihre Grenzen ausgereizt haben und sie oft wie überhebliche Wichtigtuer rüberkamen. Da ich schon damals der dritte im Bunde war, habe ich den gleichen Ruf wie sie. Nur, dass ich kein Bailey bin.

»Dori.« Ich gebe ihr einen Kuss auf die Wange und umarme sie. »Ich bin schon ewig nicht mehr hier gewesen. Schön zu wissen, dass sich kaum etwas verändert hat.«

Phoenix unterbricht uns. »Soll ich bleiben oder gehen?«

»Gehen«, sagt Savannah genau in dem Moment, als Dori »bleiben« sagt.

Phoenix setzt sich neben Savannah und legt die Füße auf den Tisch. Savannah schlägt ihre Beine herunter, doch sie tut es einfach erneut. Anscheinend drückt Phoenix neuerdings genau wie ich Savannahs Knöpfe.

»Das ist die Stelle, wo du allen Getränke anbietest.« Savannah klappt den Laptop zu, fasst die Haare zu einem Dutt zusammen und befestigt ihn mit dem Kugelschreiber.

»Es ist doch nur Liam«, erwidert Phoenix und weigert sich, die Füße herunterzunehmen.

»Wir sind nicht bei uns zu Hause«, schimpft Savannah.

»Du meinst wohl, bei *mir* zu Hause.«

»Ich meine, zu Hause bei Austin und Holly.« Savannah wirft ihr einen ernsten Blick zu, doch Phoenix rührt sich nicht.

»Wusstest du, dass sie die Blümchentapete im Gästeklo runternehmen?«, fragt Phoenix.

»Wirklich?«, rufen Savannah und ich gleichzeitig. Sie sieht mich an.

»Ich mochte die Tapete«, sage ich schulterzuckend.

»Sie war hässlich«, erwidert Savannah.

»Aber außergewöhnlich«, sage ich.

Savannah nickt zögerlich. Endlich sind wir mal wieder einer Meinung.

Seit Austin und seine Frau das Elternhaus übernommen haben, haben sie hier und da etwas verändert, um es zu ihrem Zuhause zu machen. Obwohl ich weiß, dass alle damit einverstanden sind, muss es schwer sein, mit anzusehen, wie auch noch die letzten Erinnerungen an ihre Eltern verschwinden.

»Phoenix, hol Liam etwas zu trinken«, unterbricht uns Dori. »Was hättest du gern, Schätzchen?«

Phoenix steht auf, als hätte man ihr gesagt, sie müsse Toiletten putzen. »Was willst du?«

»Phoenix, das ist eine gute Übung für dich«, sagt Savannah.

»Nur ein Wasser«, erwidere ich, und Phoenix geht. Es folgt seltsames Schweigen. Also beschließe ich, es zu füllen und flüstere Savannah zu: »Ich habe deine Kaffeetasse in die Spülmaschine gestellt.« Ich setze mich auf Phoenix' Platz direkt neben Savannah und ignoriere, wie sie von mir wegrückt, bis sie gegen die Armlehne stößt.

»Wie bitte?«

»Ich war sicher, du würdest dir Gedanken darum machen. Jetzt hast du heute eine Sorge weniger.« Ich lehne mich zurück und lege den Knöchel aufs Knie. Eine goldene Haarsträhne fällt in ihren Nacken und lenkt meine Aufmerksamkeit auf eine Stelle, von der ich weiß, dass Savannah dort sehr sensibel ist. Es wäre so einfach, ihre zarte Haut zu berühren und ihr Haar um meine Faust zu wickeln.

Phoenix steckt den Kopf zur Tür herein. »Liam, Milch oder Zucker?«

»Ich habe doch gesagt, dass ich ein Wasser nehme.«

Savannah schnaubt genervt und sieht Dori an.

»Hab ein wenig Nachsicht mit ihr. Sie befindet sich außerhalb ihrer Komfortzone.« Dori setzt sich auf den Stuhl neben uns. Ich habe das Gefühl, dass sie den Blick immer wieder zwischen uns hin- und herwandern lässt. Aufgrund der Sonnenbrille kann ich ihre Augen nicht sehen, aber ich bin klug genug, nicht nachzufragen, warum sie sie trägt. »Worüber flüstert ihr?«

»Liam war so freundlich, mir mitzuteilen, dass er meine Tasse in die Spülmaschine geräumt hat.« Savannah zieht den Kugelschreiber aus ihrem Dutt, und ihre blonden Strähnen ergießen sich über ihren Rücken.

Ich beobachte, wie sich ihr Haar bewegt und erinnere mich daran, wie ich in jener Nacht meine Finger darin vergraben habe. Ich höre Dori meinen Namen sagen und wende mich ihr zu. An ihrem wissenden Lächeln erkenne ich, dass es ihr gefallen hat, wie ich ihre Enkelin eben angesehen habe.

Der Enkelin allerdings nicht so.

»Du weißt doch, wie Savannah ist. Neurotisch hoch zehn«, sage ich.

Savannahs Augen verengen sich zu schmalen Schlitzen. In dem Moment kommt Phoenix zurück.

»Bitteschön.« Sie stellt mir eine gekühlte Wasserflasche hin, setzt sich neben mich auf den Stuhl und zieht ihre Schuhe aus, bevor sie die Füße wieder auf den Tisch legt.

Dori seufzt. Könnte Savannah die Augen von mir wenden, würde sie ihrer Schwester den bösen Blick schenken, der normalerweise für mich reserviert ist.

»Danke, Phoenix.« Ich öffne die Flasche und biete sie Savannah an. Ihr Kopf schnellt zu mir herum und sie sieht mich ungläubig an. »Nein?«

»Nein.«

»Sah aus, als wäre dir heiß.« Ich zucke mit den Schultern.

Sie verdreht die Augen und konzentriert sich dann auf ihre Großmutter, damit wir endlich mit unserem Meeting beginnen können.

»Also, Liam. Wir haben dich heute hergebeten, weil wir dich gern ins Komitee der diesjährigen Bailey-Spendengala aufnehmen würden. Du weißt ja, dass die Bibliothek erweitert und die Kinderbuchabteilung größer werden soll. Ich muss dir nicht erzählen, wie sehr mir das am Herzen liegt. Diese wichtige Aufgabe kann ich nur bestimmten Menschen anvertrauen.«

Für die Baileys würde ich fast alles tun. Sie sind meine zweite Familie. Aber das hier könnte zu keinem schlechteren Zeitpunkt kommen. Im Tattoo-Studio ist die Hölle los, und Wyatt hat mich gebeten, bei der Hochzeitsfeier seinen Pseudo-Trauzeugen zu spielen. Außerdem müsste ich dann mehr Zeit mit Savannah verbringen.

»Ich mache es«, bietet Phoenix an.

Ich glaube, sie denkt nur an den unterhaltsamen Teil des Events. Dieses Mädchen würde zwar eine riesige Party schmeißen, aber kein Geld einnehmen.

»Schon okay, Süße. Du wirst hier gebraucht.« Dori lächelt sie an. Alle im Raum, wahrscheinlich inklusive Phoenix, wissen, warum sie ihr Angebot nicht annimmt.

»Wie groß ist das Komitee?«, frage ich.

»Nur du und Savannah.« Dori grinst ihre Enkelin an, als wollte sie sagen *Ach komm schon, das wird lustig*.

Doch Savannah ist ganz offensichtlich nicht an Bord, was wohl eher an mir liegt als an der Tätigkeit.

»Und? Was stellst du dir vor? Stille Auktion? Dinner oder Lunch? Wie formell soll das Ganze werden?«

Es ist nicht das erste Mal, dass ich bei der Planung einer Spendengala helfe. Meine Mom half immer mit, bevor sie weggezogen ist. Doch ich kann es ihr nicht verübeln. Wenn deine besten Freunde sterben, willst du nur noch abhauen.

»Ich bin sicher, du und Savannah werdet ein großartiges Event auf die Beine stellen, das uns die Gelder einbringt, die wir für den Ausbau der Bibliothek benötigen. Aber ich finde, wir sollten es eher elegant halten. Lasst uns ein Themen-

Dinner mit stiller Auktion veranstalten. Aber wir brauchen besondere Sachen. Große Sachen. Einzigartige Sachen.«

Ich nicke. »Ich kann die Geschäfte abklappern und um Preisspenden bitten.«

Dori deutet auf mich. »Ich wusste, dass das dein Spezialgebiet ist. Savannah kümmert sich um das Wann und Wo und um die Dekoration.«

»Denkst du, ich könnte mich nicht zwischen weißen oder elfenbeinfarbenen Tischdecken entscheiden?«, fragt Phoenix dazwischen und lenkt Doris Aufmerksamkeit auf sich.

Während Dori Phoenix' Vorschlag erneut höflich ablehnt, beäuge ich Savannah, die auf ihre im Schoß verknoteten Finger starrt.

»Du bist dabei? Ich bin schockiert.«

Sie wirft mir einen schiefen Blick zu, antwortet aber ihren Fingern statt mir. »Ich habe keine Wahl.«

»Man hat immer eine Wahl.«

Sie hebt den Kopf, dreht sich zu mir und straft mich mit dem vernichtenden Blick, gegen den ich langsam immun werde. »Du kapierst es nicht.«

»Würdest du mir bitte noch mal erklären, was genau ich nicht kapiere?« Bevor sie genervt seufzen kann, fahre ich fort. »Ach ja, genau. Dass du so unter Druck stehst. Dass du die Einzige bist, die die Dinge am Laufen hält. Man könnte glatt meinen, du wärst die Präsidentin der Vereinigten Staaten, so oft, wie du deine Verpflichtungen als Ausrede benutzt, um nichts tun zu müssen, was dir Angst macht.«

Sie sieht mich ausdruckslos an und wendet sich dann ihrer Großmutter zu. »Sind wir jetzt fertig? Ich muss dringend ein paar Anrufe tätigen.«

Doris Kopf dreht sich in Savannahs Richtung. »Wenn ihr denkt, ihr könnt ab hier übernehmen, sind wir fertig. Ich weiß, dass ihr erst nach Brooklyns und Wyatts Hochzeitsfeier richtig loslegen könnt, aber ich wollte, dass du dir den Termin schon mal in den Kalender einträgst, Liam.«

Savannah schlingt ihr Haar wieder in einen Dutt, steht auf und drückt den Laptop an ihre Brust. »Okay, dann weiß ich Bescheid. Liam?«

Ich hebe die Augenbrauen. »Ja, ich auch. Wir können uns ja jederzeit zu Hause beim Essen noch mal darüber unterhalten.«

»Guter Punkt.« Dori lächelt mich an. »Wie praktisch, dass ihr zusammenwohnt.«

Savannah bleibt im Türrahmen stehen. Ich habe sie geködert. Jetzt weiß sie, dass ich weiß, dass sie abhauen wollte. Sie blickt über die Schulter, und ich sehe sie herausfordernd an. Das ist ihre Chance, sich gegenüber Dori zu behaupten und ihr mitzuteilen, dass sie nicht länger mit mir zusammenleben will.

»Morgen? Ich hol dich ab und wir gehen zu Wok For U?«, frage ich.

»Klingt großartig.« Dann verlässt sie das Büro.

»Das lief besser, als gedacht.« Dori erhebt sich. »Danke, Liam. Ich wusste nicht, wen ich mit dieser Aufgabe betrauen sollte. Austin hat zu viel zu tun, und Rome, nun ja ...«

Denver erwähnt sie erst gar nicht. Wir wissen alle, dass er sich um so etwas nicht kümmern könnte.

Ich stehe auf und gebe ihr einen Kuss auf die Wange. »Ich mache es gern.«

Sie tätschelt mir mit ihrer runzligen Hand die Wange und sieht mir direkt in die Augen. Zumindest glaube ich das, denn sie trägt immer noch diese lächerliche Sonnenbrille. »Aus dir ist ein wirklich toller Mann geworden. Vielleicht ein paar Tattoos zu viel, aber du hast ein Herz aus Gold.«

Ich muss lachen. »Danke.«

»Du schleimst dich total bei ihm ein.« Phoenix steht auf. »Ich hätte eine bombastische Party organisiert.«

»Das ist das Problem. Für dich ist es eine Party. Doch bei uns wird es kein Bierfass und keine Jell-O-Shots geben.« Ich umarme Phoenix zum Abschied. »Danke für das Wasser, Kleine.«

Sie verdreht die Augen wie die Zwanzigjährige, die sie nun mal ist. »Grandma Dori, kann ich heute früher Schluss machen?«

»Warum?«

»Ich habe Juno versprochen, ihr dabei zu helfen, ein paar Typen zu interviewen. Für eine Frau, die sie verkuppeln will.«

»Okay. Aber du kannst nicht jeden Tag früher gehen.«

»Ich kann dich mitnehmen«, biete ich an. »Ich fahre jetzt sowieso zu Brooklyn und Wyatt. Auf dem Weg lasse ich dich bei Juno raus.«

Ihre Augen werden groß.

»Was machst du dort?«, erkundigt sich Dori.

Ich lege den Kopf schief und sehe sie an. »Wyatt braucht meine Hilfe mit dem Zelt für die Feier.«

»Oh.«

Phoenix fängt an zu lachen, und Dori sieht sie warnend an, doch es kümmert sie nicht.

»Was entgeht mir hier?«, frage ich. Unbehagen breitet sich in mir aus.

»Gar nichts, Schätzchen. Geh nur und hab Spaß mit Wyatt.« Dori tätschelt mir die Schulter.

Ich lege den Arm um Phoenix' Schultern und führe sie aus dem Büro.

»Phoenix«, sagt Dori.

Sie wechseln einen Blick, bevor Phoenix nickt.

Sobald wir das Büro verlassen haben, hake ich nach. »Was war das denn?«

»Savannah hat ein Date. Sie macht sich bei Brooklyn fertig, damit der Typ sie nicht bei dir zu Hause abholen muss.«

Ich nicke und bin nun ein wenig froh darüber, dass mich Wyatt für sein Mädchen für alles hält. Nicht, dass es mir etwas ausmachen würde. Vor allem nicht heute. Denn nichts verschafft mir mehr Genugtuung, als Savannah Unbehagen zu bereiten.

Kapitel 7

SAVANNAH

Nach unserem Meeting muss ich mich beeilen, um rechtzeitig zu Brooklyn zu kommen und mich für mein Date fertig zu machen. Juno hat schon Angst, dass ich kneife. Ich kann es nicht gebrauchen, dass sie Brook anruft und herausfindet, dass ich spät dran bin.

Ich parke vor dem, was ich als das Whitmore-Anwesen bezeichne, denn das gigantische Bauernhaus irgendwo in Alaska ist das reinste Monstrum. Aber ich schätze, das ist das, was man bekommt, wenn man mit einem Millionär zusammen ist.

Ich gehe den mit Kieselsteinen bedeckten Weg entlang – sie sind noch nicht dazu gekommen, ihn zu pflastern –, als meine Aufmerksamkeit auf zwei Männer gelenkt wird, die etwas Großes, Weißes aus einem Transporter laden. Ich klingle an der Tür.

»Sav?« Wyatt kommt hinterm Haus hervor. Er trägt Jogginghose und T-Shirt und ist ganz verschwitzt.

»Warst du joggen?«, frage ich.

Grinsend fährt er sich durch das dunkle Haar. »Die Hühner, die deine Schwester gekauft hat, sind ein Vollzeitjob.«

Ich erwidere sein Lächeln. »Du solltest es Brooklyn machen lassen.«

Er stimmt mir zu, aber sein Gesichtsausdruck verrät, dass das niemals passieren wird.

»Wo ist sie eigentlich?«, frage ich, denn ich will jetzt rein und mich fertig machen, damit ich dieses Date endlich hinter mich bringen kann. Ja, ich weiß, nicht unbedingt die beste Einstellung, aber es ist die Wahrheit.

»Sie ist in die Stadt gefahren, um noch mehr Pflanzen zu kaufen. Sie will einen Garten anbauen. Aber eigentlich sollte sie inzwischen zurück sein.«

»Ist sie es leid, jedes Mal zu Holly und Austin zu fahren, wenn sie ätherische Öle herstellen will?«, frage ich, unsicher, ob ich einfach reingehen soll.

Wyatt betritt die Veranda. »Neulich hat sie sie beim Vögeln erwischt, als sie ein paar Kräuter aus ihrem alten Garten holen wollte.«

Ich krümme mich und stelle mir vor, wie es gewesen wäre, wenn *ich* in diese Situation geraten wäre. »Scheint öfter vorzukommen. Sie sind eben frisch verheiratet.«

»Ja. Ich habe gehört, sie probieren es.«

Ich ignoriere das Stechen in der Brust. Wahrscheinlich werde ich es nie »probieren«, denn was soll ich bitte tun? Eine Firma leiten mit einem Baby an der Brust? Kein anderer Bailey hat daran Interesse, für Bailey Timber zu arbeiten. Und Grandma Dori ist auch immer seltener da. Ich bin die einzige Bailey, die das Familienunternehmen am Laufen und unser Vermächtnis am Leben halten kann. Außerdem gibt es da noch das Problem, dass ich jemanden finden müsste, der mich so akzeptiert, wie ich bin. Zuerst müsste man sich verlieben. Heiraten. »Das habe ich auch gehört«, erwidere ich. Ich beobachte die Männer, die wieder aus dem Transporter steigen, und erkenne, dass es sich um ein Zelt handelt. »Ist das für die Feier?«

Er wirft einen Blick über die Schulter, als könnte er sich nicht daran erinnern. »Ja. So viel Aufwand für eine kleine Zeremonie.«

»So etwas wie eine kleine Zeremonie gibt es nicht, wenn man eine Bailey heiratet.«

»Nur gut, dass nicht halb Manhattan da sein wird.«

»Das stimmt.«

Ich kann mir gar nicht vorstellen, wie es gewesen wäre, wenn sie die halbe Upper East Side eingeladen hätten. Wyatts Familie besitzt auf der ganzen Welt Hotelketten, und ich bin sicher, seinem Dad hätte eine protzige Manhattan-Hochzeit durchaus gefallen. Als Geschäftsfrau habe ich eine Menge Respekt vor Wyatt, dass er auf eigene Faust losgezogen ist, in Lake Starlight ein Resort gekauft hat, das in den roten Zahlen steckte, und nun dabei ist, das Ruder herumzureißen. Als Schwester habe ich sogar noch größeren Respekt vor ihm. Seit Brooklyn, kurz bevor sie sich kennengelernt haben, vorm Altar stehen gelassen wurde, hat er ihr so viel Liebe und Unterstützung entgegengebracht.

»Jedenfalls habe ich keine Lust mehr, über den ganzen Hochzeitsscheiß zu reden. Deshalb sind wir abgehauen. Aber was machst du eigentlich hier? Brooklyn hat zwar erzählt, dass du vorbeikommst, aber nicht, warum.« Er beäugt die Tasche über meiner Schulter.

»Nun ja …«

Bevor ich ihm erzählen kann, dass ich mich von meiner Kuppel-Schwester zu einem Date habe überreden lassen, hören wir das Knirschen von Brooklyns Reifen auf den Kieselsteinen. Sie öffnet den Kofferraum ihres schicken SUV und holt eine Kiste mit Pflanzen und Blumen heraus. Wyatt joggt die Treppe hinunter, um sie ihr abzunehmen.

»Danke, Schatz.« Brooklyn lächelt mich an. »Tut mir leid, dass ich zu spät bin. Die Gärtnerei hatte neue Pflanzen, die ich mir unbedingt anschauen musste.« Sie winkt ab, als wäre es keine große Sache, dass sie nicht pünktlich war. »Darf ich dein Make-up machen?«

Die Pflanzen sind vergessen, auf zur nächsten Aufgabe. So ist Brooklyn nun mal.

»Ich kann mich selbst schminken.«

»Übt ihr schon für die Feier?« Wyatt stellt die große Kiste mit den Gartenutensilien auf den Rasen.

»Nein. Savannah hat ein Date.« Brooklyn klingt so stolz, dass meine Wangen zu glühen beginnen.

»Oh …« Wyatt durchbohrt Brooklyn mit seinem Blick, als würde er versuchen, ihr irgendwas mitzuteilen. Doch sie ist zu sehr damit beschäftigt, die Haustür aufzuschließen. »Brook?«

Wir drehen uns zu ihm um, doch bevor er etwas sagen kann, biegt ein mir nur zu bekanntes Muscle-Car in die Einfahrt ein.

»Was macht Liam hier?«, frage ich durch zusammengepresste Zähne.

Wyatt fährt sich durch das Haar und verlagert das Gewicht. »Ich habe ihn gebeten, mir mit dem Aufbau des Zelts zu helfen.«

»Warum?«, kreischt Brooklyn.

Mein Blick ist auf Liam gerichtet, der noch nicht ausgestiegen ist. Vorhin im Büro hat er nichts erwähnt.

»Ich habe es dir doch schon mal erklärt. Ich finde es toll, dass du denkst, ich könnte alles. Aber du vergisst, dass ich mein ganzes Leben lang Leute dafür bezahlt habe, solche Sachen zu machen. Ich bin nur zu den Events gegangen.« Wyatts frustrierter Ton verrät mir, dass sie sich hinter meinem Rücken schon mehrfach über Liam und mich unterhalten haben.

»Schon in Ordnung«, sage ich, damit das frisch vermählte Paar aufhört zu streiten.

»Sicher?« Brooklyn legt die Hand auf meinen Arm. Zuerst blicke ich auf ihre Hand, dann in ihr besorgtes Gesicht.

Liam steigt aus. Er sieht noch genauso umwerfend aus wie vorhin in meinem Büro. Der lässige Look aus Jeans und T-Shirt steht ihm. In ganz Lake Starlight gibt es keinen anderen Mann mit so einem Bizeps. Und keiner hat so viel Sex-Appeal wie Liam. Aber das würde ich ihm niemals sagen.

»Schon okay. Egal, was ihr gehört habt, es stimmt nicht.«

»Aber Buz …«

Wyatt sieht Brooklyn scharf an, damit sie den Mund hält.

Keiner will daran erinnert werden, dass dieser dumme Klatsch-Blog über einen geschrieben hat.

»Dann machen wir dich mal zurecht. Hey, Liam!« Brooklyn winkt ihm zu.

Ich bin sicher, er hat meinen SUV in der Einfahrt bemerkt. Es überrascht ihn bestimmt nicht, dass ich hier bin. Bisher hat er allerdings nicht in unsere Richtung geblickt. Doch das ändert sich nach Brooklyns lauter Begrüßung. Als er grinst, entfacht er in mir ein Feuer. Es ist dasselbe Grinsen wie neulich in der Bar, als ich aufgestanden bin, um mit ihm und Denver Billard zu spielen. Als hätte er mich in die Enge getrieben.

»Brooklyn. Wyatt.« Er hebt die Hand zum Gruß, richtet dann den Blick auf mich und senkt sie. »Sav.«

Dass er meinen Spitznamen benutzt, erinnert mich an die Male, als wir allein waren. Er tropft von seinen Lippen wie schmelzendes Eis in der Sonne. Und ich bin der Tropfen, der im freien Fall zu Boden fällt.

»Hey. Nett, dass du Wyatt hilfst.«

Brooklyn wippt mit dem Fuß, ihre Hand liegt noch immer auf dem Türknauf. Als sie die Tür öffnet, kommt Gizmo herausgeschossen und springt von der obersten Treppenstufe ab, als würde er sich für einen riesigen Schäferhund halten. Aber er ist ein Husky-Corgi-Mix. Mit seinen kurzen Beinen kommt er nicht weit. Wie ein Ball kullert er die Stufen hinab. Doch bevor er auf den Kieselsteinen landet, fängt Liam ihn auf.

»Ich glaube, meine Eierstöcke sind gerade explodiert«, flüstert Brooklyn.

Wyatt hebt eine Augenbraue. »Jetzt aber.«

»Was denn? Komm schon. Er hat unseren kleinen Mann aufgefangen.« Brooklyn schiebt sich an Wyatt und mir vorbei, um den Fellball entgegenzunehmen, als Liam die Veranda betritt und sie haushoch überragt.

Kurz wandert mein Blick über seine tätowierten Arme.

»Gizmo, du kannst nicht einfach so davonstürmen. Ganz egal, wie sehr du Liam auch liebst.« Brooklyn krault ihn unterm Kinn, trägt ihn ins Haus und wirft mir einen Blick zu.

»Bis später.« Ich mache einen Schritt auf die Tür zu.

»Können wir kurz reden?«, donnert Liams Stimme hinter mir.

Brooklyn wirbelt herum und verpasst Gizmo wahrscheinlich ein Schleudertrauma. Seine Augen treten hervor, doch als er Liam sieht, streckt er die Zunge heraus. *Ich verstehe dich, kleiner Mann. Ich verstehe dich voll und ganz.*

»Mit wem? Deine Rede können wir später besprechen«, erwidert Brooklyn mit Panik in den Augen.

Liams verwirrter Blick wandert von einem zum anderen und landet schließlich auf mir. »Mit Savannah. Wir organisieren zusammen die Spendengala für die Bücherei. Ich muss kurz mit ihr sprechen.«

»Wirklich?« Brooklyns überraschter Ton ist nicht verwunderlich.

»Grandma Dori«, erkläre ich.

»Immer mischt sie sich ein. Ich fange schon mal an, Liam. Komm einfach, sobald du fertig bist.« Mit dem Daumen deutet Wyatt nach hinten auf den Garten.

»Kann ich zuerst mit dir sprechen?«, fragt Brooklyn Wyatt.

Ich schüttle den Kopf, denn Wyatt blickt bereits fragend drein, warum er jetzt ins Haus beordert wird. Ich stelle meine Tasche neben der Tür ab und gehe ein paar Stufen nach unten, falls Brooklyn ein Glas gegen die Tür hält.

»Was gibt's?« Ich versuche, so lässig wie möglich zu klingen, obwohl ich mich kein bisschen so fühle. Liam ist kein Mann großer Worte, und ich habe jetzt keine Lust, dass wir einander ewig anstarren, bevor er sich dazu entschließt, endlich den Mund aufzumachen.

»Also … ein Date?« Er verschränkt die Arme vor der Brust und lehnt sich gegen das Geländer.

Ich werde einfach ignorieren, wie sich sein Bizeps und seine Brustmuskeln anspannen. »Ja. Ein Date.«

»Schon seltsam. Findest du nicht?« Er legt den Kopf schief.

»Was ist daran bitte seltsam?«

»Dass dir schlecht wird, sobald es eine Frau gibt, die mit mir schlafen will. Und jetzt stehst du hier und versuchst zu verheimlichen, dass du ein Date hast.« Seine Arme spannen sich noch mehr an, und seine Muskeln dehnen den dünnen Stoff seines T-Shirts.

»Du hättest sie mit nach Hause nehmen können.«

»Aber wohin? Du hast dich in mein Bett gelegt.« Er grinst, als würde ihm die Erinnerung an jene Nacht gefallen, als ich eine außerkörperliche Erfahrung hatte und sein Bett beschlagnahmt habe.

»Ich war betrunken.«

»Das war schon das zweite Mal. Warum verheimlichst du, dass du dich mit jemandem triffst?«

»Ich verheimliche es nicht.«

Wieder legt er den Kopf schief und sieht mich mit dem gleichen Gesichtsausdruck an wie damals mein Vater, als ich ihm in der Highschool erklärt habe, das seien nicht meine Zigaretten.

Mir entweicht ein lautes Seufzen. »Es ist mir unangenehm.«

»Warum? Wir sind Freunde. Ich bin der beste Freund deiner Brüder. Es ist nicht so, als würde zwischen uns was laufen.«

Seine blauen Augen bohren sich in meine. Testend. Provozierend. Fast fordernd, damit ich etwas zugebe und er Recht behält. Aber wir wissen beide, dass ich für ihn nur eine weitere Eroberung wäre.

»Ganz genau. Wenn du mich also bitte entschuldigen würdest? Ich muss mich jetzt zurechtmachen.« Ich gehe eine Stufe nach oben.

»Kannst es wohl gar nicht erwarten, ihn zu sehen.«

Ich wirble herum, doch er steht direkt hinter mir, und meine Hände landen auf seinem Bizeps. Mein Blick wandert nach unten. Schnell ziehe ich die Hände zurück.

»Zu heiß zum Anfassen?«

Wut überkommt mich. »Kümmere dich einfach um das Zelt.«

»Hast du schon vergessen, wie geschickt ich mit meinen Händen bin?« Mit den Fingerknöcheln streift er über meinen

Arm, gefolgt von Gänsehaut. »Vielleicht musst du noch mal daran erinnert werden.«

Ich schlage seine Hand weg. »Wehe, du lässt dich blicken.«

»Ich habe deinem Dad versprochen, immer auf euch Bailey-Mädchen aufzupassen.«

»Was *dieses* Bailey-Mädchen angeht, enthebe ich dich deiner Pflichten.« Ich deute auf meine Brust. »Ich kann mich um mich selbst kümmern.«

Ich stapfe die Treppe hinauf, schnappe mir meine Tasche und stoße die Tür auf.

»Ich bin nicht sicher, ob du weißt, welche Sorte Mann gut für dich ist. Ich mache auch ganz schnell. Ein kurzes Hallo und ein Händeschütteln können nicht schaden.«

Ich werfe ihm einen Todesblick zu, der ihn eigentlich abschrecken sollte. Doch sein Lachen sagt mir, dass er mein Date torpedieren wird. Ich wünschte, es würde mich mehr stören.

Knurrend schlage ich die Tür zu.

»Sei froh, dass ich nicht die Buzz-Wheel-Artikel schreibe«, bemerkt Brooklyn, die uns ganz offensichtlich belauscht hat. »Klingt, als könnte man täglich über euch berichten.«

Kapitel 8

LIAM

Savannah hat genau so reagiert, wie ich es erwartet habe. Es ist ihr unangenehm, dass ich hier bin und beobachten könnte, wie sie zu einem anderen Mann ins Auto steigt. Sie wird den ganzen Abend darüber nachdenken, wie sauer sie auf mich ist. Vielleicht sollte ich ein schlechtes Gewissen haben, weil ich vermutlich ihr Date ruinieren werde, aber irgendwie habe ich keins.

Ich reibe mir die Hände, springe von der Veranda und schüttle den Kopf. Dieses Haus wird niemals fertig werden. Aber eins muss ich Wyatt lassen – er ist wild entschlossen, alles selbst zu machen.

Als ich in den Garten komme, sind Wyatt und die Jungs vom Lieferdienst gerade dabei, das Zelt auf dem Rasen auszubreiten. Die Aussicht auf den See hinterm Haus lenkt mich ab. Er ist klar und blau, und ich bin ein wenig angepisst, weil *ich* dieses Grundstück nicht gefunden habe, als ich vor ein paar Jahren mein Haus gebaut habe. Nicht, dass ich die Abgeschiedenheit, in der ich lebe, nicht lieben würde, aber der See erinnert mich an den auf dem Grundstück der Baileys, wo wir früher immer abhingen.

»Sorry«, murmelt Wyatt, als ich zu ihnen eile, um eine der Stangen festzumachen.

»Wofür?«

Er sieht mich an, als müsste ich es wissen. Natürlich weiß ich es. Jeder in dieser Stadt denkt, Savannah und ich würden eine heimliche Beziehung führen. Aber die Wahrheit ist, ich glaube, ich bin in eine Frau verliebt, die nicht mehr existiert.

»Schon in Ordnung. Alles gut. Lass uns einfach das Zelt aufbauen.«

Er nickt und widmet sich der Aufgabe, das Zelt aufzubauen, in dem er seine Hochzeit mit der Liebe seines Lebens feiern wird. Ich würde lügen, wenn ich behaupten würde, dass ich nicht ein wenig neidisch bin.

Als wir fertig sind, ziehe ich mein Shirt aus, denn es trieft vor Schweiß. Ich wische mir die Stirn und gehe zum Hühnerstall, den ich mit Wyatt gebaut habe, um zu sehen, wie er sich macht. Ich beobachte die Hühner, wie sie ohne Ziel herumlaufen und überlege, ob ich gehen soll.

Warum bin ich noch hier? Ich hätte sofort die Flucht ergreifen sollen, nachdem das Zelt stand. Ich hätte sie in ihrem Zustand des Verdrängens lassen sollen. Sie auf ein Date mit einem Typen gehen lassen sollen, der keine Ahnung hat, wer sie wirklich ist. Aber ein kleines bisschen Hoffnung habe ich noch. Sie flammt jedes Mal auf, wenn wir uns an einer Weggabelung befinden.

»Hier.« Wyatt reicht mir ein Wasser.

Ich wische das Kondenswasser ab und drücke die kühle Flasche an meine Stirn. »Danke.«

»Savannahs Date ist gerade angekommen.«

Ich nicke. *Bleib hier. Bleib verdammt noch mal hier draußen. Kümmere dich nicht darum,* sage ich mir zum x-ten Mal, aber manchmal bin ich nicht gut darin, auf meine innere Stimme zu hören. So bin ich auch im Knast gelandet, als ich am Senior Day mit Rome und Denver in der Schule einen Streich gespielt habe. Es war von Anfang an eine beschissene Idee, aber hey, es hat Spaß gemacht.

»Gute Entscheidung, hier draußen zu bleiben.«

Wyatts Worte spornen mich an, irgendwas zu unternehmen.

»Würdest du draußen bleiben?«, frage ich.

Kurz schweigt er. Wyatt und ich reden über alles. Wahrscheinlich hat er mich deshalb zu seinem Trauzeugen ernannt, statt einen von den Bailey-Jungs zu nehmen. Vielleicht sollte ich ihn nicht in die Sache hineinziehen, aber wenigstens ist er mit Savannah nicht blutsverwandt.

»Ich weiß nicht, was das zwischen dir und Savannah ist. Deshalb weiß ich nicht, was ich sagen soll«, erwidert er schließlich.

Ich leere die halbe Wasserflasche. »Das ist eine beschissene Antwort.«

»Die Frage war auch irgendwie beschissen.«

Ich lege den Kopf schief und sehe ihn aus dem Augenwinkel fragend an. Aber er hat recht. Was zum Teufel mache ich eigentlich? Normalerweise akzeptiere ich Niederlagen nicht einfach so. Ich schlage ihm auf den Rücken und gehe in Richtung Haus. »Danke.«

Erst als mich die Kühle der Klimaanlage trifft, wird mir wieder bewusst, dass ich kein Shirt anhabe. Doch ich stehe bereits in der Küche, und Brooklyn starrt mich mit großen Augen an. Ein Typ in Khakihosen und Poloshirt mustert mich skeptisch.

»Ähm …« Brooklyn lässt die Flasche mit ihrem ätherischen Öl fallen, doch sie fängt sie auf, bevor sie auf dem Boden zerbirst. »Hast du dein Shirt verloren?«

Ich hebe es in die Höhe.

»Vielleicht solltest du es anziehen?«, fragt sie, doch ich bin viel zu sehr damit beschäftigt, den Typen, der die Hände in die Hosentaschen geschoben hat, mit meinem Blick zu durchbohren, denn ich weiß, wer er ist.

Von allen Männern, die Juno hätte auswählen können, hielt sie ausgerechnet diesen Vollidioten für den Richtigen für ihre Schwester?

»Liam Kelly?« Brent Jacobs mustert mich von oben bis unten. »Tätowierst du dich immer noch selbst?«

Mir entweicht ein herablassendes Lachen. »Arbeitest du immer noch für Daddy?«

Die Tür hinter mir öffnet sich, und Brooklyn blickt entsetzt drein. Ich nehme an, Wyatt ist gerade hereingekommen.

»Falls du damit fragen willst, ob ich jetzt das Ruder übernommen habe, dann ja«, erwidert Brent.

Brooklyn stellt die Flasche mit dem Öl auf den Tisch. »Ihr zwei kennt euch?«

Wyatt umrundet mich. »Soll ich dir ein frisches Shirt geben?«

»Nicht nötig. Bin eh gleich weg. Aber danke.«

»Sicher? Weil die Klimaanlage an ist und …« Als Wyatt laut schnaubt, hält Brooklyn inne.

»Ich hole dir ein Shirt«, sagt Wyatt.

»Ich gehe.« Brooklyn legt die Hand auf Wyatts Arm, bevor er den Raum verlassen kann. Sie verlässt die Küche. Wahrscheinlich, um Savannah zu warnen.

»Musst du jetzt die Dienste einer Partnervermittlung in Anspruch nehmen, um Frauen zu finden?«, frage ich, lehne mich gegen den Tresen und verschränke die Arme.

»Ich lasse mir doch kein Date mit Savannah Bailey entgehen. Wir haben viel gemeinsam.«

»Ach ja? Was denn?« Die Klimaanlage mag vielleicht an sein, aber dieses Arschgesicht macht mich so wütend, dass ich koche.

Wyatt stellt sich neben mich und verschränkt ebenfalls die Arme vor der Brust. Ich hebe eine Augenbraue, halte den Fokus aber auf Brent gerichtet.

»Wir leiten beide große Firmen.«

»Und?«

Brent verlagert das Gewicht auf die Fersen, und mein Blick fällt auf seine lächerlichen Slipper. Er sieht aus, als wäre er einer Tommy-Hilfiger-Werbung entsprungen. »Gehe ich etwa mit *dir* aus? Warum das Kreuzverhör?«

Ich zucke mit den Schultern. »Ich stehe den Baileys eben sehr nahe.«

»Ach ja, stimmt.« Er grinst wie die Katze aus *Alice im Wunderland*. »Trete ich dir etwa auf den Schlips?«

Wyatt verschluckt sich an seinem Wasser, erholt sich aber schnell wieder, nachdem ich ihm einen bösen Blick zugeworfen habe.

Ich hebe die Hände. »Kein bisschen. Savannah gehört mir nicht. Wenn es so wäre, würdest du nicht hier stehen.«

»Was hat es dann mit dem Beschützerinstinkt auf sich?«

»Ich bin mit ihren Brüdern befreundet.«

»Und ich bin ihr Schwager«, wirft Wyatt ein, als wollte er sagen *Nimm das*.

Mit gehobener Augenbraue sehe ich ihn an.

»Die Baseball-Spieler?« Brent nickt. Während alle Bailey-Jungs Baseball gespielt haben, habe ich Football gespielt. Und Brent auch. Im gegnerischen Team. Das Team, das im Abschlussjahr gegen Lake Starlight gewonnen hat. Wir waren damals schon Feinde und sind es noch heute.

»Genau die.«

»Ich nehme an, sie sitzen inzwischen im Gefängnis?«, spottet Brent.

Ich werfe einen Blick in den Flur. Noch keine Spur von Savannah. »Nein.«

»Warum sagst du so etwas?«, fragt Wyatt und lenkt Brents Aufmerksamkeit auf sich.

»Sie waren Jugendstraftäter. Haben mehr Prügeleien angefangen, als sie beenden konnten. Nur gut, dass sie Liam auf ihrer Seite hatten.«

»Blödsinn«, erwidere ich.

Brent grinst mich spöttisch an und richtet den Blick

dann wieder auf Wyatt. »Im Abschlussjahr haben sie einen Streich gespielt, der sie alle ins Gefängnis gebracht hat. Sie sind Störenfriede.«

Ich drücke mich vom Tresen ab, doch als ein T-Shirt auf meinem Kopf landet, kann ich nichts mehr sehen.

»Hier. Zieh das an.«

Ich greife nach dem Shirt, das mir Brooklyn netterweise zugeworfen hat. Darauf steht geschrieben *Sorry, Girls, ich bin vergeben*. Ich sehe Wyatt an. »Ernsthaft? Das hat sie dir geschenkt? Und du ziehst es an?«

»Nein, verdammt. Ich hatte es noch nie an«, widerspricht er.

Das halte ich für Quatsch, denn Wyatt liebt es, es Brooklyn recht zu machen. Vielleicht nur zu Hause, aber er hat es definitiv schon mal getragen.

»Konntest du kein besseres finden?« Ich ziehe es über meinen Kopf.

»Sorry, ich hatte es eilig.« Sie wendet sich Brent zu. »Sie kommt gleich runter. Sie hat noch einen wichtigen Anruf bekommen. Willst du was trinken?«

Brent zieht einen Stuhl zurück. »Gern. Was auch immer du dahast.«

»Ein leichtes Bier?«

»Perfekt.«

»Ich nehme auch eins.« Ich hebe die Hand.

»Du kannst deins mitnehmen«, sagt sie und drückt es mir gegen den Bauch.

»Und ich?«, fragt Wyatt.

»Du kannst dir selbst eins holen.« Sie reicht Brent ein

Bier und setzt sich an den Küchentisch. »Wie kommt es, dass Liam dich kennt und ich nicht?«

Kopfschüttelnd geht Wyatt an mir vorbei und zum Kühlschrank.

Brent sieht mich herausfordernd an, bevor er sich wieder Brooklyn zuwendet. »Wir kennen uns von der Landesmeisterschaft im Abschlussjahr. Kelly hat verloren, ich habe gewonnen. Fahrt rüber nach Sunrise Bay, dort könnt ihr die Trophäe bewundern.«

Ich verdrehe die Augen. Wyatt öffnet seine Bierdose und sieht mich an, als wollte er sagen *Was für ein Vollidiot*. Japp, das ist er.

»Du tust, als wäre es ein entscheidender Moment in deinem Leben gewesen«, bemerkt Wyatt.

»In meiner alten Highschool behandelt man mich immer noch wie einen Gott. Das kann man von Kelly nicht behaupten.«

Brooklyn blickt über die Schulter und kneift fragend die Augen zusammen. Ich sage nichts.

»Alle lieben Liam. Daran kann ich mich nicht erinnern. Warum erinnere ich mich nicht daran?«, fragt sie mich.

»Du warst schon auf dem College.«

Ihr Blick fällt wieder auf Brent. »Das war in der Highschool. Was machst du heutzutage?«

»Jede Woche den Pokal polieren?«, fragt Wyatt.

Ich muss so losprusten, dass ich fast mein Bier ausspucke. Ich hätte nicht gedacht, dass ein Kerl wie Wyatt, immer so beherrscht und professionell, so frech sein kann.

Brent kapiert inzwischen, dass ich nicht der Einzige in diesem Raum bin, der nicht sein Fan ist.

Brooklyn hebt den Zeigefinger. »Ich sehe mal nach Savannah.«

»Danke, wir haben nämlich eine Reservierung«, erwidert Brent.

»Wo denn?«, erkundigt sich Wyatt.

»Ich habe einen Chef's Table im Fazio's ergattert. Ihr wisst schon ... Das bei Portage Glacier?« Stolz reckt er die Brust. Idiot.

»Cool. Man darf sich nur nicht die Yelp-Rezensionen durchlesen.« Ich zucke mit den Schultern und nehme noch einen großen Schluck von meinem Bier. Keine Ahnung, was die Leute auf Yelp schreiben. Und es ist mir auch egal. Aber Menschen wie Brent ist es nicht egal, was andere denken. Das haben er und Savannah ebenfalls gemeinsam.

»Was soll's. Yelp ist eh scheiße.« Er nippt an seinem Bier.

»Ich hätte nicht gedacht, dass sich ein Kerl wie du selbst eine Meinung bilden kann.«

Brents Blick fällt kurz auf meinen Bizeps, bevor er den Stuhl nach hinten rückt und die Hände auf den Tisch legt, um sich hochzudrücken. Wyatt und ich stoßen uns vom Küchentresen ab.

»Da ist sie.« Brooklyn betritt die Küche und deutet hinter sich auf Savannah.

Ich schlucke schwer. Das Haar trägt sie offen und gewellt, nicht schnurgerade wie gewöhnlich. Ihre High Heels betonen ihre langen Beine, und das enge Kleid ist viel zu kurz. Ich hasse Brent Jacobs.

»Savannah?«, fragt Brent, als wüsste er nicht, wer sie ist.

Er arbeitet eine Stadt weiter. Jeder kennt Savannah Bailey. Bei jeder Wohltätigkeitsveranstaltung sieht man ihr Foto in der Zeitung.

»Brent?«

Sie schütteln einander die Hände.

Arschloch.

Plötzlich richten sich alle Blicke auf mich, als wollten sie fragen *Was zum Teufel ist nur los mit dir?*

»Habe ich das gerade laut gesagt?«, frage ich.

Keiner antwortet, doch Savannah schüttelt den Kopf. »Wer ist denn die Glückliche?«

Ich blicke an mir herab und trete mir mental in die Eier, weil ich vergessen habe, dass ich dieses dumme Shirt trage. Aber ich fange mich schnell – wie immer. »Eifersüchtig?«

»Komm, Savannah. War schön, dich kennenzulernen, Brooklyn. Tolles Haus.« Wie das Arschloch, das er nun mal ist, legt er die Hand auf Savannahs Steißbein und führt sie den kurzen Flur hinab in Richtung Haustür, ohne sich von Wyatt oder mir zu verabschieden.

»Ebenso, Brent. Viel Spaß, ihr zwei.« Brooklyn folgt ihnen.

Ich beschließe, dass es unhöflich wäre, in der Küche zu bleiben. Also stelle ich mein halb leeres Bier ab und gehe ebenfalls zur Haustür, um mich anständig zu verabschieden. »Ich sollte besser auch los.«

Savannah bleibt vor der Tür stehen. Der Idiot kapiert nicht mal, dass er sie für sie öffnen sollte. Um sie noch ein bisschen wütender zu machen, schiebe ich mich an ihnen vorbei, öffne die Tür und mache eine dramatische Geste, als wäre sie die Königin und ich ihr Kammerdiener.

»Danke«, presst sie hervor und tritt hinaus auf die Veranda.

Ich betrachte sie ausgiebig, um mir einzuprägen, wie sie heute Abend aussieht.

»Ja, danke«, säuselt Brent.

Ich lasse die Gittertür los, und sie trifft den Vollidioten voll auf die Nase. Ups.

»Arschloch«, murmelt er.

»Liam!« Savannah funkelt mich böse an.

Ich hebe die Hände. »Ist mir aus der Hand gerutscht.«

Fluchend fasst sich Brent an die Nase.

»Bis später.« Ich winke, stürme die Treppe hinab, bleibe aber auf der letzten Stufe stehen. »Fast hätte ich es vergessen, Wyatt.«

Savannah hält ebenfalls inne. Sie will wohl verhindern, dass ihr Körper meinen berührt. Ich ziehe das Shirt aus und werfe es Wyatt zu. Savannahs Augen wandern über meine Bauchmuskeln. Verlangen erfüllt ihren Blick.

»Danke für das T-Shirt.« Das könnte mein dümmster Move aller Zeiten sein. Zuerst mache ich sie geil, dann lasse ich sie mit einem anderen Typen auf ein Date gehen. Aber ich bin sicher, dass ich Savannah besser kenne als jeder andere. »Sav?«

Sie blickt von meinem Hosenbund auf. Nach einem langen Arbeitstag sitzt meine Jeans viel zu tief auf meinen Hüften. »Ja?«

»Ich werde auf dich warten.«

Sie errötet und schluckt so laut, dass man es bestimmt bis in die Innenstadt von Lake Starlight hört.

»Okay«, krächzt sie.

Lächelnd drehe ich mich um und gehe zu meinem Auto. Verdammt, wie sehr ich es liebe, sie sprachlos zu machen.

Kapitel 9

LIAM

Mein Blick wandert zur Uhrzeit auf der Mikrowelle – mal wieder. Mitternacht.

Fuck, ich habe das Falsche getan. Ich hätte mein Shirt nicht ausziehen sollen. Ich hätte sie nicht herausfordern und mit einem anderen Typen ausgehen lassen sollen. Was zum Teufel habe ich mir nur dabei gedacht?

Ich werfe mich aufs Sofa, schalte den Fernseher ein und versuche, irgendwas zu finden, das mich ablenkt.

Denver kommt in Jeans und T-Shirt die Treppe heruntergestürmt. Nichts deutet darauf hin, dass er ausgehen will, abgesehen von seinem gestylten Haar. »Ich gehe ins Lucky's. Willst du mitkommen?«

»Nein.«

Er nimmt sich ein Bier aus dem Kühlschrank und setzt sich zu mir, bevor er es öffnet. »Komm schon. Ich habe es satt, immer alles allein zu machen. Rome hat auch keine Zeit mehr für mich.«

Ich nehme einen Schluck von meinem Bier. »Er hat zwei Kinder und ein Restaurant.«

»Trotzdem. Ich habe nur noch Juno und Colton. Und die haben nur Augen füreinander. Ich habe keine Abschlepphilfe mehr.«

Ich lache leise. »Das hast du doch schon immer ganz gut allein hinbekommen.«

»Das stimmt. Aber du weißt ja, dass Frauen immer in Rudeln auftauchen. Oder zumindest paarweise.«

»Vielleicht findest du eine, die neu ist in der Stadt. Wie Austin.«

Er schüttelt bereits den Kopf, bevor ich meinen Gedanken zu Ende führen kann. »Nein, so was gibt's eigentlich nur in Hallmark-Filmen. Das war eine Ausnahme.«

Da widerspreche ich ihm nicht, obwohl ich nicht sicher bin, ob Hallmark-Filme mit einer schnellen Nummer in einem Jeep hinter einer Bar beginnen.

Es gab mal eine Zeit, als ich noch dachte, Savannah und ich würden auch unseren Hallmark-Moment bekommen. Doch die Wahrheit ist, dass sie fünf Jahre älter ist als ich und ich in sie verschossen bin, seit ich dreizehn bin. Außerdem bin ich der beste Freund ihrer Brüder. Ich habe mir ewig Sorgen gemacht, ob sie mich niemals bemerken würde. So lange habe ich sie aus der Ferne angehimmelt. Inzwischen hat sie mich bemerkt, aber es ist noch viel schlimmer, als erwartet – denn sie gibt mir absichtlich einen Korb. Die andere Seite der Medaille ist jedoch, dass ich jetzt wenigstens nicht mehr meine Beziehung zu den Baileys aufs Spiel setze. Sie sind wie meine Familie.

»Dann viel Glück. Vielleicht findest du ja eine streunende Katze.«

Er leert sein Bier. »Ich glaube, ich bleibe doch lieber hier.«

Verdammt, das wird er nicht, denn sobald seine Schwester von ihrem beschissenen Date nach Hause kommt, werde ich sie in die Enge treiben. Ich will wissen, was das zwischen uns ist. Ich werde mein Shirt zerreißen und sie zum Sabbern bringen. Ich werde ihr ganz offen sagen, was ich fühle, weil ich sonst den Verstand verliere.

»Im Fernsehen läuft eh nichts. Ich glaube, ich gehe ins Bett.« Ich stelle die leere Bierdose auf den Tisch und setze mich auf, als wollte ich in mein Zimmer gehen.

»Echt? Du wirst langsam alt.« Er steht auf.

Ein gutes Zeichen. Jetzt muss er nur noch zur Tür gehen.

»Ich bin fix und fertig. Diese langen Arbeitszeiten bringen mich um.«

»Warum bist du heute Abend nicht im Shop?«

Gute Frage. Eigentlich sollte ich im Studio sein, aber ich bin so verwirrt, dass ich unmöglich jemanden tätowieren kann. Ich hatte sowieso keine Termine, und Rhys ist da, falls jemand spontan vorbeikommt.

»Wie ich schon sagte. Ich bin müde. Ich sollte niemanden tätowieren, wenn ich nicht in der richtigen Verfassung bin.«

Er starrt mich lange an, nickt schließlich und stellt das leere Bier auf den Couchtisch.

So lange er verdammt noch mal verschwindet, werde ich

nicht mit ihm schimpfen, weil er die Dose nicht in den Müll wirft.

An der Tür bleibt er stehen. »Oh.«

Fuck. Geh einfach.

»Ja?« Ich tue, als hätte ich nichts Besseres zu tun, als mich mit ihm zu unterhalten.

»Nach Brooklyns Hochzeitsfeier werde ich ein Überlebenstraining leiten. Also werde ich eine Weile nicht da sein. Eigentlich hätte Chip es machen sollen, aber er hat gefragt, ob ich für ihn einspringen kann.«

Ich ziehe die Stirn kraus. »Geht es ihm gut?«

Chip ist so etwas wie Denvers Mentor. Er ist derjenige, der Denver beigebracht hat, Buschpilot zu sein, in der Wildnis zu überleben und zu dem Denver aufgesehen hat, seit seine Eltern gestorben sind. Normalerweise machen Denver und Chip das Training gemeinsam. Nicht, dass Denver nicht allein klarkommen würde. Das hat er bewiesen, als er vor ein paar Jahren mit diesem Musikproduzenten an Bord abgestürzt ist und ihn mit gebrochenem Bein aus dem Dschungel hinausgeführt hat.

Er zuckt mit den Schultern. »Ich glaube, es gibt da irgendwas, das er mir nicht erzählt. Er hat mich gebeten, ein paar seiner Touren zu übernehmen.«

»Hm.«

»Ja. Ich hoffe, ich finde es noch heraus, bevor ich gehe. Aber du kennst Chip ja.«

Chip ist immer sehr verschlossen. Ich kann es ihm nicht verübeln. Man wäscht seine schmutzige Wäsche eben nicht gern vor den Augen aller.

»Ich hoffe, es ist alles in Ordnung.«

Er presst die Lippen zusammen und fährt sich durch das Haar, bevor er die Tür öffnet. »Ich auch. Bis dann, alter Mann.«

Lachend verschwindet er und zieht die Tür zu, bevor ich ihm hinterherrufen kann, dass er zur Hölle fahren soll. Ich werfe einen Blick auf die Uhr. Obwohl es sich anfühlt, als hätte es Ewigkeiten gedauert, ihn loszuwerden, waren es in Wirklichkeit nur zehn Minuten. Das wird eine lange Nacht.

Ich schalte den Fernseher aus, werfe unsere Bierdosen in die Recycling-Tonne und gehe in den Schuppen. Dort werde ich die Zeit totschlagen, bis Savannah nach Hause kommt.

• • •

Am nächsten Morgen stehe ich um sieben Uhr in der Küche und schenke mir einen Kaffee ein, als ich höre, wie ein Auto in die Einfahrt fährt und eine Tür zugeschlagen wird. Dann wird der Schlüssel ins Schloss gesteckt. Denver kam um halb drei nach Hause. Allein. Er meinte, im Lucky's sei es scheiße gewesen. Also ist es mit Sicherheit Savannah. Die Tasse Kaffee, die ich bereits getrunken habe, wird sauer in meinem Magen.

Die Tür öffnet sich. Ich denke darüber nach, mich nicht umzudrehen, doch wem will ich bitte etwas vormachen? Ich will wissen, in welcher Verfassung sie ist.

Ich weiß nicht, was ich erwartet habe, aber sie trägt den gleichen unordentlichen Dutt wie jeden Tag, wenn sie von der Arbeit nach Hause kommt. Ihr Kleid ist nicht zu zerknittert, was hoffentlich bedeutet, dass es nicht zusammengeknüllt auf Brents Schlafzimmerboden lag. Und es ist nicht zerrissen. Das heißt, sie hatten wenigstens nicht die Art von Sex, bei der es nicht schnell genug gehen kann. Doch sie trägt keinen BH. Ich kann unter dem engen Kleid ihre steifen Nippel sehen. Beim Gedanken, dass sie vielleicht mit ihm geschlafen hat, verspannen sich meine Kiefermuskeln. Es sollte mich so anekeln, dass all mein Verlangen nach ihr erlischt, aber ich will sie noch immer.

»Für einen Samstag bist du aber früh wach.« Sie legt die Schlüssel in die Schale neben der Eingangstür, lässt jedoch die Handtasche über ihrer Schulter hängen. Wahrscheinlich hat sie darin ihre Unterwäsche.

Meine Hände ballen sich zu Fäusten. »Ich habe doch gesagt, dass ich auf dich warte.«

Sie senkt den Blick. »Ich dachte, das wäre nur eine Machtdemonstration gewesen. Brooklyn meinte, du würdest Brent kennen.«

»Ja, ich kenne ihn. Du kannst mir also glauben, dass ich meine Gründe hatte, als ich gesagt habe, ich würde auf dich warten.«

»Er ist kein schlechter Kerl.« Sie geht in Richtung Küche.

Es überrascht mich, wie zivilisiert wir miteinander umgehen. »Das sehe ich anders.«

Sie greift nach ihrer Tasse, doch selbst, als sie sich auf die Zehenspitzen stellt, kommt sie nicht ran. Ich kessle sie zwischen mir und dem Küchentresen ein und greife nach oben. Sie riecht nicht, als hätte sie die ganze Nacht Sex gehabt. Ich stelle ihre Tasse auf die Theke, greife nach dem Kaffeepott zu meiner Rechten und schenke ihr ein.

»Hast du gerade an mir geschnüffelt?«

»Ich will sichergehen, dass du nicht nach ihm riechst.« Noch einmal atme ich ihren Duft ein, bevor ich einen Schritt zurück mache. Ich muss aufhören, mich selbst zu quälen.

»Und wenn es so wäre?« Sie dreht sich um, bleibt aber am Küchentresen stehen.

Ich kann nur daran denken, wie es wäre, an ihren Nippeln zu saugen. Die harten Spitzen mit meiner Zunge zu umkreisen, bis sie meinen Namen seufzt. »Ich wäre enttäuscht davon, dass du auf so einen Vollidioten hereingefallen bist.«

Sie starrt mich an. »Er war der perfekte Gentleman.«

»Ach ja?«

Wahrscheinlich könnte ich ein Buch mit dem Titel *Savannah Baileys Gesichtsausdrücke für Dummies* schreiben, denn ich studiere sie seit Jahren. Seit Jahren mustere ich sie immer zuerst, um ihre Reaktion zu dechiffrieren. Ein verstecktes Stirnrunzeln erkenne ich anhand ihrer gehobenen Augenbrauen. Wenn ihre Kiefermuskeln zucken, weiß ich, dass sie versucht, so zu tun, als würde sie etwas nicht berühren.

Im Moment sehe ich ihr an, dass Brent nicht komplett ihr Herz erobert hat. Aber das wird sie mir nicht verraten, denn sonst würde sie zugeben, dass ich recht hatte. In Savannahs Welt darf nur sie recht haben.

»Ja. Wenn du mich jetzt bitte entschuldigen würdest? Ich muss Brooklyn mit ein paar Sachen für die Hochzeitsfeier helfen.« Sie nimmt ihren Kaffee und ihre Handtasche und geht zur Treppe.

»Werdet ihr euch wiedersehen?« Ich setze mich an die Frühstückstheke und schlage die Zeitung auf.

Kurz vor der Treppe bleibt sie stehen. »Vielleicht.«

»Gut zu wissen, dass du dich immer noch selbst belügst.«

Sie dreht sich so schnell herum, dass ihr Kaffee aufs Parkett schwappt. »Scheiße.«

Sie kommt zurück in die Küche und stellt die Tasse und die Handtasche auf die Kücheninsel. Als ihre Tasche umfällt, habe ich endlich den Beweis – ihr BH blitzt heraus.

Ich schließe die Augen, um meine Wut im Zaum zu halten. Wut, auf die ich vielleicht gar kein Recht habe. Aber sie kocht so schnell hoch, dass ich sie nicht zurückhalten kann. Wenn ich noch länger in der Küche bleibe, werden wir uns gleich so laut anschreien, dass Denver wach wird. Und was auch immer zwischen uns ist, wird explodieren. Und dann wird sich Dori wieder einmischen. Noch mehr, als sie es ohnehin schon tut.

Ich umrunde die Kücheninsel. »Ich fasse nicht, dass du mit ihm gevögelt hast.« Die Worte rutschen mir heraus, bevor ich sie aufhalten kann.

Sie will gerade ein Küchenpapier von der Rolle reißen, als sie innehält. »Was?«

»Ich fasse nicht, dass du mit diesem egoistischen Arschloch im Bett warst. Woran liegt's? Am Anzug und am Geld?«

Sie reißt ein Küchenpapier ab. Mit Kraft. Ich blicke über die Schulter, um sicherzugehen, dass Denver nicht hinter mir steht.

»Wer sagt denn, dass ich mit ihm geschlafen habe?«

Wie sie das Wort »geschlafen« sagt, macht irgendwas mit meinem Schwanz, doch ich bettle ihn an, sich aus der Diskussion herauszuhalten. Schnaubend lege ich den Kopf schief. »Ich bin kein Idiot. Du kommst morgens ohne BH nach Hause. Ich würde mein Haus darauf verwetten, dass dein Slip auch da drin ist.«

Als sie sich an mir vorbeidrängt, stößt sie mit der Schulter gegen mich. Dann geht sie auf alle viere, um den verschütteten Kaffee aufzuwischen. Sie so zu sehen und zu wissen, dass ich sie nicht haben kann, ist die reinste Folter. »Du solltest jetzt ruhig sein und in dein Zimmer gehen. Und zwar sofort.«

»Das würde dir so passen. Nicht die Verantwortung für deine Taten zu übernehmen.«

Sie steht auf und lässt die Hand mit dem schmutzigen Papiertuch hängen. »Was habe ich dir denn getan, Liam?«

»Du reizt mich, verdammt noch mal. Du gehst mit mir nach Hause und machst stundenlang mit mir rum. Ich präge mir deinen Körper ein, nur damit du am nächsten Morgen so tust, als wäre es nur passiert, weil du betrunken warst. Und jetzt datest du einen Vollidioten und lässt dich von ihm vögeln!«

Sie blickt über die Schulter, denn meine Stimme ist immer lauter geworden.

Sie tritt nahe an mich heran. Zu meiner Verwunderung pikst sie mir nicht den Finger in die Brust. Sie wartet, um sicherzugehen, dass ich gut zuhöre. »Wag es nie wieder, so mit mir zu reden. Was zwischen uns passiert ist, war ein Fehler. Und wenn ich mit Brent geschlafen habe, hätte ich das Gleiche getan wie alle Frauen, die du mit nach Hause bringst. Und du wagst es, mich zu verurteilen? Nur weil er vielleicht hatte, was du nicht kriegen kannst? Hör auf, so zu tun, als hätte ich dir das Herz gebrochen, weil ich nicht mit dir schlafe.«

Mein Herz schlägt wie verrückt, und ich spüre, wie Hitze meinen Nacken hinaufkriecht. »Wovon zur Hölle redest du da?«

»Ich weiß, dass du mich nur erobern willst. Die zugeknöpfte große Schwester, von der du denkst, dein Schwanz könnte sie endlich lockerer machen. Und wenn du mich dann hattest, ziehst du weiter und setzt ein Häkchen hinter mich.«

»Du spinnst doch.« Ich packe ihre Hüften, drücke sie gegen die Küchentheke und presse meinen halb steifen Schwanz gegen ihr Becken. »Macht das denn überhaupt nichts mit dir?«

Lachend verdreht sie die Augen. »Dass ich mich zu dir hingezogen fühle, hat überhaupt nichts zu bedeuten. Ja, du bist heiß. Ich habe nie das Gegenteil behauptet.«

»Dann lass uns die Sache jetzt klären. Komm mit nach oben.«

Schnaubend sieht sie weg, bevor sie mich wieder ansieht. »Nein.«

»Wovor hast du Angst?« Ich lehne mich weiter nach vorn und lasse die Hände über ihren Hintern gleiten.

»Was ist denn bei euch los?« Denver bleibt am unteren Treppenabsatz stehen und reibt sich verschlafen die Augen.

Ich mache einen Schritt zurück.

Savannah dreht sich um und tut, als würde sie nach ihrem Kaffee greifen. »Nichts.«

»Warum streitet ihr euch?«, fragt er gähnend.

»Ich habe Kaffee auf Liams kostbaren Fußboden verschüttet.« Savannah geht zur Treppe. Unsere Blicke treffen sich über den schlaftrunkenen Denver hinweg. »Du siehst übrigens beschissen aus.«

»Danke.« Er streckt sich und mustert seine Schwester. »Sieht aus, als wärst du endlich flachgelegt worden. Hoffentlich hast du jetzt bessere Laune.«

Denver geht in die Küche, nimmt sich eine Tasse und schenkt sich einen Kaffee ein.

»Ihr zwei seid echt Arschlöcher.« Savannah verschwindet nach oben.

»Manchmal frage ich mich, was mit ihr passiert ist. Warum ist sie immer so gereizt, während der Rest von uns relativ entspannt ist?«

Ich widme mich wieder meiner Zeitung. »Hab ein wenig Nachsicht mit ihr. Sie musste früh viel Verantwortung übernehmen.«

Denver denkt kurz über meine Worte nach, nickt dann und nimmt einen Schluck von seinem Kaffee. Ich sollte ihm dankbar sein, dass er uns unterbrochen hat. Nachdem Savannah gestern Nacht mit Brent Jacobs geschlafen hat, hätte ich fast etwas getan, das ich später bereut hätte.

Vielleicht ist es an der Zeit, den Kampf aufzugeben.

Kapitel 10

SAVANNAH

Mein Date mit Brent ist nun fast eine Woche her. Seither gehe ich Liam aus dem Weg. Aber irgendwann werde ich mich wegen der Spendenauktion mit ihm zusammensetzen und Zeit mit ihm allein verbringen müssen. Ich weiß nicht, ob ich mich dann kontrollieren kann. Ich muss die ganze Zeit daran denken, wie er sich in der Küche an mich gedrückt hat. In Gedanken male ich mir immer wieder aus, was passiert wäre, wenn uns Denver nicht unterbrochen hätte.

Bisher hat Brooklyns und Wyatts Hochzeitsfeier als Ausrede funktioniert, aber nach heute Abend muss ich mir dringend etwas einfallen lassen, damit ich mich nicht länger zu ihm hingezogen fühle. Wir flirten seit Ewigkeiten miteinander, doch inzwischen hat es sich in Bissigkeit verwandelt. Unsere Neckereien haben sich immer angefühlt wie eine seltsame Art von Vorspiel. Aber in letzter Zeit ist alles ernster geworden. Zerstörerischer.

Als ich die Geschenke auf dem Tisch so arrangiere, dass

sie nicht umfallen, kommt Phoenix zu mir. »Sav, du musst dringend etwas gegen diesen DJ unternehmen.«

»Was?«, schreie ich über die Musik hinweg.

»Die Songs, die er spielt, sind furchtbar. Und wie er von einem Lied zum nächsten wechselt. Total abgehackt.«

Ich zucke mit den Schultern. »Ich habe ihn nicht ausgesucht.«

Ich hebe eine große Schachtel hoch. Der Größe und dem Gewicht nach zu urteilen bestimmt ein Mixer.

»Brooklyn und Wyatt sind zu sehr damit beschäftigt, sich zu unterhalten. Aber sieh mal.« Phoenix packt mich an den Schultern und dreht mich um. »Keiner ist auf der Tanzfläche.«

Phoenix hat recht. Die improvisierte Tanzfläche unter den blinkenden Lichtern, die ich mit angebracht habe, ist leer. Das Dinner ist vorbei. Inzwischen sollten sich die Gäste eigentlich amüsieren.

»Na schön. Ich werde mit ihm sprechen, sobald ich hier fertig bin.«

»Ich mache das.« Phoenix nimmt mir das Geschenk aus der Hand. »Der DJ ist die reinste Katastrophe, Sav.« Sie schiebt mich in Richtung Tanzfläche.

Ich gehe auf ihn zu und hole tief Luft, als ich von Dori aufgehalten werde. »Der DJ hat überhaupt nichts vorbereitet. Er meinte, er habe nur die Songs, die Brooklyn abgesegnet hat. Ich habe ihm gesagt, ich wolle den Ententanz machen, doch er meinte, die Braut habe Nein gesagt. Ich habe ihm gesagt, meine Enkeltochter würde dazu niemals Nein sagen, denn sie weiß, wie sehr ich dieses Lied liebe.«

Ich bin sicher, Brooklyn hat dem DJ tatsächlich gesagt, dass er den Ententanz nicht spielen darf. Bei Austins Hochzeit ging Dori so tief in die Hocke, dass es alle vier Bailey-Jungs gebraucht hat, um sie wieder hochzuziehen.

»Ich rede mit ihm. Und jetzt geh und hab Spaß mit deinen Freundinnen.«

Sie entfernt sich.

Doch ich komme nicht weit, da rennt Calista auf mich zu.

»*Baby Shark*! DJ spielt nicht.« Sie schüttelt den Kopf.

Ich beuge mich zu ihr herunter. Sie wird Rome und Denver immer ähnlicher. »Ich rede mit ihm.«

Sie schlingt die Arme um mich, und ich drücke sie fest. »Danke, Tante.«

»Gern geschehen.«

Dann rennt sie los, doch Dori hält sie fest, bevor sie die Tanzfläche verlassen kann.

»Sav?« Als auch noch Juno auf mich zukommt, hebe ich die Hand.

»Ich rede mit dem DJ. Entspann dich.«

»Was?« Sie nippt an ihrem Champagner. Das ist bestimmt schon ihr fünftes Glas. Diese Frau liebt Champagner. »Ich wollte dich nach Brent fragen. Er hat mich angerufen, um mir zu sagen, dass er mehrfach versucht hat, dich zu erreichen, du aber keine seiner Anrufe und Nachrichten erwiderst.«

»Ja … Ich bin mir nicht sicher mit ihm.«

»Warum nicht? Er meinte, er habe das Date sehr genossen und hoffe, dass ihr euch wiederseht.« Sie folgt mir zum DJ.

Ich will jetzt wirklich nicht darüber reden. Vor allem nicht heute, da Liam in einem perfekt sitzenden Anzug hier aufgetaucht ist. Es erinnert mich an Austins Hochzeit vor ein paar Wochen. Wie das Jackett von seinen Schultern gerutscht und auf dem Boden seines Schlafzimmers gelandet ist. Wie er mein Gesicht zwischen die Hände genommen hat, als er sich nach vorn beugte, um mich zu küssen.

»Können wir später darüber sprechen?«, frage ich.

»Nein. Ich will jetzt darüber sprechen.«

Ich bleibe stehen und sehe sie an. Vielleicht waren es schon mehr als fünf Gläser, so streitlustig, wie sie ist. Juno verträgt nicht sonderlich viel Alkohol. »Ich habe *später* gesagt.«

Ich erreiche das DJ-Pult und stelle fest, dass er fast noch ein Baby ist. Sein Gesicht ist knallrot, und der Schweiß steht ihm auf der Stirn, während er fiebrig nach irgendetwas sucht.

»Hi. Ich bin Savannah Bailey.«

»Sav?«, jammert Juno neben mir. Ich hebe den Zeigefinger.

»Oh, ich brauche was von dir.« Seine Augen fangen an zu leuchten. Dann schnippt er mit den Fingern und fährt sich durch das dichte, widerspenstige rote Haar. »Mikro.«

»Okay, aber zuerst ...«

»Kennt einer von euch einen Liam Kelly? Er braucht auch ein Mikro.« Mit dem Zeigefinger fährt er über ein Blatt Papier, während er liest. »Und eine Dori Bailey?«

»Hält sie eine Rede?«, frage ich.

»Deshalb braucht sie ja ein Mikro.« Er hätte genauso gut *Was denn sonst?* sagen können.

»Hoppla.« Junos Kopf schnellt zurück, und sie beißt sich auf die Unterlippe, als würde sie darauf warten, welche Unverschämtheit er sich als Nächstes leistet.

Ich hole tief Luft. Ich werde jetzt keine Szene machen und die Hochzeitsfeier meiner Schwester ruinieren. »Meine Nichte will *Baby Shark* hören.«

Er schüttelt schon den Kopf, bevor ich den Satz überhaupt zu Ende gesprochen habe. »Nope. Geht nicht.«

»Wie bitte?« Irritiert ziehe ich die Stirn kraus.

»Ich hoffe, du hast *Baby Shark*. Heute ist kein guter Tag, um sie zu verärgern«, grätscht Juno dazwischen. Ich sehe sie scharf an. Sie hebt die Hand, nimmt sich von einem vorbeigehenden Kellner noch ein Glas Champagner und stellt das leere aufs Tablett.

»Die Braut hat mir eine abgenommene Songliste gegeben. Das ist alles, was ich spiele«, sagt der Rotzlöffel.

»Und sonst hast du nichts mitgebracht?«, frage ich.

»Hör mal, Junge«, fährt Rome dazwischen und kommt auf uns zu. »Ich gebe dir fünfzig Dollar, wenn du *Baby Shark* spielst.« Er zückt bereits sein Portemonnaie. Baby Dion, den er sich in einem Tragetuch vor den Bauch gebunden hat, fängt an zu weinen.

»Oh, gib ihn mir.« Juno stellt ihr Champagnerglas auf das DJ-Pult und streckt die Arme nach Dion aus.

Rome sieht sie an. »Sorry, du Säuferin. Morgen vielleicht.«

»Was? Ich bin doch keine Säuferin«, lallt sie und bestätigt, dass Rome die richtige Entscheidung getroffen hat.

»Okay. Warum suchst du nicht nach Colton? Dann kannst du ihm endlich sagen, was du wirklich für ihn empfindest.«

Juno stemmt die Hände in die Hüften. »Rome Joseph Bailey!«, ruft sie genau in dem Moment, als der Song endet.

Ich werfe einen Blick nach hinten. Ein paar der Gäste starren uns an. Colton kommt von der anderen Seite des Zelts auf uns zu.

»BABY SHARK!«, schreit Calista, rennt auf uns zu und schlingt die Arme um das Bein ihres Daddys.

Rome lässt den Kopf hängen und wedelt mit dem Fünfzig-Dollar-Schein.

Ich lege die Hand auf Romes und sage zu dem DJ: »Wir werden dich nicht dafür bezahlen, dass du einen Song spielst. Du hast bereits Geld bekommen. Wenn du einen Song brauchst, hat ihn bestimmt einer von uns auf dem Handy.«

»Aber die Braut ...«

Als sich Liam neben mich stellt, hält der DJ inne. Der Junge mustert seine breiten Schultern und seinen Bizeps. Wäre ich ein so schmächtiges Kind, hätte ich auch Angst vor Liam.

»Ich kümmere mich schon darum.« Ich hebe die Hand.

Er senkt sie. »Warum läuft dann nicht *Baby Shark?*«

»Komm, Juno. Calista will mit dir tanzen, sobald der Song losgeht.« Colton führt eine sehr aufgebrachte Juno zur

Tanzfläche. Zum Glück, denn ich hätte nicht die Friedensstifterin zwischen ihr und Rome gespielt.

»Liam? Liam Kelly? Du brauchst ein Mikro.« Der DJ greift unters Pult, zieht ein paar Ansteckmikros hervor und legt sie auf den Tisch.

Ich lehne mich weiter nach vorn. »Hör zu.«

»Nimm einfach das Geld.« Rome wiegt Dion hin und her, damit er sich beruhigt.

Das Baby hat vielleicht keine gute Laune, aber mit seinen Pausbäckchen und den geräuschreduzierenden Kopfhörern sieht er einfach zu niedlich aus.

»Du spielst jetzt *Baby Shark*. Und währenddessen kannst du uns mit Mikros ausstatten. Und danach folgen die Reden. Verstanden?« Inzwischen habe ich die Hände in die Hüften gestemmt. Mir reicht's jetzt.

Der Junge sieht Liam an, als würde er nach Bestätigung suchen, also stelle ich mich vor ihn. Seine Brust ist direkt an meinem Rücken. Mein Körper geht sofort in Flammen auf, und ich befürchte, an Ort und Stelle dahinzuschmelzen.

»Du musst nicht ihn ansehen. *Ich* habe hier das Sagen.«

Da Liam viel größer ist als ich, sieht ihn der DJ weiter an, als würde Liam die endgültige Entscheidung treffen.

»Er ist nicht mal ein Bailey!«

Das ganze Zelt wird ruhig. Keine Gespräche mehr, kein klimperndes Besteck, keine klirrenden Gläser.

Ich senke die Stimme und gehe ganz nah an ihn heran. »Spiel jetzt den verdammten Song für meine Nichte.«

Hektisch beginnt er, auf seinem Handy herumzutippen, stöpselt es irgendwo ein, dann erklingt endlich *doodoodoo*.

»Siehst du? War doch gar nicht so schwer.« Ich greife nach den Ansteckmikros. »Und jetzt bringen wir die an.« Ich drücke Liam eins gegen die Brust und stürme davon.

»Danke, Sav. Sieh nur, wie glücklich du deine Nichte gemacht hast.« Rome tanzt hinüber zu seiner Tochter.

Ich beobachte die beiden, während Juno irgendwas vollführt, das aussieht wie ein Regentanz. Wenigstens lächeln alle und sind glücklich.

»Immer am Feuerlöschen«, sagt Liam und stellt sich neben mich.

»Ich hoffe, deine Rede wird gut.«

Liam hat die Hände in die Hosentaschen gesteckt und verlagert das Gewicht auf die Fersen. »Wollen wir wetten, dass meine besser ist?«

»Nein.«

»Angst?«

»Musst du denn immer so kindisch sein?«

Der DJ steckt mir das Mikro an und versucht eine Stelle zu finden, an der er den Akkupack anbringen kann.

»Kann ich nicht einfach ein normales Mikrofon benutzen?«, frage ich.

»Die sind neu. Die alten hat der andere DJ.«

Liam schnaubt. »Mach dir nichts draus. Sie ist ein Kontrollfreak.«

»Das hier ist meine erste Solo-Show«, gesteht er, während er mit zitternden Händen versucht, den Akku hinten an meinem Kleid zu befestigen.

Jetzt fühle ich mich schlecht. »Tut mir leid.«

»Na ja, das kleine Mädchen scheint jetzt glücklich zu

sein. Deshalb bin ich DJ geworden. Ich wollte die Menschen glücklich machen. Diktator zu sein war nie mein Ziel, aber mein Boss hat mal von einer Braut den Arsch vollgekriegt. Die können echt angsteinflößend sein.«

Liam und ich müssen beide lachen. Kurz treffen sich unsere Blicke.

»Hochzeiten sind stressig. Aber sind diese Mikros nicht total doof?«, frage ich.

»Natürlich hast du dazu wieder eine Meinung.« Liam schüttelt den Kopf.

Gerade als ich dachte, wir könnten nett miteinander umgehen. Liam erwischt mich heute auf dem falschen Fuß. Vor ein paar Wochen hat mein großer Bruder geheiratet, und heute feiert Brooklyn ihre Hochzeit. Ich freue mich für sie, aber meine Sorgen und Unsicherheiten erdrücken mich langsam. Ich bin die Trauzeugin meiner Schwester, aber ich werde nie diejenige sein, die selbst Weiß trägt.

Der DJ steckt das Mikrofon an meinem Kleid fest und sieht mich an.

»Du nervst«, sage ich zu Liam.

Jetzt blickt der DJ zu Liam und wartet auf seine Reaktion. Wir sind bestimmt sehr unterhaltsam, wenn man nicht unter den ungeklärten Gefühlen zwischen uns zu leiden hat.

»Aber Brent nicht?«, fragt er.

Und wieder dieser Brent-Scheiß. Ich sollte ihm sagen, was in jener Nacht passiert ist, aber ich tue es nicht. Er hat es nicht verdient. »Du verbringst sehr viel Zeit damit, über Brent nachzudenken.«

Er verengt die Augen zu Schlitzen, während der DJ sein

Mikro anbringt. »Gibst du uns einen Moment?«, fragt er den DJ.

»Klar. Ihr seid jetzt verkabelt, aber ich habe sie noch nicht eingeschaltet. Ich gebe dann Bescheid, sobald es losgehen kann. Ich glaube, ich spiele zuerst noch mal *Baby Shark* für das kleine Mädchen.«

Ich lächle den Jungen an. »Danke. Da wird sie sich freuen.«

Dann lässt er uns allein. Liam packt mich am Arm und zieht mich aus dem Zelt.

Ich reiße mich los. »Was ist?«

»Du weißt genau, warum ich über Brent nachdenke. Wirst du ihn wiedersehen?«

Mein Kopf schnellt zurück. »Ich wüsste nicht, was es dich angeht.«

Er macht einen Schritt auf mich zu, legt die Hände auf meine Hüften und zieht mich zu sich. »Hör auf, dir was vorzumachen.«

»Ich mache mir überhaupt nichts vor.«

»Sag mir, dass du mich jetzt nicht am liebsten küssen würdest. Dass du nicht erzittern würdest, wenn ich die Hand unter dein Kleid schieben würde. Wie feucht bist du gerade, Sav?«

Ich hole tief Luft und mustere ihn. Er wird mich nicht in Ruhe lassen. »Es hat nichts mit dir zu tun. Vielleicht denke ich ja gerade an meine Nacht mit Brent.«

Lachend bohrt er ein wenig fester die Finger in mein Fleisch. »Liegt es daran, dass ich nicht jeden Tag im Anzug zur Arbeit gehe? Oder weil ich keinen tollen Schreibtischjob habe?«

»Was? Nein. Warum sagst du so etwas?«

»So einen Mann willst du? Denn so ein Mann kann sich nicht um deine Bedürfnisse kümmern. Der Mann, der das kann, steht direkt vor dir.«

Mein Blick fällt auf seinen Mund.

Von drinnen ertönt ein lautes Krachen, doch ich kann den Blick nicht von Liam reißen. Ich will endlich zugeben, dass ich mich zu ihm hingezogen fühle und mich für eine Nacht in ihm verlieren. Ich will, dass er mich vergessen lässt, wer ich für alle anderen sein muss. Ein einziges Mal will ich mich selbst an erste Stelle setzen, ohne an die Konsequenzen zu denken.

»Savannah?«, schreit Grandma Dori.

»Sav?«, ruft nun auch noch Brooklyn.

»Keine Ahnung, wo sie ist, aber der Geschenketisch ist das reinste Chaos«, sagt Holly verzweifelt.

Ach, scheiß drauf.

Ich drücke meine Lippen auf seine und erlaube seiner Zunge Zugang zu meinem Mund. Ich kralle mich in seine Schultern, während er mir an den Hintern greift. Unsere Lippen sind hektisch. Gierig. Hungrig.

»Hör nicht auf«, flüstere ich schwer atmend, als seine Lippen zu meinem Hals wandern.

»Sag das Zauberwort.« Ich spüre sein Grinsen an meiner heißen Haut.

»Bitte«, bettle ich, und er geht ein wenig in die Knie und drückt seine harte Länge gegen meine Mitte.

Mein Gott, es fühlt sich so gut an.

»Dein Wunsch …«

Ich greife an seinen Hinterkopf und ziehe ihn zu mir, um ihn erneut zu küssen. Er legt eine Hand auf mein Schlüsselbein. Sie fühlt sich rau an. Ich zerre fest an ihm und wünsche mir, ich könnte ihm hier und jetzt die Klamotten vom Leib reißen. Er lässt von meinem Mund ab und bedeckt meinen Kiefer mit heißen Küssen. Als ihm ein tiefes Grollen entweicht, zieht sich in mir alles zusammen.

»Sag mir, dass du nicht mit ihm gevögelt hast«, flüstert er mir ins Ohr, und mein Körper erstarrt zu Eis.

»Was?«, frage ich, unsere Körper immer noch ineinander verschlungen. Ist das hier ein Wettbewerb im Weitpinkeln? Will er nur sein Revier markieren?

Er zieht den Kopf zurück, und wir sehen einander in die Augen. »Ich muss es wissen.«

»Warum?« Ich weiche einen Schritt zurück und vermisse umgehend seinen Körper.

»Weil ich mir die ganze Zeit vorstelle, wie er dich anfasst. Und das gefällt mir nicht.« Er presst fest die Kiefer aufeinander.

»Ich will dir eine Frage stellen. *Glaubst* du denn, dass ich mit ihm geschlafen habe?« Ich verschränke die Arme vor der Brust und warte auf seine Antwort.

Er schiebt die Hände in die Hosentaschen. »Na ja, alle Zeichen deuten auf Ja hin …«

»Das denkst du also von mir, ja?« Ich will gehen, doch er packt mich am Ellbogen und zieht mich zurück. »Du denkst, ich wäre eine, die von Bett zu Bett hüpft? Vielleicht denkst du das, weil es das ist, was *du* tust. Wir waren zusammen, und ein paar Tage später hast du versucht, Marlene abzuschleppen. Nun ja, so bin ich nicht. Sex bedeutet mir etwas. Ich verschenke mich nicht einfach so wie du.«

Er verschränkt die Arme. »Lass uns nicht um den heißen Brei herumreden. Das sieht dir nicht ähnlich. Sag mir, was du wirklich von mir hältst.«

All mein Frust, meine Wut und Empörung erreichen einen Punkt, an dem es mir unmöglich wird, sie länger zurückzuhalten. »Du bist eine männliche Nutte, die Frauen wie tic tacs verspeist! Aber sobald du denkst, ich hätte das Gleiche getan, verurteilst du mich dafür. Für dich bin ich nicht mehr als eine Eroberung. Und sobald du mich erobert hast, ziehst du weiter. Du jagst mir nur nach, weil ich mich weigere, mit dir zu schlafen. Hast du mit irgendjemandem eine Wette oder so was abgeschlossen?«

Kopfschüttelnd starrt er mich an. »Was hat dich nur so gefühlskalt werden lassen?«

Das muss ich mir nicht anhören. »Spar dir das. Ich bin überhaupt nicht gefühlskalt. Man nennt es realistisch.«

»Wann fängst du endlich an, für dich zu leben statt für alle anderen? Du hättest genauso gut mit deinen Eltern sterben können.«

Meine Reaktion passiert ganz automatisch. Ich mache einen Schritt nach vorn und klatsche ihm eine.

Ich höre, wie die Leute im Zelt nach Luft schnappen und schaue entsetzt auf mein Mikro.

Der DJ kommt herausgerannt. »Es tut mir so leid. Ich

habe keine Ahnung, wie sich das Mikro einschalten konnte, aber …«

»Willst du die Wahrheit wissen?«, frage ich. Unvergossene Tränen brennen mir in den Augen. »Mein Auto ist nicht angesprungen. Also habe ich bei Brooklyn übernachtet. Das ist alles. Du kennst mich eben kein bisschen.«

»Scheiß drauf. Ein schönes Leben noch.« Liam stürmt in die Dunkelheit.

Juno, Brooklyn und Holly kommen herausgerannt und versuchen, die Situation zu erfassen.

»Was denn? Ihr wisst doch, dass wir uns nicht verstehen.« Mit dem Handrücken wische ich die Tränen weg und versuche, alle Emotionen zurückzuhalten, die aus mir herauszubrechen drohen. »Bin gleich wieder da.«

Ich gehe ins Haus, um mich zu sammeln und herauszufinden, warum alles gerade so schiefgelaufen ist.

Kapitel 11

LIAM

Am Morgen nach dem Weltuntergang bin ich zu Hause und schraube an meinem Bike. Ich will heute eine lange Tour machen, um Savannah aus dem Weg zu gehen, auch wenn sie gestern Nacht nicht nach Hause gekommen ist. Ich kann es ihr nicht verübeln. Immer wieder geht mir durch den Kopf, was ich zu ihr gesagt habe. Es war hart und unsensibel. Und für mich war es wie eine eiskalte Dusche.

Austins Jeep fährt in meine Einfahrt ein, gefolgt von Romes Minivan. Ich hätte nie gedacht, dass ich meinen Kumpel mal in einem Daddy-Mobil sehen würde. Denver klettert vom Rücksitz des Vans und hilft Calista beim Aussteigen. Auf seinem Handy spielt *Baby Shark*.

Offensichtlich hat er auch beschlossen, nicht zu Hause zu übernachten.

Sie kommen auf mich zu.

»Harley hat gerade Kunden. Ist es okay, wenn ich für Calista einen Film anmache?« In der einen Hand hält Rome eine Tüte mit Essen, in der anderen Dions Kindersitz.

»Klar.« Mein schlechtes Gewissen ist so groß, dass ich ihm nicht sage, dass er gefälligst nicht in meinem Wohnzimmer essen soll.

Er verschwindet im Haus, gefolgt von Denver und Calista, die fröhlich plappert.

Austin zieht sich einen Stuhl heran und beobachtet, wie ich an meinem Bike arbeite. »Machst du heute eine Tour?«

»Ja.« Ich räume das Werkezeug weg und öffne den Kühlschrank in meiner Garage. Ich nehme mir ein Wasser und biete Austin auch eins an.

»Gern«, sagt er.

Ich werfe ihm eins zu. »Freust du dich schon auf deine Flitterwochen?« Keine Ahnung, warum ich versuche, Small Talk zu führen, wenn wir doch beide genau wissen, warum er hier ist.

»Ich zähle schon die Tage. Das kannst du mir glauben.«

Eine Weile zupfe ich am Etikett meiner Wasserflasche herum, bevor ich ihn ansehe. »Es tut mir leid, Austin.«

Ich entschuldige mich, weil ich vor Austin großen Respekt habe. Schon in der Highschool habe ich zu ihm aufgesehen, weil er wie ein Rockstar Baseball gespielt hat. Und erst recht, nachdem seine Eltern gestorben waren und er zurück nach Lake Starlight kam, um seine Geschwister großzuziehen, statt eine Karriere als professioneller Baseball-Spieler zu verfolgen. Ich bin nicht naiv. Ich weiß, dass das, was ich gestern Abend zu Savannah gesagt habe, alle Baileys verletzt, denn ein Teil von ihnen wurde am Tag der Beerdigung ebenfalls begraben.

»Danke.« Er öffnet die Wasserflasche. »Wir sind hergekommen, um mit dir zu reden.«

Ich nicke. Das war mir schon klar, als die ganze Brigade hier aufgetaucht ist. Sie haben es zuerst untereinander besprochen, bevor sie hergekommen sind.

»Sie will mir mein Handy nicht zurückgeben«, jammert Denver, als er und Rome zu uns stoßen.

»Sie gibt es dir, sobald sie fertig ist«, erwidert Rome. »Ich habe ungefähr zehn Minuten.« Wieder hängt Dion vor seiner Brust.

»Was macht Harley heute?«, fragt Denver.

»Ich habe doch schon gesagt, dass sie arbeitet, du Idiot.«

Denver setzt sich auf die Arbeitsfläche.

»Hört zu, Jungs ...« Ich hebe die Hände, um ihnen zuvorzukommen. »Es tut mir leid. Ich hätte so etwas nicht sagen sollen. Und ich bereue es. Ich werde mich bei Savannah entschuldigen, sobald sie nach Hause kommt.«

Denver krümmt sich. »Sie kommt nicht mehr zurück. Sie zieht zu Juno, bis ihr Haus wieder in Ordnung ist.«

Mein Kopf fällt auf meine Brust. Jetzt habe ich es endgültig vermasselt. »Dann entschuldige ich mich eben, wenn sie ihre Sachen abholt.«

»Sie sagt, sie wolle vorbeikommen, wenn du arbeitest«, sagt Rome.

Scheiße.

»Hör zu. Wir wissen, dass du es nicht so gemeint hast. Deshalb wollten wir mit dir reden.« Rome wiegt sich hin und her und tätschelt Dion den Rücken. Ich werde davon ganz seekrank.

Die Sache ist die: Ich habe es tatsächlich so gemeint. Ich habe mich nur zu hart ausgedrückt. Sie ist schon immer neurotisch und organisiert gewesen, aber inzwischen ist es extrem geworden. Ich sehe sie selten lachen, lockerlassen oder das Leben genießen. Nein zu sagen ist für sie ein großes Problem. Ihre Familie hat sich so sehr daran gewöhnt, dass sie nicht merken, was aus ihr geworden ist. Ich habe es selbst nicht gemerkt, bis Austin vor ein paar Jahren nach Kalifornien gehen und die Familie und das Unternehmen Savannah überlassen wollte. Das Problem ist, dass es nicht mein Recht ist, ihnen die Augen zu öffnen.

»Worüber wollt ihr denn sprechen?«, frage ich.

»Du und Savannah seid Gift füreinander«, erwidert Austin, bevor er einen Schluck von seinem Wasser nimmt. »Wir dachten, ihr könntet das zwischen euch vielleicht klären. Es wäre großartig, wenn du unser Schwager werden würdest. Vor allem, da wir dich sowieso als Bruder sehen. Aber nach gestern Abend und was Denver uns erzählt hat ... Wahrscheinlich ist es für alle das Beste, wenn du sie endlich hinter dir lässt.«

Rome und Denver nicken.

»Aber ...« Die Worte versiegen auf meinen Lippen. Meine Eltern haben mich zurückgelassen, um nach Florida zu ziehen. Die Baileys sind schon mein ganzes Leben lang so etwas wie meine Familie gewesen. Ich kann mich ihren Wünschen nicht widersetzen. Dass sie hergekommen sind, hat etwas zu bedeuten.

»Sorry, Mann.« Denver klopft mir auf den Rücken, als müsste er mich trösten. »Wenn wir nicht dazwischengehen, landet einer von euch noch bei *Dateline*, weil er den anderen umgebracht hat.« Er lacht.

Ich nicke. »Ich mag eure Schwester.«

Als ich den Schmerz in Savannahs Blick gesehen habe, war es, als hätte ich mich an einer Rasierklinge geschnitten. Reue quoll aus mir hervor. Und jetzt frage ich mich, ob ich mehr von ihr brauche als nur eine Nacht. Falls ja, habe ich es total verbockt.

Die drei sehen einander an, als hätten sie nicht damit gerechnet, diese Worte aus meinem Mund zu hören.

»Manchmal sind Menschen nicht gut füreinander. Du bist gelassen, während Savannah immer total angespannt ist. Wir dachten, du könntest eine Art Ruhepol für sie sein, doch stattdessen bringt ihr das Schlimmste im jeweils anderen zum Vorschein.«

»Das stimmt so nicht ganz«, murmle ich.

»Du bist seit Wochen nicht mehr mit mir weggegangen«, beschwert sich Denver. »Und die Sache mit dieser Tussi im Lucky's? Dass ich ihr ein Uber organisieren musste, damit du Savannah nach Hause bringen konntest?«

»Und?«

»Das bist überhaupt nicht du. Mit dir hat man Spaß. Mit Savannah nicht.«

»Mit ihr konnte man auch mal Spaß haben.« Und ich versuche, diese Seite an ihr wieder herauszukitzeln, doch sie ist so tief versunken, dass mir nicht mal Google Maps dabei helfen kann, sie zu finden.

Aber diese Gedanken behalte ich für mich. Ihren skeptischen Blicken nach zu urteilen sehen sie Savannah anders als ich.

»Hör zu. Ich will mich nicht streiten. Wir haben versucht, uns rauszuhalten, aber jetzt schreibt schon Buzz Wheel über euch«, sagt Austin.

»Andererseits müssen wir uns bei dir dafür bedanken, dass du für eine Weile den heißen Stuhl übernommen hast.« Denver schlägt mir auf den Rücken.

»Ihr müsst einfach einsehen, dass ihr nicht gut füreinander seid. Wenn ihr akzeptiert, dass dabei nichts Gutes herauskommen kann, könnt ihr vielleicht irgendwann Freunde werden«, sagt Austin und nimmt noch einen Schluck von seinem Wasser.

»Ist das deine höfliche Art, mir zu sagen, dass du mir in den Hintern treten wirst, wenn ich deine Schwester date?«

Alle drei fangen an zu lachen und wechseln Blicke.

»Wir würden niemals einen Streit mit dir anfangen«, sagt Austin.

»Du bist viel größer als wir«, fügt Rome hinzu.

»Du würdest uns plattmachen.« Denver lacht.

»Aber?« Ich warte auf eine nähere Erklärung, was sie von mir wollen.

»Uns wäre es lieber, wenn ihr euch nicht daten würdet. Ja.« Austin lehnt sich zurück und drückt die nun leere Wasserflasche zusammen.

»Onkel Denver!«, ruft Calista von der anderen Seite der Tür, die ins Haus führt. Rome öffnet sie, und Calista wedelt mit Denvers Smartphone. »Onkel Denver, jemand hat dich angerufen.«

Rome beugt sich herunter und wirft einen Blick auf das Display. »Mittwochabend-Mädel. So speicherst du die Frauen in deinen Kontakten ab?«

»Hör auf, mich zu verurteilen, Daddy.« Denver nimmt Calista das Handy weg.

»Wer ist Mittwochabend-Mädel?«, fragt Calista.

»Eine Freundin«, antwortet er.

»Sie mag auch *Baby Shark*.«

»Hast du mit ihr gesprochen?«, fragt Denver.

Calista nickt. »Sie hat dreimal angerufen.«

Wir müssen alle lachen, doch mein Lachen klingt irgendwie hohl.

Ich dachte, ich hätte den Sieg in der Tasche. Ich war mir nie sicherer. Ich dachte, es wäre ein Zeichen, als Savannah bei mir einziehen musste. Doch da lag ich wohl falsch. Die Bailey-Jungs haben recht. Ich muss mein Verlangen nach Savannah in eine Kiste stecken und sie ganz tief vergraben.

Calista will schon wieder *Baby Shark* hören und unterhält uns mit einem Tanz, nachdem ihr Onkel nachgegeben hat. Ihre Anwesenheit macht die Tatsache, dass sie hier sind, um mir zu sagen, dass ich mich von ihrer Schwester fernhalten soll, ein bisschen weniger unangenehm. So einen Besuch will ich nie wieder, deshalb hebe ich die Hände und ergebe mich.

Savannah Bailey wird niemals mir gehören.

Kapitel 12

SAVANNAH

Ich sitze in Junos Apartment in der Innenstadt von Lake Starlight, trinke Wasser aus dem Hahn und esse ihre letzten Pringles mit Pizzageschmack. »Heute Abend muss er arbeiten. Dann fahre ich hin und hole meine Sachen.«

»Ich helfe dir. Aber darf ich noch eine Sache sagen?« Juno nimmt einen riesigen Schluck Wasser. Sie ist immer noch völlig dehydriert, weil sie gestern Abend so viel Champagner getrunken hat.

»Du hast schon genug gesagt.« Und das hat sie wirklich. Ihre Pro-Liam-Reden müssen endlich ein Ende haben.

»Aber …«

»Er denkt, nur weil wir uns körperlich zueinander hingezogen fühlen, hätte es mehr zu bedeuten als das. Ich kann keine Beziehung mit Liam Kelly anfangen. Wir passen überhaupt nicht zusammen.«

Juno zieht die Stirn kraus. »Warum nicht?«

Sie versteht es einfach nicht. Juno war erst zwölf, als unsere Eltern gestorben sind. Sie war so sehr mit sich selbst beschäftigt, dass sie sich keine Gedanken darum gemacht hat, wie es den anderen damit ging. Und ich nehme es ihr nicht krumm. Wir sind alle mit uns selbst beschäftigt. Aber dieser Moment hat uns alle auf verschiedene Weise verändert. Juno hat mir erzählt, sie finde es romantisch, dass Mom und Dad gemeinsam gestorben sind. Dass sie niemals ohne den anderen leben mussten. Ich halte das für Blödsinn.

Aber Austin und ich haben uns geschworen, dass sich das Leben unserer Geschwister nicht noch mehr ändern würde als ohnehin schon. Ich bereue es nicht. Aber vielleicht bin ich so wütend auf Liam, weil das, was er gesagt hat, das, was er immer zu mir sagt, stimmt. Er ist nicht damit einverstanden, dass ich in dem kleinen Raum lebe, den ich mir geschaffen habe. Er will, dass ich herausfinde, was ich wirklich will. Wer ich wirklich sein will.

Keines meiner Geschwister hat es gestern Abend so gesehen. Keiner sagte: »Jetzt, da Liam es erwähnt, Savannah, du hast dich *tatsächlich* verändert.« Das macht mir am meisten Angst. Denken sie, ich will so sein? Dass ich lieber die Zwangsneurotische bin, die sich mit dem DJ streitet, dafür sorgt, dass das Messer für die Hochzeitstorte bereitliegt und mit dem Geschenketisch alles in Ordnung ist, statt Champagner zu trinken und mit meiner Nichte zu tanzen? Sie haben akzeptiert, dass ich *diese* Person bin. Ich bin meine Mutter geworden, ohne jemals selbst Kinder bekommen zu haben.

»Es passt einfach nicht. Es gibt noch andere Gründe.«

»Nenn mir einen.« Juno sieht mich mit gehobener Augenbraue an.

»Er ist jünger als ich.«

Juno bricht in schallendes Gelächter aus. »Fünf Jahre.«

»Hatte er überhaupt schon mal eine Freundin?«

»Diese Rachel. Kannst du dich an sie erinnern?«

Ja, kann ich, aber ich stelle mich dumm. »Vielleicht.«

Ich rücke die Zeitschriften gerade. Immer reißt sie Seiten heraus, die sie interessieren, und dann landen sie in einem riesigen Stapel auf dem Tisch.

»Manchmal existiert Liebe dort, wo man sie nie vermutet hätte.« Sie zuckt mit den Schultern.

Ich würde ihr ja sagen, dass sie sich in ihrem eigenen Leben mal umschauen soll, aber ich will jetzt nicht mit Steinen werfen.

Ein Klopfen an der Tür unterbricht uns.

»Erwartest du jemanden?«, frage ich. Beim Gedanken, dass es vielleicht Liam sein könnte, schlägt mein Magen einen Purzelbaum.

Sie schüttelt den Kopf. »Kingston meinte, er würde wahrscheinlich erst in einem Monat wiederkommen. Ich glaube, nachdem er gestern Abend mit Selene darüber gesprochen hat, wie es Stella so weit weg von zu Hause geht ...«

Ich nicke und hole tief Luft. Vielleicht bin ich doch nicht die einzige Verkorkste in dieser Familie.

»Selene meinte, Stella würde vielleicht für eine Weile nach Hause kommen.« Ich stehe auf und öffne die Tür. Es ist Grandma Dori mit zwei Koffern in der Hand. »Was machst du denn hier? Und warum hast du Gepäck dabei?«

»Wie wäre es, wenn du mich reinlässt und mir die Koffer abnimmst?«

Ich blicke über die Schulter und sehe Juno an.

»Grandma?«, fragt sie.

»Na, kurierst du deinen Kater aus?« Ohne auf eine Antwort zu warten, stellt sie die Koffer ab und quetscht sich an mir vorbei. »Juno, ich muss für eine Weile bei dir einziehen. Ich habe Termiten in meinem Apartment.«

Ich trage ihr Gepäck hinein und schließe die Tür. »Termiten?«

»Japp. Kannst du die Koffer in Kingstons Zimmer bringen und die Bettwäsche wechseln? Darin werde ich nicht schlafen.«

»Er bringt nur selten Frauen mit nach Hause«, erwidert Juno, ohne zu erwähnen, dass *ich* eigentlich in Kingstons Zimmer hätte ziehen sollen.

Ich räuspere mich.

Juno sieht mich an. »Grandma, eigentlich wollte Savannah in Kingstons Zimmer übernachten.« Dann beißt sie sich auf die Unterlippe und zuckt mit den Schultern, als wollte sie sagen *Ich denke nicht, dass das was bringen wird*.

»Warum willst du bei Liam ausziehen? Du hast dich dort doch schon häuslich eingerichtet. Außerdem kann ich Juno dann beibringen, wie man seine Wohnung in Ordnung hält.« Grandma Dori greift nach dem Stapel mit den herausgerissenen Seiten und geht in die Küche.

Juno schlägt die Decke zurück und springt auf. »Grandma, was machst du da?« Entsetzt beobachtet sie, wie Grandma Dori die Magazinseiten in den Müll befördert. »Da war eine Anleitung dabei, wie man ein Bücherregal baut.«

Grandma Dori sieht mich an, als wollte sie *Ja, genau* sagen. »Das ist süß, Juno. Aber du hättest es eh nie gebaut.«

»Danke für die motivierenden Worte«, murmelt Juno, öffnet den Mülleimer und zieht die Seiten wieder heraus. Dann öffnet sie eine Schublade, um sie hineinzustopfen, doch sie ist bereits bis oben hin voll. Also zieht sie die nächste Schublade auf. Nach drei weiteren öffnet sie schließlich den Ofen und wirft sie hinein.

»Zurück zum Thema, dass *ich* in Kingstons Zimmer ziehen wollte«, sage ich.

Doch Grandma Dori winkt ab. »Das ist doch lächerlich. Ich weiß, dass ihr gestern Abend einen Streit unter Liebenden hattet, aber ihr werdet darüber hinwegkommen.«

»Wir sind aber keine Liebenden.«

»Du weißt, was ich meine. Liam gehört zur Familie. Also vertragt euch gefälligst und hört auf, immer so wütend aufeinander zu sein.«

Gerade als ich dachte, sie würde vielleicht verstehen, was ich durchmache.

Dann verschwindet sie in Kingstons Zimmer. »Savannah, ich dachte, du würdest die Bettwäsche wechseln?«

Ich werfe einen Blick auf die beiden Koffer und sehe Juno an.

»Hey, ich will sie auch nicht hierhaben«, flüstert sie.

»Wie kann es sein, dass Kingston so ordentlich ist und du nicht, Juno?«, ruft Grandma Dori vom Ende des Flurs.

Juno sieht mich durchbohrend an. Ich habe sein Zimmer bereits aufgeräumt, weil *ich* einziehen wollte. Der Junge ist alles andere als ordentlich.

»Grandma …« Seufzend trage ich ihre Koffer ins Zimmer. »Ich glaube wirklich, Liam und ich brauchen ein wenig Abstand. Nach gestern Abend ist es nicht klug, länger zusammenzuwohnen. Es war von vornherein keine gute Idee.«

Sie hört auf, in Kingstons Schubladen herumzuwühlen und sieht mich an. Wenn er nur wüsste. Ihre Schultern sacken zusammen. Sie setzt sich aufs Bett und tätschelt die Decke neben sich. Ich leiste ihrer Anweisung Folge und nehme neben ihr Platz.

»Ihr zwei müsst Freunde sein. Liam versteht dich.« Dann senkt sie die Stimme. »Vielleicht sogar besser als ich, auch wenn ich es nur ungern zugebe.«

Ich ziehe die Stirn kraus. »Er kennt mich überhaupt nicht. Er glaubt, er würde mich kennen, doch das tut er nicht.«

»Hm.« Grandma Dori steht auf und plumpst wieder aufs Bett, als würde sie die Matratze testen.

»Was machst du denn da?«, fragt Juno gegen den Türrahmen gelehnt.

»Ich teste die Bettfedern.«

Juno starrt sie an. »Warum?«

»Was du wieder denkst. Mein Rücken ist nicht mehr der beste.«

»Können wir jetzt bitte wieder über die Sache mit den Termiten sprechen?«, frage ich genervt.

Will ich mit Liam zusammenwohnen? Nein, verdammt. Aber immer noch besser, als mit Grandma Dori zusammenzuleben. Arme Juno.

»Wie klar muss ich mich noch ausdrücken, Schätzchen?«

»Ähm. Sind alle Bewohner der Seniorenresidenz ausgezogen oder nur du?«, erkundigt sich Juno.

»Nur ich. Die Termiten scheinen mich zu mögen.«

Juno schüttelt den Kopf und sieht mich mit zusammengekniffenen Augen an. »Sav, ich muss kurz mit dir sprechen.« Dann drückt sie sich vom Türrahmen ab.

»Bin gleich wieder da.«

»Ich packe schon mal aus«, erwidert Grandma Dori, also lege ich einen der Koffer aufs Bett.

Als ich die Küche betrete, geht Juno bereits im Raum auf und ab. »Sie kann nicht bei mir einziehen. Das macht sie nur, weil *du* einziehen wolltest. Sie macht es, damit du weiterhin bei Liam wohnst.«

Ich nicke. »Sieht ganz so aus.«

»Das ist *dein* Problem. Sag ihr, dass du zurück zu Liam ziehst.«

Ich schüttle den Kopf.

»Sav?«

»Ich gehe nicht zurück zu Liam. Ich kann auf dem Sofa schlafen. Wenn es mir schlecht geht, geht es dir auch schlecht.«

Juno schnaubt. »Warum?«

Darauf kann ich ihr keine Antwort geben. Normalerweise hätte ich schon längst nachgegeben und Grandma Dori gesagt, dass ich so lange bei Liam wohnen werde, bis mein Haus wieder bezugsbereit ist. Aber ich bin sauer, dass keiner merkt, dass Liam gestern Abend recht hatte. Keiner hat sich die Zeit genommen, über das, was er gesagt hat, nachzudenken und festzustellen, dass was Wahres dran ist.

Keiner sagte: Stimmt, früher wollte Savannah ausgehen, Fallschirm springen und die Welt bereisen. Sie wollte nicht mit neunzehn Mutter spielen und eine Firma leiten. Ich glaube, ich verstehe, was Liam damit meinte.

»Kummer liebt Gesellschaft«, erwidere ich einfach, statt zu erklären, was in mir vorgeht.

Ich nehme meine Handtasche und meine Reisetasche vom Stuhl.

»Savannah?«

Ich ignoriere sie und stecke den Kopf in Kingstons Zimmer, wo Grandma Dori eine Kondompackung anstarrt, als hätte sie noch nie eins gesehen. »Tschüss, Grandma. Leb dich gut ein.«

»Tschüss, Schätzchen. Wir sehen uns morgen Früh. Solange ich hier wohne, wird mich Juno ins Büro fahren.«

Ich sehe Juno an, die alles anderes als begeistert ist. »Alles klar.«

»Savannah …«

Juno klingt nun extrem genervt, doch ich winke nur. »Bis dann.«

»Savannah!«

Ich ziehe die Tür hinter mir zu und bleibe stehen.

Zum ersten Mal seit Jahren muss ich aufrichtig grinsen.

Kapitel 13

SAVANNAH

Nachdem ich Juno mit Grandma Dori alleingelassen habe, wechselt mein Gehirn sofort wieder in den Problemlösungs-Modus. Soll ich auf Junos Sofa schlafen oder eine andere Unterkunft suchen? Ich könnte aber auch weiterhin bei Liam wohnen und mich so rar wie möglich machen. Wie ich Grandma Dori kenne, bleibt sie nur bei Juno, um sicherzugehen, dass ich nicht zurückkomme.

Ich fahre eine Weile herum, bis ich mich schließlich dabei erwische, wie ich in den Weg zu Liams Haus einbiege. Nach gestern Abend dreht sich mir der Magen um, wenn ich daran denke, ihm zu begegnen, aber wir müssen uns definitiv unterhalten. Es wird ein Gespräch, das wir schon vor langer Zeit hätten führen sollen. Je länger wir es hinauszögern, desto öfter wird so etwas wie gestern Abend passieren.

Mir kommt ein einzelner Scheinwerfer entgegen. Ich bleibe stehen, denn ich weiß, dass es Liam auf seinem Motorrad ist. Ich sehe ihn nur selten damit fahren. Neben meinem Fenster bleibt er stehen und schaltet den Motor aus.

Die Luft zwischen uns ist seltsam und unangenehm. Ich hasse es.

Wir waren nie die besten Freunde, aber bevor ich bei ihm eingezogen bin, konnten wir gut nebeneinanderher leben. Wir konnten uns unterhalten. Klar, wir haben uns schon immer geneckt, aber das war eher Spaß.

Er setzt seinen Helm ab. Da es Sommer ist, wird es erst um Mitternacht richtig dunkel. Deshalb kann ich auch seine dunklen Augenringe sehen. Anscheinend konnte er gestern Nacht auch nicht schlafen.

»Hey«, sagt er.

Ich drehe die Lautstärke des Radios herunter, sodass man nur noch das Zirpen der Grillen hört. »Hi.«

»Können wir reden?«

»Machst du eine Tour?«

Sein einseitiges Grinsen verrät mir, dass er gern etwas Freches erwidern würde. Ich muss zugeben, dass ich ihm gerade eine Steilvorlage geliefert habe.

»Hatte ich eigentlich vor, aber ich würde lieber mit dir reden.«

Ich schlucke schwer und nicke. »Ist Denver zu Hause?«

»Leider ja.« Er tätschelt den Sitz hinter sich. »Wie wäre es, wenn ich dich mitnehme auf meine Tour?«

»Ich kann auch fahren.« Ich tätschle mein Lenkrad.

»Das würde aber nicht annähernd so viel Spaß machen.«

»Aber es wäre sicherer.«

Er nickt. »Warte kurz. Ich stelle es zurück in die Garage.«

Er setzt den Helm wieder auf, umrundet meinen SUV und fährt zurück zum Haus. Ich folge ihm mit dem Blick und beobachte, wie er sein Motorrad abstellt und seinen Helm verstaut. Ich bin so sehr damit beschäftigt, mir Gedanken darum zu machen, was jetzt passieren wird, dass ich erst merke, dass er bereit ist, als er an meine Fensterscheibe klopft.

Mit zitternden Fingern entriegle ich die Tür, und er steigt ein. »Danke.«

»Wohin soll's gehen?« Ich mache in der Einfahrt einen U-Turn und fahre wieder den Weg hinab.

»Ich würde morgen lieber nicht auf Buzz Wheel erscheinen.«

Mir wird ganz anders. Ich habe nicht nachgesehen, doch ich bin sicher, sie haben über unseren Streit gestern Abend berichtet. Wahrscheinlich hat irgendjemand in der Firma einen Screenshot davon gemacht, den er morgen herumzeigen wird, was bedeutet, dass ich mich so lange in meinem Büro verstecken werde, bis es ein anderer in die Schlagzeilen schafft.

»Ich auch nicht. Was meinst du?« Am Ende des Weges bleibe ich stehen, unsicher, ob ich links oder rechts abbiegen soll.

»Hunger?«

Da Juno nur noch ein paar Pringles und ein bisschen Orangenhühnchen von Wok For U übrighatte, bin ich halb am Verhungern. »Ich könnte was essen.«

»Dann nach links.«

Also biege ich links ab. Schweigen umhüllt uns.

Liam lehnt sich nach vorn und legt den Finger an den Radioknopf. »Hast du was dagegen?«

Ich schüttle den Kopf. »Nein.« Ich tadle mich selbst für meinen nervösen Ton. »Ich habe die Lautstärke heruntergedreht und vergessen, dass es noch an ist.«

Er stellt den Classic-Rock-Sender ein, den mein Vater immer gehört hat, wenn er im Garten oder in der Garage gearbeitet hat. Es zaubert mir ein trauriges Lächeln ins Gesicht.

»Wie kommt es, dass du diese Art von Musik magst?«, frage ich, weil ich nicht weiß, was ich sonst sagen soll.

Sein Knie wippt im Takt von *Sweet Home Alabama* von Lynyrd Skynyrd. »Willst du das wirklich wissen?«

»Sonst hätte ich nicht gefragt.«

Er nickt. »Wegen deines Dads. Während ihr ihm alle gesagt habt, wie scheiße seine Musik sei, mochte ich den Beat und die Texte. Die Musiker schrieben Texte über Dinge, die sie damals bewegt haben. Dinge, die sie erlebt haben. Dieser Song zum Beispiel. Wenn ich ihn höre, wünsche ich mir, ich würde in Alabama leben, denn man hört, wie sehr sie ihren Bundesstaat lieben.«

Ich lache.

»Hier rechts.« Er deutet in die Richtung, in die ich fahren soll.

Wir verlassen Lake Starlight. Als wir das »Auf Wiedersehen«-Schild passieren, kann ich endlich wieder atmen. Es fühlt sich an, als hätte ich seit gestern Abend die Luft angehalten.

»Witzig. Die Jungs mochten die Musik nie«, bemerke ich.

»Ich glaube schon, dass sie sie irgendwie mögen. Aber

sie wollen es nicht zugeben, nachdem sie euren Dad so sehr damit aufgezogen haben. Ich habe Rome mal dabei erwischt, wie er im Restaurant Robert Plant gehört hat.«

»Ich schäme mich zuzugeben, dass ich mir diese Musik gar nicht mehr anhöre. Bei Classic Rock werde ich immer depressiv.«

»O Scheiße. Tut mir leid.« Er will das Radio ausschalten, doch ich lege die Hand auf seine.

»Nein. Schon okay. Heute Abend geht das klar.«

Ich spüre seinen Blick auf mir, während ich fahre. »Es tut mir leid, Savannah. Das hätte ich niemals sagen sollen.«

So aufrichtig hat er seit Wochen nicht mehr geklungen. Irgendwie haben wir uns beide verändert – und zwar nicht zum Guten.

»Schon okay. Da ist viel Wahres dran.«

»Trotzdem war es scheiße, so etwas zu sagen.«

Ich muss lachen. Andere Typen würden jetzt anfangen zu argumentieren oder versuchen, das Gesagte zurückzunehmen, aber Liam nicht. Weil er nicht findet, dass es falsch war, was er gesagt hat. Er entschuldigt sich nur für die Art, *wie* er es gesagt hat und *wo*.

»Ja.«

»Hier wieder rechts. Park hier.«

Ich mustere das Restaurant auf der anderen Seite des Parkplatzes. Carol's Crabby Shack. »Willst du Krabben essen?«

»Bist du bereit, ein bisschen herumzusauen?« Er öffnet die Beifahrertür, hängt ein Bein heraus und wartet auf meine Antwort.

»Wir werden niemals einen Platz bekommen. Es ist Sonntagabend.« Der Parkplatz ist voller Trucks. Sogar hier draußen hört man die Live-Musik.

»Ich kriege uns rein. Vertrau mir.« Er zwinkert, und mein Magen schlägt Purzelbäume. Immer diese dummen unfreiwilligen Reflexe.

Als ich mich immer noch nicht bewege, zieht er den Zündschlüssel ab.

»Hey!«

»Du kriegst sie nach dem Abendessen wieder. Und jetzt lass uns ein wenig Spaß haben.«

Er steigt aus und schlägt die Tür zu. Vor meinem Auto wartet er auf mich, ohne mich anzusehen.

Mein Magen knurrt. »Das wird das einzige Mal sein, dass er kriegt, was er will«, murmle ich vor mich hin, bevor ich aussteige und zu ihm gehe.

Wir umrunden das Restaurant und betreten die Veranda mit Blick auf den See. Sie ist voller Leute, die Krabbenbeine knacken. Butter läuft über ihre Hände, und sie lachen, singen und tanzen. Ich bin seit Jahren nicht mehr hier gewesen. Ich habe ganz vergessen, wie viel Spaß man hier hat.

»Liam!« Carol, die Restaurantbesitzerin, küsst seine Wangen und umarmt ihn. Dann wirft sie einen Blick über die Schulter. »Savannah, wie schön, dich zu sehen.«

»Hi, Carol.« Ich winke.

Carol ist mit meiner Mom zur Schule gegangen, doch die letzten Jahre bin ich ihr nur hin und wieder zufällig begegnet. Aber es wundert mich nicht, dass sie mich erkennt. Wegen Bailey Timber erscheine ich oft in der Zeitung.

»Komm her.« Sie winkt mich zu sich, packt mich an den Schultern und drückt mich an sich. Sie ist größer als ich. Ich versinke regelrecht zwischen ihren Brüsten. Nachdem sie mich losgelassen hat, streichelt sie meine Wange. »Du bist deiner Mom wie aus dem Gesicht geschnitten.«

Seit ich dreißig geworden bin, bekomme ich das öfter zu hören. Alle sagen mir, wie ähnlich ich meiner Mutter sehe.

»Das Aussehen von der Mutter, den Geschäftssinn vom Vater. Perfekte Kombi«, sagt Carol.

Ich lächle höflich.

»Carol, hast du noch einen Platz frei?«, fragt Liam.

Endlich lässt sie von mir ab und beginnt zu verstehen, dass wir zusammen hier sind. Ihr Lächeln wird noch breiter. Man kann ihr richtig ansehen, was sie jetzt denkt. Aber zum Glück ist Carol keine Tratschtante. Das ist sie noch nie gewesen.

Das weiß ich, weil ich mit meiner Familie hier war, als ich fünf war. Und ich musste furchtbar dringend aufs Klo. Rome und Denver waren gerade geboren, und meine Mutter war zu beschäftigt, um mit mir auf die Toilette zu gehen. Also machte ich mir in die Hose. Nachdem Carol ihr geholfen hatte, mich sauber zu machen, meinte meine Mom: »Niemand kann ein Geheimnis besser für sich behalten als Carol.«

»Wir sind ausgebucht, aber für euch finde ich noch ein Plätzchen. Gebt mir ein paar Minuten.« Sie lächelt noch einmal und verschwindet in der Menge.

Mit der Handtasche an meine Brust gedrückt beobachte ich, wie ein paar Pärchen vor der Band zu einer Ballade tanzen. Manche werfen uns Blicke zu, aber keiner sagt etwas oder starrt allzu lange.

»Wollen wir einen Blick über den See werfen?« Liam deutet auf den See, und ich folge ihm zum Geländer.

»Ich weiß nicht, ob wir hier sein sollten. Ich meine …«

Liam legt den Finger auf meine Lippen. »Ich weiß, dass du mir nichts schuldig bist. Im Gegenteil. Eigentlich sollte ich dir beim Umzug helfen. Aber bitte erlaube mir, dich als Entschuldigung zum Essen einzuladen. Wir hören einfach ein wenig Musik. Ich werde dich nicht anbaggern oder nerven. Wir sind einfach zwei Freunde, die zusammen zu Abend essen. Versprochen.« Er schiebt die Hände in die Hosentaschen.

Carol kommt heraus. »Ich habe einen tollen Tisch für euch.« Sie geht voran, dreht sich jedoch wieder um, als sie merkt, dass wir ihr nicht folgen.

Liam steht zwischen uns und wartet darauf, dass ich eine Entscheidung treffe.

Ich könnte einfach gehen. Wahrscheinlich würde er es sogar verstehen. Aber ein großer Teil in mir will alles für eine Zeit lang vergessen. Bailey Timber. Buzz Wheel. Mein Haus. Die Spendengala.

Ich konzentriere mich auf Liam. Er lächelt nicht. Bestimmt denkt er, ich würde seine Einladung ablehnen. Sein Friedensangebot.

Ich glaube, es ist an der Zeit, dass ich etwas tue, das die Leute nicht von mir erwarten.

»Danke, Carol.« Ich gehe an Liam vorbei, der nun anfängt zu grinsen.

»Gern geschehen.« Sie führt uns zu einer abgelegenen Sitzecke mit hervorragendem Ausblick auf den See. »Ich schicke Keri zu euch, um eure Bestellung aufzunehmen.«

»Danke.«

Sie verschwindet. Wir blicken wie gebannt hinaus auf den See und ignorieren den Elefanten, der mitten auf dem Tisch sitzt. Doch um mit der Sache endlich abschließen zu können, müssen wir reden.

»Wegen gestern Abend ...«

Liam richtet sich auf und sieht mich an. »Ich fühle mich schrecklich. Als ich ...«

Jetzt bin ich diejenige, die den Finger auf seinen Mund legt. »Lass mich etwas sagen.«

Er lehnt sich zurück. »Okay.«

Unterm Tisch verknote ich meine Finger ineinander. »Du hattest recht. Als meine Eltern gestorben sind, ist auch in mir etwas gestorben. Ich nehme deine Entschuldigung an. Und ich will mich auch bei dir entschuldigen. Für den ganzen letzten Monat. Ich weiß nicht, wann es zwischen uns so verrückt geworden ist. Ja, ich fühle mich zu dir hingezogen. Aber ich glaube, das Mädchen, das du magst, gibt es nicht mehr. Es ist kein Teil mehr von mir.«

»Doch, ist es.«

Ich atme laut aus und lasse den Blick über den See schweifen. »Nein. Und je schneller du es akzeptierst, desto besser.«

»Sav.« Er streckt mir seine Hand entgegen. Als ich meine nicht in seine lege, schiebt er sie noch näher zu mir.

Da ich weiß, dass er nicht lockerlassen wird, gebe ich nach.

Sein rauer Daumen streicht über meine Knöchel. »Darf ich dir helfen, das Mädchen wiederzufinden?«

»Was?«

»Gib mir fünf Wochen. Einen Tag die Woche darf ich entscheiden, was wir unternehmen.«

Ich seufze. »Wenn du mich damit nur ins Bett kriegen willst …«

»Nein, will ich nicht. Glaub mir. Deine Brüder haben mir bereits mehr als deutlich gemacht, dass das nie passieren wird. Es ist etwas, das ich *für dich* machen will.«

Seine Aufrichtigkeit raubt mir den Atem. »Warum?«, flüstere ich.

»Um dir das Gegenteil zu beweisen.«

Ich lächle, denn ist das nicht immer das Problem zwischen uns? Wir haben beide gern recht. »Ich würde viel Geld darauf verwetten, dass du nicht findest, wonach du suchst.«

Als er anfängt zu grinsen, beginnt es in meinem Bauch zu kribbeln. »Alles klar. Aber du wirst die Wette verlieren.«

»Nein. Ich weiß, dass ich immer so sein werde, wie ich jetzt bin. *Du* wirst die Wette verlieren.«

Er schüttelt den Kopf. »Was ist der Wetteinsatz? Wenn du tatsächlich immer so bist wie jetzt, was willst du dann?«

Grinsend lehne ich mich nach vorn. »Zeigst du mir, was du in deinem Schuppen versteckst?«

Er lässt meine Hand los. Sein Lächeln verschwindet so schnell, dass ich sicher bin, dass er ablehnen wird.

Kapitel 14

LIAM

Sie will, dass ich etwas mit ihr teile, von dem kein anderer weiß. Ich weiß nicht, ob ich dafür bereit bin. Aber sie vertraut mir, indem sie sich auf dieses Experiment einlässt. Und ich vertraue ihr ebenfalls, wenn ich ihre Bedingungen akzeptiere.

Eine Wette scheint vielleicht eine dumme Idee zu sein. Aber ich weiß, dass man Savannah Bailey herausfordern muss, wenn man sie zu etwas bewegen will, das sie nicht möchte.

Aber wie kann ich in ihr die Savannah Bailey hervorbringen, die sie vor dem Tod ihrer Eltern war? Wir können nicht in der Zeit zurückreisen. Wir leben nicht in einem Film oder einem Buch. Aber es ist eine Herausforderung, die ich gern annehme, denn seit gestern Abend ist mir klar geworden, wie wichtig mir diese Frau ist. Ganz egal, ob wir eine gemeinsame Zukunft haben oder nicht. Ich will, dass sie glücklich ist. Und ich bin überzeugt, das hier ist das, was sie braucht, um ihr Glück zu finden.

»Also?«, hakt sie nach.

»Klar. Aber wenn ich gewinne, gehst du mit mir auf ein Date im Terra & Mare.« Das widerspricht allem, was ich mit ihren Brüdern besprochen habe. Doch Tatsache ist: Falls ich recht behalte, hat alles, worüber sie sich Sorgen machen, keine Gültigkeit mehr.

Sie holt tief Luft und starrt zum tausendsten Mal, seit wir hier sitzen, hinaus aufs Wasser.

»Und?« Jetzt bin ich dran mit Druckmachen.

Sie dreht den Kopf und streckt mir die Hand entgegen. »Deal.«

In dem Moment, als ich ihr die Hand gebe, kommt die Kellnerin zu uns und entschuldigt sich dafür, dass sie uns so lange hat warten lassen.

So einfach die Wette auch klingt – will ich sie gewinnen und mit Savannah im Terra & Mare essen gehen, werde ich ein wenig recherchieren müssen.

Wir bestellen Krabbenbeine, Maisbällchen, Kartoffeln und Bier. Mir gefällt die Beatles-Coverband, bei Savannah bin ich allerdings nicht so sicher. Wenn ich sie heute Abend wenigstens einmal zum Lachen bringen kann, werte ich es als Erfolg.

»Ich habe gehört, du ziehst zu Juno.« Ich drehe die Bierflasche in meiner Hand.

»Wollte ich eigentlich. Aber ich glaube, ich werde noch für eine Weile bei dir wohnen, wenn es in Ordnung ist.« Sie zupft am Etikett ihrer Flasche herum.

Weiß sie denn wirklich nicht, wie sehr ich es liebe, sie

bei mir zu haben? Ich meine, ja, es ist die reinste Folter, aber das ist mir lieber, als sie wochenlang nicht zu sehen.

»Schon in Ordnung. Bleib so lange du willst.«

»Danke.«

Ich nehme einen Schluck von meinem Bier. »Ist Kingston wieder in der Stadt?«

Langsam beginnt sie zu grinsen. Es ist ein Grinsen, das mich ebenfalls lächeln lässt, denn ich merke, dass sie irgendetwas amüsiert. »Nein.«

»Sondern?«

Sie beißt sich auf die Unterlippe, in dem Versuch, ihre Belustigung zu unterdrücken. »Grandma Dori ist in sein Zimmer gezogen. Sie behauptet, sie habe Termiten. Natürlich wissen wir alle, dass das gelogen ist. Aber wer würde ihr das jemals offen sagen?«

Ich lehne mich zurück. Grandma Dori mischt sich wirklich in alles ein, aber wenn ich dadurch Zeit mit Savannah verbringen kann, will ich mich nicht darüber beschweren.

»Sie erstaunt mich immer wieder.« Ich nehme noch einen Schluck von meinem Bier.

»Erstaunen?« Savannah entspannt sich. Ihr Blick ist jetzt auf mich gerichtet, nicht mehr auf die Flasche oder den See. »Wie kommt's?«

»Weil sie einfach macht, was sie will, ohne sich darum zu scheren, was die anderen davon halten. Sie meint es ja nicht böse. Sie denkt immer, sie würde damit etwas Gutes tun.«

Sie nickt. »Ich weiß. Wenn sie nicht wäre, wäre ich nicht da, wo ich heute bin. Du kannst dir nicht vorstellen, wie viel Geduld sie mit mir hatte, als ich bei Bailey Timber eingestiegen bin. Ich glaube, sie versucht das Gleiche bei Phoenix. Aber Phoenix will nicht.«

»Was glaubst du, was du gemacht hättest, wenn du Bailey Timber nicht übernommen hättest?« Das frage ich mich, seit sie das College verlassen hat, um nach Lake Starlight zurückzukehren.

Sie verzieht den Mund. Mir gefällt es nicht, dass sie nicht umgehend antwortet. »Ich glaube, das wusste ich damals noch gar nicht. Ich hatte gerade erst mit dem College angefangen. Obwohl mein Hauptfach Business war, hatte ich keine Ahnung, was ich aus meinem Leben machen sollte. Ich bin kein bisschen kreativ. Vielleicht habe ich schon immer gewusst, dass ich mal für meinen Dad arbeiten würde.«

»Dann ging es nur ein wenig schneller als gedacht?«

Sie zuckt mit den Schultern. »Wahrscheinlich. Aber mir wäre es lieber gewesen, das College zu beenden, ohne gleichzeitig für Bailey Timber arbeiten zu müssen. Spaß haben. Das machen, was Studenten nun mal tun.«

»Ja, vielleicht hättest du noch ein paar Jahre gebraucht, bevor du die Verantwortung über Hunderte von Mitarbeitern übernommen hättest.«

Sie kichert leise. Es klingt schön, aber es ist nicht das Lachen, das ich heute Abend hören will. »Genau.«

»Es könnte schlimmer sein. Die Baileys hätten auch eine Skelettreinigungsfirma besitzen können.«

»Eine was?« Ihr Lächeln wird breiter, doch sie lacht nicht.

Wieder gescheitert.

»Ich habe mal einen Artikel über eine Firma gelesen, die

Skelette reinigt. Und damit meine ich nicht nur abstauben. Sie müssen die Knochen entfetten und bleichen.«

Angewidert verzieht sie das Gesicht. »Was um Himmels willen bedeutet bitte entfetten?«

Ich nicke. »Sie meinten, menschliche Knochen seien am schlimmsten.«

»Du hast recht. Ich kümmere mich lieber um Holz.« Ihr entweicht ein kleines, kurzes Kichern. »Warum müssen sie sie reinigen?«

»Was denkst du, woher die medizinischen Fakultäten ihre Exemplare haben?«

Ihre Augen werden groß. »Darüber habe ich noch nie nachgedacht.«

Ich lache leise und leere den Rest meines Biers. »Ich auch nicht.«

Schweigen legt sich über den Tisch. Ich versuche, mir irgendwas einfallen zu lassen, das sie unterhalten könnte. Zum Glück kommt jetzt unser Essen. Ich bestelle noch ein Bier. Savannah will kein zweites.

»Ich fahre dich nach Hause«, biete ich an.

Doch sie schüttelt den Kopf. »Ich bin dir was schuldig. Ich bin heute deine Chauffeurin.«

Wir knacken unsere Krabbenbeine auf.

Ich tunke meine in Butter, während sie ihre ohne isst. »Keine Butter?«

Sie zuckt mit den Schultern.

»Magst du keine Butter?«, frage ich.

»Wer mag bitte keine Butter?« Sie steckt sich ein Maisbällchen in den Mund.

»Genau. Man kann Krabben nicht ohne Butter essen.« Ich tunke ein Stück in die Butter und halte es vor ihren Mund. Doch sie schüttelt den Kopf. »Warum nicht?«

»Herzinfarkt, Arterienverstopfung, Kalorien. Wie viele Gründe soll ich aufzählen?«

Ich stecke mir das buttrige Stück Krabbe in den Mund und grinse. »Du verpasst was.«

»Ich habe schon so lange keine Butter mehr gegessen, dass ich sie nicht vermisse.«

Ich wische mir den Mund und die Hände. »Blödsinn.«

Sie sieht mich von unten herauf durch ihre Wimpern an. Japp, sie vermisst Junkfood.

»Du bist das genaue Gegenteil von deinen Brüdern«, bemerke ich.

»Ich weiß nicht. Rome gibt inzwischen mehr auf sich acht und hat angefangen, sich gesünder zu ernähren.«

»Er ernährt sich vielleicht gesünder, aber seine Portionsgrößen lassen zu wünschen übrig. Letztens hat er meine ganze Box mit Hummus und Pita-Chips aufgegessen.«

Sie lacht schnaubend. »Und Calista hört nicht mehr mit diesem *Baby Shark*-Song auf. Er hat sich schon in mein Gehirn gebrannt.«

»Heute Morgen hatte sie Denvers Handy und hat es die ganze Zeit gehört. Dann hat eine Frau angerufen, die Denver unter ›Mittwochabend-Mädel‹ abgespeichert hat. Calista ist rangegangen und hat sich fünf Minuten lang mit ihr über *Baby Shark* unterhalten.«

»Hat sie nicht.« Sie reißt die Augen auf.

»Doch. Man stelle sich nur die Verwunderung der Frau

vor. Wahrscheinlich denkt sie jetzt, Calista wäre seine Tochter.«

Sie knackt ihr zweites Krabbenbein. »Es gab mal eine Zeit, da dachten wir alle, Calista wäre seine Tochter.«

Daran kann ich mich noch gut erinnern. Als Harley in die Stadt kam, um Calistas Vater zu finden, suchte sie zunächst nach Denver. »Manchmal überrascht es mich noch immer, dass Rome zwei Kinder und eine Verlobte hat.«

»Was denkst du, wie ich mich fühle? Ich bin die Zweitälteste, und drei meiner Geschwister haben sich schon häuslich niedergelassen. Zwei sind verheiratet. Einer hat schon Kinder. Der Nächste versucht es. Ich frage mich, ob ich anfangen sollte, Medikamente gegen meine Katzenallergie zu nehmen, denn ich werde nie zu den anderen Frauen passen, die permanent Single bleiben.«

Ich habe Mühe, nicht mein Bier auszuspucken, denn die Vorstellung von einer von Katzen umringten Savannah ist urkomisch. »Ich würde dich heiraten. Aber nach Vegas können wir nicht. Das haben Brooklyn und Wyatt schon gemacht. Hast du deinen Pass dabei? Vielleicht können wir zu den Niagarafällen.«

Sie schüttelt zwar den Kopf, aber wenigstens lächelt sie. »Ich dachte, Flirten wäre tabu?«

Ich hebe die Hände. »Ich flirte nicht. Ich unterhalte mich ganz unschuldig über eine Vernunftsehe.«

»Und was hättest du davon, mich zu heiraten? Es gibt immer eine Gegenleistung.« Sie wischt sich den Mund und die Hände, richtet sich gerader auf und wappnet sich für meine Antwort.

»Vielleicht, dass du nach zwanzig Jahren endlich nachgibst und mit mir schläfst.«

Sie lacht. Mit zurückgeworfenem Kopf, Fältchen um die Augen und so laut, dass man es zwei Tische weiter hören kann. Ich freue mich, dass ich endlich etwas gesagt habe, das sie fröhlich macht.

»Du amüsierst dich auf meine Kosten?« Von mir aus kann sie das den lieben langen Tag machen. Genau so will ich sie sehen.

»Nein.« Sie versucht, sich zusammenzureißen, scheitert aber einmal, bevor es ihr schließlich gelingt. »Es ist nur die Art, wie du redest. Man könnte meinen, du wärst der Oberstreber, der es auf die Kapitänin der Cheerleaderinnen abgesehen hat. Ich meine, du siehst schon jeden Morgen in den Spiegel, oder?«

Ich zucke mit den Schultern. »Ja.«

»Und wenn du die Main Street hinabgehst, merkst du, wie dich alle Frauen anstarren, oder?«

»Für mich gibt es nur eine Frau, die ich starren sehen will.«

Sie bewirft mich mit einem Maisbällchen. »Du brichst deine eigenen Regeln.«

»Sorry. Ist schwerer, als ich dachte.« Und das ist die Wahrheit.

Ihr Lachen verebbt. Ich könnte mich selbst dafür treten, dass ich schon wieder meine Gefühle für sie angesprochen habe.

»Darf ich dir eine Frage stellen?«, fragt sie.

»Klar.«

»Der Abend, an dem du mir das Tattoo gestochen hast ... Wie kommt's, dass du meiner Familie nichts davon erzählt hast?«

»Weil du mich darum gebeten hast.«

Sie schüttelt den Kopf. »Nein, habe ich nicht.«

»Hast du nicht?« Ich erinnere mich zurück an jenen Abend, als sie in meinen Laden kam und mich darum bat, ihr ein Tattoo zu stechen. Als Erinnerung an ihre Eltern. Ich kam auf die Idee mit den Amseln, die zusammen wegfliegen. Später sahen es ihre Schwestern in meinem Buch, und jetzt haben sie das gleiche Tattoo, ohne zu wissen, dass Savannah die Erste war. »Ich schätze, für mich hat es sich angefühlt wie ein Moment, den nur wir beide miteinander geteilt haben. Ich wollte es für mich behalten.« Sie mustert mich schweigend. »Ich dachte, manche deiner Geschwister würden sich vielleicht darüber aufregen, wenn sie es wüssten.«

»Warum sollten sie sich darüber aufregen?«

»Weil ich der beste Freund deiner Brüder bin. Ich hatte schon immer das Gefühl, dass du für mich tabu bist.«

»Bis vor Kurzem?«

Ich zucke mit den Schultern und leere mein zweites Bier. »Ich glaube, es hat sich endlich so angefühlt, als würdest du mehr in mir sehen.«

Sie blickt mir in die Augen, und mein Herz beginnt vor Aufregung zu klopfen.

»Liam, ich sehe in dir schon eine ganze Weile mehr.«

Ich fahre mir mit der Zunge über die Unterlippe. Verdammt, das ist das Letzte, was sie hätte sagen sollen.

Kapitel 15

SAVANNAH

Es ist früher Montagmorgen, als ich meine High Heels und meine Jacke zu meiner Handtasche neben der Tür lege. Liam steht in verschwitzten Sportklamotten in der Küche.

»Ich schätze, ich sollte froh sein, dass es nicht deine erste Aufgabe war, mit dir joggen zu gehen.« Ich gehe an ihm vorbei und tue so, als würde mir nicht auffallen, wie der nasse Stoff an seinen Bauchmuskeln klebt.

Er öffnet den Schraubverschluss seiner Wasserflasche. Wahrscheinlich hat er die Flaschen im Smokin' Guns verschenkt, denn sie tragen sein Logo. Im Kühlschrank hat er Wasserflaschen für Gäste, doch er benutzt immer dieselbe. Vielleicht ist er ein heimlicher Umweltschützer.

»Das ist Schritt drei.« Er klingt so ernst, dass ich mich mit meinem Joghurt in der Hand umdrehe. Als ich sein Lächeln sehe, bin ich erleichtert. »Außerdem bist du ja schon eine Läuferin.«

»Das stimmt. Aber ich gehe gern allein joggen.«

Er nickt. »Das respektiere ich. Aber falls du mal Gesellschaft willst, dann gib Bescheid.« Dann leert er sein Wasser in einem Zug.

Ich weiß nicht, ob ich mit ihm an meiner Seite joggen könnte. »Wie schnell bist du?«

Lachend schraubt er den Deckel auf seine Flasche. »Ich habe noch nie meine Zeit gemessen.«

»Echt nicht?«

Er deutet auf mich und lässt den Zeigefinger kreisen. »Ich sehe deine Verwirrung. Aber mir geht es darum, draußen zu sein und ein wenig Sport zu treiben, denn nach der Arbeit bin ich dazu zu faul.«

»Hörst du dabei Musik?«

Er öffnet die Schublade und reicht mir einen Löffel. Mit einem Nicken nehme ich ihn entgegen. Vielleicht funktioniert es ja doch zwischen uns. Gerade benehmen wir uns wie erwachsene Menschen.

»Natürlich. Und du?«

»Podcasts.« Ich schiebe mir einen Löffel Joghurt in den Mund, um mich zum Schweigen zu bringen. Er wird mich für einen Loser halten.

»Podcasts worüber?«

Ich denke darüber nach zu lügen, aber Liam ist so aufmerksam, dass er es bestimmt schon weiß. »Wie man es schafft, ein besserer Boss zu sein.«

Er legt den Kopf schief. Ein klares Zeichen dafür, dass er mich bemitleidet. Großartig. Jetzt ist er nicht mehr von mir verzaubert, sondern nur noch ein weiterer Bewohner Lake Starlights, dem ich leidtue. »Bewundernswert. Aber du solltest es mal mit Musik probieren. Damit kannst du deine Zeit sicherlich verbessern.«

Kopfschüttelnd richte ich meinen Löffel auf ihn. »Das ist gerissen.«

»Was denn?« Er hebt die Hände und geht zum Kaffeepott. »Hier oder zum Mitnehmen?«

»Mitnehmen.«

»Dann muss ich mir diese Woche jeden Tag ein bisschen von deiner Zeit stehlen?«

»Für?« Ich esse meinen Joghurt auf, werfe den Becher in den Müll und stecke den Löffel in die Spülmaschine.

Nachdem er ein wenig Milch hinzugefügt hat, reicht er mir meinen To-go-Becher. »Die Wette. Schon vergessen?«

Scheiße. Ich dachte, er meint die Spendengala. Darum sollten wir uns wirklich allmählich kümmern. »Ähm ... Wie viel Zeit willst du denn?«

Er lässt den Blick über meinen Körper schweifen und zieht scharf die Luft ein. »Bring mich nicht dazu, Dinge zu sagen, die ich besser nicht sagen sollte.«

»Tu ich nicht.« Dann denke ich noch mal über meinen Satz nach. Okay, vielleicht ein bisschen.

»Als Erstes muss ich dich bitten, die Regeln ein wenig zu lockern.« Er beißt sich auf die Unterlippe. Wie gern ich ihn jetzt küssen würde.

»Jetzt schon, Mr Kelly?«

»Ich hätte gern jeden Abend eine halbe Stunde. Das wären insgesamt dreieinhalb Stunden pro Woche, was nicht mal ein ganzer Tag ist, also weniger, als vereinbart.«

Ich verlagere das Gewicht auf ein Bein, stelle meine

Tasse auf die Küchentheke und verschränke die Arme. »Das hast du aber gut durchgerechnet.«

»Was soll ich sagen? Ich weiß, mit wem ich es zu tun habe. Ich bringe zu einer Schießerei kein Messer mit.«

Ich lächle. »Okay, jeden Abend eine halbe Stunde. Aber wir müssen noch die Wohltätigkeitsveranstaltung organisieren. Willst du mal in deiner Mittagspause im Büro vorbeikommen? Oder sollen wir uns in der Stadt treffen?«

»Wie wäre es mit heute Abend vor Schritt eins? Du schuldest mir noch Orangenhühnchen.«

Ich denke nach. Ich bin ihm was schuldig?

»Vor deinem Date mit Brent? In deinem Büro?«

»Ach. Ja. Okay. Aber Wok For U hat montags geschlossen.«

Er grinst. »Dann wohl ein andermal.«

»Aber ...«

Er zuckt mit den Schultern und nippt an seinem Kaffee. »Ich verstehe schon. Wirklich. Ich meine, es wird eine Qual, so viel Zeit mit dir zu verbringen. Aber ich komme damit klar.«

Ich schüttle den Kopf und gehe zur Haustür. »Ich fahre jetzt zur Arbeit. Ich bin gegen sechs zu Hause. Morgen Abend habe ich meinen Strickkurs bei Ethel, da bin ich nicht vor halb acht da.«

»Wie wäre es, wenn ich Samara nach deinem Terminkalender frage und wir vereinbaren was?«

Ich lächle. »Perfekt. Danke. Sie kümmert sich sowohl um meine geschäftlichen als auch meine privaten Termine.«

Er hebt die Augenbrauen. Wieder einmal hat er Mühe,

keinen Witz über mein Privatleben zu reißen. So kindisch, wie er ist, hätte es bestimmt was mit Sex zu tun.

Ich schlüpfe in meine High Heels und schnappe mir meine Handtasche, meine Laptoptasche und meinen Kaffeebecher. Ich muss verschwinden, bevor ich ihn noch anflehe, mich auf der Frühstückstheke zu nehmen. »Bis später.«

»Einen schönen Tag, Savannah.«

Als ich mich umdrehe, hat er sich grinsend gegen die Theke gelehnt und die Fußknöchel überkreuzt. Ich verkneife mir ein erregtes Seufzen, bis ich das Haus verlassen und die Tür hinter mir zugezogen habe. Dieser netten Version von Liam zu widerstehen wird schwieriger sein als der wütenden Version, die sich ständig über mich lustig macht.

• • •

Gegen Mittag fliegt meine Bürotür auf. Es ist Juno, mit einem so wütenden Gesichtsausdruck, als hätte sie seit Monaten meinen Mord geplant.

»Es wäre höflich gewesen, wenn du Samara gefragt hättest, ob ich Zeit habe.«

Sie schlägt die Tür zu, wirft sich aufs Sofa und legt die Arme übers Gesicht. »Du bist mir echt was schuldig.«

»Warum das denn? Ich hatte damit nichts zu tun.«

Mir ist vollkommen klar, warum sie hier ist und ausflippt wie eine Teenagerin.

Sie öffnet ein Auge und späht zwischen ihren Fingern hindurch. »Du hast mich reingelegt.«

»Ich?« Ich deute auf mich.

»Stell dich jetzt nicht dumm. Du hast gesagt, du würdest bei mir einziehen, woraufhin Grandma Dori den Kriegspfad eingeschlagen hat. Wir wissen alle, dass sie es darauf abgesehen hat, dich und Liam zu verkuppeln. Sie ist die einzige über Siebzigjährige, die ihre Enkel dazu drängt, in Sünde zu leben.«

»Ich habe keinen Sex mit Liam. Das zwischen uns ist rein platonisch.«

Sie setzt sich auf, zieht das Smartphone aus der Handtasche und beginnt, darauf herumzutippen. Mir wird ganz flau im Magen, denn es gibt nur eine Sache, die es wert ist, dass sie während einer Unterhaltung das Handy zückt.

Dann hält sie es mir entgegen. »Wirklich? Denn gestern Abend warst du mit ihm in Carol's Crabby Shack und hast dich köstlich amüsiert. Wo hast du bitte die Nacht verbracht?«

Ich spähe auf den Buzz-Wheel-Artikel, ohne ihn zu lesen. Ich muss nicht wissen, was Lake Starlight über Liam und mich denkt. »Es war nur ein Dinner. Er hat sich bei mir entschuldigt. Ich habe bei ihm übernachtet. In *meinem* Zimmer.«

»Natürlich hat er sich bei dir entschuldigt. Er will dir an die Wäsche.«

Schweigend setze ich mich in den Sessel neben dem Sofa.

Als mich Juno schließlich ansieht, lässt sie die Schultern hängen. »So habe ich es nicht gemeint. Ich meine ... Ich bin einfach sauer. Sie hat mich dazu gezwungen, die Küche aufzuräumen. Sie hat sogar mein Besteck umsortiert.«

»Ist es jetzt neben der Spülmaschine? Ich habe noch nie verstanden, warum du das Besteck auf der anderen Seite der Küche aufbewahrst.«

Sie wirft die Arme in die Luft und atmet so heftig aus, dass ihr Pony hochfliegt. »Wen kümmert's? Es ist *mein* Haus.«

»Ich meine ja nur. So ist es doch viel praktischer.«

»Inzwischen bist du wie sie.«

»Bin ich nicht.« Grandma Dori hat das Selbstbewusstsein einer Löwin, die gegen einen Löwen kämpft. Ich brülle zwar wie eine Löwin, habe aber das Selbstvertrauen eines Löwenbabys.

»Weißt du, was sie heute Abend machen will?«

»Einkaufen gehen?«, rate ich.

Juno funkelt mich böse an. Ich muss kichern, denn ich ziehe sie ständig damit auf, wie leer ihr Kühlschrank ist. Kingston und sein Junggesellendasein verstehe ich ja, aber bei Juno war ich überrascht.

»Es ist sexistisch, dass du denkst, ich müsste einen vollen Kühlschrank haben, nur weil ich eine Frau bin.«

»Sorry, wenn du mich für sexistisch hältst. Aber mal ehrlich. Liam hat auch einen vollen Kühlschrank.«

»Weil *du* da bist.«

»Das stimmt nicht. Aber er ist anders, als ich dachte.«

Ihre Augen beginnen ein wenig zu leuchten. Anscheinend liefere ich der Königin des Happy Ends endlich einen Grund, wieder an die wahre Liebe zu glauben. »Inwiefern?«

»Er ist einfach ein guter Freund. Das ist alles.«

Sie hält das Handy in die Höhe. »Ein ziemlich lustiger Freund, was?«

Ich bewerfe sie mit meinem Stift, doch sie fängt ihn mühelos.

»Bitte erzähl es keinem.«

Normalerweise würde ich zu Rome gehen, um mit ihm etwas zu besprechen, das die anderen Baileys nicht erfahren sollen, aber er ist Liams bester Freund. Das macht die ganze Sache ein wenig merkwürdig.

»Werde ich nicht.«

Wahrscheinlich wird sie es doch tun.

Ich seufze. »Ich sage nicht, dass ich ihn mag oder so. Aber wir haben einen Waffenstillstand vereinbart.«

»Was war eigentlich das Problem?«

Sie sollte nicht von Austins Hochzeit erfahren. Wir haben nicht miteinander geschlafen, aber wir sind uns körperlich nahegekommen. »Dass er mich ständig ärgert. Sich über mich lustig macht.«

Sie runzelt die Stirn, und ihre Augenbrauen springen bis zu ihrem Haaransatz. »Du meinst, wie in der fünften Klasse? Als sich die Jungs über die Mädchen lustig gemacht haben, die sie mochten? Das ist es, was Liam tut?«

»Vielleicht? Ich schätze schon.«

»Ich finde, ihr solltet es endlich hinter euch bringen und miteinander schlafen. Danach ist die Welt wieder in Ordnung.« Dann tippt sie auf ihrem Handy herum. Entweder checkt sie ihre Mails oder Snapchat. Sie ist von beidem besessen.

Ich versuche zu begreifen, was sie eben gesagt hat, aber irgendwie klappt es nicht. »Soll heißen?«

Sie sieht mich fragend an, als würde sie mich nicht verstehen.

»Wir sollen miteinander schlafen, um es hinter uns zu bringen?«, hake ich nach.

»Na ja, ihr werdet nicht zusammen in den Sonnenuntergang reiten, sondern ins Schlafzimmer.«

Sie scheint mein Missfallen zu spüren. Vielleicht erkennt sie es aber auch an meiner Körpersprache. Jedenfalls korrigiert sie sich schnell. »Ich meine dich und Liam als Paar.«

Streicht das. Sie korrigiert sich nicht – sie meint es tatsächlich so.

»Stimmt dich das traurig?«

Ja. Aber warum?

»Warst du nicht vor ein paar Tagen noch im Team Liam?«

Sie sieht gedankenverloren zur Zimmerdecke, als würde dort oben die Antwort stehen. »Ich weiß nicht mehr. War ich?«

»Ja, warst du. Sag mal, Juno ... Was – oder besser gesagt *wer* – hat dich dazu gebracht, deine Meinung zu ändern?«

Sie lächelt. Sie lächelt immer, wenn man sie erwischt hat. Mit fünfzehn hat der Sheriff sie und ihre Freunde nach der Sperrstunde draußen erwischt. Und mit »nach der Sperrstunde« meine ich drei Uhr morgens. Sie hatte sich davongeschlichen. Als Austin und ich auf dem Polizeirevier ankamen, strahlte sie uns aus der Zelle heraus entgegen.

»Grandma Dori?«, helfe ich ihr auf die Sprünge. »Dieselbe Frau, die wollte, dass wir Freunde werden?« Dieser umgedrehte Psychologiekram sieht ihr eigentlich nicht ähnlich. Vielleicht lässt sie langsam nach.

»Sorry, aber je schneller sie mit dir und Liam das bekommt, was sie will, desto schneller bin ich sie los.« Ihr Kopf fällt in ihre Hände. »Sie will heute Abend Pediküre machen.«

Als ich mir vorstelle, wie Juno Grandma Dori die Zehennägel lackiert, muss ich lachen. »Ist doch schön, ein wenig Zeit mit deiner Großmutter zu verbringen.«

Sie bewirft mich mit dem Stift, den ich eben nach ihr geworfen habe. »Ich glaube, ich werde Kingstons Commander anrufen und ihm sagen, dass wir einen Notfall in der Familie haben.«

Schweigend schüttle ich den Kopf. Das würde sie ihm nicht antun. Ich stehe auf und will meinen Salat aus dem Kühlschrank holen, um zu Mittag zu essen, doch Juno erhebt sich ebenfalls und zögert.

»Also ist es zwischen dir und Liam …«

»Zivilisiert. Er hat sich entschuldigt, und ich habe seine Entschuldigung angenommen.«

Juno muss nichts von der kleinen Wette erfahren, denn sie würde es ohnehin nicht verstehen. Manchmal frage ich mich, wann meine Familie aufgehört hat, in mir eine Schwester zu sehen und mich stattdessen zu Superwoman gemacht hat.

»Denver meinte, es sei ruhig gewesen heute Morgen.«

»Wir streiten uns nicht jeden Morgen.« Ich verdrehe die Augen.

Sie lächelt mich an. »Ich dachte, das wäre vielleicht euer

Ding. Dass ihr euch streitet, weil der Versöhnungssex so gut ist.« Lachend stürmt sie aus meinem Büro, und der Stift, den ich nach ihr werfe, knallt gegen die Glastür.

Aber Rache ist süß, denn Juno läuft direkt Grandma Dori in die Arme, die breit lächelnd eine Flasche mit grell-orangefarbenem Nagellack in die Höhe hält.

Kapitel 16

LIAM

Als ich nach Hause komme, steht Denvers Truck in der Einfahrt. Ich beäuge die Tüte mit Kerzen und Räucherstäbchen auf meinem Beifahrersitz und frage mich, wie ich sie ins Haus bekomme, ohne dass er mich dabei erwischt. Aber es könnten ja auch normale Einkäufe in der Tüte sein. Für ihn ein fremdes Konzept, denn er glaubt immer noch, dass sich Nahrungsmittel von selbst in den Kühlschrank zaubern. Ich habe kein Problem damit, meinen Kumpel durchzufüttern, aber ich werde nie verstehen, wie es sein kann, dass wir gleich alt sind, er aber gar kein Bedürfnis nach einer eigenen Wohnung hat.

Ich steige aus und nehme die Tüten aus dem Auto. Er meinte, er würde heute zu seiner Tour aufbrechen. Ich hoffe, das ist immer noch der Fall, denn entweder würde er dem Exorzismus, den ich an Savannah Bailey vollführen will, beiwohnen, oder er würde ihn komplett vermasseln. Das ist ganz von seiner Laune abhängig.

Als ich durch die Tür trete, dröhnt seine Musik durchs

Haus, was bedeutet, dass er entweder unter der Dusche steht oder sich fertig macht. Dieses nervige Ritual ist der Grund, warum ich meine Nachmittage meist im Schuppen verbringe. Da er als Buschpilot seinen Arbeitsplan selbst bestimmen kann, nimmt er meist die späteren Flüge, damit er länger schlafen kann. Was für ein Glück. Das sollte mir genügend Zeit geben, um die Tüten irgendwo zu verstauen.

»Liam!«, ruft Denver und trampelt wie ein Elefant die Treppe hinab. Einbrecher wird er wohl nie werden.

Ich öffne die Vorratskammer und werfe die Tüten hinein. Das Klirren verrät mir, dass ich jetzt eine Kerze weniger habe. Großartig.

»Was geht ab?« Ich schlage die Tür zum Vorratsraum zu. Denver bleibt stehen und sieht mich irritiert an.

Er deutet auf die Tür. »Hast du da drin eine Tussi versteckt?«

»Nein.« Ich trete beiseite, aber nicht so weit, dass ich ihn nicht aufhalten könnte, falls er nachsehen würde.

»Du schaust so schuldbewusst drein.«

Sein Haar ist noch feucht und sein Oberkörper nackt. Man kann die Tattoos sehen, die ich ihm gestochen habe.

»Stimmt überhaupt nicht. Ist es schon verheilt?«

Er blickt auf seine Schulter und streicht über die Tinte. »Es schält sich noch ein bisschen, aber fast.«

Ich nicke und bin froh, dass es nicht rot ist. »Gehst du jetzt?«

Jetzt, da ich ihn genügend abgelenkt habe, fülle ich meine Wasserflasche auf.

Denver setzt sich auf die Küchentheke. »Zurück zu deinem schuldbewussten Gesichtsausdruck.«

Ich muss grinsen. Diesmal hat er das Thema wieder schnell auf mich gelenkt, was bedeutet, dass er nicht mit seinem eigenen Kram beschäftigt ist. Wie sollte er auch? Er macht nichts außer Party. Der Kerl könnte mit seinen Outdoor-Fähigkeiten richtig Schotter verdienen, aber meistens sitzt er nur faul auf seinem Hintern.

»Ich blicke nicht schuldbewusst drein.«

»Blond, brünett oder rothaarig?« Beim Wort »rothaarig« beginnen seine Augen zu leuchten.

»Da ist keine Frau in der Vorratskammer.« Ich lehne mich gegen die Theke und nehme einen Schluck von meinem Wasser.

»Und ich dachte schon, du hättest deinen Scheiß endlich auf die Reihe gekriegt und wir könnten uns zwei Bräute klarmachen.«

»Ich glaube, ich kann dir nicht ganz folgen.«

Er springt von der Küchentheke. »Weil wir nicht mehr synchron sind. Früher hättest du genau gewusst, was ich meine, aber jetzt bin ich ein einsamer Wolf. Du und Rome habt mich verlassen. Er wird wenigstens regelmäßig flachgelegt. Aber du ...« Er deutet auf mich und geht zum Glück in Richtung Treppe. »Dass du im Zölibat lebst, verstehe ich nicht.«

»Wann gehst du?«

Am Fuß der Treppe dreht er sich um. »In ungefähr fünf Minuten. Ich muss mir nur noch ein Shirt anziehen. Heute Abend errichten wir das Camp. Und dann kann ich einer

Horde dummer Geschäftsmänner dabei zusehen, wie sie versuchen, sich mit einem Feuerstein und einer Machete aus dem Busch herauszukämpfen.« Er lässt den Finger in der Luft kreisen.

Ich lache und bin erleichtert, dass ich ihn von mir ablenken konnte.

»Ich wette hundert Dollar, dass mir der Boss Geld zustecken wird, damit ich sie schneller rausbringe.«

»Ich dachte, diese Exkursionen würden dir Spaß machen?«

»Ich mache gern Exkursionen mit Leuten, die gern in der Natur sind. Menschen, die Elche beobachten wollen und Berge besteigen, um die Aussicht zu genießen und den Stolz zu spüren. Nicht mit privilegierten Arschgesichtern, die kein Feuer entfachen wollen, weil ihnen die Hände davon wehtun.«

»Vielleicht solltest du deine eigene Firma gründen. Keine Arschgesichter erlaubt.«

Er deutet auf mich und betritt die erste Stufe. »Da ist was dran. Aber ich würde niemals eine Firma leiten wollen. Das würde mein Leben ruinieren.«

»Warum?« Ich lege die Stirn in Falten.

»Jeder weiß, dass der Chef keinen Spaß hat.« Er schnippt mit den Fingern. »Das erinnert mich an etwas. Weißt du, ob Savannah für Grandma Dori den Kammerjäger angerufen hat?«

»Warum sollte ich das wissen?«

»Die alte Schachtel treibt Juno in den Wahnsinn. Ich

habe gehört, du und Savannah hättet euch geküsst und vertragen.«

Ich zucke mit den Schultern. »Ich habe mich bei ihr entschuldigt, und wir haben beschlossen, zivilisiert miteinander umzugehen, solange sie noch hier wohnt.«

Er tritt wieder von der Stufe und kommt ein Stück auf mich zu. »Danke, Liam. Wir fühlen uns total schlecht, weil wir dir so eine Rede gehalten haben. Wir wollen nur, dass du glücklich bist. Aber ihr zwei seid das exakte Gegenteil voneinander. Es könnte niemals funktionieren.«

»Gegensätze ziehen sich an?«

»Nicht, wenn sich keiner von beiden ändern will.« Er hebt die Augenbrauen.

»Mach dich jetzt fertig, Denver.«

Er nickt. Ihm scheint klar zu sein, dass ich nicht über dieses Thema sprechen will. Ich werde den Wunsch der Bailey-Brüder respektieren – bis ich ihnen das Gegenteil beweisen kann.

»Ich hoffe, du vermisst mich.« Er zwinkert mir zu.

»Ich zähle die Tage bis zu deiner Rückkehr«, rufe ich ihm hinterher. »Nicht«, flüstere ich.

Fünf Minuten später verlässt Denver mit einem Seesack über der Schulter, drei Flaschen Wasser, zwei Äpfeln und meiner Powerbank für sein Handy das Haus. Ich hole die Tüten aus der Vorratskammer, um meinen Abend mit Savannah vorzubereiten.

Kapitel 17

SAVANNAH

Als ich von der Arbeit heimkomme, ist es dunkel im Haus. Vielleicht musste Liam irgendwohin. Er meinte, heute Abend würde das Experiment »die alte Savannah Bailey finden« beginnen. Und ich dachte, er würde damit direkt nach der Arbeit meinen.

Seit wir gestern Abend die Wette abgeschlossen haben, denke ich darüber nach, wie ein Mann wie Liam so fest davon überzeugt sein kann, mein altes Ich wieder zum Vorschein bringen zu können. Ich weiß nicht mal, ob ich sie erkennen würde, wenn er es tatsächlich schaffen würde. Bei Brooklyns Hochzeitsfeier hat er mich mit spitzen und passiv-aggressiven Bemerkungen unter Druck gesetzt. Ich habe keine Ahnung, was er jetzt mit mir vorhat.

Als ich die Haustür öffne, merke ich, dass ich falschlag. Das Haus ist nicht dunkel. Auf jeder Oberfläche stehen brennende Kerzen, was ich von außen nicht sehen konnte, weil die Jalousien geschlossen sind. Kleine Kerzen, große Kerzen. So viele Kerzen, dass ich zu glauben beginne, Liam will mit seiner Wette eine andere Richtung einschlagen. Glaubt er, er könnte mir mit Romantik meine Typ-A-Persönlichkeit austreiben?

Ich stelle meine Handtasche auf den Tisch neben der Tür, lege meine Schlüssel neben seine und schlüpfe aus meinen High Heels. Verdammt, fühlt sich das gut an. Ich strecke meine Zehen und drehe meine Knöchel, als mir ein Sammelsurium an Gerüchen in die Nase steigt, sodass sie nahezu um Gnade winselt. Zimt, Salbei und Vanille vereinigen sich zu einem überwältigenden Duft. Ich gehe zu einer der Kerzen. Auf dem hübschen Etikett steht »Orangenblüten« geschrieben. Was zum Teufel hat er vor?

Liam kommt in Jogginghose und gut sitzendem T-Shirt die Treppe herunter. »Du bist zu Hause«, sagt er, als hätte er den ganzen Tag auf mich gewartet.

Ich mache eine Bestandsaufnahme. Keine Blumen. Kein Essensduft aus dem Ofen. Wobei die Kerzen so stark duften, dass ich nicht weiß, ob ich es überhaupt riechen würde. Er ist nicht schick angezogen, und sein Haar ist nicht gestylt, als würde er ausgehen.

»Halten wir eine Séance ab? Oder willst du damit den Geruch von verbranntem Popcorn übertünchen?«

Er lacht. »Sieh einer an. Die Magie des Dufts. Dein lustiges altes Ich kommt bereits zurück.« Ich bewundere seinen Hintern, als er an mir vorbei und in die Küche geht, nach einer Tüte greift und sie mir reicht. »Geh nach oben und zieh das an.«

»Wie bitte?«

»Bitte.« Er lächelt warmherzig.

Ich werfe einen Blick in die Tüte. Ich hätte Reizwäsche erwartet, aber ich sehe nur Grau. »Das ist also Schritt eins?«

Er grinst. »Ja.«

»Falls du mich in einen Kreis singender Menschen stellen und versuchen willst, meine Seele aus meinem Körper zu lösen, muss ich dir jetzt mitteilen, dass ich nicht damit einverstanden bin.«

Er lacht erneut. Schön, dass er meinen Kommentar lustig findet.

»Liam, was geht hier vor?«

»Das wirst du schon sehen.«

Es kitzelt so heftig in meiner Nase, dass ich niesen muss.

»Gesundheit«, flüstert er nach vorn gebeugt. »Und jetzt geh.«

Kurz zucke ich zusammen, denn ihn so nah bei mir zu haben, macht verrückte Sachen mit meinem Herzschlag.

Ich gehe nach oben. Bevor ich meine Zimmertür schließe, höre ich das Klicken eines Feuerzeugs. Unmöglich, dass er da unten noch mehr Kerzen stehen hat.

Ich öffne den Reißverschluss meines Bleistiftrocks und streife ihn über meine Beine. Dann knöpfe ich meine Bluse auf und begutachte meinen BH. Oh, wie gern ich das verdammte Ding ausziehen würde, aber in Liams Gegenwart kann ich unmöglich ohne BH herumlaufen. Ich öffne die Tüte, hole den Inhalt heraus und lege ihn aufs Bett. Es ist das gleiche Outfit, das Liam trägt, nur vier Nummern kleiner.

»Heiliger Bimbam«, murmle ich, während ich in die Jogginghose schlüpfe. Verdammt, ist die bequem. Ohne BH wäre das Shirt zwar noch besser, aber es fühlt sich trotzdem an wie ein Lieblingsshirt, das ich schon seit Jahren besitze. Ich begutachte die Tüte genauer. Anscheinend ist er extra nach Anchorage gefahren, um dort in einem Yoga-Shop einzukaufen.

Dann macht es klick. Wir machen Yoga. Kurz bin ich vor lauter Angst wie festgefroren. Yoga? Ich bin der unbeweglichste Mensch auf dem ganzen Planeten. Ich wusste nicht mal, dass Liam auf Yoga steht.

Paranoia erfasst mich. Ich greife nach meinem Handy, um Yoga-Stellungen zu googeln. Herabschauender Hund – habe ich schon mal gehört, aber noch nie ausprobiert. Katzenbuckel – sieht ziemlich einfach aus. Beim Durchscrollen entdecke ich eine Frau, die verknotet ist wie eine Brezel. Auf einem Bein stehend versuche ich, das andere Bein zu heben und durchzustrecken, verliere jedoch schnell das Gleichgewicht. Scheiße. Diese Position kann ich nicht länger als eine Millisekunde halten. Ich werde mich gleich zum Trottel machen.

»Savannah?« Liam klopft an meine Tür.

»Einen Moment.« Jetzt, da ich weiß, dass er direkt vor meinem Zimmer steht, verliere ich auch noch das letzte bisschen Balance. Bevor ich mich fangen kann, kippe ich um und lande auf dem Fußboden.

»Sav? Alles in Ordnung?« Er klopft erneut, nur hektischer diesmal.

»Japp, alles okay.«

Er schweigt. Wahrscheinlich ist er kurz davor, mich darauf hinzuweisen, dass ich Quatsch rede, aber schließlich sind wir im Moment nett zueinander. »Beeil dich. Ich will nicht, dass ein Feuer ausbricht und wir beide obdachlos werden.«

Ich kichere. »Bin gleich da.«

Ich höre, wie sich seine Schritte in Richtung Treppe bewegen. Dann stecke ich meine Klamotten in die Tasche für die Reinigung und gehe nach unten.

Auf der Treppe merke ich, dass Liam Räucherstäbchen angezündet hat. Ein neuer Duftmix erfüllt das Haus. Ich atme ein und halte kurz die Luft an.

Liam hat das Sofa und den Couchtisch zurückgeschoben und kreisförmig Kissen und Decken ausgebreitet. Ich sollte ihm besser sagen, wo sich meine Versichertenkarte befindet, denn wenn ich auf einer Decke Yoga machen soll, werde ich mir garantiert das Genick brechen.

»Komm in den Kreis.« Er winkt mich zu sich, als wäre er ein Guru, der mir die Erlaubnis erteilt, mich zu nähern.

»Was geht hier vor?«

»Bist du bereit?«

»Wofür?«

»Bleib einfach bei mir.« Er nimmt mir das Smartphone aus der Hand, stellt es auf lautlos und legt es auf den Küchentisch.

»Hey. Du hast nicht gesagt, dass Handys tabu sind.«

»Sind sie aber.« Er zwinkert.

»Ich weiß nicht, ob ich mich darauf eingelassen hätte, wenn ich das vorher gewusst hätte.«

Er ignoriert meinen Kommentar und kommt zurück in den Kissenkreis. »Setz dich.«

Also setze ich mich.

Er setzt sich mir gegenüber. »Überkreuz deine Beine.«

Ich tue, wie mir geheißen.

»Leg deine Hände auf deine Oberschenkel. So.« Er demonstriert eine klassische Meditationshaltung, wie man sie aus Filmen kennt.

Erleichtert atme ich aus. Gott sei Dank. Kein Yoga. »Wir meditieren?«

Er greift nach seinem Handy und scrollt über das Display. »Was hast du denn gedacht, was mir machen?«

»Ähm ... Meditieren. Ja.«

Er lächelt breit, als wollte er mir sagen, dass seine Idee gar nicht so schlecht war. »Diese App hier hat großartige Bewertungen. Also nehmen wir die. Normalerweise gebe ich nichts auf Rezensionen, aber auf diesem Gebiet bin ich Neuling.«

Ich muss mir das Grinsen verkneifen. Er hat sich nur für mich so viel Mühe gegeben? Ich kann mich nicht daran erinnern, wann jemand so viele Gedanken in mich investiert hat.

»Dann hast du noch nie meditiert?«, frage ich höflich. Die Fülle an Duftkerzen und Räucherstäbchen verrät mir, dass er neu ist auf diesem Gebiet und einfach alles gekauft hat, was einen klaren Geist verspricht. Aber ich werde mich nicht beschweren. Es ist eine nette Geste.

»Nope. Wir sind beide Anfänger. Okay. Bist du bereit?«

Ich nicke.

Er drückt auf das Display, und eine liebliche weibliche Stimme bittet uns zu atmen. Vorsichtig öffne ich ein Auge. Liam hat die Augen geschlossen und sitzt kerzengerade da.

Sie spricht über Unruhe, als bräuchten wir dafür eine Definition. Sie erzählt von den Folgen, wie sie sich manifestiert und wie sie entsteht. Hallo? Wenn ich meine Anspannung vergessen soll, wäre es dann nicht besser, nicht darüber zu sprechen, während wir meditieren? Es ist vielmehr, als wollte sie mir etwas verkaufen, statt mir zu helfen.

»Okay, vielleicht ist es doch nicht das Richtige.« Er schließt die App. Stille erfüllt das Haus. Ich muss lachen, und er sieht mich lächelnd an, als würde es ihm gefallen. »Lass uns die probieren.«

Und wieder sagt uns eine beruhigende weibliche Stimme, dass wir atmen sollen. Sie erzählt vom Druck des Lebens, dass sich die Wenigsten Zeit für sich nehmen und wie toll Meditation ist.

Als ich in Gelächter ausbreche, öffnet Liam die Augen.

»Scheiße. Ich hätte sie vorher ausprobieren sollen.«

»Spul mal vor und schau, ob es nach dem Verkaufsgespräch losgeht.«

Er nickt und streicht mit dem Daumen über das Display. Die Frau erklärt, wie man meditiert, dass wir zur Ruhe kommen und auf unsere Atmung achten sollen.

»Okay, jetzt können wir anfangen«, sagt er.

Ich beiße mir auf die Unterlippe, um nicht zu lachen, schließe die Augen und versuche, mich zu konzentrieren. Er hat viel Zeit und Mühe investiert.

Vogelgezwitscher und Wellenrauschen erfüllen den Raum. Ich muss immer noch an Liams Hintern denken. Dann wird mir bewusst, dass ich eine Woche lang mit ihm allein sein werde, während Denver weg ist. Dann denke ich an die Spendengala, die wir dringend organisieren müssen. Daran, dass die Gewerkschaft mehr Geld und bessere Konditionen fordert. An Grandma Dori, die ihre Stunden reduzieren will. An das Bauunternehmen, das noch zwei Wochen auf die richtigen Fliesen warten muss.

Bisher hat Liam weder einen Mucks gemacht noch einen einzigen Muskel bewegt. Natürlich kann er still dasitzen und seine Sorgen beiseiteschieben. Doch mich macht die Stille noch verkrampfter und nervöser.

»Entspann dich«, sagt Liam, als würde er meine nervöse Energie spüren.

»Ich versuche es«, presse ich hervor.

»Streng dich mehr an«, flüstert er.

»Ich kann meinen Kalender nicht aus meinem Kopf vertreiben.«

Er lacht leise. Als er aber sofort wieder aufhört, öffne ich ein Auge. Er sieht mich an.

»Du hast die Augen gar nicht geschlossen«, flüstere ich.

»Wir machen das für dich. Ich mache nur aus Nettigkeit mit«, flüstert er zurück.

Ach ja. Das habe ich ganz vergessen. »Ich weiß nicht, ob Meditation etwas für mich ist.«

»Nun ja, wir werden es sieben Tage lang durchziehen. Du musst jedes Mal nur fünfzehn Minuten stillsitzen. So etwas wirkt nicht sofort, Sav.«

Ich schließe fest die Augen und höre der Dame zu.

Als sie aufhört zu sprechen, erfüllt Stille den Raum. Alle Sorgen, Ängste und To-do-Listen kommen mir in den Kopf wie Aktenordner, die sich auf einem Schreibtisch stapeln.

Ich halte den Rücken gerade. Würde jetzt jemand das Zimmer betreten, ohne sich von dem Geruch übergeben zu müssen, würde er denken, ich wäre eine Meisterin der Meditation. Doch als die Session vorbei ist und die Dame uns daran erinnert, dass man die Übungen regelmäßig wiederholen müsse, um Resultate zu erzielen, bin ich alles andere als entspannt. Super.

Ich öffne vor Liam die Augen. Ich nutze den Moment, um ihn zu betrachten. Die Ruhe in seinem Körper, die im Kontrast steht zu dem Chaos seiner tätowierten Haut. Sein Schoß wirkt so einladend. Am liebsten würde ich hineinkriechen, damit er meine Stirn küsst und mir sagt, dass eines Tages alles gut wird. Dass ich schon den richtigen Weg finden werde. Dass ich eines Tages einen Mann finden werde, der mich so liebt, wie ich bin, obwohl ich vielleicht mehr Geld verdiene als er und ein verrücktes Arbeitspensum habe. Obwohl ich Ordnung liebe, aus einer Mücke einen Elefanten mache und eine Typ-A-Persönlichkeit habe. Dass es irgendwo da draußen einen Mann gibt, der bereit ist, Opfer für mich zu bringen.

Als er die Augen aufschlägt, stehe ich auf und sammle die Kissen auf, um das Zimmer wieder in Ordnung zu bringen.

»Machst dich sofort an die Arbeit, was?« Er eilt mir zu Hilfe. »Wir hätten noch eine Session machen können.«

»Man muss ja nicht alles an einem Tag machen.«

Lachend nimmt er mir die Kissen ab.

»Ist es okay, wenn ich ein paar Kerzen auspuste?«, frage ich.

Sein Lächeln verebbt. »Nur zu.«

Er hilft mir. Was für eine Verschwendung, sie nur für eine halbe Stunde brennen zu lassen. Meditiert haben wir nur fünfzehn Minuten lang. Mir fällt auf, dass Liam still geworden ist und die Schultern hängen lässt.

»Hey, Liam?«, frage ich, bevor ich wieder in mein Zimmer gehe, um weiterzuarbeiten.

Er blickt auf, während er das Sofa wieder an seinen Platz schiebt. Sein Lächeln wirkt nun ein wenig traurig. Wie das eines Kindes, das seinen Eltern eine Zeichnung zeigt und sie fragen, was es ist.

»Danke.«

Er nickt und lächelt nun wieder sein umwerfendes Lächeln. »Jederzeit.«

Kapitel 18

LIAM

Wir befinden uns nun in der Mitte der ersten Woche unseres Experiments. Bisher haben wir jeden Abend meditiert. Drei Abende, an denen ich ihr leises Atmen gehört habe. Drei Abende, an denen ich gesehen habe, wie sich ihre Brüste unter dem engen Shirt abzeichnen. Drei Abende, an denen sie mir geholfen hat, alles wegzuräumen, bevor sie wieder in ihr Zimmer ging. Ich habe keine Ahnung, ob sie es genießt, oder ob sie es nur macht, weil sie wissen will, was sich im Schuppen befindet. Das wäre sehr enttäuschend, denn ich hoffe wirklich, dass ihr die Übungen etwas bringen und sie nicht nur Mittel zum Zweck sind.

Ich trete an den Empfangstresen von Bailey Timber. Carrie beäugt mich und schiebt mir mein Namensschild zu. »Man erwartet Sie im Konferenzraum. Vierter Stock.«

»Danke.«

Ich bringe das Namensschild an und gehe zum Aufzug. Als ich den vierten Stock erreiche, steht Phoenix mit einem halb aufgegessenen Burrito vor mir. Bestimmt ein Mikrowellen-Burrito von 7-Eleven.

»Hey, Liam«, sagt sie und macht auf dem Absatz kehrt, um in den Konferenzraum zu gehen. Es ist ein gigantisch großer Raum auf der Nordseite des Firmengebäudes. Ich hätte ihn auch ohne Phoenix' Hilfe gefunden.

»Was für einen Burrito hast du da?«

»Rindfleisch.« Sie hält ihn mir entgegen, um mich abbeißen zu lassen.

Doch ich hebe die Hand. »Keinen Hunger, danke. Woher hast du den?«

Sie nimmt einen Bissen und schluckt. »7-Eleven. Probieren geht über Studieren. Davon habe ich mich in L. A. fast ausschließlich ernährt.«

Das muss man Phoenix lassen. Sie versucht wirklich, ihren Traum zu verwirklichen. Aber ich glaube, sie und Denver sind aus demselben Holz geschnitzt.

»Sie haben bei Wok For U bestellt. Ich glaube, Savannah hat es mir absichtlich erst gesagt, *nachdem* ich meinen Burrito in die Mikrowelle gesteckt hatte. Es scheint übrigens ein Privileg zu sein, sie benutzen zu dürfen. Neulich habe ich das Popcorn aus Versehen für zwölf Minuten drin gelassen statt für eine Minute und zwanzig Sekunden.«

Ich verziehe das Gesicht.

»Ja. Sie haben darüber diskutiert, mir Mikrowellenverbot zu erteilen. Aber komm schon. Kann doch mal passieren.«

Ich schnuppere. »Ich glaube, ich kann es immer noch riechen.«

Lachend boxt sie mir gegen den Oberarm. »Sehr witzig.«

Aber ich scherze nicht. Der Geruch wird für alle Ewigkeiten im Gebäude hängen.

Ich höre, wie Savannah mit jemandem spricht. Phoenix führt uns woanders hin.

»Ich weiß, dass du hier arbeitest, aber ich glaube, es geht hier lang.« Ich deute in die entgegengesetzte Richtung.

Sie zerknüllt das Papier ihres Burritos und blickt in die Richtung, in die ich zeige. »Oh, Savannah ist noch in einem Meeting. Wenn wir an ihrem Büro vorbeigehen, wirst du sie mit Sicherheit ablenken.«

Hoffentlich im positiven Sinne.

»Phoenix Bailey nimmt Rücksicht auf andere? Ist die Hölle etwa zugefroren?«

Wieder boxt sie mir gegen den Arm. Wenig später erreichen wir den Konferenzraum. Ich kann Savannah immer noch hören. Sie sagt der anderen Person, dass es sich Bailey Timber nicht leisten könne, mehr zu bezahlen, dass sie aber sehen würde, was man bezüglich der Konditionen tun könne.

Als Nächstes höre ich Grandma Dori. »Wir haben die Konditionen erst letztes Jahr optimiert. Ich verstehe ja, dass Sie sich in einer schwierigen Lage befinden, aber wir auch.«

Wie bitte? Hat Bailey Timber etwa Probleme? Sie sind der Grundstein dieser Stadt.

Phoenix schließt die Tür. »Orangenhühnchen und gebratener Reis. Li meinte, er habe spezielle Glückskekse gebacken.«

»Ich will es gar nicht wissen.«

Sie nimmt sich einen Keks, setzt sich an den Kopf des Tisches und deutet auf einen freien Stuhl. »Erzählen Sie, Liam Kelly. Was haben Sie mit meiner Schwester vor?«

Ich hebe eine Augenbraue, und sie lacht. Wir wissen beide, dass ich ihr darauf keine Antwort geben werde. Wahrscheinlich ist es ihr sowieso egal, es sei denn, ich verletze Savannah. Dann würde ich den Zorn der Phoenix Bailey zu spüren bekommen. Sie wirkt vielleicht, als würde sie sich nicht um ihre Familie scheren, doch das tut sie. Sie ist einfach eine egozentrische Zwanzigjährige – wie alle anderen Zwanzigjährigen auch.

»Wie geht es Sedona?« Ich lehne mich zurück.

»Gut, nehme ich an.« Sie verdreht die Augen.

Die Zwillinge mögen total verschieden sein, aber sie sind immer miteinander verbunden. Ganz egal, ob sie sich ein Zimmer teilen oder Tausende von Kilometern voneinander entfernt sind. Jetzt, da Sedona in New York zur Schule geht und nur zu Familienfeiern nach Hause kommt, fühlt sich Phoenix bestimmt wie Denver damals, als Rome nach Europa gegangen ist, um unter renommierten Köchen zu lernen. Doch der Unterschied ist, dass Denver mich hatte. Phoenix lebt bei ihrem großen Bruder und dessen Frau, während sie versuchen, ein Baby zu zeugen. Ihr Traum ist gestorben – zumindest fürs Erste.

»Was bedeutet ›gut‹?«, hake ich nach.

»Dieser Vollidiot Jamison ist wohl wieder auf der Bildfläche erschienen.«

»Der Austauschschüler, mit dem sie im Abschlussjahr zusammen war?«

»Meine Güte, keiner könnte dich einen dummen Muskelprotz nennen.«

Ich schüttle den Kopf. »Nicht mit Steinen werfen. Ich könnte Felsbrocken zurückwerfen, wenn es sein müsste.«

Phoenix grinst herausfordernd, aber ich werde sie jetzt nicht aufziehen. Nicht, nachdem sie gerade mit verletztem Ego aus L. A. zurückgekommen ist. »Jedenfalls redet sie davon, ihn nach ihrem Abschluss mit nach Hause zu bringen.«

»Ich dachte, er wäre jetzt ein aufstrebender Fußballer in Europa?«

Ihr entweicht ein hohles Lachen. »War er, aber jetzt spielt er für die North American Soccer League.«

Ich tue beeindruckt, aber ich mache mir nichts aus Fußball. Von daher habe ich keine Ahnung.

»Es ist wie die Minor League im Baseball«, klärt mich Phoenix auf. Sie scheint sich informiert zu haben. »Sedona redet nur noch von ihm. Da wird mir ganz übel. Und sie will Reisejournalistin werden. Aber wie soll das funktionieren?«

»Deine Mom hat es doch auch gemacht, obwohl sie hier in Alaska gelebt hat.«

Phoenix richtet den Blick auf den Tisch. Ihre Mutter ist ein wunder Punkt. Ich wünschte, ich hätte mich nicht nach Sedona erkundigt.

Zum Glück kommt in dem Moment Grandma Dori herein. »Liam«, flötet sie.

Was soll ich sagen? Diese Frau liebt mich.

»Dori.« Ich stehe auf und gebe ihr einen Kuss auf die Wange.

»Savannah wird gleich hier sein. Sie beendet gerade ein

Meeting.« Dori sieht Phoenix an, und sie nickt. Was haben die beiden vor? »Phoenix holt dir gern etwas zu trinken.«

Dori und ich sehen Phoenix an, die jetzt ihre Fingernägel inspiziert.

»Phoenix? Getränke?«, ruft Dori.

Phoenix blickt auf. »Gern. Ich nehme einen Eistee.« Dann wendet sie sich wieder ihren Nägeln zu.

Dori seufzt. »Nein, Schätzchen. *Du* holst die Getränke.«

»Oh. Okay. Bin gleich wieder da.« Sie rückt ihren Stuhl zurück und verlässt den Raum.

»Ich bin nicht sicher, ob sie mit vollem Herzen dabei ist«, bemerke ich und lasse mich wieder nieder.

Dori setzt sich auf Phoenix' freien Platz. »Ich weiß. Aber bis sie herausgefunden hat, was ihr nächster Schritt sein wird, muss sie die richtige Welt kennenlernen.«

Ich liebe Grandma Dori. Sie ist nicht nur mir eine großartige Mentorin, sondern auch all ihren Enkelkindern. Ich bin jedoch unsicher, ob ich es gut finde, dass Phoenix für Bailey Timber arbeitet. Ich befürchte, es wird sie eher noch mehr davon abbringen, eine vernünftige Erwachsene mit einem vernünftigen Job zu werden.

Plötzlich geht mir ein Licht auf. Jetzt verstehe ich. Dori zeigt ihr, wie ihr Leben sein wird, wenn sie ihren Traum aufgibt. Gerissene Dori.

»Hunger? Iss, Liam.« Während Dori spricht, beginnt mein Magen zu knurren. Sie lacht.

Ich stehe auf. »Kann ich dir einen Teller richten?«

Als Phoenix zurückkommt, höre ich im Hintergrund Savannahs erhobene Stimme. Sie sieht Dori an und seufzt.

Dann setzt sie sich auf die gegenüberliegende Seite des Tischs und öffnet ihre Eisteeflasche. Schweigend wartet Dori darauf, dass Phoenix sie ansieht.

Endlich merkt sie es. »Was?«

»Liam hätte vielleicht auch gern etwas zu trinken«, sagt Dori.

»Alles gut, Phoenix.« Ich winke ab.

»Du brauchst zu deinem Essen etwas zu trinken. Phoenix.«

Jetzt spricht Dori im selben Tonfall wie damals, als sie auf die Bailey-Kinder aufgepasst hat und ich auch da war. Er klingt ein wenig bissig. Phoenix sollte sie besser nicht auf die Probe stellen. Ein paar Baileys sind allerdings immun gegen diesen Ton. Phoenix scheint eine von ihnen zu sein.

»Sagt mir, wo die Getränke stehen, dann hole ich mir selbst eins«, biete ich an.

»Nein, Liam. Phoenix wird dir ein Getränk bringen.« Sie durchbohrt Phoenix mit ihrem Blick.

»Uff!« Phoenix seufzt dramatisch, schiebt den Stuhl nach hinten und erhebt sich. »Was willst du, Liam?«

»Wasser ist gut.«

»Und ich nehme eine Diät-Cola, Schätzchen.« Dori lächelt sie an.

Als Phoenix die Tür öffnet, kann man Savannah immer noch hören. Wo sind sie? Und warum hat noch keiner die Tür zugemacht?

»Sie sollte es mit Schauspiel probieren statt mit Gesang.« Dori beginnt, ihre Schläfen zu massieren.

Ich stelle Dori einen Teller mit Orangenhühnchen und

Reis hin. Ich will mich gerade setzen, als die Tür aufgeht und Savannah hereinkommt.

Ich habe sie heute Morgen vermisst. Ich wollte ein Gentleman sein und ihr ein wenig Raum geben. Jetzt wird mir klar, dass mir etwas entgangen ist, denn bei ihrem Anblick in dem Kleid läuft mir das Wasser im Mund zusammen. Alles, was ich tun kann, ist, sie mir genau einzuprägen. So wenig hatte sie noch nie zur Arbeit an, seit sie bei mir wohnt. Vielleicht liegt es an der Rekordhitze. Oder die Meditation beginnt zu wirken. Egal, woran es liegt – ich würde sie am liebsten vernaschen. Und zwar stundenlang.

»Tut mir leid, dass ich zu spät bin. Gut, dass ihr schon ohne mich angefangen habt.« Sie sieht Dori an.

Sie wechseln einen besorgten Blick. Vielleicht steht Savannah unter mehr Druck, als nur die Mutterhenne der Familie zu sein. Versucht sie womöglich, ein sinkendes Schiff vor dem Untergang zu bewahren?

Kapitel 19

SAVANNAH

Liam starrt mich an, als wäre ich nackt. Mit der Zunge fährt er sich über die volle Unterlippe, während er den Blick über meinen Körper schweifen lässt. Er betrachtet mein enges Wickelkleid, und seine Hände ballen sich auf dem Tisch zu Fäusten. Es wäre eine Wohltat, den Streit, den ich gerade mit dem Gewerkschaftsführer hatte, einfach zu vergessen. Liams Hände könnten mich vergessen lassen, dass die Mitarbeiter mehr fordern, als wir ihnen geben können.

»Ich gehe und helfe Phoenix. Wahrscheinlich hat sie vergessen, dass sie uns Getränke hätte bringen sollen.« Grandma Dori steht auf. Ich habe kaum mitbekommen, was sie gesagt hat, bis sie meine Schulter berührt. »Was hättest du gern?«

Ich blinzle und reiße den Blick von Liam los. »Ich hole einfach mein Wasser, das noch auf meinem Schreibtisch steht.«

»Ich bringe es dir. Esst ihr zwei schon mal. Bin gleich wieder da.« Grandma Dori verlässt den Raum.

Liam räuspert sich. »Schönes Kleid.« Dann lehnt er sich zurück und betrachtet mich unverhohlen.

»Danke, dass du mich gerade mental ausziehst.« Ich trete an den Tisch mit dem Essen, denn ich bin am Verhungern.

»Gern geschehen. Schön, dass es dir gefällt.«

Mein Kopf schnellt herum. Da ist es. Das Lächeln, das ich so sehr liebe. »So wird es jetzt also sein? Wir sagen uns offen, was wir denken?«

Ich nehme meinen Teller und setze mich ihm gegenüber. Als mein Ausschnitt ein wenig auseinanderklafft, wandert sein Blick auf meine Brust. Ich raffe mein Kleid zusammen und spüre, wie ich erröte.

»Ist das für dich in Ordnung?«, fragt er. »Ich habe nie gesagt, dass ich mich inzwischen weniger zu dir hingezogen fühle.«

»Du hast gesagt, du würdest nicht mit mir flirten.« Ich spieße ein Stück Hühnchen auf die Gabel.

»Nur während des Dinners. Aber wenn du von mir erwartest, dass ich die nächsten fünf Wochen deine ... Vorzüge ignoriere, wenn du ein Kleid trägst, das man locker aufreißen könnte, dann machst du dir selbst etwas vor.« Er schiebt ein wenig gebratenen Reis auf seine Gabel.

»Es hat noch Knöpfe«, erwidere ich zwinkernd.

Er lacht. »Ich könnte dich trotzdem innerhalb von zwei Sekunden ausziehen.«

»Hoffst du etwa, dass ich anbeiße und mich darauf einlasse?«

Er errötet. Liam Kelly ist peinlich berührt? So etwas sieht man nicht alle Tage.

»Ich hätte nichts dagegen. Aber je härter man für etwas arbeitet, desto süßer die Belohnung.«

Mein Körper reagiert auf ihn. Etwas in mir zieht sich zusammen, und meine Nervenenden fangen Feuer. Ich schiebe mir ein großes Stück Hühnchen in den Mund, um keinen flirtenden Kommentar von mir zu geben. Liam grinst, und ich vergrabe das Gesicht im Teller.

Die Tür geht auf. Dori und Phoenix kommen zurück, sie streiten sich darüber, wie viel Zeit man vor dem Computer verbringen sollte. Dori sagt, dass die IT-Abteilung alle Aktivitäten kontrolliere. Das machen sie zwar nicht, aber sie könnten es, wenn wir sie darum bitten würden. Das Experiment »Phoenix im Büro« muss ein Ende haben.

Entsetzt starrt Grandma Dori auf meine ausgebeulte Wange. »Savannah, Liebes. Eine Dame sollte sich nie so viel Essen auf einmal in den Mund schieben.«

Obwohl sie eine Feministin ist, hält Grandma Dori immer noch an ein paar dummen Glaubenssätzen fest, wie sich Frauen zu benehmen haben. Lustig, dass sie mich dazu gebracht hat, bei Liam einzuziehen, aber schockiert ist, dass ich zu viel Essen im Mund habe.

Phoenix ignoriert sie und setzt sich auf die gegenüberliegende Seite des Tischs.

Während des Essens unterhalten wir uns über unsere Geschwister. Austin und Holly sind Thema Nummer eins, da Phoenix die Einzige ist, die sie, jetzt da sie aktiv versuchen, ein Baby zu kriegen, regelmäßig sieht.

»Ich mache mir Sorgen. Es dauert zu lange«, gibt Grandma Dori zu.

Verglichen mit Rome und Harley mag das stimmen. Aber Harley wird schon schwanger, wenn Rome sie nur ansieht.

»Sie probieren es erst seit ungefähr einem Monat. Vielleicht ist sie ja schon schwanger«, erwidere ich.

»Das stimmt. Warum haben sie es uns überhaupt gesagt? Jetzt habe ich das Gefühl, auf Weihnachten zu warten«, sagt Grandma Dori.

Phoenix hebt die Hand. »*Ich* habe es allen erzählt.«

Natürlich hat sie das.

»Nun gut. Dann lasst uns über die Spendengala sprechen, jetzt, da Brooklyns und Wyatts Hochzeitsfeier vorbei ist.« Grandma Dori wendet sich dem Geschäftlichen zu.

»Ich wollte morgen durch die Stadt gehen und fragen, wer was dazu beiträgt«, bemerkt Liam.

»Ich hatte bisher keine Zeit, aber ich habe eine Liste mit Veranstaltungsräumen, die wir durchtelefonieren müssten. Allerdings habe ich darüber nachgedacht, die Gala dieses Jahr ein wenig anders zu gestalten.« Ich beiße mir auf die Unterlippe. Doch als Liams Blick auf meinen Mund fällt, lasse ich los.

»Ich verstehe immer noch nicht, warum ich die Gala nicht organisieren darf«, schimpft Phoenix.

»Was hast du dir überlegt?«, fragt mich Grandma Dori.

»Ich habe darüber nachgedacht, die Veranstaltung der ganzen Stadt zugänglich zu machen. Ich weiß, dass wir normalerweise Tickets verkaufen und die Tische schick eindecken. Aber wie wäre es, wenn wir auf dem Marktplatz einen Pavillon aufstellen und dort die stille Auktion stattfinden lassen. Der Cateringservice könnte das Essen dorthin liefern …«

»Das ist ein großes Unterfangen, Savannah.«

Ich war bereits sicher, dass Grandma Dori dagegen sein würde, aber ich wollte es wenigstens probieren. »Wir könnten im Park Kunst veranstalten. Wir brauchen für den neuen Anbau Fotos und Bilder. Vielleicht können wir einen Wettbewerb oder so was ausrufen.«

Liam vergräbt den Kopf in seinem Teller. Anscheinend wird er mir nicht helfen, diesen Kampf zu gewinnen. Entweder das – oder er hält es für die schlechteste Idee aller Zeiten.

»Ich glaube, die Leute, die Geld spenden, wissen die Exklusivität des Events zu schätzen. Sie überbieten sich gegenseitig, nur um den anderen zu schlagen.«

Da hat Grandma Dori recht. Menschen mit dicken Bankkonten haben in der Regel das passende Ego.

»Aber wir machen das Ganze für die Bibliothek, die für jeden zugänglich sein wird. Warum involvieren wir dann nicht auch alle in das Sammeln von Spendengeldern und geben ihnen das Gefühl, etwas beizutragen?«

Dori seufzt.

Liam blickt auf, sagt jedoch nichts.

»Ich glaube nicht, dass es funktionieren wird«, sagt Grandma Dori. »Das mit der stillen Auktion ist okay. Aber wir haben nicht mehr genug Zeit, etwas auf dem Markplatz zu organisieren, an dem alle teilnehmen können. Lasst uns bei der Gala bleiben. Deine Idee behalten wir fürs nächste Jahr im Hinterkopf.«

Ich lasse mich nach hinten fallen, schiebe meinen Teller von mir und nehme einen Schluck von dem Wasser, das mir Phoenix gebracht hat.

»Mir würde eine große Torte gefallen. Eine, die aussieht wie ein Bücherstapel oder so. Wir sollten ein Thema wählen. Was ist denn ein beliebtes Kinderbuch? Hatte einer von euch ein Lieblingsbuch?«, fragt Grandma Dori.

»*Wilbur und Charlotte*«, antworte ich.

»*Der Kater mit Hut*«, erwidert Liam.

»*Tikki Tikki Tembo*«, sagt Phoenix.

Davon habe ich noch nie gehört. Alle drehen die Köpfe zu ihr.

»Was denn?« Sie nippt an ihrem Eistee.

»Die Auswahl ist riesig. Jeder hat ein anderes Lieblingsbuch«, sage ich.

»Wir könnten verschiedene Stationen machen«, schlägt Liam vor. »Wir könnten vielleicht sechs Bücher aussuchen und sie den Desserts zuordnen. Oder wir könnten eine Umfrage starten. Und dann könnten die Gäste entweder entscheiden, wenn sie den Tisch buchen oder wenn sie ankommen.«

»Das verstehe ich nicht«, sagt Grandma Dori.

Liam sieht mich an. Ich nicke, um ihm zu zeigen, dass ich ihn verstanden habe, was ihn zum Lächeln bringt. Es solle mir nicht gefallen, dass ihn etwas erfreut, das ich getan habe.

»Nehmen wir mal an, Smokin' Guns würde einen Tisch

kaufen«, setzt er an. »Bei der Buchung werde ich gefragt: ›Welches von diesen sechs Büchern magst du am liebsten?‹ Dann wird mein Tisch passend zu diesem Buch dekoriert. Oder ihr sagt mir, ich könne meinen Tisch bei Ankunft aussuchen. Dann würden wir die Tische vorher vorbereiten, und die Sponsoren würden sich einen aussuchen, wenn sie ankommen.«

Grandma Dori denkt nach. »Die Idee gefällt mir. Wir sollten eine Umfrage starten, um die Bücher auszuwählen.« Ihre Augen beginnen zu leuchten. »Phoenix, darum kannst du dich kümmern. Schreib eine E-Mail an Buzz Wheel und frag sie, ob sie für die nächsten Wochen einen Link auf ihre Seite stellen können, der zur Umfrage führt. Wir stellen sie auf die Homepage der Bücherei und verteilen Flyer. Siehst du, Savannah, so integrieren wir die ganze Stadt.«

Ich lächle angespannt.

»Das ist perfekt. Aber ich glaube, ich finde es besser, wenn sie bei Ankunft einen Tisch aussuchen.« Sie notiert sich etwas auf ihrem Block, den sie mitgebracht hat. »Savannah, kontaktierst du Greta von Sweet Suga Things?«

»Sobald wir die Bücher ausgewählt haben.«

»Ach ja, stimmt.« Grandma Dori deutet auf mich. »Da war ich wohl ein wenig zu voreilig, aber ich freue mich so.« Sie kichert.

Ich nicht. Liam lacht leise. Phoenix ist so in Gedanken versunken, dass sie nichts mitbekommt.

»Savannah, du machst die Location klar. Liam, du klapperst die Geschäfte ab. Phoenix ... Phoenix?« Grandma Dori atmet tief ein.

»Phoenix!«, schreie ich.

Sie fährt vor Schreck zusammen. Ihr Stuhl kippt nach hinten, doch sie kann sich gerade noch rechtzeitig an der Tischkante festhalten. Ihr Gesicht ist kreidebleich. »Meine Güte.«

»Du kümmerst dich um die Umfrage. Überlegen wir uns, welche Bücher wir auf die Liste nehmen.«

Wir wählen die Bücher für die Umfrage aus. Selbst Phoenix' Vorschlag schafft es auf die Liste. Als wir fertig sind, verabschieden sich Grandma Dori und Phoenix und lassen mich mit Liam allein. Wir sind fertig mit Essen, und mir ist durchaus bewusst, dass wir in einem Glaskasten sitzen. Wahrscheinlich wird Buzz Wheel wieder über mich berichten.

»Warum stehst du nicht mehr für deine Ideen ein?«, fragt er.

»Weil es nichts bringt. Grandma Dori bekommt immer das, was sie will. Ihr gehört immer noch die Firma.« Am liebsten würde ich ihm sagen, dass er mich nicht unbedingt verteidigt hat. Vielleicht hätte sie nachgegeben, wenn er für mich Partei ergriffen hätte. Wobei ich es bezweifle. Zwei Jahre, nachdem ich die Firma übernommen hatte, wollte ich mehr Ideen einbringen, aber Grandma Dori will nun mal, dass die Dinge nach ihren Vorstellungen laufen. Wie sollte ich ihre Ratschläge ablehnen, wenn es darum geht, was für Bailey Timber richtig oder falsch ist? Sie ist ein Großteil ihres Lebens Teil dieser Firma gewesen.

»Man weiß es nie, wenn man es nicht versucht.«

Ich nicke. »Ist das Lektion Nummer zwei? Mich gegen Grandma Dori durchsetzen?«

Er lacht. »Nein. Das will ich dir nicht antun. Aber wie wäre es, wenn wir die Geschäfte gemeinsam abklappern, um nach Spenden zu fragen?«

Ich ziehe die Stirn kraus. »Ich weiß nicht, ob das eine gute Idee ist.«

»Warum nicht?« Er lehnt sich zurück und verschränkt die Arme vor der Brust.

»Weil dich jeder in dieser Stadt liebt. Mich eher weniger. Wir müssen nicht so tun, als hättest du die Diskussion mit dem Gewerkschaftsführer nicht mitbekommen. Diese Menschen leben hier. Sie denken, ich wolle das ganze Bailey-Geld für mich behalten. Und jetzt soll ich ihre Schwestern, Brüder, Cousins und sonst wen um Spenden bitten, die wir bei einer exklusiven Gala versteigern, zu der nur die Reichsten der Gegend Zutritt haben?«

Kurz muss er meine Worte verdauen. Als er den Mund öffnet, bin ich schon bereit, allem zu widersprechen, was er sagen wird.

»Ich glaube, du hast nicht nur dich selbst aus dem Blick verloren, sondern auch die Bewohner dieser Stadt.« Er steht auf und schiebt seinen Stuhl unter den Tisch. »Es ist deine Entscheidung.«

Unsicher, was ich sagen soll, starre ich ihn an, während er den Konferenztisch umrundet.

Dann legt er die Hand auf meine Schulter und beugt sich zu mir herunter. »Wir sehen uns zu Hause, Süße.«

Als sich die Tür schließt, frage ich mich, was er mir eben

sagen wollte. Ich habe mir noch nie vorgestellt, woanders zu leben als in Lake Starlight. Ich liebe diese Stadt. Aber Liam hat recht. In letzter Zeit meide ich die Innenstadt, als wäre sie von Zombies besiedelt. Wer ist Liam Kelly? Der Buddha von Lake Starlight?

Kapitel 20

LIAM

Sonntagmorgen sitze ich an der Frühstückstheke, lese Zeitung und trinke meinen Kaffee, als Savannah vom Joggen zurückkommt. Sie bemerkt mich nicht sofort, denn sie notiert umgehend etwas in ein kleines Buch, das sie aus ihrer Handtasche gezogen hat, und wirft einen Blick auf ihre Armbanduhr.

»Wie schnell warst du heute?«, frage ich.

Sie erschrickt und lässt den Stift fallen.

Mein Blick saugt sie auf wie ein Schwamm. Ihre Haut glänzt, und ihre Shorts enden knapp unter ihrem Hintern und lassen ihre langen Beine noch länger erscheinen. Der Sport-BH und das enge Top verhüllen ihre Figur nicht im Geringsten. Ich rutsche auf meinem Stuhl herum, um eine bequemere Position zu finden, denn mein Ständer wird immer größer.

»Zu langsam.«

»Hast du dir einen Podcast angehört?« Ich hebe eine Augenbraue. Ich wusste, sie würde meinen Vorschlag nicht annehmen, es mal mit Musik zu probieren.

»Ja.« Sie wirft das Notizbuch und den Stift zurück in ihre Handtasche und schlüpft aus ihren Laufschuhen. Dann betritt sie die Küche und geht zum Kühlschrank.

»Denver kommt heute zurück«, sage ich, den Blick in die Zeitung gerichtet, und tue so, als würde ich mich nicht darüber ärgern.

So sehr ich meinen Kumpel schätze, es war schön, das Haus für uns zu haben. Hätten wir vor Denver meditiert, hätte er mich entweder Ewigkeiten damit aufgezogen, oder er hätte mitgemacht. Bei diesem Kerl weiß man nie. Freitagabend haben wir Pizza bestellt und uns *Harry und Sally* angesehen. Ich hätte nie gedacht, dass Savannah auf romantische Komödien steht. Vielleicht, weil sie so selten lacht.

»Ich weiß.« Bilde ich es mir nur ein, oder klingt sie tatsächlich enttäuscht?

»Und? Was sagst du zum Meditieren?«, frage ich.

Mit einem Joghurt in der Hand dreht sie sich um und nimmt sich einen Löffel. Dann zieht sie den Barhocker neben mir zurück. Sie stützt den Knöchel aufs Bein, und mir fällt auf, dass ihre Shorts weit genug sind, um ein wenig herunterzuhängen. Würde sie mir gehören, würde ich sie ihr jetzt ausziehen und sie auf meinen Schoß ziehen. Aber leider ist das nicht der Fall.

»Es hat mir gefallen. Ich werde damit weitermachen. Wahrscheinlich wirst du dich über mich lustig machen, wenn ich dir das jetzt sage, aber … Ich sehe es als Herausforderung, meinen Kopf freizubekommen. In der Lage zu sein, zwanzig Minuten still dazusitzen und an nichts zu denken.«

Lachend lege ich die Zeitung aus der Hand und nehme einen Schluck von meinem Kaffee. Sie ist so praktisch veranlagt, dass es irgendwie süß ist. Am liebsten würde ich sie jetzt küssen und sagen: »Ich verstehe dich.« Sie wird sich nicht in die Neunzehnjährige verwandeln, die hoffnungsvoll in die Welt blickt. Sie hat einen Orkan durchlebt, in einem kleinen Boot mitten auf dem Ozean. Es hat sie auf unumkehrbare Weise verändert. Das bedeutet aber nicht, dass sie das Leben nicht mehr genießen könnte, als sie es momentan tut.

»Ich werde mich nicht über dich lustig machen. Aber nur, wenn du keinem erzählst, dass ich wahrscheinlich auch damit weitermachen werde.« Ich stehe auf, um meine Tasse nachzufüllen. »Kaffee?«

»Gern.«

Ich schenke ihr einen Kaffee ein, füge einen Schuss Milch hinzu und gehe wieder zur Frühstücksinsel. Nachdem ich ihr die Tasse hingestellt habe, bleibe ich auf Abstand, denn es fällt mir schwer, ihr so nahe zu sein, wenn sie so wenig anhat. »Ich habe etwas für dich.«

»Was? Warum?« Verwirrt – oder vielleicht gereizt – legt sie die Stirn in Falten.

Ich gehe in mein Arbeitszimmer und nehme die Schachtel vom Schreibtisch, die die Verkäuferin noch mit einer hübschen Schleife versehen hat. Ich stelle ihr das Geschenk hin und mache einen Schritt rückwärts, um ihre Reaktion zu beobachten. Sie sieht mich erstaunt und mit einem kleinen

Lächeln auf den Lippen an. Es wirkt, als versuchte sie, nicht zu breit zu grinsen.

»Mach es auf«, dränge ich und greife leicht beschämt wieder nach meiner Kaffeetasse. Bisher habe ich nur einer einzigen Frau etwas geschenkt – und das war in der Highschool.

Ganz langsam öffnet sie die Schleife, als wollte sie die Vorfreude noch ein wenig in die Länge ziehen. Mit den Händen am Deckel sieht sie mich erneut an. Am liebsten würde ich jetzt ein Foto von ihr knipsen, um ihren Gesichtsausdruck festzuhalten, ohne dass sie es merkt. Es ist ein Ausdruck wahren Glücks. Würde sie jedes Mal so dreinblicken, würde ich ihr noch eine Million weitere Geschenke kaufen.

»Ich bin ja so aufgeregt.« Sie ist ganz hibbelig, und ich genieße jeden Moment. Sie öffnet die Box, entfernt das Seidenpapier und begutachtet einen Moment den Inhalt, bevor sie das in Leder gebundene Notizbuch herausnimmt.

»Es ist rot, weil ich dachte, es wäre deine Lieblingsfarbe.«

Die Verkäuferin hatte mich danach gefragt. Nachdem ich im Kopf Savannahs Outfits durchgegangen bin, habe ich festgestellt, dass sie besonders oft Rot trägt.

»Ja, das stimmt.« Sie lächelt.

»Da ist noch ein Stift drin.«

Sie seufzt leise und rutscht auf ihrem Stuhl herum. »Liam …«

»Damit du deine Gedanken aufschreiben kannst. Alles, was du willst. Ich habe in einem Artikel gelesen, man solle pro Tag mindestens eine Sache aufschreiben, für die man dankbar ist.«

Sie blättert durch die leeren Seiten, die auf ihre Gedanken warten, darauf, wie ihr Tag war oder einfach auf Kritzeleien. »Es ist wunderschön.«

»Das freut mich.«

Unsere Blicke treffen sich. Sie rutscht vom Hocker und umrundet die Frühstückstheke. Instinktiv stelle ich meine Kaffeetasse ab und öffne die Arme.

Sie stellt sich auf die Zehenspitzen, schlingt die Arme um meinen Hals und drückt mich. »Danke.«

Ich lege die Arme um ihre Taille. Wir sind uns so nahe. Ich atme ihren Duft ein. Selbst nach dem Joggen duftet sie himmlisch.

»Gern geschehen«, flüstere ich, und sie zittert kurz, bevor sie wieder auf ihre Fersen sinkt. Ich lasse sie los und trete zurück.

»Du hättest mir auch einfach sagen können, dass ich eins kaufen soll.«

Ich schüttle den Kopf. »Du solltest es besser wegschließen, wenn du nicht willst, dass es jemand liest.«

»Wie bitte?« Sie kehrt zurück zu ihrem Hocker und begutachtet wieder das Buch, als könnte sie es nicht erwarten, alles niederzuschreiben, was ihr durch den hübschen Kopf geht.

»Früher hast du deine Tagebücher an leicht zugänglichen Orten aufbewahrt.«

Das Buch fällt ihr aus der Hand und auf die Granitoberfläche der Küchentheke. Ihr Mund steht sperrangelweit offen. »Du hast mein Tagebuch gelesen?«

»Ich war zwölf.« Ich zucke mit den Schultern. »Aber ich habe es nur gelesen, nicht gesucht.«

»Denver?«, fragt sie.

Ich nicke.

»Und was hast du über mich herausgefunden?«

Ich schütte den Rest meines Kaffees in die Spüle und stelle die Tasse in die Spülmaschine. »Nur, dass du gehofft hast, dass Ian Troppel dich fragt, ob du mit ihm zum Abschlussball gehst. Und dass du für Mr Japlin eine Voodoo-Puppe basteln wolltest, weil er dir für eine Hausarbeit nur ein B gegeben hat.«

Sie lacht. Ich liebe es, wie das Geräusch von den Wänden abprallt und den Raum erfüllt. Und noch mehr liebe ich es, dass ich der Grund dafür bin. »Ich frage mich, was mit meinem alten Tagebuch passiert ist.«

Ich zucke mit den Schultern.

»Ihr habt es aber nicht weggenommen, oder?«

»Ich nicht. Aber für deine Brüder kann ich nicht sprechen.«

Sie drückt das Buch an ihre Brust. »Danke noch mal. Aber ich kann dir gern das Geld dafür geben …«

Ich hebe die Hand. »Hör auf. Gern geschehen.« Ihr kleines Lächeln verrät, wie sehr sie sich über das Geschenk freut. Ich sollte mein Glück nicht herausfordern, aber ich tue es trotzdem. »Willst du heute mit mir eine Spritztour machen?«

»Eine Spritztour?« Sie legt das Buch und das Papier zurück in die Schachtel, schließt den Deckel und zerknüllt die Schleife in ihrer Hand.

»Mit meiner Harley. Ich mache es für eine gute Sache und dachte, du wolltest vielleicht mitkommen.«

Sie hebt leicht das Kinn. Gleich kriege ich einen Korb. »Und ich soll fahren?«

Ich versuche, mir das Grinsen zu verkneifen, jedoch erfolglos. »Hinter mir.«

Sie sinkt zurück, jedoch nicht auf eine Weise, die mich denken lässt, dass sie meinen Vorschlag für die schlechteste Idee aller Zeiten hält. »Ähm …«

»Denk drüber nach. Ich gehe mal duschen. In ungefähr einer Stunde fahre ich los.« Ich gehe in Richtung Treppe.

»Liam?«

Ich drehe mich um und hebe fragend die Augenbrauen.

»Was für eine gute Sache?«

Am liebsten würde ich breit grinsen. »Es ist für eine Bar, die ich regelmäßig besuche. Die Kellnerinnen brauchen neue Tube-Tops.«

Ihre Nasenflügel weiten sich, doch dann merkt sie, dass ich nur Witze mache.

»Kannst du dich noch an den Polizisten erinnern, der vor ein paar Monaten gestorben ist? Er wurde überfahren, als er ein Auto rausgezogen hat.«

Sie nickt.

»Es ist für seine Familie.«

Ihr Smartphone piept. Unsere Blicke richten sich auf ihre Handtasche auf der gegenüberliegenden Theke.

»Das ist sehr nett von dir«, sagt sie.

»Wie ich schon sagte. Denk darüber nach und lass mich wissen, ob du mitkommen willst.« Ich zucke mit den Schultern, als wäre mir ihre Entscheidung egal. Ist sie aber nicht.

Ihr Telefon piept erneut.

Ich deute auf ihre Handtasche. »Du solltest besser rangehen. Bestimmt musst du dich wieder um diverse Familienangehörige kümmern und Brände löschen.«

Bevor sie etwas erwidern kann, eile ich die Treppe hoch. Als ich in meinem Zimmer bin, drehe ich die Dusche auf und hoffe, dass sie anbeißt. Nicht nur, weil es schön wäre, ihre Arme um meine Taille zu spüren, sondern weil es auch für sie gut wäre. Sie weiß nicht, wie befreiend und friedlich es ist, mit dem Motorrad herumzufahren.

Zehn Minuten später wickle ich gerade ein Handtuch um meine Hüften, als es an meiner Tür klopft. Ich könnte ihr sagen, dass sie kurz warten soll, bis ich mich angezogen habe. Das wäre das Richtige, nachdem wir beschlossen haben, jegliche sexuelle Anspannung zwischen uns zu vergessen. Aber ich habe das Gefühl, dass sie kneifen wird, wenn ich nicht ein wenig nachhelfe.

Ich öffne die Tür, und Savannahs Blick fällt auf meine Bauchmuskeln, bevor er weiter nach unten wandert. Anscheinend lag ich falsch. Wer hätte das gedacht?

»Hör auf, so zu grinsen. Du versuchst nur, mich zu verführen.« Sie deutet auf mich, und ich muss lachen.

»Sorry.« Ich beiße mir auf die Unterlippe. Ich weiß genau, dass es sie um den Verstand bringt.

»O. Mein. Gott. Ich wollte dir gerade sagen, dass ich mitfahre, aber jetzt …« Mit einer Handbewegung deutet sie auf meinen Körper.

Ich packe ihre Hand, und sie versucht, sich loszureißen. »Tut mir leid. Du hast recht. Ich wusste genau, was ich tue. Aber es ist auch nicht fair, dass du total verschwitzt und halb nackt hereinkommst.«

Ihre Wangen erröten.

»Komm mit. Ich verspreche dir, du wirst eine gute Zeit haben.« Ich drücke ihre Hand.

Sie zieht sie zurück und pikst mir in die Brust.

»Okay.« Ich hebe die Hand. »Ich verspreche dir, mich wie ein Gentleman und nicht wie ein Neandertaler zu benehmen.«

Wieder die Nasenflügel. Dann macht sie auf dem Absatz kehrt und schließt sich im Gäste-WC ein.

Es ist nur ein kleiner Sieg – aber trotzdem ein Sieg. Ich sage ihr noch nicht, dass sie sich heute gut festhalten muss. Schließlich wollen wir keinen Unfall bauen.

Kapitel 21

SAVANNAH

Wir erreichen eine Bar am Highway außerhalb der Stadt und parken in der langen Reihe von Motorrädern. An dem riesigen Gebäude hängt ein Banner mit dem Foto des verstorbenen Polizisten und dessen Familie. Auf dem Weg zum Anmeldetisch begrüßt Liam einige Leute mit fist bump, stellt mich jedoch nicht vor. Mir entgeht nicht, wie uns manche fragend anstarren. Ich steche aus der Menge heraus wie ein verbranntes Reiskorn. Vielleicht war es ein Fehler, ihn zu begleiten.

»Liam Kelly«, sagt er am Tisch, und die Dame setzt ein Häkchen hinter seinen Namen und reicht ihm zwei Tickets. »Danke.«

Er führt mich weg, unsere Körper nur Millimeter voneinander entfernt. Wir landen in einem Kreis von Männern, die mir irgendwie bekannt vorkommen, doch ich kann sie nicht zuordnen.

Der große Kerl mit der schwarzen Lederweste, die nicht

seinen dicken Bauch verdecken kann, hebt zur Begrüßung sein Wasserglas. »Kelly!«

»Hey, Slim«, erwidert Liam. »Ich hatte keine Ahnung, dass ihr so etwas organisiert.«

Slim mustert mich von oben bis unten und fängt an zu grinsen. »Ist das dein Mädchen?«

»Ich? Oh …«

»Ja.« Liam legt den Arm um meine Taille und zieht mich zu sich.

Ich ziehe den Kopf zurück und suche in seinem Gesicht nach einem Grund, warum er lügt. Aber ich glaube, ich werde nicht widersprechen, so wie mir Slim auf die Brüste geglotzt hat.

»Hätte nicht gedacht, dass du dir Handschellen anlegen lässt«, sagt ein anderer Typ zu meiner Rechten. Er ist nicht ganz so Furcht einflößend wie Slim. Wenigstens lächelt er mich an und sieht mir in die Augen.

»Ist mir auch neu.« Eine Brünette, die zwei Leute neben Slim und neben einer weiteren Brünetten steht, mustert mich abfällig.

Liams Griff verfestigt sich. »Nina.« Er sagt ihren Namen, als hätte er Essig geschluckt.

Sie trägt ebenfalls eine Lederweste, allerdings ist sie kürzer als Slims. Darunter trägt sie lediglich ein trägerloses Top, das kaum vermag, ihre Brüste zu halten und ihren flachen Bauch zur Schau stellt. Ich blicke an mir hinab. Ich trage Jeans und ein schlichtes weißes T-Shirt. Eigentlich wollte ich ein schwarzes Shirt anziehen, doch Liam meinte, es sei dafür zu heiß. Jetzt fühle ich mich völlig deplatziert.

»Liam«, knurrt Nina.

Mein Blick wandert zwischen ihnen hin und her. Mir ist es unangenehm, nicht zu wissen, was zwischen den beiden vorgeht. In diesem Moment wird mir klar, dass Liam noch einen ganz anderen Freundeskreis hat – oder hatte –, von dem ich bisher nichts wusste.

»Ich habe Kathy gesagt, wir würden sie suchen, bevor wir losfahren. Wir sehen uns bestimmt später, wenn wir eine Pause einlegen oder so.« Ohne auf eine Antwort zu warten führt uns Liam fort.

»Wer ist Kathy?«

»Eine alte Freundin«, murmelt er, die Hand immer noch auf meiner Hüfte.

»Eine alte Freundin wie Nina?«, frage ich schnippisch.

Am Ende eines Tischs, auf dem frisches Obst, Gebäck und Getränke stehen, bleibt er stehen. Er dreht mich so, dass ich ihm direkt ins Gesicht blicke und legt die Hände auf meine Hüften. »Das mit Nina ist lange her. Um sie musst du dir keine Sorgen machen. Ich habe gelogen, weil Slim auf neue Mädchen abfährt. Er hätte dich die ganze Tour über nicht in Ruhe gelassen, obwohl Nina bei ihm mitfährt. Aber jetzt weiß er, dass du zu mir gehörst. Und er wird nicht versuchen, sich etwas zu nehmen, das nicht ihnen gehört.«

Ich lehne mich zurück, um ihm besser in die Augen sehen zu können. Er wirkt aufrichtig. »Ich hätte ihm sowieso nicht erlaubt, mich zu *nehmen*.«

Er schüttelt den Kopf. »Ich weiß. Das heißt aber nicht, dass er es nicht versucht hätte. Ist es denn so schlimm, für einen Tag so zu tun, als wärst du meine Freundin?«

Nein. Überhaupt nicht.

Scheiße.

Ja, ist es.

»Diese ganzen Leute ... Bist du nicht mit ihnen befreundet?«, frage ich.

»Nicht mehr richtig. Manchmal begegne ich ihnen in einer Bar oder so. Aber ich habe vor Jahren den Kontakt abgebrochen.«

»Warum?«

Er ergreift meine Hand. »Das erzähle ich dir später. Komm jetzt. Wir haben nur noch fünfzehn Minuten, bevor wir losfahren.«

Fürs Erste gebe ich mich geschlagen und lasse mich von ihm durch die Menge führen. Er nickt ein paar Leuten zu, die ihn ausschließlich beim Nachnamen ansprechen. Ich habe das Gefühl, in einer anderen Welt gelandet zu sein. Denver und Rome haben nie davon erzählt. Aber warum sollten sie auch? Ich habe nie Interesse bekundet.

Nach einer gefühlten Meile bleibt er vor einer Frau mit rot gefärbtem Haar und Fingernägeln stehen, die so lang sind, dass sie einem damit die Augen auskratzen könnte.

»Kathy«, sagt Liam.

Sie unterbricht ihre Unterhaltung, dreht sich um und lächelt breit. »Liam.« Abgesehen von Nina ist sie die Erste, die seinen Vornamen benutzt.

Er umarmt sie und hebt sie hoch. Sie blickt mich über seine Schulter hinweg an. Ihr Lächeln zaubert ihr Grübchen in die Wangen.

»Wen haben wir denn da?«, fragt sie, nachdem er sie wieder abgesetzt hat.

Diesmal nimmt Liam nicht meine Hand oder legt den Arm um mich. »Das ist Savannah.«

»Hi, Savannah.« Sie streckt mir ihre knochige Hand entgegen, und ich schüttle sie. Sie trägt an fast jedem Finger einen Ring. »Ich bin Kathy.«

»Hallo.«

»Und seid ihr zwei …?« Ihr Zeigefinger wandert zwischen uns hin und her.

»Nein.« Hinter meinem Rücken macht Liam irgendwas, das sie zum Lachen bringt, doch als ich nachsehe, tut er so, als würde er einfach nur dastehen.

»Was hat er gemacht?«, erkundige ich mich.

»Mutter-Sohn-Geheimnis.« Sie strahlt Liam an, als würde sie ihn tatsächlich lieben wie einen Sohn. »Slim und seine Roadies sind auch hier.«

Ich spüre, wie sich Liams Anspannung löst. »Haben wir gesehen. Was ihn angeht …«

»Gehört sie dir?«

Während sie gegenseitig ihre Sätze vervollständigen, wandert mein Kopf von links nach rechts.

»Nina?«, fragt sie.

»Grün vor Neid.«

»Habe ich mir gedacht.«

Während der gesamten Unterhaltung sieht mich Liam kein einziges Mal an. Als sich Kathy umdreht, sehe ich den Aufnäher auf dem Rücken ihrer schwarzen Lederjacke.

Chicks Brigade. Ich deute darauf. Endlich schenkt mir Liam seine Aufmerksamkeit und beginnt zu lachen.

Er beugt sich zu mir herunter, um mir ins Ohr zu flüstern, während Kathy eine Frage beantwortet, die ihr jemand anderes gestellt hat. »Sie ist die Anführerin der Chicks Brigade. Falls du Mitglied werden willst, kriege ich dich rein.«

Ich sehe mich um. Wir sind umgeben von etlichen Frauen, die neben Bikes mit weiblichem Touch stehen.

Dann tritt jemand ans Mikro und befiehlt der Menge, sich aufzureihen.

Liam gibt Kathy einen Kuss auf die Wange. »Wir sehen uns dann danach.«

»Es war schön, dich kennenzulernen«, sage ich und strecke ihr die Hand entgegen.

»Ebenso. Pass gut auf ihn auf. Er heilt Herzen, statt sie zu brechen.« Sie deutet auf Liam.

Dann ergreift er meine Hand, verabschiedet sich von Kathy und führt uns wieder durch die Masse an schwarzem Leder. Bei seinem Bike angekommen, setzt er mir den Helm auf und schließt ihn, bevor er seinen eigenen nimmt.

»Ich dachte immer, Biker würden den Wind im Haar spüren wollen.«

»Glaub mir. Ja, Helmhaare sind beschissen, aber lieber eine ruinierte Frisur, statt als Pfannkuchen auf der Straße zu enden.« Er überprüft noch einmal den Verschluss meines Helms, bevor er aufsteigt und wartet, dass ich hinter ihm Platz nehme.

Also klettere ich drauf, schlinge die Arme um seine Taille

und stelle meine Füße dorthin, wo er es mir vorhin gezeigt hat.

»Bereit?« Als er mein Nicken am Rücken spürt, startet er den Motor und stellt sich zu den anderen in die Reihe.

Ich würde es niemals zugeben, aber jetzt, da ich Liam in meinen Armen halte, fühle ich mich wieder wie mein altes Ich. Und ich hasse es nicht.

• • •

Liam hatte recht – Helmhaare sind wirklich beschissen. Zum Glück ist unser letzter Stopp an einer Tankstelle. Ich renne hinein und kaufe Haargummis. Als wir vorhin angehalten haben, habe ich von ein paar von Liams alten Freunden erfahren, dass nach der Tour eine Band spielt und die Party dann erst richtig losgeht.

Die Leute sind total freundlich und aufgeschlossen. Keiner sieht mich an, als wäre ich eine hochnäsige Tussi, die versucht, einen Bad Boy zu daten. Darum habe ich mir Sorgen gemacht. Liam behält die meiste Zeit seine Hände bei sich, außer bei den beiden Malen, als wir Slim über den Weg gelaufen sind. Und auch Nina bleibt auf Distanz. Alles in allem habe ich eine Menge Spaß.

Ich will ehrlich sein. Es war nicht schlimm, den Großteil des Tages die Arme um Liams Taille zu schlingen.

»Bereit?« Liam steht gegen das Bike gelehnt da. Durch seine dunkle Sonnenbrille kann ich seine Augen nicht sehen.

»Ja.« Ich berühre mein Haar. »Du hattest recht mit den Haaren.«

Er richtet sich gerade auf und legt die Hand hinter sein Ohr. »Wie war das?«

»Pferdeschwanz.« Ich halte die Packung hoch, die ich eben gekauft habe.

»Nein, ich meine die Tatsache, dass du eben gesagt hast, ich hätte recht gehabt.« Sein Grinsen wird breiter. Dieses Grinsen, gepaart mit der Sonnenbrille und dem Bike, haben meine Eierstöcke beschließen lassen, dass ich ausschließlich von Liam befruchtet werden kann. Andernfalls ist das Thema Schwangerschaft vom Tisch. Ich kann ihnen nicht mal widersprechen. »Du hattest recht, aber ich würde niemals …«

Er legt den Finger an meine Lippen. »Lass es uns einfach dabei belassen.«

Die Motorräder reihen sich wieder auf, also stecke ich die Haargummis in die Satteltasche und ziehe das Desinfektionsmittel hervor. Nach den ersten zwei Stopps kennt Liam das Prozedere bereits und streckt mir seine Hände entgegen.

»Du wirst mir noch dafür danken«, sage ich.

Er verdreht die Augen und reibt seine Hände. »Das sagtest du bereits.«

»Spätestens nächste Woche, wenn all deine Freunde erkältet sind.«

»Es ist Sommer.«

»Es gibt etwas, das nennt sich Sommergrippe. Viren und Bakterien leben nicht nur im Winter. Und glaub mir. Die

Sommergrippe ist die schlimmste.« Ich massiere das Desinfektionsmittel in meine Hände ein, während Liam versucht, mich nicht auszulachen.

»Lass uns losfahren, Kelly.«

Hinter uns steht Slim mit seinem Bike, Nina sitzt bei ihm. Liam versteift sich.

»Du musst mir dringend erzählen, warum wir ihn so hassen«, sage ich so leise, dass nur er mich hören kann.

Mit einem Winken gibt Liam Slim zu verstehen, dass er losfahren soll. Dann sieht er mich mit verengten Augen an. »Du kennst ihn nicht mal. Warum solltest du ihn hassen?«

Ich erlaube ihm, mir wieder den Helm aufzusetzen, denn aus irgendeinem Grund denkt er, ich könnte es nicht selbst. Doch er akzeptiert mein Desinfektionsmittel, also akzeptiere ich sein Macho-Gehabe. »Wenn du ihn hasst, hasse ich ihn auch. So funktioniert das. Du bist mein Freund. Er nicht. Und ich bin sicher, du hast deine Gründe.«

Er starrt mich länger an als nötig, als wäre ich ein Rubik's Cube.

»Kelly! Lass uns fahren!«, ruft Slim, doch Liam ignoriert ihn.

»Das mit ihm tut mir leid.« Liam steigt auf sein Bike.

Ich springe ebenfalls auf. Inzwischen fühle ich mich viel selbstsicherer. »Du musst dich nicht entschuldigen. Ignorier ihn einfach.«

Er startet den Motor. Wenn sich die Muskeln in seinen Unterarmen weiterhin so bewegen, kriege ich noch ein feuchtes Höschen. Ich reiche ihm seine Jacke, die hinten auf dem Bike lag. Er bedankt sich und lehnt sich zur Seite, um sie anzuziehen.

Als er auf den Highway auffährt, schmiegt sich mein Kopf wieder an seinen Rücken, und meine Arme schlingen sich um seinen Oberkörper. Inzwischen haben wir uns aneinander gewöhnt. Ich habe nicht mehr so viel Angst. Mittlerweile weiß ich, wie ich mein Gewicht verlagern muss, wenn er in die Kurve fährt. Als wären wir eine Person. Auch was das Motorradfahren angeht hatte er recht. Aber das würde ich niemals zugeben. Es ist friedlich und entspannend. Bisher musste ich kein einziges Mal an meine Probleme bei Bailey Timber denken.

Während ich darüber nachdenke, Liam zu sagen, dass er öfter mit seinem Motorrad fahren soll und ich ihn vielleicht hin und wieder begleiten würde, fahren wir um eine Kurve. In einer Senke hat sich eine riesige Pfütze gebildet. Es muss hier gestern Nacht geregnet haben. Ohne Vorwarnung werden wir von einer Welle getroffen, und das Bike kommt ins Rutschen. Ich kann nicht hören, was Liam sagt, aber sein Körper richtet sich auf, und das Bike wird langsamer und fängt an zu schlingern, fängt sich, schlingert, fängt sich, schlingert, fängt sich. Als wir aus dem Gröbsten raus sind, reibt Liam mit seiner großen Hand mein Bein, als wollte er mir sagen, dass alles okay ist. Dass er alles unter Kontrolle hat und ich in Sicherheit bin.

Hätte ich von der Pfütze gewusst, hätte ich wahrscheinlich eine Panikattacke bekommen. Aber alles ging so schnell, dass ich keine Zeit hatte, mich darauf vorzubereiten. Adrenalin strömt durch meinen Körper. Obwohl ich vollkommen durchnässt bin und unter Schock stehe, habe ich mich noch nie lebendiger gefühlt.

Kapitel 22

LIAM

Fuck. Jemand hat über uns gewacht, als wir durch die Pfütze gefahren sind. Ich habe das Wasser erst gesehen, nachdem wir um die Kurve gefahren sind. Keine Ahnung, warum sie da war, denn es hat nicht geregnet. Aber dass wir jetzt wieder trockenen Boden unter uns haben, ist alles, was zählt.

Als wir Poppy's Bar erreichen, springe ich schnell von meinem Bike, nachdem Savannah abgestiegen ist. Ich nehme ihren Helm ab und begutachte sie, als wäre ich Arzt. »Scheiße. Es tut mir so leid. Ist alles in Ordnung? Sie kam einfach aus dem Nirgendwo.«

»Kelly? Alles okay?«

Ich winke Riley ein paar Parkplätze weiter unten zu.

»Savannah?«, frage ich.

Sie legt die Hände auf meine, die nun auf ihren Wangen liegen. »Alles gut. Ich habe mich nur erschreckt. Und jetzt bin ich nass.«

Ich blicke an ihr herab. Ihr weißes T-Shirt ist so durchnässt, dass man darunter ihren Spitzen-BH sehen kann, der nichts dafür tut, um ihre Nippel zu verbergen. Ich ziehe meine Jacke aus und lege sie über ihre Schultern.

»Dann hattest du das also nicht geplant, um meine Brüste zu sehen zu kriegen?«

Das kann unmöglich ihr Ernst sein. Wir waren so kurz davor zu sterben. Ich habe sie ohne Jacke auf mein Bike steigen lassen. Sie trägt nicht mal ein Sweatshirt. Mein Gott. Ich bin so dumm.

»Nein.«

Lachend nimmt sie meine Hände von ihren Wangen. »Das weiß ich doch. War nur ein Scherz.«

»Lass uns einfach nach Hause fahren. Vergessen wir das hier. Wir holen uns was zu essen und gehen duschen.«

Als sie mich anstößt, mache ich einen Schritt rückwärts. »Okay.«

Sie fasst ihre Haare zu einem Pferdeschwanz zusammen und ich entdecke ein wenig Schmutz an ihrem Hals. Ich wische ihn mit meinem Daumen weg. Dann wische ich den Daumen an meinem nassen T-Shirt ab. Sie mustert mich skeptisch.

»Dreck.« Ich halte meinen Daumen, der nun wieder sauber ist, in die Höhe.

Die Band – die auf der hinteren Veranda der Bar spielen muss, da wir sie von hier aus hören können – verkündet, dass sie nun anfangen würden und eine Guns N' Roses-Coverband seien. Savannahs Augen beginnen zu leuchten. Was entgeht mir hier?

»Wir können nicht gehen. Guns N' Roses! Kannst du dich noch daran erinnern, wie sehr meine Mom sie geliebt hat? Wie mein Dad immer gestöhnt hat, wenn sie zu *Sweet Child O' Mine* durch die Küche getanzt ist?«

»Vage, aber …«

Sie wirft einen Blick über die Schulter und sieht dann wieder mich an. »Meinst du, sie verkaufen da drin auch T-Shirts?«

»Ja, aber …«

Sie nickt und geht los. Ich befürchte, ich habe ein Monster erschaffen.

»Hey, Sav.«

Sie bleibt stehen und sieht mich an, als sollte es mich nicht jucken, dass sie in eine Bar geht, um Klamotten zu kaufen. Und das stimmt auch. Doch Poppy's ist nicht unbedingt für ihre Auswahl an Sweatshirts bekannt. Natürlich weiß Savannah das noch nicht, weil sie noch nicht hineingegangen ist. Und ich hatte gehofft, das würde auch nicht passieren. Es ist nicht wirklich ihre Szene. Es läuft gerade so gut. Ich will nicht, dass sie sich wieder in ihren Panzer verkriecht.

»Ich glaube nicht, dass sie das haben, wonach du suchst«, sage ich. »Komm, wir gehen. Ich werde herausfinden, wann und wo die Band noch mal spielt, und dann können wir hingehen.«

Sie sieht mich so lange an, dass ich das Gewicht von einem Bein auf das andere verlagere. Dann landet ihre Hand auf meiner, die ihren Arm festhält. »Entspann dich. Kann doch nicht schaden, mal nachzusehen.«

Dann ist sie auch schon weg und steigt die Stufen zum Eingang hinauf.

Scheiße.

»Hey, Kelly!«, ruft jemand hinter mir, doch ich hebe die Hand.

Ich arbeite mich durch die Leute und erwische sie, bevor sie die Bar betreten kann. Wohin ist die schüchterne Frau verschwunden, die sich die ganze Zeit an mich geklammert hat? Vorher war sie kreidebleich und hat sich unwohl gefühlt. Doch jetzt glaube ich, sie würde Slim das Knie in die Eier rammen, wenn er versucht, sie anzumachen. Liegt das etwa an unserer Nahtoderfahrung von vorhin?

Sie löst sich aus meinem Griff und betritt die Bar. »Entschuldigung«, sagt sie zu einer Kellnerin. »Verkauft ihr zufällig T-Shirts mit dem Poppy's-Logo?«

Kopfschüttelnd beiße ich mir auf die Unterlippe. Sieht sie nicht das knappe Outfit, das die Kellnerin trägt? Ihr Shirt hat im Brustbereich drei Schlitze und endet über dem Bauchnabel.

»Suchst du nach einem Job?«, fragt das Mädchen und sieht mich über Savannahs Schulter an. »Hallo«, sagt sie und lässt den Blick über meinen Körper schweifen.

Ich bin nicht naiv. Ich weiß genau, dass sie mich nur mit diesem Schlafzimmerblick ansieht, weil sie mein Geld will. Doch Savannah blickt von ihr zu mir und sieht mich so böse an, wie sie es die ganze Woche noch nicht getan hat.

»Nein, ich brauche nur was anderes zum Anziehen«, erwidert Savannah.

»Da drüben, Süße.« Die Kellnerin deutet in eine Ecke, von der ich bereits wusste, dass sich dort das Merchandise befindet.

»Savannah«, sage ich.

Doch sie hebt die Hand. Wir müssen stehen bleiben, um eine Gruppe von Leuten durchzulassen. »Schon in Ordnung. Ich wusste ja schon, dass du eine männliche Nutte bist. Ich sollte also nicht zu überrascht sein von alledem.« Sie deutet auf das Meer von Menschen in schwarzem Leder und Ketten.

»Was soll das heißen?«

Eine Frau bleibt abrupt stehen und starrt mir direkt auf den Schritt. Ich verdrehe die Augen und gehe weiter. Als ich die wütende Bailey-Frau erreiche, steht sie vor dem Tisch mit dem Merchandise und starrt, als wären wir in einem Sexshop.

»Wow«, sagt sie und lässt den Blick über jeden Artikel schweifen.

»Hey, Süße, kann ich dir helfen?«, fragt die Dame hinter der Theke. Sie trägt das gleiche Outfit wie die Kellnerin eben. Wahrscheinlich ist es das Konservativste, was sie haben.

»Lass uns nach Hause gehen«, flüstere ich Savannah ins Ohr und lege die Hand auf ihre Hüfte.

Als sie aufblickt, erkenne ich Angst in ihren babyblauen Augen, doch sie schüttelt den Kopf. »Nein. Ich glaube, das könnte mir ziemlich gut stehen.« Mit ihrem Portemonnaie klopft sie auf den Tresen.

»Oh, Süße, das wird dir mit Sicherheit stehen«, sagt die Frau hinter der Theke.

»Sie nimmt das Poppy's-Shirt. Männergröße XL.« Ich zücke meine Kreditkarte. Die Dame starrt mich an, ohne sich zu bewegen. »Hallo?«

Sie beäugt Savannah. »Ich glaube, ich lasse die Dame entscheiden.«

Kichernd inspiziert Savannah weiter die T-Shirts. Alle sind im Brustbereich aufgerissen. Außerdem sind sie ziemlich kurz und sehr eng. An Unterteilen gibt es nur enge, kurze Shorts und Miniröcke. Wenn sie so was anzieht, kann ich mich unmöglich länger beherrschen. Und alle anderen Männer in ihrer Nähe auch nicht.

»Das langärmlige Männershirt sieht schön aus. Und bequem. Dir ist bestimmt kalt.«

Savannah deutet mit dem Daumen auf mich. »Er will mich verhüllen.«

Die Dame lehnt sich über den Tresen. »Männer. Versuchen immer, uns zu unterdrücken.«

Sie hätte nichts sagen können, was Savannah mehr angespornt hätte. Denn jetzt deutet sie auf alle möglichen Klamotten und nennt Größen. Bevor ich etwas unternehmen kann, zieht die Dame bereits Savannahs Kreditkarte durch das Gerät.

»Kannst du mir sagen, wo die Toilette ist?«, fragt Savannah sie.

»Am Ende des Flurs.«

»Danke.«

»Komm dann noch mal vorbei. Ich will sehen, wie heiß du darin aussiehst.« Mit einer Kopfbewegung deutet die Verkäuferin auf die schwarzen Klamotten in Savannahs Hand.

»Klar.« Sie winkt ihr kurz zu und stürmt dann den Flur

hinab. Es ist ihr egal, ob ich ihr folge oder nicht. Vor einer Tür mit einer Katze bleibt sie stehen. »Oh. Das ist für dich.« Sie wirft mir ein Shirt zu und fährt dann mit den Fingerspitzen über die Katze an der Tür. »Wie süß, dass sie die Damentoilette mit einer Katze kennzeichnen.«

Nachdem sie verschwunden ist, schüttle ich den Kopf und starre auf den Hahn an der Tür der Männertoilette.

Wahrscheinlich sollte ich mich besser da drin umziehen, aber ich will nicht das Risiko eingehen, Savannah in der Menge zu verlieren. Also ziehe ich mein Shirt über meinen Kopf, stopfe es in meine hintere Hosentasche und schlüpfe in das neue Shirt. Darauf ist eine Frau mit weit gespreizten Beinen abgebildet und dem Spruch »Poppy's – Das Zuhause des geilen Bikers«.

Mit verschränkten Armen warte ich vor der Toilette auf Savannah. Ich warte und warte und schüttle derweil ein paar Hände. Gerade als ich denke, dass sie vielleicht durch ein Fenster entkommen ist – denn im Moment führt sie sich auf wie eine rebellische Teenagerin und ich wie ein überfürsorglicher Vater –, geht die Tür auf, und Savannah erscheint.

Ich weiß nicht, wie lange ich sie angestarrt habe, als sie an ihrem Shirt zupft, um die Schlitze über ihrer Brust noch ein wenig auseinanderzuziehen.

»Sag was«, bittet sie. Nun klingt sie wesentlich weniger selbstbewusst als eben, bevor sie die Toilette betreten hat.

»Ähm …«

»Uff. Die muss ich zu deinem Bike bringen.« Sie hält ihr nasses Shirt und ihre Jeans in die Höhe.

Bitte sagt mir, dass sie noch ihren Slip trägt. Vor allem

mit diesem rot-schwarz-karierten Rock, der kaum ihren Hintern bedeckt. Dass sie ihren BH noch trägt, weiß ich, denn man kann ihn durch die Risse in ihrem Shirt mehr als deutlich sehen.

Bevor ich etwas erwidern kann, stürmt sie schon wieder los, den Flur hinab, durch die Menge und zur Tür. Draußen erwartet uns frische Luft. Heute Nacht wird es nicht richtig dunkel werden. Ungefähr sechs Stunden lang wird nur Zwielicht herrschen.

»Ich finde, wir sollten jetzt wirklich nach Hause fahren.«

Sie ignoriert mich, stopft ihre Klamotten in die Satteltasche und zieht an ihrem Minirock.

»Du musst mir nichts beweisen. Willst du mir damit zeigen, dass du doch nicht die zwangsneurotische Savannah bist, die ich kenne? Denn mir ist nicht wohl dabei, wenn du da drin bist ...« Ich deute auf das heruntergekommene Haus hinter uns. »So.« Jetzt deute ich auf ihr Outfit. Ich kann sie kaum ansehen, ohne einen Ständer zu kriegen.

Wem versuche ich, hier etwas vorzumachen? Ich habe schon einen Steifen.

»Ich versuche, mich anzupassen. Das ist dein Event. Wir sollten nicht gehen, nur weil ich nass geworden bin. Nicht, wenn es hier Klamotten gibt. Sind sie ideal? Nein, verdammt. Aber ich werde es überleben.« Sie dreht sich um. Als ich jedoch leicht ihren Ellbogen berühre, wirbelt sie wieder herum. »Was?«

»Ich bin aber nicht sicher, ob *ich* es überleben werde.« Sie blinzelt ein paar Mal. »Du weißt, dass ich mich zu dir hingezogen fühle. Und gerade siehst du aus wie ... Ich weiß nicht mal, wie. Ein feuchter Traum? Man sieht einfach zu viel Haut.«

Kichernd macht sie einen Schritt nach vorn und legt die Hand an meine Brust, zieht sie jedoch sofort wieder zurück. »Versuch einfach, mich nicht anzusehen.«

Sie macht wohl Witze. Wie soll das bitte gehen?

Aber ich muss mich wohl geschlagen geben. Wie kann ich ihr sagen, dass sie ihr Leben leben soll, und im nächsten Atemzug versuche ich, ihr vorzuschreiben, was sie zu tun hat? Wenn sie bereit ist, das Spiel mitzuspielen, sollte ich nicht versuchen, sie umzustimmen. Noch vor einem Monat hätte sie einen Anfall bekommen und mich für das, was passiert ist, ausgepeitscht. Das ist also ein Fortschritt.

Drei Typen gehen an uns vorbei und pfeifen. Wahrscheinlich stellen sie sich Savannah nackt vor. Ich weiß es genau. Denn ich habe sie mir schon mindestens viermal nackt vorgestellt.

»Na schön.« Ich stelle mich ganz dicht neben sie. »Aber für jeden da drin bist du meine Freundin. Verstanden?«

Sie lächelt mich an. »Irgendwie mag ich deinen Beschützerinstinkt, Liam Kelly.« Sie berührt mein Shirt. »Sorry. Was anderes hatten sie nicht in XL.«

Ich blicke herunter auf die Frau mit den gespreizten Beinen und zucke mit den Schultern. »Wir passen uns an, nicht wahr?«

»Genau.« Sie lächelt.

Zum ersten Mal seit Ewigkeiten sehe ich in ihr wieder die alte Savannah, die das Leben mehr geliebt hat als Tabellen. Die Savannah, die immer im Moment gelebt hat. Nicht die

Savannah, die Angst hat, ihre Komfortzone zu verlassen. Es ist nur ein kurzer Moment. Aber als ich sie später am Abend dabei beobachte, wie sie zu *Knockin' On Heaven's Door* tanzt, wünsche ich mir, er würde ewig währen.

Kapitel 23

SAVANNAH

Es sind nun zwei Wochen vergangen, seit Liam sein Experiment gestartet hat. Bisher habe ich jeden Morgen meditiert. Und Liam macht mit, denn zu der Uhrzeit schläft Denver noch. Und ich habe jeden Tag in mein Tagebuch geschrieben, seit er es mir geschenkt hat. Eins muss ich zugeben – ich genieße die ruhigen Momente spät abends, in denen ich mich voll und ganz meinen Gedanken widmen kann. Irgendwie ist es befreiend, meine Sorgen über Dinge niederzuschreiben, die ich nicht kontrollieren kann.

Ein Klopfen an meiner Tür unterbricht mich. Ich rolle mich auf meinem Bett auf die andere Seite. »Herein.«

Die Tür öffnet sich quietschend. Es ist Liam, der den gesamten Türrahmen ausfüllt. In der Hand hält er ein Glas mit bunten Zetteln. Anscheinend macht er sich gerade fertig fürs Bett, denn er trägt die Shorts und das Shirt, die ich morgens an ihm sehe, wenn er nicht joggen geht.

»Hey«, sage ich.

»Woche drei. Bist du bereit?« Er wackelt mit den Augenbrauen.

Ich setze mich auf und in den Schneidersitz. Ich fühle mich wie ein Kind an Weihnachten, das gespannt auf die Geschenke blickt, aber gesagt bekommt, dass es mit der Familie erst noch Fotos machen muss.

»Darf ich?« Mit einer Kopfbewegung deutet er auf mein Bett.

Ich rutsche hoch zu den Kissen und tätschle die Bettdecke. »Natürlich. Genau genommen gehört es dir.«

»Ich werde morgen übrigens bei dir vorbeigehen und mit dem Bauunternehmen sprechen.«

»Das musst du nicht machen.«

»Ich will aber.«

Ich verziehe das Gesicht. »Es tut mir leid. Ich überstrapaziere deine Gastfreundschaft langsam, stimmt's?«

Er schüttelt bereits den Kopf, bevor ich den Satz beendet habe.

»Du darfst so lange bleiben, wie du willst. Aber ich möchte, dass du hier bist, weil du hier sein *willst*. Nicht, weil du hier sein *musst*.«

Ich lehne mich zurück. Meine Vorfreude nimmt rapide ab. »Wir sollten reden.«

Er hebt die Hand. »Ich bin nicht gekommen, um zu reden. Ich verstehe, warum du denkst, dass es mit uns nicht funktionieren kann. Aber um ehrlich zu sein, rücken deine Gründe für mich immer weiter in den Hintergrund.«

Ich nicke, denn mir geht es genauso. Besonders seit der Motorradtour. Aber dann muss ich wieder an Nina denken und all die anderen Frauen, die ihn ansehen, als hätten sie ihn schon gehabt. Als wüssten sie, wie er im Bett ist. Oder besser gesagt: Wie er fickt.

»Aber ich will dich hierhaben. Und ich will nicht über uns reden. Wir haben gesagt, dass wir das nicht machen. Hier geht es um dich. Ich will morgen mit dem Bauunternehmer sprechen, weil es lächerlich ist, dass es so lange dauert. Er verarscht dich.«

»Ich komme mit.«

»Nein. Ich will ihm ein bisschen Angst einjagen.« Grinsend spannt er seinen Bizeps an.

Ich muss lachen. »Du spielst wohl gern den Bodyguard, was?«

»Mehr, als ich zugeben will.« Er fährt sich durch das Haar. Ich würde ihn jetzt so gern küssen, dass meine Lippen zu kribbeln beginnen. Dann späht er zu mir.

»Liam«, schimpfe ich, doch er fängt sich schnell wieder.

»Schritt drei. Du nimmst dir jeden Tag einen Zettel aus dem Glas. Und dann musst du die Aufgabe erfüllen.«

»Und wenn ich es nicht mache?«

»Dann versohle ich dir den Hintern.« Er wartet auf meine Reaktion. Um ehrlich zu sein, wird mir bei dem Gedanken ganz heiß. Bestimmt sieht er mir an, dass ich die Idee ziemlich aufregend finde. »Mein Gott. Schau nicht so.«

»Wie denn?«

Er atmet laut aus. »Als wolltest du dich auf den Bauch legen und mir sagen, dass ich loslegen soll.«

»Tu ich gar nicht.«

Er sieht mich an, als wollte er sagen *Doch, tust du.*

»Wie aufregend. Wann geht's los? Jetzt?« Ich versuche, das Thema zu wechseln, bevor ich ihn tatsächlich noch anbettle, mir den Hintern zu versohlen.

Wieder fährt er sich durch das Haar. »Klar.«

Ich mache es mir bequem, stecke die Hand in das Glas und ziehe einen rosafarbenen Zettel heraus. Er beobachtet, wie ich ihn auseinanderfalte. Da steht sie, in seiner krakeligen Handschrift. Meine Aufgabe.

Geh allein in der Öffentlichkeit essen.

Ich lasse den Zettel fallen. Mein Magen beginnt zu rumoren.

»Und? Welche Aufgabe hast du gezogen?« Ich halte ihm den Zettel entgegen, und er nickt. »Nur, damit du's weißt. Diese Aufgabe fällt dir wahrscheinlich am schwersten.«

»Ich weiß nicht, ob ich das schaffe.«

Für die meisten Leute ist es keine große Sache, allein essen zu gehen. Ich weiß, dass viele Leute allein ins Restaurant gehen. Aber ich habe noch nie zu den Menschen gehört, die sich dabei wohlfühlen. Ich hätte das Gefühl, dass jeder über mich urteilt und sich fragt, warum ich keine Begleitung habe.

»Natürlich schaffst du das.« Er steht auf und sieht mich kurz an. »Du hast bisher alles so gut gemeistert.«

Ich schwinge die Beine über die Bettkante und will auf ihn zugehen. Ihn umarmen. Vielleicht ein bisschen länger, damit ich seinen Duft einatmen kann. Etwas, das nicht die Grenze überschreitet, aber ein wenig meinen Hunger stillt.

Doch da fliegt die Tür auf, und ein großer Körper springt auf mein Bett.

In letzter Sekunde greife ich nach dem Glas und stelle es auf den Fußboden.

Denver bemerkt es nicht, weil er so egozentrisch ist. »Ich dachte schon, ich würde euch bei eurer Bettgymnastik erwischen!« Lachend setzt er sich auf, um sein Stück Pizza zu verschlingen.

»Woher hast du die Pizza?«, fragt Liam böse dreinblickend.

»Wurde gerade geliefert. Schnappt euch was, so lange sie noch heiß ist.«

Liam holt tief Luft und sieht mich kurz an. Anscheinend hatte er nicht vor, ins Bett zu gehen. »Meine Güte. Kannst du dir nicht deine eigene Pizza bestellen?« Liam stapft aus dem Zimmer.

Denver sieht mich an. »Was hat er denn für ein Problem?«

»Du solltest langsam erwachsen werden und auch mal etwas beitragen.«

»Was soll das denn jetzt?«

Ich schüttle den Kopf. »Ich werde nicht ewig leben, Denver. Eines Tages wirst du dich um dich selbst kümmern müssen.«

Schockiert und mit großen Augen starrt er mich an.

Ich gehe meine Worte noch mal im Kopf durch. »So habe ich es nicht gemeint. Ich meinte nur …«

Denver richtet sich gerader auf. »Willst du über irgendwas reden?«

Mein Bruder wirkt so aufrichtig, dass ich aus irgendeinem Grund emotional werde. Mir kommt eine Träne. Ich wische sie schnell weg, doch Denver hat sie bereits bemerkt.

Er rückt näher an mich heran. »Rede mit mir. Was ist los? Ist irgendwas passiert, während ich weg war? Ich meine, ja, er ist mein bester Freund, aber du bist meine Schwester. Wenn es sein muss, trete ich ihm in den Arsch.«

Aber es geht nicht nur um ihn. Es geht um so viel mehr.

Mein Kopf fällt in meine Hände, und die Tränen beginnen nun, unkontrolliert zu kullern. Ich weiß nicht mal, woher das alles plötzlich kommt, aber ich kann meine Sorgen und Ängste nicht länger zurückhalten. Sie laufen über, und ich will, dass sie aus mir herausgespült werden. »Nein. Ich bin nur so verdammt verkorkst.«

»Nein, bist du nicht. Ich meine, ja, du hast einen Ordnungswahn, aber es gibt Leute, die viel schlimmer sind als du.« Denver legt den Arm um meine Schultern. »Sieh mich mal an. Ich bin auch nicht perfekt.«

Ich wische die Tränen weg. »Aber du genießt dein Leben, richtig?« Ich spähe durch meine Wimpern, um seine Reaktion zu sehen.

»Verdammt, ja. Ich liebe mein Leben.«

»Und ich hasse meins«, gebe ich zu.

Ihm entgleisen die Gesichtszüge. »Nein, tust du nicht. Das sagst du nur, weil du gestresst bist. Stress macht verrückte Sachen mit einem.«

Ich schüttle den Kopf. »Ich hasse mein Leben. Ich hasse die Person, die ich geworden bin.«

Denver sieht sich um. »Ich bin dafür nicht geeignet, Sav.

Ich bin nicht der Bailey, der alles in Ordnung bringt. Ich bin der Scherzkeks, nicht der ernste Typ. Soll ich Liam holen? Ihr zwei habt eine merkwürdige Verbindung zueinander. Er weiß bestimmt, was er sagen soll.«

»Nein. Ich will nicht, dass es irgendjemand erfährt. Ich hätte es nicht mal dir sagen sollen. Ich hatte einfach einen schlechten Tag. Ich bin müde nach einer langen Woche. Das ist es bestimmt.« Ich weiß, ich hätte nicht zugeben sollen, dass irgendwas ist. Keiner kann damit umgehen, wenn ich die Fassung verliere. Ich muss mich jetzt zusammenreißen, bevor er noch jemanden anruft und unserer Familie davon erzählt. »Außerdem habe ich gerade meine Tage. Bestimmt die Hormone.«

Denver lehnt sich zurück. »Scheiße, ja. Das ist es. Frauen können Morde begehen, wenn sie ihre Tage haben. Gott sei Dank. Du hast mich zu Tode geängstigt.«

Ich nicke und wische noch mehr Tränen weg. »Ich werde jetzt einfach ins Bett gehen.«

»Gute Idee. Brauchst du was vom Supermarkt oder irgendwas?«

Ich lächle meinen süßen Bruder an. Er ist faul und ein Schmarotzer, aber wenn es darauf ankommt, würde er alles für uns tun. »Nein, alles gut. Danke.«

Er geht zur Tür und dreht sich dann noch mal um. »Hey, Sav?«

»Ja?«

»Du weißt, dass es okay ist, mehr zu wollen, oder? Dass du dich oder dein Leben ändern kannst, wenn du es willst? Du musst es nur probieren.«

Ich nicke. »Danke. Gute Nacht, Denver.«

Er schließt die Tür, und das Glas mit den Zetteln, die Liam für mich vorbereitet hat, fällt mir ins Auge. Ich stehe auf, gehe zum Fenster und beobachte, wie Liam mit dem Pizzakarton im Schuppen verschwindet. Ich atme tief ein. Bin ich stark genug, mir zu nehmen, was ich will, ohne mir Gedanken darüber zu machen, ob es perfekt wird?

Kapitel 24

SAVANNAH

Freitagabend gehe ich ins Lard Have Mercy, um allein zu Abend zu essen. Ja, ich habe es die ganze Woche vor mir hergeschoben, aber die Arbeit und die Spendengala haben mich so überfordert, dass Liam Nachsicht mit mir hatte. Für ihn war es in Ordnung, solange ich die Aufgabe bis Ende der Woche bewältigen würde.

Für einen Freitagabend ist der Imbiss ziemlich leer. Nur ich, zwei Familien und ein paar Leute auf den Barhockern. Ich fotografiere den leeren Platz mir gegenüber und öffne den Chatverlauf mit Liam.

ICH: Willst du nicht dazustoßen?

Die drei Punkte erscheinen sofort. Ich frage mich, wie er so schnell sein kann, obwohl er gerade arbeitet.

LIAM: Du schaffst das. Genieß deine eigene Gesellschaft.

Ich lege das Handy auf den Tisch und bin froh, dass Karen, Hollys Mom, heute nicht arbeitet, denn sonst würde ich mit ihr essen.

Heute werde ich nicht auf Kalorien achten. Also bestelle ich mir einen Burger mit Pommes, dazu einen Erdbeermilchshake. Dann ziehe ich die Zeitschrift hervor, die ich mitgebracht habe. Ich habe ganz bewusst nichts mitgenommen, was mit Arbeit zu tun hat. Ich blättere durch die Seiten und lese mir durch, wie man seine Augen betont, alles über die aktuellen Herbsttrends, den neuesten Promi-Klatsch und mein Horoskop. Das habe ich früher in der Highschool immer am liebsten gelesen.

Mit dem Zeigefinger streiche ich über die Seite, bis ich bei Jungfrau lande.

Am Mittwoch steht Venus im Zeichen der Jungfrau und lässt Ihre Wünsche in Erfüllung gehen. Und vielleicht auch ganz besonders einen romantischen? Am Wochenende blüht Ihr Liebesleben auf.

Liebe. Beziehung. Was einen festen Partner angeht, bin ich nicht sicher, aber ich habe es allmählich satt, Liam nicht zu haben. So viel steht fest.

Ich fange an, einen Artikel über Sexstellungen mit Orgasmusgarantie zu lesen. Wenn ich den Rat doch nur bräuchte. Neuerdings führen alle Wege zu Sex mit Liam. Bald werden wir uns nicht mehr zurückhalten können. Ich sollte also besser sicherstellen, dass ich mit all den anderen Frauen vor mir mithalten kann.

»Entschuldigung?« Eine hohe Stimme reißt mich aus meinen Gedanken.

Ich blicke auf, schlage die Zeitschrift zu und lasse sie unterm Tisch verschwinden, denn vor mir steht ein kleines Mädchen, das nicht unbedingt traumatisiert werden sollte.

»Hallo«, sage ich ein wenig schuldbewusst.

»Sind Sie Savannah Bailey?«

Ich sehe mich um. Zwei Sitzecken weiter sitzen ihre Eltern, die uns lächelnd beobachten. »Ja, die bin ich.«

Wird sie mich jetzt ohrfeigen? Wird sie mir jetzt sagen, ich hätte ihrer Familie das Geld gestohlen, und sie sei nun gezwungen, all ihre Spielsachen zu verkaufen und Second-Hand-Klamotten zu tragen?

»Könnte ich bitte ein Autogramm haben?« Sie schiebt mir eines der Tischsets aus Papier zu und legt einen Stift daneben.

Verwirrt blicke ich zu ihren Eltern. »Warum willst du ein Autogramm von mir?«

»Weil meine Mommy gesagt hat, Sie seien eine großartige Geschäftsfrau. Eines Tages werde ich auch eine Firma leiten.« Sie lehnt sich nach vorn. »Tut mir leid mit Ihren Eltern.« Dann richtet sie sich wieder auf und versteckt die Hände hinterm Rücken. Sie ist höchstens sieben. Vielleicht acht. »Mommy sagt, jeder dachte, Sie würden scheitern. Aber Sie sind nicht gescheitert. Dass ich zu Ihnen aufblicken solle, falls ich auf der Suche nach einer echten Heldin sei.«

Tränen steigen in mir auf. Ich sehe ihre Mutter an, und mein Mund formt ein »Danke«.

Sie nickt. Sie hat keine Ahnung, wie viel mir das bedeutet, nachdem die Firma seit Monaten in der Schwebe steht und kaum Gewinn eingefahren hat. Fast keiner weiß es. Nur Grandma Dori, ein paar Leute aus der Finanzabteilung und ich.

»Wie heißt du?«, frage ich.

»Paisley.«

»Paisley, du hast mir gerade den Tag versüßt.« Ich schreibe ihren Namen auf das Tischset und »Die Zukunft ist weiblich«, darunter setze ich meine Unterschrift.

Ich reiche es ihr, und sie liest. Ihre Augen werden groß. »Vielen Dank, Mrs Bailey.«

Ich lächle. »Miss Bailey. Gern geschehen.«

Sie rennt zu ihren Eltern, und ich winke ihnen zu. Ich bin ein wenig peinlich berührt, fühle mich aber auch geehrt. Ich sehe mich um, um zu überprüfen, ob sich irgendjemand einen Scherz mit mir erlaubt. Vielleicht hat Liam es eingefädelt, damit ich mich besser fühle. Aber es ist niemand zu sehen.

Während ich auf mein Essen warte, bin ich immer noch ganz begeistert von meiner Begegnung mit Paisley. Ihre Eltern bleiben vor meinem Tisch stehen, um sich zu bedanken. Ich stehe auf, um ihnen die Hände zu schütteln. Doch meine Zeitschrift fällt zu Boden und öffnet sich ausgerechnet auf der Seite mit den Sexstellungen.

Das darf doch nicht wahr sein.

Die Mutter blickt nach unten und muss grinsen. Schnell

hebe ich die Zeitschrift auf, bevor Paisley es sieht. Zum Glück ist sie gerade dabei, ihren Dad anzubetteln, ihr etwas aus den kleinen Automaten vor dem Diner zu kaufen.

»Einen schönen Abend noch, Miss Bailey.« Paisleys Mutter berührt meine Schulter und beäugt die Zeitschrift.

»Danke.«

Ohne Worte gibt sie ihrem Mann zu verstehen, dass er mit Paisley schon mal weitergehen soll. »Ich wollte Ihnen persönlich danken. Mein Mann hat früher für die North Forest Lumber Company gearbeitet. Als die Firma so plötzlich zugemacht hat, haben wir keinen Gehaltsscheck mehr bekommen. Dass Bailey Timber so viele Arbeiter übernommen hat, hat viele Familien gerettet.« Sie wird emotional. »Sie haben uns vor dem Ertrinken gerettet. Dafür wollte ich Ihnen danken.«

Ich fasse sie an den Oberarmen und ziehe sie zu mir. »Und Sie haben meinen Tag gerettet. Sie und Paisley und Ihr Ehemann. Vielen Dank. Vielen, vielen Dank.«

Sie kichert gegen meine Schulter. Paisley beobachtet uns mit fragendem Blick.

»Tut mir leid. Ich bin vollkommen durcheinander.« Mir entweicht ein seltsames Kichern.

»Schon in Ordnung. Einen schönen Abend noch.« Die Dame tätschelt meine Schulter und verlässt mit ihrem Mann und ihrer Tochter den Imbiss.

»Sehr nette Leute«, bemerkt die Kellnerin. Ich setze mich wieder und stecke die Zeitschrift in meine Handtasche. »Sie haben für Ihr Abendessen bezahlt.«

»Nein. Das kann ich nicht …«

»Schon zu spät, Süße. Sie wollten es so.« Sie serviert mir meinen Burger, die Pommes und den Milchshake.

Ich verspeise gerade meine ersten Pommes, als in meiner Tasche das Handy piept.

LIAM: Wie läuft's? Ich warte gerade auf den nächsten Kunden.

ICH: Besser, als ich es mir vorgestellt habe.

LIAM: Bitte sag mir, dass dir der Blaubeerkuchen keinen Orgasmus beschert.

Ich muss lachen, und die Kellnerin späht zu mir herüber.

ICH: Nun ja, es ist schon eine Weile her.

LIAM: Dieses Problem könnten wir heute Nacht lösen 😉

ICH: Ich dachte, du wolltest nicht mehr mit mir flirten.

LIAM: Da habe ich eventuell gelogen. Es ist einfach zu schwer, es nicht zu tun.

ICH: LIAM.

LIAM: SAVANNAH.

ICH: Danke, dass du mich dazu gebracht hast, allein essen zu gehen.

LIAM: Gern geschehen ♡

Ich stecke das Handy zurück in die Tasche, esse meinen Burger und die Pommes und denke daran, dass die Übernahme der Arbeiter von der North Forest Lumber Company der Grund ist, warum es Bailey Timber finanziell jetzt so schlecht geht. Nachdem Clint Edison wegen Veruntreuung verhaftet wurde und seine Firma schließen musste, haben wir nicht so viele Aufträge übernommen, wie ich mir gewünscht hätte. Aber jetzt, da ich eine Familie kennengelernt habe, die unseretwegen nicht auf der Straße gelandet ist, weiß ich, dass wir die richtige Entscheidung getroffen haben. Ich bin sicher, die Aufträge werden kommen. So lange müssen wir uns irgendwie über Wasser halten.

Ich trinke gerade meinen Milchshake aus, als die Glocke über der Tür klingelt.

»Hey, Fremde.« Juno setzt sich mir gegenüber. Natürlich hat sie auch Colton im Schlepptau.

»Hey.«

»Hätte ich das gewusst, wäre ich auch gekommen.« Sie beäugt meinen Teller.

Es gibt Dinge, die würde ich meinen Geschwistern niemals verschweigen, aber das hier ist eine Sache zwischen Liam und mir. »Ich wollte allein essen. Was macht ihr hier?«

Juno verdreht die Augen. »Denver will uns nach Sunrise

Bay schleppen. Da hat irgendeine neue Bar eröffnet. Er meinte, er brauche einen Wingman.«

»Und ihr zwei übernehmt den Job?«

Juno zuckt mit den Schultern und sieht Colton an.

»Ich schätze schon«, erwidert er.

»Willst du mitkommen?«, fragt Juno und richtet sich so gerade auf, als hätte sie gerade die beste Idee aller Zeiten gehabt.

Ich schüttle den Kopf. »Nein.«

»Komm schon. Das wird lustig. Colton ist Denvers Wingman. Und du bist meine Wingwoman, und ich bin deine.«

»Warum gehst du mit, wenn Colton Denvers Wingman ist?«

Sie zuckt mit den Schultern. »Colton hat mich gefragt, ob ich mitkomme.«

»Ich weiß nicht, ob ihr wisst, was dieses Wort bedeutet.« Am liebsten würde ich sie anschreien, dass sie doch einfach einander daten sollen, doch sie beteuern immer wieder, dass sie nur platonische Gefühle füreinander haben.

Das habe ich von Liam auch mal gesagt. Lügen. Alles Lügen.

»Komm schon«, jammert Juno. »Ich habe dich schon seit zwei Wochen nicht mehr gesehen. Was machst du die ganze Zeit mit Liam? Buzz Wheel hat bisher nicht über euch berichtet.«

»Ich versinke im Moment in Arbeit.«

Ihr Gesicht erhellt sich, als wäre ihr gerade etwas eingefallen. »Grandma Dori zieht endlich aus!«

Das überrascht mich. Ich dachte, sie würde bleiben, bis mein Haus wieder in Ordnung ist und sie kein Druckmittel mehr hat, mich weiter bei Liam wohnen zu lassen. »Wie kommt's?«

»Sie hat den Ofen angemacht, und dann hat sich mein ganzes Apartment mit Qualm gefüllt, weil ich doch die Zeitschriftenartikel hineingeworfen hatte. Sie meinte, ich sei ein hoffnungsloser Fall und sie würde aufgeben.«

Colton und ich müssen lachen. Nur wenige Menschen könnten mit Juno zusammenleben. Kingston kann es, aber er ist die Hälfte des Jahres nicht da wegen seines Jobs.

»Schön für dich.«

Sie nickt lächelnd. »Auf jeden Fall. Aber für dich habe ich schlechte Neuigkeiten. Man munkelt, Ethel sei auf der Jagd nach dir. Du hast zweimal den Strickkurs geschwänzt.«

Scheiße. Ich habe total vergessen, Samara zu bitten, dass sie Ethel absagen soll.

»Keine Ahnung, wie ich das vergessen konnte.« Ich lehne mich zurück und verschränke die Arme.

»Nun ja, du weißt ja, wie Ethel ist. Sie wird sich etwas einfallen lassen, wie sie dich bestrafen kann«, sagt Colton.

»Vögelt ihr?«

Kurz wirft mich Junos Frage aus der Bahn. »Was?«

»Du und Liam. Komm schon, Sav. Dein Benehmen deutet zweifelsohne darauf hin, dass es da jemanden gibt. Ich habe dich wochenlang nicht gesehen. Du kommst deinen Verpflichtungen nicht mehr nach.«

»Der Strickkurs ist doch keine Verpflichtung. Ich bezahle nicht mal dafür.«

»Trotzdem. Du benimmst dich wie in der Highschool, wenn das Mädchen plötzlich einen Freund hat und aufhört, mit seinen Freundinnen zu reden, weil es seine gesamte Zeit nur noch mit ihm verbringt.«

Colton steht auf. »Das klingt mir nach einer Sache unter Geschwistern. Ich bin da drüben.« Er setzt sich an den Tresen und zückt sein Handy.

Ich lehne mich über den Tisch. »Zwischen Liam und mir läuft nichts.«

»Warum nicht?«

»Juno, können wir uns bitte alle um unsere eigenen Angelegenheiten kümmern?«

Sie verdreht die Augen und steht auf. »Ich verstehe nicht, warum du allein hier bist, wenn ein paar Häuser weiter ein heißer Typ sitzt, der dich eindeutig will. Ich habe dich immer für die klügste Bailey gehalten. Einen schönen Abend mit deinem Vibrator.«

Sie sammelt Colton ein und geht. Zu schade, dass sie nicht mehr mitbekommt, wie ich ihr den Stinkefinger zeige. Sie ist so bissig, was Liam und mich angeht.

Es dauert kurz, bis mir klar wird, dass Juno irgendwie recht hat. Warum kämpfe ich dagegen an? Liam und ich fühlen uns eindeutig zueinander hingezogen. Wir können es langsam angehen und sehen, wohin es führt. Vielleicht erledigt es sich so schnell, wie es angefangen hat.

Mit Liams Hilfe fällt es mir immer leichter, die Dinge so zu nehmen, wie sie kommen. Ohne Erfolgsgarantie. Ich muss an unsere Motorradtour denken, das Glas mit den Aufgaben, das Tagebuch, das Meditieren. Aber am meisten denke ich an Paisley, das kleine Mädchen, und dass sie gesagt hat, alle hätten daran gezweifelt, dass ich die Firma erfolgreich leiten könne. Es ist nicht so, als wäre mir das damals nicht bewusst gewesen, aber hat es mich gejuckt? Nein. Damals hatte ich keine Angst vorm Scheitern. Warum also jetzt? Vielleicht wird es mit Liam unglaublich. Vielleicht aber auch nicht. Doch schließlich habe ich schon die schlimmste Krise überstanden, die mein Leben vollkommen verändert hat. Und ich habe überlebt.

Die Kellnerin tritt an meinen Tisch, um das leere Milchshakeglas mitzunehmen.

Ich drehe mich zu ihr. »Könnte ich bitte ein Stück Blaubeerkuchen bekommen?«

»Soll ich es warm machen?«

»Nein. Einfach so. Zum Mitnehmen.«

Sie lächelt und verschwindet hinterm Tresen.

Sollte ich es doch noch mal überdenken? Die Pros und Kontras abwägen?

Mein Smartphone klingelt in meiner Handtasche, also ziehe ich es heraus.

> **LIAM:** Warum habe ich das seltsame Gefühl, heute Abend mit Kuchen in Konkurrenz zu stehen?

Ich lache.

> **ICH:** Ich weiß nicht, was ich darauf antworten soll.

LIAM: Gehst du meiner Frage etwa aus dem Weg? So kann ich mich nicht konzentrieren. Bitte sag mir, dass du vom Kuchen keinen Orgasmus bekommen hast.

ICH: Ich habe vom Kuchen keinen Orgasmus bekommen.

LIAM: Puh. Gut zu wissen. Mein letzter Kunde hat abgesagt. Ich werde also ein wenig früher zu Hause sein. Falls du mich nackt auf meinem Bett begrüßen willst, würde ich mich nicht darüber beschweren.

Die Kellnerin bringt mir das Stück Kuchen, und das Smartphone vibriert in meiner Hand.

LIAM: Das war ein Scherz. Irgendwie. Ich meine, wenn du willst, kannst du dich gern nackt auf mein Bett legen. Aber ich weiß, dass wir eine Grenze gezogen haben. Reizwäsche ist auch in Ordnung. Die Entscheidung liegt ganz bei dir 😉

Wieder muss ich lachen.

Die Kellnerin wirft mir einen Blick zu. »Den Menschen, der einen zum Lachen bringt, sollte man behalten.«

Ich stecke das Smartphone in die Handtasche, stehe auf und nehme den Kuchen entgegen. »Da haben Sie vollkommen recht. Vielen Dank.« Ich reiche ihr das Geld. »Stimmt so.«

»Aber nicht zu viele von diesen Stellungen ausprobieren. Sie wollen morgen Früh ja noch gehen können.«

Mein Gesicht wird ganz heiß. Als ich mich noch einmal zu ihr umdrehe, grinst sie.

Okay, Liam, pass besser auf, was du dir wünschst. Denn deine Wünsche sind kurz davor, in Erfüllung zu gehen.

Kapitel 25

SAVANNAH

Eine Türglocke klingelt, als ich gehe, und eine, als ich komme. Smokin' Guns ist heute Abend gerammelt voll. Ich frage mich, wie Liam früher Feierabend machen kann, wenn so viele Leute da sind.

»Savannah?« Rhys sitzt am Empfangstresen. »Wusste Liam, dass du kommst?«

Ich gehe auf die Theke zu, auf der bestimmt eine Million Zeichnungen und Skizzen liegen. Die Tattoo-Künstler können hier anscheinend machen, was sie wollen.

»Nein. Ich wollte ihm Kuchen vorbeibringen«, erwidere ich wie eine Idiotin. Vielleicht wäre es besser gewesen, ihm ein Bier zu bringen.

Rhys' perfekte Augenbrauen springen hoch bis zu seinem Haaransatz. Ich weiß genau, was er denkt.

Ich halte die durchsichtige Box mit dem Blaubeerkuchen in die Höhe. »Das war kein Codewort für was anderes. Nicht ...«

Rhys fängt an zu lachen, beißt sich aber auf die Unterlippe, als er merkt, wie gedemütigt ich mich fühle. Bestimmt bin ich gerade knallrot. Ich werfe einen Blick über die Schulter und sehe zum Glück niemanden, den ich kenne.

»Verstanden. Ich sehe nach. Er ist gerade im Separee und arbeitet dort an einer Kundin«, erwidert er.

»Oh okay, ich will nicht stören.«

Er schüttelt den Kopf. »Damit die Kundin ein wenig mehr Privatsphäre hat. Manchmal sind Tattoos an ... na ja, du weißt schon.«

»Japp.« Das P ploppt aus meinem Mund, während ich das Gewicht auf die Fersen verlagere. »Keine Eile.«

Rhys lächelt, verlässt den Tresenbereich und geht an einem anderen Tätowierer vorbei, der in meine Richtung blickt. Manche von ihnen kenne ich, doch es ist nicht so, als würde ich regelmäßig hier abhängen.

Wenig später kommt Rhys zurück. »Er ist fast fertig. Er fragt, ob du lieber in seinem Büro warten möchtest?«

»Hier ist okay. Aber danke.«

»Willst du was trinken?«

Ein junger Kerl, der ganz sicher noch nicht einundzwanzig ist, hebt die Hand. »Ich hätte gern was zu trinken. Am liebsten etwas Alkoholisches.«

Rhys ignoriert ihn.

»Ich warte einfach hier draußen.«

»Er war ganz aufgeregt, als ich ihm gesagt habe, dass du mit Kuchen auf ihn wartest.« Rhys zwinkert erneut. Ich bin ziemlich sicher, dass dieser Kerl Ärger bedeutet. Aber von der guten Sorte.

Ich zwinkere zurück. »Jetzt wirkt es, als wollte ich ihn verführen.«

Lachend schnippt er mit den Fingern und deutet auf mich. »Ich wusste gar nicht, dass du so witzig sein kannst.«

Ich nehme auf einem der Stühle Platz. Zwei Mädchen, die mir gegenübersitzen, beäugen mich neugierig.

Eine lehnt sich nach vorn und flüstert: »Wartest du auf Liam Kelly?«

»Ja.« Ich nicke.

»Er tätowiert gerade unsere Freundin. Sie lässt sich hier ein Herz stechen.« Sie deutet auf die Stelle unterhalb ihres Hüftknochens.

Jetzt verstehe ich, warum sie Privatsphäre will. Sie sind vermutlich Mitte zwanzig. »Schön. Er hat mir vor ein paar Jahren ein Tattoo gestochen. Ich liebe es. Er ist ein großartiger Künstler.«

Sie sehen mich mit großen Augen an. »Du hast ein Tattoo?«

»Ja.«

»Oh.« Sie lehnen sich zurück und schlagen kichernd die Beine übereinander.

Ich ignoriere ihr kindisches Verhalten und denke zurück an den Abend, als ich Liams Shop betreten habe, völlig verloren in meiner Trauer.

Liam hatte seinen Laden erst ein Jahr zuvor eröffnet, doch sein Ruf war schon damals so gut, dass die Leute sogar aus Anchorage kamen, um sich von ihm tätowieren zu lassen. Als mir eine Freundin ein Tattoo von ihm zeigte, formte sich langsam die Idee in meinem Kopf. Aber ich dachte monatelang darüber nach, weil ich etwas ganz Besonderes wollte.

Als ich den Laden betrat, saßen Liam und Rhys am Empfangstresen. Rhys hatte seine Füße, die in Vans steckten, auf die Theke gelegt, und Liam hielt einen Zeichenblock in den Händen. Damals war er noch nicht so muskulös wie jetzt, aber mein Herz raste trotzdem wie verrückt. Vielleicht, weil er mich schon immer so angesehen hat, als wäre er am Verdursten und ich sein Lieblingsbier.

Hierherzukommen war riskant wegen meiner Brüder. Denver war dafür bekannt, den Großteil seiner Zeit im Smokin' Guns zu verbringen. Jeder hätte hereinkommen, mich sehen und Klatsch über mich verbreiten können. Die Geschäftsführerin von Bailey Timber sollte sich nicht tätowieren lassen.

Aber an jenem Abend, als Liam den Zeichenblock beiseitelegte und den Tresen umrundete, war es mir egal. Ich wollte etwas für mich machen. Etwas, das ich eigentlich nicht machen sollte. Etwas, das ich immer wieder bestaunen konnte.

»Savannah?«

Liam kam mir so nahe, dass ich zurückwich. Er schob die Hände in die Hosentaschen, und ich wurde nervös. Ich begann, an meiner Entscheidung zu zweifeln, obwohl ich mir eben im Auto noch gut zugeredet hatte. Was tat ich bloß? Ich sollte sonst wo sein, nur nicht hier. Ich sollte in der Firma sein. Oder zu Hause, um Austin mit den Zwillingen zu helfen.

»Hi«, sagte ich.

»Ich gehe kurz nach hinten.« Rhys nahm die Füße vom Tresen und verschwand im hinteren Teil des Ladens.

»Warte kurz.« Liam eilte zur Tür, drehte das »Geöffnet«-Schild um und verschloss sie.

Ich drückte meine Handtasche ein wenig fester an mich. »Oh, tut mir leid. Wolltest du gerade zumachen?«

»Bist du hier, weil du ein Tattoo willst?« Er senkte den Kopf, um mir direkt in die Augen zu sehen.

Ich schluckte schwer und nickte, denn ich war nicht in der Lage, die Worte auszusprechen. Jetzt mal im Ernst. Was war zwischen dem Auto und Liams Laden passiert? Bevor ich hereinkam, war ich stark und selbstbewusst gewesen. Wen sollte es bitte jucken, ob ich mich tätowieren ließe? Zur Hölle mit den Erwartungen, die die anderen an mich stellten.

»Und du willst, dass ich es steche?« Er deutete auf sich, als wäre er die letzte Person, der ich vertrauen würde.

»Ja, aber wenn du jetzt Feierabend machen willst, komme ich ein andermal wieder.« Ich drehte mich um.

Er packte mich leicht am Ellbogen – wie jetzt. Ohne viel Druck, aber die Elektrizität, die von ihm ausging, spüre ich noch heute. »Nein. Wir haben geöffnet … für dich. Ich dachte nur, dir wäre es vielleicht lieber, wenn keiner hereinkommt, während ich dich tätowiere.«

Ich lächelte, und meine Schultern entspannten sich. »Danke.«

»Kein Problem.« Er winkte mich nach vorn. »Komm rüber. Weißt du schon, was du willst? Oder willst du dir zuerst ein paar Bücher ansehen?«

»Ich will nichts aus dem Buch. Ich will etwas Einzigartiges.«

Sein Lächeln wurde breiter, und er holte seinen Skizzenblock. Damals gab es noch nicht so viele Liegen wie heute und auch keinen privaten Raum. Aber für mich stellte er trotzdem einen Raumteiler auf.

Er tätschelte die Liege. Ich nahm Platz und stellte die Handtasche ab. Er setzte sich auf seinen Stuhl mit den Rollen, stützte den Knöchel aufs Knie und zog den Stift hinter seinem Ohr hervor. »Wofür soll es denn stehen?«

»Für meine Eltern. Etwas, damit ich mich an sie erinnern kann.«

»Namen?«

Ich schüttelte den Kopf.

»Ein Datum?«

»Datum?«, fragte ich nach.

Er räusperte sich. »Todestag? Manche wollen das.«

»Nein.«

Er nickte. »Irgendwas Persönliches?«

Ich holte tief Luft. Er warf den Skizzenblock auf die Liege, rollte zwischen meine Beine und legte seine großen Hände auf meine Oberschenkel. Mein blondes Haar war wie ein Schleier vor mein Gesicht gefallen, und ich war den Tränen nahe.

»Sorry, ich versuche nur, ein Gefühl dafür zu bekommen, wonach du suchst«, sagte er. »Ich verspreche dir, dass ich etwas erst tätowiere, wenn es perfekt ist. Du kannst mir vertrauen.«

Ich starrte in seine blauen Augen, die fast die gleiche

Farbe hatten wie meine. In ihnen sah ich Aufrichtigkeit, Mitgefühl und Güte. Ich glaubte ihm. Und das kleine verängstigte Mädchen verkroch sich wieder. »Danke.«

»Gib mir fünf Minuten. Ich habe eine Idee.«

»Okay. Soll ich dann noch mal wiederkommen?«

Er lachte. »Nein. Bleib einfach hier sitzen und warte kurz.«

Er griff nach seinem Skizzenblock und stützte wieder den Knöchel aufs Knie. Fünf Minuten später setzte er sich neben mich auf die Liege. Schenkel an Schenkel und Arm an Arm zeigte er mir seine Zeichnung.

Ich besah mir die zwei wegfliegenden Amseln. Die eine größer als die andere, aber Seite an Seite. Mom und Dad hatten immer *Blackbird* von den Beatles gehört. Es war einer ihrer Lieblingssongs gewesen. Es war zwar nicht ihr Hochzeitslied gewesen, aber im Laufe der Jahre wurde es zu *ihrem* Song. Mein Dad hatte meiner Mom immer Sachen gekauft mit Amseln darauf – Grußkarten, Geschirrtücher, Bilder. Liam musste sich daran erinnert haben. Eine Träne rollte über meine Wange und verwischte die perfekte Zeichnung.

»Es tut mir so leid.« Ich versuchte, es wegzuwischen, was es nur noch schlimmer machte.

»Schon okay.« Er nahm den Block an sich, doch ich konnte den Blick nicht von dem Bild losreißen. »Ist das gut so?«

»Ja. Ich liebe es.«

Er sprang von der Liege. »Falls du noch Bedenken hast, kann ich noch weiter daran arbeiten. Ich muss es nicht heute Abend stechen.«

»Nein, ich will es jetzt.«

Er lächelte. Eine perfekte Reihe an weißen, geraden Zähnen. »Super. Wo willst du es haben?«

Ich verzog das Gesicht, und er legte den Kopf schief. Ich stand ebenfalls auf und deutet auf meinen Hüftknochen, nur ein wenig weiter innen. Er nickte, doch ich sah, wie sein Adamsapfel hüpfte.

»Wenn du es nicht selbst machen willst, verstehe ich das«, sagte ich schnell. »Schließlich bist du der beste Freund meiner Brüder.«

»Nein«, krächzte er. »Ich mache es.«

»Großartig. Ich hatte gehofft, dass es kein Problem sein würde.«

»Ich bin gleich wieder da. Ich bereite die Schablone vor.«

In diesem Moment kam Rhys zurück. »Lässt dir ein wenig Tinte verpassen, was?«

»Du kannst jetzt Feierabend machen. Ich schließe nachher ab«, sagte Liam zu ihm.

»Oh.« Rhys sah mich an. »Oh. Verstehe.« Er ging zum Empfangstresen und kam eine Sekunde später mit seiner Jacke und seinem Rucksack zurück. »Einen schönen Abend noch, ihr zwei.« Er zwinkerte so, wie er es noch heute tut.

Jetzt muss ich lachen, wenn ich darüber nachdenke, wie unwohl ich mich in dem Moment gefühlt habe. Als würde Rhys das Gerücht verbreiten, ich würde mit Liam schlafen. Wie würde das denn aussehen? Und was würde meine Familie dazu sagen?

Ich erinnere mich daran, wie Liam mit dem Raumteiler ankam und seine Utensilien ausbreitete. »Jetzt müsstest du dich ausziehen. Du kannst die Hose entweder komplett ausziehen oder bis zu den Knien herunterziehen. Deine Entscheidung.« Er wirkte nervös. Seine Ohren waren pink, und er vermied den Blickkontakt.

Ich zog die Hose bis zu den Knien herunter und legte mich auf die Liege. Liam streifte sich die Gummihandschuhe über und setzte die Schablone an. Nachdem ich mein Einverständnis gegeben hatte, rutschte er nach vorn und berührte meinen Hüftknochen. Ich wich leicht zurück.

»Letzte Chance«, sagte er.

Doch ich schüttelte den Kopf. »Alles gut.«

Colorblind von Counting Crows erklang über die Lautsprecher. Zwischen dem Surren der Nadel, Liams Händen auf meinem Körper und dem Songtext strömten die Tränen aus meinen Augen wie aus einem Wasserhahn. Langsam und unaufhaltsam.

Liam schwieg und ließ mir diesen Moment. Seine Hände lagen fest auf meiner nackten Haut. Er hatte nicht das Bedürfnis, das Schweigen mit Worten zu füllen. Er sagte mir nicht, dass alles gut werden würde. Er war einfach da. Es war das erste Mal, seit meine Eltern gestorben waren, dass ich so etwas wie Akzeptanz spürte.

Als er fertig war und auf seinem Stuhl nach hinten rollte, vermisste ich umgehend seine Nähe. Er wischte noch einmal über das Tattoo und hielt mir einen Spiegel hin, damit ich es begutachten konnte. Ich hätte es den ganzen Tag lang betrachten können.

»Liam, es ist wunderschön.«

»Ich bin froh, dass es dir gefällt. Hast du was dagegen,

wenn ich ein Foto mache? Das mache ich gern bei Tattoos, die ich selbst entworfen habe.« Ich nickte, und er zückte sein Handy, um ein Foto zu knipsen. Dann zeigte er mir das Bild. »Nur das Tattoo. Nichts von dir.«

»Danke.«

»Ich mache noch eine Salbe und ein Pflaster drauf.« Er ging wieder an die Arbeit. Nachdem er seine Handschuhe ausgezogen hatte, verschwand er kurz, bevor er mit einer Box mit Taschentüchern zurückkam.

Ich wischte mir die Augen, doch er kommentierte meinen Zusammenbruch noch immer nicht.

»Was bin ich dir schuldig?«

Ich wollte gerade nach meinem Portemonnaie greifen, als er die Hand auf meine legte. »Geht aufs Haus. Soll ich dich nach Hause bringen?«

Ich schüttelte den Kopf. Er schloss die Tür auf, und ich trat hinaus in das kalte Winterwetter.

Als ich mich umdrehte, stand er immer noch im Türrahmen. »Danke, Liam.«

»Ich bin hier, falls du mich brauchst.«

Ich winkte zum Abschied, und er beobachtete, wie ich ins Auto stieg und davonfuhr. Müsste ich einen Zeitpunkt nennen, wann sich zwischen uns etwas verändert hat, war es wahrscheinlich dieser.

»Savannah?«

Ich werde aus meinen Gedanken und zurück in die Realität gerissen.

Rhys winkt. »Zwei Minuten, sagte er.«

Ich nicke und merke, dass die beiden Mädchen, die mir

gegenübersaßen, jetzt mit einer dritten zusammenstehen. Ihre Bluse ist total zerknittert und falsch zugeknöpft. Mein Magen zieht sich zusammen. Doch ich rufe mir ins Gedächtnis, dass es nun mal sein Job ist, Leute zu tätowieren und dass ich auch schon mal ohne Hose auf seiner Liege lag.

»Und?«, fragt eines der Mädchen.

»Er meinte, es gebe da jemanden. Dass er kein Interesse habe«, sagt das Mädchen, das das Tattoo bekommen hat.

Eines der Mädchen wirft mir einen Blick zu und flüstert den anderen etwas zu. Die dritte nickt.

Ich bin so damit beschäftigt, die drei zu beobachten, dass ich Liam nicht bemerke.

»Ich habe gehört, jemand hätte Kuchen?«, fragt er und springt über die niedrige Trennwand.

Ich halte ihm die Box entgegen. »Bitteschön.«

»Oh. Okay.« Er verlagert das Gewicht nach vorn. »Ich will ehrlich sein. Ich hatte gehofft, der Kuchen wäre nur ein Vorwand gewesen.« Er schenkt mir dieses sexy Grinsen, das es einem unmöglich macht, nicht zu lächeln.

Rhys zieht die Kreditkarte des Mädchens durch das Gerät. Nachdem sie unterschrieben hat, scheuchen sie ihre zwei Freundinnen aus dem Laden.

»Bekommst du viele Angebote dieser Art?«, frage ich Liam.

Er sieht dem Mädchen hinterher. »So direkt werde ich nur selten gefragt. Es ist beschissen, aber ich bin eben Tätowierer. Ich sende keine zweideutigen Signale aus.«

Perfekt. Nachdem das geklärt ist, nehme ich meinen Mut zusammen, um das zu sagen, wofür ich hergekommen bin. Ich nicke und trete einen Schritt näher an ihn heran. »Bring mich nach Hause, Liam.«

Er dreht sich um. Er muss irgendwas in meiner Stimme hören, denn er mustert mich fragend, als wäre er nicht sicher, was ich damit meine. Als sich unsere Blicke treffen, ruft er: »Rhys, mach den Laden zu!«

Hinter mir stöhnt jemand genervt, während mir Liam die Hand auf den Rücken legt und mich hinausführt.

»Ich glaube, da wollte noch jemand deine Dienstleistung in Anspruch nehmen.«

Er ergreift meine Hand. Gemeinsam spazieren wir an den drei Mädchen vorbei. Irgendwie fühle ich mich schlecht deshalb.

»Heute Abend leiste ich nur dir meine Dienste.« Er packt mich und wirft mich über seine Schulter, und ich quietsche.

Warum habe ich so lange gezögert? Es ist Liam, seit er meinen Körper mit Tinte versehen hat. Wie konnte ich nur so blind sein?

Kapitel 26

LIAM

Ich weiß, dass ich mein Glück nicht herausfordern sollte, doch als Savannah zustimmt, ihren SUV stehen zu lassen und morgen abzuholen und stattdessen bei mir einsteigt, lässt mich eine Frage nicht in Ruhe. Wahrscheinlich bin ich der größte Idiot auf dem Planeten, sie ihr jetzt zu stellen, weil ich damit alles ruinieren könnte. Doch ich muss es einfach wissen.

»Hey, Sav?«

Sie ist gerade damit beschäftigt, sich anzuschnallen, weshalb sie nicht mitbekommt, dass ich noch nicht bereit bin, den Motor zu starten. »Ja?« Nachdem sie den Gurt geschlossen hat, merkt sie es schließlich.

»Woher kommt der plötzliche Sinneswandel?« Ich stecke den Schlüssel ins Zündschloss, um die Klimaanlage einzuschalten. Ich drehe das Radio leiser.

Sie dreht sich auf dem Ledersitz zu mir, zwischen uns steht der Kuchen. Ihr feuriger Blick erlischt. Schnell ergreife ich ihre Hand, bevor ihre Stimmung komplett umschlägt.

Sie zieht sie nicht zurück. Bei der Vorstellung, dass sie mittlerweile so empfinden könnte wie ich, schlägt mein Herz Purzelbäume. Ich will sie schon so lange. Zwischen uns ist etwas, das wir erforschen müssen.

»Ich will hier sein. Bei dir. Etwas hat sich verändert in den letzten Wochen. Versteh mich nicht falsch. Ich fühle mich seit Jahren zu dir hingezogen, aber ich habe immer wieder nach Ausreden gesucht, warum es zwischen uns nicht funktionieren kann. Du bist jünger als ich. Du bist der beste Freund meiner Brüder. Du bist gelassen, und ich bin immer auf hundertachtzig. Aber ich habe gemerkt, dass ich dich überhaupt nicht richtig kannte.«

»Und?« Ich kann nicht verhindern, dass meine Stimme hoffnungsvoll klingt.

Sie lächelt ein wenig. »Ich habe nicht alle Antworten, falls du das wissen willst. Aber ich bin es leid, gegen das anzukämpfen, was zwischen uns ist. Ich will dich nicht länger zurückdrängen.«

Ich drücke ihre Hand fester und küsse die Innenseite ihres Handgelenks. »Okay.«

»Okay?«

Ich nicke. Wenn ich eins über Savannah weiß, dann, dass man sie nicht unter Druck setzen darf. Es hat Monate gedauert, sie so weit zu kriegen. Ich wollte, dass sie sieht, was zwischen uns ist, doch es hat nicht funktioniert. Wer hätte gedacht, dass es helfen würde, einen Schritt zurückzutreten und als Freund für sie da zu sein? Sie darum zu bitten, uns zu definieren, ist nicht der richtige Weg, um sie auf Dauer für mich zu gewinnen.

»Japp, okay. Du musst mir nur eins versprechen.«

Sie lehnt sich gegen das Fenster und mustert mich. »Und das wäre?«

»Diesmal kannst du nicht aus meinem Bett abhauen.«

Lächelnd rückt sie näher und legt die Hand an meine Wange. Als ihre Finger durch mein Haar gleiten, bekomme ich Gänsehaut. »Du wirst mich rausschmeißen müssen.«

Ich würde sie jetzt so gern küssen, doch wenn ich es tue, kann ich mich unmöglich länger beherrschen. Aber unser erstes Mal soll nicht in meinem Auto stattfinden. Vielleicht beim zweiten Mal, aber ganz sicher nicht beim ersten. »Halt dich gut fest. Das wird die schnellste Heimfahrt aller Zeiten.«

Kichernd rutscht sie in ihren Sitz und nimmt den Kuchen auf ihren Schoß.

»Der Kuchen ist mir inzwischen scheißegal.« Ich beäuge ihn kurz und fahre auf die Main Street.

»Ein Snack für danach.« Ich kann das Lächeln in ihrer Stimme hören.

»Wenn ich mit dir fertig bin, wirst du einen ganzen Kuchen brauchen.«

Lachend streichelt sie meinen Oberschenkel. Ich ergreife ihre Hand und verschränke unsere Finger ineinander.

Das wollte ich schon so lange. Savannah in meinem Bett, klar. Aber ich wollte uns so. Glücklich. Dass wir uns in Gegenwart des jeweils anderen wohlfühlen. Im Moment fühle ich mich wie ein verdammter König.

Hinter einem Cadillac kommen wir zum Stehen. Unsere Blicke treffen sich, denn die blauhaarige Frau hinterm

Steuer ist uns nur zu bekannt. Dori tritt fest auf die Bremse, was mich dazu zwingt, das Gleiche zu tun. Savannah kann gerade noch den Kuchen festhalten, bevor er gegen das Armaturenbrett geschleudert wird.

»Danke dafür.«

Sie lächelt mich an und blickt dann wieder zu Doris Schlitten. »Eigentlich sollte sie nicht Auto fahren.«

»Ich weiß.«

Nachdem sie ungefähr eine Minute am Stoppschild gehalten hat, gibt Dori Gas, als hätte jemand die weiße Fahne geschwungen, und sie hätte nur noch eine Runde vor sich. Am nächsten Stoppschild wartet sie wieder so lange. Ich werfe einen Blick auf die Uhr. Okay, es waren nur dreißig Sekunden. Aber trotzdem.

»Ich glaube, sie sieht nicht in den Rückspiegel«, knurre ich.

»Es gibt einen Grund, warum der Sheriff gesagt hat, er wolle sie nicht mehr auf der Straße sehen.«

Savannah schlägt die Beine übereinander. Ich kann es nicht erwarten, dass sie sie für mich spreizt ... Muss Dori ausgerechnet jetzt dazwischenfunken? »Ich überhole sie.«

Schnell legt Savannah die Hand auf meine. »Das wird ihr nur Angst einjagen. Und wer weiß, was dann passiert.«

Ich atme laut aus. »Sie macht aus einer zehnminütigen Fahrt eine zwanzigminütige. Wohin fährt sie? Northern Lights liegt in der anderen Richtung.«

Beim nächsten Halt drehen wir uns einander zu. Japp, jetzt ist uns klar, wohin sie fährt.

»Warum sollte sie zu mir wollen?«, frage ich.

Savannah beißt sich auf die Unterlippe. »Ich weiß nicht. Soll ich sie anrufen und ihr sagen, dass wir nicht da sind?«

»Würde sie ab und zu einen Blick in den Rückspiegel werfen, wüsste sie es.«

»Ganz offensichtlich benutzt sie ihre Spiegel nicht.« Savannah deutet auf die hintere Stoßstange, die auf beiden Seiten eingedellt ist.

»Offensichtlich nicht. Aber ich glaube, ich überstehe keine ihrer Reden. Nicht, wenn ich weiß, was – oder wer – danach kommt.« Ich grinse.

Savannah verdreht die Augen und zuckt mit den Schultern. »Wir haben keine andere Wahl. Wir müssen warten, bis sie geht.«

Wir verlassen die Innenstadt Lake Starlights und fahren nun über Landstraßen, auf denen eigentlich neunzig erlaubt ist. Doch wir tuckern mit fünfzig km/h hinter Dori her. Ich umklammere fest das Lenkrad, strecke die Arme aus und drücke den Rücken in den Ledersitz.

Ich bin so genervt. Dass ich mit meinem Sexfrust Savannah zum Lachen bringe, hilft nicht wirklich. Wie oft wollte ich ihr genau dieses Lachen entlocken? Doch jetzt ist es, als würde ich seit Stunden angeln und nur Seegras herausfischen.

Sie erwischt mich, wie ich sie von der Seite ansehe, und pikst mir in den Oberarm. »Komm schon. Das ist lustig.«

»Normalerweise findest du nie etwas lustig. Aber jetzt, da du mir endlich grünes Licht gegeben hast und deine Grandma mich ausbremst, schon. Ich verstehe nicht, was daran lustig sein soll.«

»Das ist ja genau das Lustige daran. Und ja, ich lache. Ich habe in den letzten drei Wochen mehr gelacht als das ganze letzte Jahr.«

Ich lächle sie an und küsse erneut die Innenseite ihres Handgelenks. Ich könnte sofort süchtig werden nach ihren leisen Seufzern, die ihr jedes Mal entweichen. »Freut mich, dass ich dich zum Lachen bringe.«

»Das habe ich nicht gesagt. Ich habe nur gesagt, dass ich die letzten drei Wochen viel gelacht habe. Vielleicht lache ich ja *über* dich.«

Als wir am letzten Stoppschild zum Stehen kommen, lege ich den Kopf schief.

»Ich mache nur Spaß.« Ihr Lächeln ist wie der erste Sonnenstrahl nach einem Unwetter. Warm und wohltuend. Es ehrt mich, dass ich dazu beigetragen habe, diese Frau aus ihrem Panzer zu locken.

Dori heizt über die Kreuzung. Schnell sehen wir nur noch ihre Rücklichter, die sich auf meine Einfahrt zubewegen. Als ihre Vorderreifen den Kies berühren, kommt sie ins Schlingern.

»Hoffentlich ist Denver da und fährt sie nach Hause«, bemerke ich und fahre an ihrem Auto vorbei.

Sie steht mitten in der Einfahrt, sodass ich über den Rasen fahren muss, um in meine Garage zu kommen. Ich habe keine Lust, später noch mehr Zeit zu verschwenden, weil ich erst noch beiseite fahren muss, damit sie rausfahren kann.

»Er ist mit Juno und Colton ausgegangen.«

Ich atme genervt aus und schalte den Motor ab. Savannah will gerade aussteigen, als ich ihren Oberschenkel packe. »Wir sind uns einig, oder?«

»Wie bitte?«, fragt sie lachend.

»Wir werden sie so schnell wie möglich los. Sobald sie zur Tür hinaus ist, schließen wir ab und ziehen uns aus, ja?«

Sie drückt ihren Mund auf meine Wange. »Deal. Aber je schneller wir mit ihr sprechen, desto schneller sind wir nackt.«

»Genau deshalb mag ich dich so sehr. Du bist klug.« Ich tippe an ihre Schläfe, und sie lacht erneut.

Sie öffnet die Tür, und wir verlassen die Garage. Dass Dori nicht vor der Garage auf uns wartet, besorgt mich etwas. Stattdessen steht sie vor der Haustür und drückt auf die Klingel.

»Grandma?«, fragt Savannah und sieht mich unsicher an.

»Da seid ihr ja.«

Ich werfe einen Blick auf meine Armbanduhr. Zwanzig Uhr. Ich dachte, alte Leute würden früh ins Bett gehen.

»Wir sind dir seit der Innenstadt hinterhergefahren«, sagt Savannah.

Doris Blick fällt auf mich. »Ich weiß.«

Tut sie nicht.

»Der Sheriff hat dir ein Fahrverbot erteilt.«

Dori winkt ab. Mein Gefühl sagt mir, dass *wir* sie nach Hause fahren werden. Ich könnte ihr ein Uber rufen. Die halbe Stunde, die es dauern würde, um sie zur Seniorenresidenz zu bringen, klingt nicht so verlockend wie Savannah endlich nackt in meinem Bett.

»Es wäre höflich, mich hereinzubitten«, flüstert Dori Savannah zu.

»Das ist aber nicht mein Haus«, flüstert Savannah zurück.

»Irgendwie schon«, erwidert Dori.

»Dori, würdest du gern auf einen Kaffee hereinkommen?«, frage ich so laut, dass sie es beide hören.

Ihr Gesicht erhellt sich, als sie an ihrer Enkelin vorbeispäht. »Wie nett von dir, Liam. Sehr gern.«

Ich stöhne. Savannah wirft mir einen Blick zu, der *Sei nett zur ihr* ausdrücken soll. Aber ich kann nur daran denken, wie ich sie heute Nacht dazu bringen werde, meinen Namen zu schreien. Und jetzt muss ich ihrer Großmutter einen Kaffee servieren. Ich schiebe mich an ihnen vorbei, öffne die Haustür und gehe direkt in die Küche.

»Störe ich bei irgendwas?«, fragt Dori Savannah, aber nicht so leise, dass ich es nicht höre.

»Nein. Schon in Ordnung.«

Seufzend beschließe ich, meine Kaffeemaschine von Keurig zu benutzen, denn die brüht den Kaffee schneller auf.

Sie setzen sich an meinen Küchentisch. Normalerweise setzt sich nie jemand an den Küchentisch. Alle setzen sich an die Frühstückstheke. Eigentlich ist es mir egal, aber jetzt fühlt es sich an, als würde es ein längerer Besuch werden.

»Entkoffeiniert, bitte«, sagt Dori.

Also werfe ich eine Kapsel mit entkoffeiniertem Kaffee ein und drücke auf Start. »Sav?«

Sie schüttelt den Kopf. »Für mich nichts.«

Mir entgeht nicht, wie sie die Beine übereinanderschlägt. Ich wünschte, ich hätte mir mit meinem letzten Tattoo für heute länger Zeit gelassen. Dann wäre Dori wahrscheinlich wieder gegangen, und ich hätte Savannah mittlerweile ausgezogen und meinen Mund zwischen ihren Schenkeln.

»Wollt ihr ein wenig Privatsphäre?«, frage ich und stelle Dori den Kaffee hin.

»Nein. Du kannst gern hierbleiben.« Sie deutet auf den freien Stuhl ihr gegenüber, was ich irgendwie lustig finde, schließlich sind wir bei mir zu Hause. Typisch Dori.

»Warum riskierst du, in den Knast zu wandern, nur um hierherzufahren? Hätte eine Nachricht nicht ausgereicht?«, fragt Savannah.

Unterm Tisch lege ich die Hand auf ihren Schenkel. Sie legt die Hand auf meine und bohrt ihre Fingernägel in meinen Handrücken.

»Ich wollte mich nach der Gala erkundigen. Die Wahlstimmen wurden schon ausgezählt. Aber ich wollte wissen, wie viele Tische wir bereits verkauft haben.«

Savannah sieht mich an. Bisher haben wir uns nur bei Bailey Timber über die Spendengala unterhalten. Und es ist Freitagabend.

»Ich dachte, wir wollten das am Dienstag besprechen, wenn Liam zu uns ins Büro kommt?«, fragt Savannah.

»Nun ja, ich dachte, es wäre besser, frühzeitig nachzufragen«, erwidert Dori und nippt unschuldig mit den Wimpern klimpernd an ihrem Kaffee.

»Grandma, was ist los?« Savannah drückt Doris Hand.

Ich nutze die Gelegenheit, um ihren Rücken zu streicheln, doch sie entzieht sich meiner Berührung.

»Ethel trifft sich mit Mildred, also dachte ich …«

Savannah lacht und sieht mich an. Mir gefällt ihr Gesichtsausdruck nicht. Das kann unmöglich ihr Ernst sein. In meinem Kopf schreie ich *Nein, verdammt.*

»Willst du Karten spielen oder so?«, fragt Savannah.

Lächelnd greift Dori in ihre Handtasche und zieht einen Stapel Spielkarten hervor. »Liebend gern.«

Innerlich stöhne ich und rücke meinen Stuhl nach hinten.

»Ist mit Liam alles in Ordnung, Schätzchen? Er wirkt heute ein wenig mürrisch.« Dori denkt wohl, sie würde flüstern, als ich den Kühlschrank öffne, um mir ein Bier zu holen.

Ich verstehe, dass Savannah zu ihrer Familie nie Nein sagen kann. Aber ich schon. Vielleicht. Okay, vielleicht nicht zu Dori. Aber zu den anderen Baileys.

»Es geht ihm gut«, versichert Savannah.

Ich setze mich wieder an den Tisch, öffne die Flasche und leere das halbe Bier in einem Zug. Dann zücke ich mein Handy.

ICH: Dafür bist du mir was schuldig.

Ihr Handy klingelt. Keine Ahnung, warum sie es nie auf lautlos stellt. Doch Dori ist so sehr damit beschäftigt, die Karten zu mischen, dass sie nicht merkt, wie Savannah ihr Smartphone aus der Handtasche zieht.

SAVANNAH: Keine Sorge. Ich werde meine Schulden begleichen.

Mein Schwanz zuckt, und ich rutsche auf meinem Stuhl herum.

Wer hätte gedacht, dass Savannahs Großmutter so eine Spielverderberin sein könnte?

Kapitel 27

SAVANNAH

»Tschüss, Grandma. Schreib mir, sobald du zu Hause bist.« Ich umarme Grandma Dori. Liam steht direkt hinter mir. Den ganzen Abend hat er mich immer wieder heimlich berührt.

»Benehmt euch, ihr zwei. Ich will nicht, dass mich der Sheriff anruft, um mir zu sagen, dass einer von euch wegen Körperverletzung verhaftet wurde.«

»Ich weiß nicht. Ich glaube, Sav würden Handschellen ganz gut stehen.« Liams Hand wandert über meinen Rücken und zu meinem Hintern und drückt zu.

Ich tue, als wäre nichts, damit Grandma nichts merkt.

Dori lacht. »Danke, dass ihr eine alte Dame bei Laune gehalten habt.« Nachdem ich ihm zu verstehen gegeben habe, dass er sich herunterbeugen soll, küsst sie Liams Wangen.

Liam schließt die Tür hinter Dori. »Zeit, sich auszuziehen«, flüstert er.

Ich bekomme Gänsehaut. »Mir ist nicht wohl dabei, sie

in ein Uber zu setzen. Was, wenn der Fahrer sie übers Ohr haut?«

Er streicht mein langes Haar über meine Schulter, die andere Hand liegt mit gespreizten Fingern auf meinem Bauch. »Es ist Duke Thompson. Er macht es als Nebenjob zu seinem Security-Job am Flughafen. Es ist alles in Ordnung.«

Er dreht mich um und legt eine Hand an meinen Hinterkopf, die andere fest auf meine Hüfte. Er kesselt mich ein. Ich erinnere mich wieder an den Morgen, als er mich als seine Beute bezeichnet hat. So, wie er mich ansieht, fühle ich mich wie ein in die Enge getriebenes Tier. Doch statt an Flucht zu denken, benehme ich mich eher wie ein streunender Köter, der vollkommen ausgehungert ist und sich nach Aufmerksamkeit sehnt. Einer, der sich gern in die Enge treiben lässt. Vor allem von Liam.

Er streicht das Haar aus meiner Stirn und hinter mein Ohr, während er mit dem Daumen meine Hüfte reibt. »Weißt du, wie lange ich schon darauf warte, dein Tattoo zu küssen?«

Meine Handflächen kleben förmlich an der Tür. Ich spüre, wie ich schüchtern werde. Ich war schon lange mit niemandem mehr zusammen, was Liam wahrscheinlich weiß. Obwohl ich fünf Jahre älter bin, ist er viel erfahrener als ich. Seine Brust ist nur wenige Zentimeter von meiner entfernt. Ich kann nur daran denken, das Gewicht seines Körpers auf mir zu spüren. Wie schön es sich anfühlen würde.

»Ich warte darauf, seit ich es dir gestochen habe«, sagt er. »Dieser Abend hat mein Schicksal besiegelt. Ich werde dich nie aus dem Kopf kriegen. Ich dachte, ich wäre nur ein bisschen verknallt in die ältere Schwester meiner besten Freunde. Aber als du mir an jenem Abend so vertraut hast … Ich weiß, wie schwer es dir fällt, jemandem zu vertrauen. Da wusste ich, dass ich keine andere Frau jemals mehr wollen würde als dich.«

Meint er das ernst? Vorsichtig lösen sich meine Handflächen von der Tür und legen sich auf seinen Bauch. Er holt tief Luft und beobachtet, wie meine Hände unter dem Saum seines Shirts verschwinden.

Er tritt weiter nach vorn und lehnt sich gegen mich. Ich schlucke schwer. Als würde er mein Zögern spüren, legt er die Wange an meine. Ich spüre seinen heißen Atem an meinem Ohr. »Wir müssen nicht. Wir können es langsam angehen.«

Aber er reibt immer noch meinen Hüftknochen, und meine Finger haben mittlerweile ihren Weg in seinen Hosenbund gefunden. Ich will es. Ich muss es mir nur nehmen. Ich schiebe den Gedanken, seiner nicht würdig zu sein und dass er bestimmt den Weltrekord als bester Orgasmuslieferant hält, beiseite und drücke mich ihm entgegen.

Er zieht scharf die Luft ein, und unsere Blicke treffen sich. »Ich klinge jetzt wie ein Versager, aber ich bin ein wenig nervös.«

Ich muss grinsen. Vielleicht bin ich nicht die Einzige, die nicht weiß, was passieren wird, sobald wir die Grenze überschritten haben. »Ich auch.«

Er beugt sich zu mir herunter, und ich stelle mich auf die Zehenspitzen. Meine Hand gleitet über seinen starken Bizeps und in sein Haar. Wir sind nur noch wenige Millimeter voneinander entfernt. Ich schließe die Augen und warte darauf, Liam endlich wieder zu küssen. Die ersten Küsse waren schön, aber wir waren hektisch. Wir hatten nichts anderes im Sinn, als irgendwo ein Bett zu finden. Doch diesmal ist es anders. Wir haben unsere Probleme geklärt und die Karten auf den Tisch gelegt. Wir haben nicht definiert, was das zwischen uns ist, aber wir wollen herausfinden, was passieren könnte.

Seine Lippen berühren fast meine, als hinter mir jemand einen Schlüssel ins Schloss steckt. Wir reagieren nicht schnell genug. Die Tür fliegt auf, trifft mich am Rücken und katapultiert mich in Liams Arme. Er stolpert, packt mich an den Oberarmen, kann jedoch nicht verhindern, dass wir zu Boden fallen. Während ich auf ihm liege, blickt er über meine Schulter. Sein Gesichtsausdruck ist kälter als Eis.

Ich blicke mich um und sehe Denver, der kopfschüttelnd dasteht. »Habt ihr schon mal was von einem Schlafzimmer gehört? Ich dachte, ihr wolltet euch voneinander fernhalten?« Lachend steigt Denver über uns drüber.

Ich sehe Liam an. Seufzend kneift er die Augen zu und lässt den Kopf aufs Parkett fallen. Selbst seine Arme sind von mir gerutscht und liegen jetzt schlaff neben ihm.

Nein. Nein. Nein. So elegant, wie es in einem Sommerkleid geht, robbe ich von ihm herunter und springe auf.

Als ich die Küche betrete, steckt Denvers Kopf im Kühlschrank. »Wo ist denn die Salsa?«

»Es wird nie passieren«, flüstert Liam, setzt sich auf,

stützt die Ellbogen auf die Knie und lehnt sich gegen die Wand.

Er hat unrecht. Es *wird* passieren.

Ich stapfe auf Denver zu, packe ihn am Kragen seines T-Shirts und zerre ihn aus dem Kühlschrank.

»Hey. Was ist jetzt los?« Er schafft es kaum, den offenen Karton mit Orangensaft, den er eben getrunken hat, auf die Küchentheke zu stellen, bevor ich ihn aus der Küche schiebe. »Was soll das werden?«

Er versucht, über die Schulter zu blicken, als ich ihn an einem lachenden Liam vorbeizerre, der immer noch auf dem Fußboden sitzt. Doch dann setzt Denver all seine Kraft ein und stemmt die Füße ins Parkett. Ich rutsche aus und lande auf meinem Hintern.

Liam will mir helfen, doch ich hebe die Hand. Ich stehe auf, öffne die Haustür und schiebe Denver mit aller Kraft hinaus.

»Was zum Teufel?«, fragt er und wirbelt herum.

»Das Kelly-Haus ist heute Abend ausgebucht. Schlaf bei irgendjemandem auf dem Sofa.« Ich schlage die Tür zu.

Lachend deutet Liam auf das Seitenfenster.

Denver starrt verwirrt dreinblickend herein. Wieder reiße ich die Tür auf. »Was daran hast du nicht verstanden?«

»Ihr zwei ... Treibt ihr es tatsächlich miteinander? Sollte eigentlich nur ein Spaß sein. Ich dachte, ich hätte dich dabei erwischt, wie du ihn erwürgen wolltest.«

Ich blicke über die Schulter zu Liam, doch er zuckt nur mit den Schultern und überlässt mir das Reden. Wenn ich nicht sofort mit ihm schlafe, werden meine weiblichen Teile eine Revolution beginnen und den Laden dichtmachen.

»Hatten wir vor. Doch dann bist du hereingeplatzt.« Ich packe Denver am Kragen. Ich weiß, völlig übertrieben. Aber irgendwie muss man ihn einschüchtern, damit er ein Geheimnis für sich behält. »Falls du irgendjemandem davon erzählst oder auch nur unsere Namen erwähnst ... Ich schwöre dir, Denver. Dann erstelle ich für dich ein Profil in einer Dating-App, schreibe, dass du auf der Suche nach einer monogamen Beziehung bist und hinterlasse deine Handynummer.«

Mit aufgerissenen Augen weicht er zurück. »Das würdest du nicht tun.«

»Wetten?«

Ich lasse ihn los, und er taumelt einen Schritt rückwärts. »Ist ja gut. Meine Güte.« Dann streicht er sein T-Shirt glatt. »Ich gehe ja schon.«

»Komm nicht zurück, bevor dir einer von uns schreibt. Und denk daran.« Ich fahre über meine Lippen und schließe einen imaginären Reißverschluss.

Er nickt und verdreht die Augen. »Du hättest aber nicht so giftig sein müssen. Ich hätte es auch so verstanden.«

Hätte er nicht.

»Gute Nacht, Denver.« Ich schließe die Tür, verriegle sie und schalte das Licht auf der Veranda aus.

»Sehr freundlich, Savannah!«, ruft Denver, und ich höre, wie er stolpert.

Ich kann mir das Lachen nicht verkneifen.

Liam verliert keine Zeit und hebt mich hoch. Ich

schlinge die Beine um seine Taille und die Arme um seinen Hals.

»Beeindruckend«, sagt er und trägt mich die Treppe hoch.

»Danke. Im Moment habe ich das Gefühl, selbst gegen King Kong antreten zu können.«

Lachend setzt er mich auf sein Bett. Ich packe ihn am T-Shirt, und er fällt auf mich, seine Arme links und rechts von mir. »Endlich sind wir allein.«

»Ja, endlich.« Ich spreize ein wenig die Beine. Mit seinem Schenkel drückt er sie weiter auseinander. Mein Kleid rutscht hoch bis zu meiner Taille. Durch seine Jeans spüre ich seine harte Länge, was meine Körpertemperatur ansteigen lässt.

»Keine Ablenkungen mehr.« Seine Worte klingen wie eine Warnung.

»Nein.«

Wir sehen einander tief in die Augen, und er senkt sich auf mich. Ich atme zufrieden aus. Er legt die Hand an meine Wange und beginnt, mit den Hüften zu kreisen. Ich bin bereit. Bereit für ihn.

Er drückt den Mund auf meinen. Ich sinke tiefer in die Matratze, als sein starker Körper all seine Spannkraft verliert. Als hätte er auch die monumentale Veränderung gespürt, als sich unsere Lippen berührt haben. Meine Finger gleiten durch sein Haar, und ich schlinge die Beine um seine Taille.

Seine Zunge gleitet in meinen Mund. Es ist, als würde ich in einem heißen Bad versinken. Beruhigend. Aufregend.

Perfekt. Es ist nicht so gehetzt wie die ersten beiden Male. Noch immer liegen seine Hände auf meinen Wangen.

Mein Verlangen wächst viel zu schnell. Ich brauche mehr. Mehr Berührung. Mehr Haut. Mein Kleid ist zwar nur ein dünnes Stück Stoff, aber Liams Jeans und Shirt müssen dringend weg. Anscheinend kann er Gedanken lesen, denn er beendet den Kuss. Seine Augen halten das Versprechen, dass wir uns wieder küssen werden, während er sich an den Knöpfen meines Kleids zu schaffen macht.

»Ich will ehrlich sein. Meine Zwei-Sekunden-Theorie hätte ich lieber an dem anderen Kleid getestet.« Mit Leichtigkeit öffnet er die ersten drei Knöpfe und betrachtet meine Brüste.

»Ich trage es beim nächsten Mal.«

»Mir wäre es lieber, wenn du den ganzen Tag nackt wärst. Oder ist das zu viel verlangt?« Er strahlt mich an. Ich bereue es, so lange gewartet zu haben. Noch drei Knöpfe, dann fällt mein Kleid auseinander und gibt ihm hervorragende Sicht auf meinen Spitzen-BH.

»Könnte bei der Arbeit ein bisschen schwierig werden«, erwidere ich.

»Wer braucht schon Arbeit?«

Die kühle Brise des Deckenventilators lässt meine Nippel noch steifer werden. Weitere drei Knöpfe.

»Irgendwie muss man ja Geld verdienen«, antworte ich.

Er öffnet noch die letzten Knöpfe, legt sich neben mich und schiebt mit seiner großen Hand den Stoff beiseite. Seine Hand bleibt auf meinem Hüftknochen liegen, ein Finger gleitet in den Bund meines Slips. »Dieses Kleid dauert viel zu lange.«

»Du hast es aber ziemlich schnell geschafft.«

»Wäre es nicht unser erstes Mal, hätte ich es wahrscheinlich aufgerissen.« Sein teuflisches Grinsen verrät mir, dass er sich fragt, wie ich das finden würde.

»Obwohl es unser erstes Mal ist, hätte ich wahrscheinlich nichts dagegen gehabt.«

Er küsst mich erneut. Seine Zunge bittet um Einlass. Er will sich auf mich legen, doch ich lege die Hand an seine Brust.

»Wir müssen die Klamotten loswerden.« Meine Hand verschwindet unter dem Saum seines Shirts.

Er fasst das Shirt am Kragen und zieht es über seinen Kopf. Ich bewundere seinen muskulösen Oberkörper und seine Tattoos. Während er seine Hose aufknöpft, vermisse ich bereits das Gewicht seines Körpers. Doch als er aufsteht, um aus seinen Jeans zu schlüpfen, weiß ich, dass sich die Warterei lohnt.

Mit offenen Armen warte ich auf ihn, während er dasteht und auf mich herunterblickt. Er betrachtet mich bewundernd. »Ich hätte nie gedacht, dass ich dich jemals haben könnte.«

»Klingt, als wäre ich ein unerschwingliches Juwel oder so was.« Ich würde niemals zugeben, dass es mir gefällt.

»Das bist du auch. Für mich zumindest. Merkst du das nicht?« Er packt mich an den Fußknöcheln, zieht mich zur Bettkante und kniet sich vor mich.

Ich setze mich auf und stütze mich auf die Ellbogen, um

zu sehen, was er vorhat. Mit glühenden Augen schiebt er meinen Slip beiseite und entblößt mein Tattoo. Dann lehnt er sich nach vorn und beobachtet mich, während er die Amseln küsst.

»Ich wünschte, du könntest dich mit meinen Augen sehen.« Er streift meinen Slip über meine Beine und stöhnt, weil er sie dafür ein wenig schließen muss.

Ich wünschte auch, ich könnte mich mit seinen Augen sehen. Mehr, als er je wissen wird.

Kapitel 28

LIAM

Sie ist so wunderschön, sexy und umwerfend, wie sie so auf meinem marineblauen Laken liegt und darauf wartet, was als Nächstes passieren wird. All die Frauen, die ich bisher hatte, müssten mich eigentlich auf diesen Moment vorbereitet haben. Ich weiß, was Frauen im Bett gefällt. Aber ich will wissen, was *Savannah* gefällt.

Meine Hände gleiten ihren Oberkörper hinauf und ziehen die Körbchen ihres BHs herunter. Ihr Kopf fällt auf die Matratze. Ich bedecke ihren flachen Bauch mit Küssen und greife nach hinten, um den Verschluss zu öffnen.

Ich erobere ihren Mund mit meinem, rolle mich auf den Rücken und ziehe sie auf mich. Ich setze mich auf, massiere ihre Brüste und reibe ihre Nippel, bis sie zitternd ausatmet. Sie biegt den Rücken durch und presst sich mir entgegen.

Als ich mich zurücklehne, fällt sie nach vorn, ihr blondes Haar wie ein Schleier vor ihr Gesicht. Dann küsst sie mich, und ich bin verloren in ihrem Geschmack und der Weichheit ihrer Haut, die so lange verboten war. Meine Hände erkunden jeden Quadratzentimeter. Ihr Körper gleitet über meinen. Ihre Finger wandern unter den Bund meiner Boxershorts und schieben sie herunter. Ich nehme ihr Gesicht zwischen die Hände, denn ich bin noch lange nicht damit fertig, sie zu küssen.

Dann landen meine Boxershorts auf dem Klamottenhaufen auf dem Fußboden. Sie legt sich auf mich. Ihre Brüste pressen sich gegen meine Brust, und zwischen ihren Pobacken lugt mein Ständer hervor. Wie sie leise flehend meinen Namen sagt, bringt mich um den Verstand. Am liebsten würde ich sie auf den Rücken werfen und nehmen wie ein Tier, das sein Revier markiert. Aber ich will nicht, dass es so zwischen uns ist. Nicht heute Nacht.

Ich rutsche nach oben zum Kopfteil des Betts und lehne mich dagegen. Sie krabbelt auf mich zu. Ich bedeute ihr, sich umzudrehen. Sie tut es und lehnt sich gegen meine Brust. Ich ergreife ihr Kinn, drehe ihren Kopf und küsse sie, während ich mit meinen Fingern ihre feuchte Mitte erkunde und mit der anderen Hand ihre Brust knete und ihren Nippel zwirble.

Ihr Kopf fällt auf meine Schulter. Unsere Zungen erforschen gegenseitig unsere Münder, immer tiefer und tiefer. Mit dem Daumen umkreise ich ihren Kitzler und lasse den Finger immer wieder über ihren Schlitz gleiten. Sie hebt die Hüften, doch als ich ihr in die Unterlippe beiße, senkt sie sie wieder.

Sie krallt sich in meine Oberschenkel. Mit jedem Seufzen werde ich steifer. Ihr entweicht ein angestrengtes Wimmern. Ich muss grinsen, denn ich weiß, dass sie kurz davor ist. Ich erhöhe meine Geschwindigkeit. Wieder hebt sie die Hüften, doch ich beiße sie erneut in die Unterlippe und sauge daran, während sie kommt. Fasziniert beobachte ich, wie sie stöhnt und ihre Hüften unkontrolliert zucken, als ihr Orgasmus sie überkommt.

»Scheiße, davon werde ich nie genug bekommen«, flüstere ich und küsse ihre Schläfe.

Entspannt und befriedigt lehnt sie sich zurück. Doch als sie meinen steifen Schwanz im Rücken spürt, richtet sie sich auf und dreht sich um.

»Dann bring mich noch mal zum Kommen«, sagt sie und positioniert sich auf mir.

»Kondom?«, frage ich. Ihre Augen werden groß, als hätte sie es vergessen. »Oberste Schublade.«

Sie schnappt sich eins aus dem Karton und reißt es auf. Ihre Hände zittern. Wenn wir nicht Eltern werden wollen, sollte ich ihr besser helfen. Ich drücke die Spitze zusammen, und sie streift den Gummi über meine Länge. Mit der Verpackungsfolie in der Hand fällt ihr Blick auf den Mülleimer in der Zimmerecke.

Nein, das wird jetzt nicht passieren.

Ich packe ihre Hüften und positioniere meinen harten Schwanz vor ihrem Eingang. »Wir räumen danach auf.«

»Okay.«

Ich streichle ihr weiches Haar. Fuck, ich liebe sie. Okay, vielleicht nicht lieben. Aber ich mag sie. Und zwar sehr. Scheiße, ich muss diesen Mist sofort aus meinem Kopf kriegen. Ich will sie nicht verschrecken.

Jeder Gedanke verschwindet umgehend, als sie auf mich

sinkt. Ich kann nur noch daran denken, dass es hoffentlich nicht das letzte Mal sein wird, dass ich in ihr bin.

Ich ziehe sie zu mir und küsse sie. Ihre steifen Nippel streifen über meine Brust. Ich hebe die Hüften, und sie beginnt, mich zu reiten. Dann krallt sie sich am Kopfteil fest und erhöht die Geschwindigkeit.

Meine Hände gleiten ihren Rücken hinab, packen ihren Hintern und bewegen sie auf meinem Schwanz auf und ab. Sie spreizt weiter die Beine, und ich spüre, wie sie sich um mich zusammenzieht.

Wir bleiben in dieser Stellung, denn wir können unmöglich aufhören. Als ich an ihrem Nippel zu saugen beginne, entweicht ihr wieder das gleiche Wimmern wie eben, als sie kurz davor war zu kommen. Ich knabbere zart an ihrem Nippel, bevor ich so viel wie möglich von ihrer Brust in meinen Mund sauge. Schwer atmend zieht sie sich um meinen Schwanz zusammen und wird noch schneller. Ich greife fester an ihren Hintern, ziehe ihre Pobacken auseinander und drücke sie wieder zusammen, während ich sie mit festem Griff auf und ab bewege.

Ihr Seufzen wird immer lauter und länger. Sie beißt sich auf die Unterlippe und sieht mich an, als wäre ich ein Orgasmus bringender Engel, der extra für sie vom Himmel gesandt wurde.

Verdammt, an diesen Gesichtsausdruck könnte ich mich gewöhnen.

Dann bricht sie in meinen Armen zusammen. Ihre Brust rutscht aus meinem Mund, doch ich höre nicht auf, sie zu nehmen, denn ich bin so kurz davor. Wie sollte es anders sein, jetzt, da ich endlich in der Frau bin, die ich schon so lange will?

Als sie den Rücken durchbiegt und sich an meinen Oberschenkeln festhält, sodass ich freie Sicht auf ihren nackten Körper habe, gibt es kein Zurück mehr. Ihre Brüste wippen, während sie mich nimmt, bis ich laut stöhnend komme.

Schwer atmend sehen wir einander in die Augen und versuchen, uns zu sammeln. Nach einer Weile hebt sie die Hüften und schlingt die Arme um meinen Hals. Ich ziehe sie zu mir aufs Bett und küsse sie, bis ihre Lippen rot und geschwollen sind.

Zum ersten Mal war der Sex besser, als ich ihn mir ausgemalt habe. Ich hätte es wissen müssen. Savannah Bailey brilliert eben in allem.

Kapitel 29

SAVANNAH

Ich bin schon einmal in Liams Bett aufgewacht. Doch jetzt, da ich in seinen starken Armen erwache, den Kopf auf seiner muskulösen Brust, und seinen Atem höre, bereue ich, dass ich es nicht schon früher getan habe.

Liam ist vor mir eingeschlafen, was mich überrascht hat, denn der Mann hat echt Ausdauer. Aber er hat sich seinen Schlaf redlich verdient. Wir haben eine Stunde gedöst, bevor ich aufgewacht bin, als seine Hände meinen Körper, seine Lippen meine Haut berührt haben und – was ich am liebsten mag – sich sein Schwanz gegen mich gedrückt hat. Ich habe keinen Grund, mich zu beschweren. An diese Nacht werde ich mich für immer und ewig erinnern. Letztes Mal habe ich mir alle möglichen Szenarien ausgemalt, wie es zwischen uns weitergehen könnte. Doch darum kann ich mir jetzt keine Gedanken machen. Ich muss den Moment genießen.

Ich löse mich aus seinen Armen, doch bevor ich aufstehen kann, bewegt sich die Matratze, und mein Rücken landet an seiner starken Brust.

»Ich habe gesagt, dass du nicht abhauen darfst«, knurrt er mit rauer Stimme.

»Ich wollte Frühstück zubereiten.«

Er lacht. »Wenn das so ist …« Er lässt mich los.

Ich drehe mich um und gebe ihm einen kleinen Kuss auf den Mund. Als ich aufstehe, setzt er sich ebenfalls auf.

»Leg dich wieder hin«, sage ich und ziehe sein T-Shirt und meinen Slip an.

»Nein, ich will nicht die kostbare Zeit verschlafen, die ich mit dir verbringen kann.«

Zum Dahinschmelzen. »Du tust, als würde ich irgendwo hingehen.«

Er steht auf und legt die Hände auf meine Schultern. Fast hätte ich vergessen, wie viel größer er ist als ich, wenn ich keine High Heels trage. »Ich muss heute Abend arbeiten.«

Meine Schultern sacken zusammen, und ich schlinge die Arme um seine Taille. »Das ist doof. Aber ich werde hier sein, wenn du nach Hause kommst.«

»Morgen beginnt Woche vier«, erinnert er mich.

Ich verdrehe die Augen und verlasse sein Schlafzimmer.

»Du flüchtest.«

»Ich bin geheilt. Ich habe mit dir geschlafen. Mein altes Ich hätte das niemals getan. Halleluja.« Ich renne die Treppe hinunter, und er jagt mir eher halbherzig hinterher.

Als ich den Kühlschrank öffne und er von hinten die Arme um mich schlingt, kreische ich, bis ich seine Lippen an meinem Ohr spüre. Seine Hand wandert unter mein T-Shirt, und sein kleiner Finger gleitet in den Bund meines Slips.

»Du hast bisher einen großartigen Job gemacht. Aber wir müssen die fünf Wochen durchziehen.«

Ich greife nach dem Eierkarton und drehe mich in seinen Armen um. »Na schön.«

»Oder wir hören auf und ich reserviere im Terra & Mare einen Tisch.« Er hebt eine Augenbraue.

Die letzten Wochen waren … großartig. Ein besseres Wort fällt mir nicht ein. Ich schwärme für einen heißen Typen. Aber ich bin noch nicht bereit, Hand in Hand mit ihm die Main Street hinabzuschlendern. Ich bin nicht bereit für die Fragen und im Mittelpunkt der Gerüchteküche zu stehen. Ich habe mitbekommen, was passiert ist, als Austin und Holly zusammengekommen sind. Das kann ich gerade nicht gebrauchen. Nicht, wenn es Bailey Timber so schlecht geht.

»Können wir reden?«, frage ich.

Liams Lächeln verebbt. Er tritt einen Schritt zurück, als hätte ich ihm gerade gesagt, dass gestern Nacht ein Fehler war.

»Nein, das ist es nicht.«

Doch er wirkt nicht überzeugt. Schnell stelle ich den Eierkarton auf die Küchentheke, ergreife seine Hand und führe ihn zum Sofa.

»Sag es einfach, Savannah.« Ich kenne diesen bissigen Ton. So hat er nach Austins und Hollys Hochzeit mit mir geredet.

»Versprichst du mir, nicht wütend zu werden?«, frage ich.

»Nein«, erwidert er trocken.

»Bitte.«

Er verdreht die Augen und atmet laut aus. Ich erkenne an seiner Körperhaltung, dass er sauer ist. »Na schön. Versprochen.«

»Was hältst du davon, wenn wir das zwischen uns für eine Weile geheim halten?«

Er steht so schnell auf, dass meine Hand von seinem Oberschenkel fliegt und mich fast am Auge erwischt. Okay, das war wohl das Falsche.

»Ich hätte wissen müssen, dass es so kommt. Ich frage mich aber schon, warum du dich so sehr für mich schämst. Denn Smokin' Guns ist ein erfolgreiches Business. Mein Haus ist abbezahlt. Ich bin ein ehrenwerter Kerl.«

»Damit hat es nichts zu tun. Ich schäme mich nicht für dich. Warum denkst du so etwas?« Ich schüttle den Kopf. Um diese Frage müssen wir uns später kümmern. »Ich kann es einfach noch nicht. Ich bin nicht bereit für die Öffentlichkeit. Wenn du dich wieder setzt, erkläre ich es dir.«

Doch er bleibt hinter dem Sofa stehen, die Hände auf die Rückenlehne gestützt, ohne mich anzusehen.

»Bitte, Liam. Können wir uns bitte darüber unterhalten?«

Er atmet noch einmal lange aus, setzt sich aber schließlich wieder zu mir aufs Sofa. Ich rücke näher an ihn heran und ergreife seine Hand. Doch sie ist schlaff wie ein toter Fisch. Irgendwann werden wir darüber sprechen müssen, warum er denkt, er wäre nicht gut genug für mich, aber jetzt werde ich ihm etwas sagen, das nur ich, Dori und unser Steuerberater wissen.

»Du weißt ja, dass North Forest Lumber vor einer Weile dichtgemacht hat, oder?«

Er nickt.

»Nun ja, Bailey Timber hat viele Mitarbeiter übernommen. Auch ein paar der Systemadministratoren. Sie hätten keine Abfindung bekommen, und wir dachten ... na ja, *ich* dachte, wir würden die Verträge zurückbekommen, die Clint uns gestohlen hat, plus ein paar weitere ihrer Kunden. Doch das war nicht so erfolgreich, wie ich erhofft hatte. In Anchorage ist ein weiterer Konkurrent aufgetaucht, der uns einige davon weggenommen hat. Ich habe die Firma in eine schlimme Situation gebracht. Wenn wir es nicht schaffen, bis Ende nächsten Monats mindestens fünf neue Verträge abzuschließen, werde ich zum ersten Mal, seit ich die Firma übernommen habe, gezwungen sein, Leute zu entlassen.«

Er drückt meine Hand. Ich wusste, er würde mit mir mitfühlen. So ist Liam nun mal. Er ist immer empathisch, was wahrscheinlich der Grund ist, warum ihn alle lieben.

»Tut mir leid, dass du dich mit so etwas herumschlagen musst, Sav. Aber das ist geschäftlich. Das zwischen uns ist nicht geschäftlich. Ich verstehe, dass es Menschen geben wird, die sauer sein werden, aber du hast ihnen geholfen, als es kein anderer getan hat. Sie werden es verstehen.«

Ich schüttle den Kopf. »Ich habe versagt. Ich bin das Risiko eingegangen, obwohl mich Grandma Dori davor gewarnt hat. Sie sagte, ich solle warten, bis wir die Verträge hätten, bevor ich sie einstelle. Aber ich war so sicher, dass unsere Kunden nur gegangen sind, weil Clint Edison uns schlechtgeredet hat, dass ich mich gegen sie gestellt habe.

Ich wollte die Leute einstellen und einarbeiten, bevor die Verträge kommen.«

»Ich verstehe, dass du unter enormem Druck stehst. Und ich verstehe, dass du dich schlecht fühlst, weil es der Firma gerade nicht gut geht. Aber ich verstehe nicht, was das mit uns zu tun hat.«

Ich presse die Lippen aufeinander. »Wenn ich jetzt eine Beziehung eingehe und Buzz Wheel irgendeinen Quatsch über mich schreibt, dann werden die Leute sagen, dass sie entlassen wurden, weil ich zu sehr mit dir beschäftigt war, statt mich um die Firma zu kümmern.«

Er sinkt nach hinten. Entweder stimmt er mir zu – oder er hält mich für verrückt. Ich weiß es nicht. Aber er hat keine Ahnung, wie es ist, für jede Entscheidung auseinandergenommen zu werden. Ständig unter dem Mikroskop zu liegen. »Nur, weil du eine Firma leitest, heißt das nicht, dass du kein Leben haben darfst.«

Ich nicke. »Ich weiß. Und ich stimme dir zu. Aber bitte gib mir ein bisschen Zeit. Ich habe diese Woche noch ein paar Telefonkonferenzen. Wir sind kurz davor, ein paar Zusagen zu bekommen. Aber ich verspreche dir ...« Ich setze mich auf seinen Schoß und nehme sein Gesicht zwischen die Hände. »Das hat überhaupt nichts damit zu tun, dass ich mich schäme oder denke, dass du nicht der Typ Mann bist, mit dem ich zusammen sein sollte.« Ich drücke meinen Mund auf seinen, ziehe jedoch den Kopf zurück, als er meinen Kuss nicht erwidert. »Gestern Nacht war unglaublich. Ich bin voll und ganz an Bord. Ich brauche nur ein wenig

Zeit. Ich werde Buzz Wheel höchstpersönlich eine E-Mail schreiben.«

»Was willst du ihnen schreiben?«, fragt er nun neugierig.

»Dass ich gesehen habe, wie Savannah Bailey und Liam Kelly in der Laube miteinander rumgemacht haben und sie gar nicht die Finger von ihm lassen konnte. Dass sie vor Glück gestrahlt hat, als sie sich kurz voneinander losgerissen haben. Und ich würde schreiben, dass sie wohl endlich ihren Prince Charming gefunden hat.«

Er lacht, und ich lächle ihn an, ohne die Hände von seinen Wangen zu nehmen. »Wirst du ihnen auch sagen, wie groß mein Schwanz ist?«

Lachend schlage ich ihm auf die Brust.

Er nutzt den Moment, um mich zu packen und auf den Rücken zu werfen. »Voll dabei?«

»Voll dabei.«

»Du hast einen Monat.«

»Deal. Besiegeln wir es mit einem Kuss?«

»Klingt verlockend, aber nein.« Er tut, als wollte er aufstehen, doch ich packe ihn an den Schultern.

»Hey!«

»Wir sollten besser warten, bis wir es offiziell machen.«

»Na gut. Tu, was du tun musst.« Ich versuche, mich unter ihm herauszuwinden und hänge bereits mit dem Kopf über der Sofakante, als er sich auf mich legt.

Er schiebt mein T-Shirt hoch und beginnt, meinen Nippel mit der Zunge zu umkreisen.

»Hey!« Ich trete nach ihm, doch statt aufzuhören, zieht

er mir das Shirt komplett aus, was nicht schwer ist, da es mir ohnehin viel zu groß ist.

»Scheiße!« Wir rutschen vom Sofa und landen auf dem Fußboden. Aber das ist schon in Ordnung. Wegen Abschürfungen ist noch keiner ins Krankenhaus gekommen.

Wir verbringen den gesamten Tag im Bett, in unserem geheimen Paradies, und ignorieren Denvers verzweifelte Nachrichten, ob er nach Hause kommen kann.

Bester. Tag. Aller. Zeiten.

Kapitel 30

LIAM

Endlich konnte ich Savannah davon überzeugen, mit mir ein paar Geschäfte aufzusuchen, um nach einer Spende für die Gala zu bitten. Die meisten habe ich schon abgeklappert, aber ein paar sind noch übrig. Sie wollte unbedingt zuerst zu Sweet Suga Things gehen, aber ich will mich nicht beschweren, denn gegen Kuchen testen habe ich nichts.

Jetzt sind wir bei Lifetime Adventures, was nicht gerade ihr Element ist.

»Bereit?«, frage ich und will nach ihrer Hand greifen. Doch ich halte mich gerade noch rechtzeitig zurück und schiebe meine Hand stattdessen in die Hosentasche.

»Ich schätze schon.«

»Entspann dich. Es ist Denvers Mentor, schon vergessen? Kein Druck. Außerdem spendet er immer etwas. Das wird einfach.«

Sie lacht nervös. Ich wünschte, ich könnte den Arm um ihre Schultern legen und ihre Stirn küssen, doch ihre Regeln verbieten es mir. So gut ich es auch verstehe, dass sich Savannah schon immer um ihren Ruf in Lake Starlight gesorgt hat – ich hasse es, dass sie aus unserer Beziehung ein Geheimnis macht. Jetzt fühle ich mich wie immer, wenn ich mit ihr zusammen bin. Nicht gut genug.

Die Klingel über der Tür ertönt, als wir die Blockhütte betreten. Das Büro ist klein, überall liegen Broschüren herum, und an der Wand hängt ein Fernseher, auf dem Werbeclips laufen. In einigen davon ist Denvers Visage zu sehen. An der Seite steht ein kleiner Tisch, an den man sich setzen kann, um über die verschiedenen Angebote zu sprechen.

»Sieh mal.« Savannah deutet auf einen Zeitungsartikel über Denver und Griffin Thorne, den Musikproduzenten, dem er vor ein paar Jahren das Leben gerettet hat, als seine kleine Maschine abgestürzt ist. Ich habe ihn schon gelesen, als er erschienen ist. Darin lobt Denver Chip dafür, dass er alles, was er zum Überleben braucht, von ihm gelernt hat. »Ich hätte schon vor Ewigkeiten herkommen sollen. Meine Familie ist Chip einiges dafür schuldig, dass er mit Denver zusammenarbeitet.«

»Hör auf, dir Sorgen zu machen.«

Ich will gerade auf die Tischklingel drücken, als sich die Tür zum Hinterzimmer öffnet. Heraus kommt eine Blondine, die etwa in meinem Alter und angezogen ist wie Savannah, in High Heels und einem Business-Outfit. Das Haar trägt sie in einem tiefen Pferdeschwanz. Als sie uns sieht, bleibt sie abrupt stehen. »Oh, hi.«

»Hi«, erwidert Savannah.

»Ist Chip da?«, frage ich. Ganz offensichtlich arbeitet sie

hier, wenn sie aus dem Büro kommt, aber ich frage mich, wo Nancy ist, Chips jahrelange Büroangestellte.

»Nein.«

Savannah sieht mich an. »Okay. Und was ist mit Nancy?«

»Auch nicht.«

Mit dieser Frau kann man wunderbare Gespräche führen. »Ich bin Liam Kelly. Und das ist Savannah Bailey.«

»Bailey? Wie Denver Bailey?«, fragt sie, als wäre es nichts Gutes.

Savannah sieht mich erneut an. »Ähm ... Er ist mein Bruder.«

Sie hebt die Hände und verdreht die Augen. O Scheiße. Ich frage mich, ob Denver mit ihr geschlafen hat. »Nun ja, Chip und Nancy sind nicht hier. Falls ihr eine Tour buchen wollt, macht es online. Es wird sich dann jemand melden.«

»Wissen Sie, wann sie zurückkommen? Wir wollen mit Chip über eine Spende für den Ausbau der Bibliothek sprechen. Es wird eine Abteilung für Kinderbücher.« Ich ziehe den Informationsflyer hervor, den wir zusammengestellt haben, doch die Dame interessiert sich ganz offensichtlich nicht dafür.

»Nancy sollte eigentlich hier sein, aber ich glaube, sie ist gerade beim Mittagessen. Man muss schließlich Prioritäten setzen, nicht wahr?«

Ich hole tief Luft und lehne mich nach vorn, als wollte ich ihr ein Geheimnis anvertrauen. »Und Sie sind?«

Sie lacht. »Natürlich wisst ihr nicht, wer ich bin. Ich bin sicher, mein Vater spricht nie von mir.« Sie streckt mir ihre Hand entgegen. »Cleo Dawson. Chip Dawsons Tochter.«

Ich wusste, dass Chip eine Tochter hat, aber ich habe sie nie kennengelernt. Ich treffe Chip höchstens ein paar Mal im Jahr, meistens, wenn mich Denver hierherschleppt. Chip ist ein netter Kerl, aber sein Privatleben hat mich bisher nicht interessiert.

»Schön, Sie kennenzulernen«, sage ich.

Savannah und ich schütteln ihr die Hand.

»Wenn ihr mich jetzt bitte entschuldigen würdet. Es ist Zeit, dass ich dieser eiskalten Tundra endlich entkomme.«

Es ist jetzt Sommer und nicht Winter, doch ich werde sie nicht korrigieren. Cleo stürmt an uns vorbei und lässt uns allein. Verwirrt sehen wir einander an.

»Danke, dass du mir das einfache Geschäft überlassen hast, Schatz.« Savannah kneift mich leicht in den Oberarm.

Eigentlich sollte ich mich fragen, was hier los ist, aber Savannah Bailey hat mich gerade Schatz genannt. Alles andere verschwindet mit Cleo durch die Tür. Ich schließe Sav in die Arme und drücke meine Lippen auf ihre. Überraschenderweise reißt sie sich nicht von mir los, bis uns ein Lichtstrahl trifft, weil die Eingangstür aufgeht.

»Mein Gott, bitte nicht. Das brauche ich echt nicht. Zuerst kriege ich Cleo Dawsons Zorn zu spüren, und jetzt muss ich auch noch mit ansehen, wie ihr euch gegenseitig abknutscht.« Denver betritt den kleinen Raum.

Savannah macht einen Schritt zurück. »Das behältst du gefälligst für dich.«

Denver verdreht die Augen. »Na schön. Aber ich hoffe, euch ist bewusst, dass die Wahrheit ans Licht kommen wird. Ihr zwei habt euch so lange bei Liam vergraben, dass die Familie schon redet. Selbst Rome und Harley ist es aufgefallen, obwohl sie ein Neugeborenes haben. Wenn sie es merken, dann werden es auch alle anderen merken. Außerdem, wenn ihr euch weiterhin in der Öffentlichkeit küsst, dann werde nicht ich derjenige sein, der euch nächstes Mal erwischt.«

Ich ignoriere Denvers kleine Rede und wechsle das Thema. »Was zum Teufel ist hier los? Wir haben gerade Chips Tochter kennengelernt.«

Denver fährt sich durch das Haar. »Sie ist bezaubernd, nicht wahr? Ich wette, ihre Vagina hat kleine Fangzähne, um sich die Typen vom Leib zu halten. Wie eine Venusfalle oder so was.«

»So etwas sagt man nicht. Du hast keine Ahnung, was sie vielleicht durchmacht.« Kein Wunder, dass Savannah für sie einsteht. Bestimmt hat man über sie schon mal etwas Ähnliches gesagt.

»Sie ist fürchterlich. Es ist, als würde sie es genießen, in ihrer kleinen unglücklichen Blase zu leben.«

»Sie ist schon lange nicht mehr hier oben gewesen, oder?«, fragt Savannah.

»Nicht, seit sie eine Teenagerin war.« Er zuckt mit den Schultern, als wollte er sagen *Wen kümmert's? Diese Frau ist der Teufel.* »Jedenfalls ... Chip ist irgendwie krank.«

»Irgendwie? Was soll das heißen?«, fragt Savannah und senkt die Stimme.

»Ich weiß nicht genau. Aber er ist gerade im Krankenhaus.« Denvers Schultern sacken zusammen, und er wendet den Blick ab.

»Klingt nach was Ernstem«, erwidere ich.

Er sieht mich an und bittet mich schweigend, nicht weiter auf dem Thema herumzureiten, weil noch keiner davon erfahren soll. Manchmal braucht es keine Worte, wenn man schon das ganze Leben lang befreundet ist. »Jedenfalls werde ich mich um den Laden kümmern, bis er zurück ist.«

»Du?« Savannah könnte nicht überraschter oder verwirrter klingen.

Manchmal glaube ich, Denver hat den Kürzeren gezogen. Jeder in dieser Familie hat seine Rolle, nur er ist für immer und ewig das Kind. Aber ich hoffe, er wird es ihnen eines Tages zeigen und endlich erwachsen werden.

»Ja, ich. Danke für die motivierenden Worte, Schwesterherz.«

Sie versucht, einen Rückzieher zu machen. »Ich bin nur überrascht ...«

Ich lege den Arm um ihre Schultern. Obwohl sie ausweicht, ziehe ich sie zu mir, denn es ist nur Denver.

»Und mich überrascht es, dass ich euch immer wieder dabei erwische, wie ihr kurz davor seid, das zu tun, dessen Namen nicht genannt werden darf. So ganz fühle ich mich noch nicht wohl damit.« Er lässt den Zeigefinger zwischen uns hin- und herwandern.

»Tut mir leid, dass es mir nicht leidtut.« Ich gebe seiner Schwester einen Kuss auf den Kopf und einen Klaps auf den Hintern.

»Fuck, Liam.« Denver kneift die Augen zu und dreht sich um. »Macht das woanders.«

Dann verschwindet er im Büro.

Savannah schüttelt den Kopf und stapft aus der Blockhütte. Ich folge ihr zum Pavillon, wo für gewöhnlich die Gruppen auf die Abreise warten. Wir setzen uns auf eine Bank mit Sicht auf die andere Seite Lake Starlights.

»Würdest du mir bitte sagen, was ich gerade falsch gemacht habe?«

Sie atmet laut aus. »Darf ich dir eine Frage stellen?«

»Immer.«

Es dauert eine Weile. Wahrscheinlich will sie ihre Worte mit Bedacht wählen. Dann sieht sie sich um, um sicherzugehen, dass niemand in der Nähe ist. »Warum genau magst du mich eigentlich? Oder fühlst du dich nur körperlich zu mir hingezogen?«

Ich starre sie lange und intensiv an. Sie hat wirklich keine Ahnung, wie toll sie ist. Das Leben hat sie so gebeutelt, dass sie es einfach nicht kapiert.

»Natürlich fühle ich mich körperlich zu dir hingezogen. Und ich mag dich, weil ich dich sehe. Das ist die beste Erklärung, die mir einfällt. Ich interessiere mich für dich, seit ich vierzehn bin. Ja, damals war es vielleicht eine jugendliche Schwärmerei, aber irgendwann ist daraus mehr geworden. Und nachdem du bei mir eingezogen bist, hatte ich das Gefühl, in Emotionen zu ertrinken. Ich wusste nicht, wie ich damit umgehen sollte. Meine Gefühle zu dir haben sich darin geäußert, dass ich dich ständig geneckt und geärgert habe. Wenn du also wissen willst, warum ich dich mag, kann ich diese Frage nur schwer beantworten. Es ist, als würdest du fragen, warum morgens die Sonne aufgeht. Es ist einfach so. So soll es sein.«

Sie dreht sich zu mir.

Ich kann nicht anders, als ihr Haar hinter ihr Ohr zu streichen. »Eine bessere Antwort kann ich dir leider nicht geben. Aber du unterschätzt die Frau, die du bist. Du bist so viel mehr, als dir bewusst ist. Ich glaube, du hast irgendwann vergessen, was du liebst. Sobald du das wieder weißt und dafür kämpfst, wirst du glücklicher sein.«

»Seit wann bist du so klug?«, fragt sie sanft, und ich lache leise. »Darf ich dich noch etwas fragen?«

»Klar.« Ob ihr die Fragen jemals ausgehen werden?

»Was ist mit Slim passiert? Und Nina? Und was ist mit all den anderen Frauen? Mit wie vielen hast du schon geschlafen?«

Ich weiß, dass sie damit die größten Probleme hat und es der Hauptgrund war, warum sie nicht mit mir zusammen sein wollte. Ich will sie nicht belügen, aber vorbei ist vorbei. Für meine Zukunft mit ihr hat es keinerlei Bedeutung. »Beginnen wir mit Slim.«

Sie nickt und wartet gespannt, als würde ich ihr ein Märchen erzählen. Aber diese Geschichte hat kein Happy End.

»Als Rome nach Europa gegangen ist und Denver seinen Flugschein gemacht hat, war ich viel allein. Smokin' Guns lief bereits gut. In diesem Sommer habe ich mein Bike gekauft und angefangen, regelmäßig damit zu fahren. Slim war der Erste, den ich kennengelernt habe. Ich hing mit seiner Crew ab und lernte dadurch Nina kennen. Aber es ging schnell bergab. Sie haben beschissene Sachen abgezogen. Das Harmloseste war Einschüchterung und Prügeleien anzetteln. Es war nicht meine Szene. Nina stand drauf, also haben wir uns getrennt. Ich bin aber ziemlich sicher, dass sie schon mit Slim geschlafen hat, als wir noch zusammen waren.«

»Warum hast du nicht mit Austin Zeit verbracht? Und mit den anderen Jungs von der Schule?«

Ich seufze. »Du und Austin hattet alle Hände voll zu tun. Und viele unserer Freunde waren dabei, ihren eigenen Weg zu finden. Wie Rome und Denver. Mich auf diese Crew einzulassen war ein Fehler. Kathy war diejenige, die mir gesagt hat, dass ich ihnen nicht trauen könne und sie nicht die Leute seien, die ich in meinem Freundeskreis haben wolle. Einmal habe ich sie scherzhaft Mom genannt. Seither ist es ein Insider.«

Sie rückt näher an mich heran und sieht sich noch einmal um, bevor sie die Hand auf meinen Schenkel legt. »Danke, dass du ehrlich zu mir bist.«

»Bedank dich nicht zu früh.« Sie zieht die Hand zurück, doch ich greife danach. »Ich hatte schon einige Frauen. Wahrscheinlich nicht so viele, wie du denkst. Aber es gab Zeiten in meinem Leben, da war ich nicht auf der Suche nach einer festen Beziehung und nahm mir, was ich kriegen konnte. Und das war ziemlich viel. Ich bin nicht stolz darauf. Aber ich habe nie gelogen, um eine Frau ins Bett zu kriegen. Wenn du mit mir zusammen sein willst, darfst du mit meiner Vergangenheit kein Problem haben.«

Als sie wegsieht, halte ich die Luft an. Ich hätte das Thema umschiffen können. Vor ein paar Monaten hätte ich es wahrscheinlich auch getan. Aber für diese Frau will ich die beste Version meiner selbst sein. Ein Mann, den sie stolz an ihrer Seite hat.

»Okay, das hatte ich in der Art schon erwartet. Es gefällt mir nicht, aber es ist Vergangenheit. Ich lasse nicht zu, dass es Einfluss hat auf die Gegenwart.«

Ich drücke ihre Hand. Ich habe das Gefühl, das Gewicht eines Eisbergs würde von mir genommen werden.

»Ich will, dass du auch etwas weißt.« Sie legt ihre andere Hand auf meine. »Ich sehe dich. Ich habe Angst, aber ich sehe dich. Die letzten Wochen, alles, was du für mich getan hast, wie viel Zeit du dir für mich genommen hast. Das alles sehe ich, und ich weiß es mehr zu schätzen, als ich dir sagen kann. Aber ich bin ein ziemliches Wrack. Vor ein paar Wochen hatte ich vor Denver beinahe einen Nervenzusammenbruch.«

Ah, jetzt ergibt einiges Sinn. »Er meinte, du seist emotional gewesen, weil du deine Tage hattest. Ich habe mich schon gewundert.«

Sie verdreht die Augen. »Er hat richtig Angst bekommen. Ich dachte schon, er würde nach dir rufen, weil er nicht wusste, wie er mit mir umgehen soll. Ich will die Teile von mir finden, die ich verloren habe. Ich will mich so sehen, wie du mich siehst. Und ich glaube, ich nähere mich allmählich. Aber im Moment ist mir noch nicht wohl bei öffentlichen Zärtlichkeitsbekundungen.«

Natürlich ist ihr nicht wohl dabei. Ich liebe Zärtlichkeitsbekundungen. Ich werde sie nicht am helllichten Tag auf dem Marktplatz vögeln, aber ich will ihre Hand halten und sie küssen, wann immer mir danach ist. Ich will meine Zuneigung zu der Frau zeigen, in die ich mich verliebt habe. Aber wenn ich ihr ein wenig Zeit gebe, wird sie sicherlich ihre Meinung ändern. Seht nur, wie weit sie schon gekommen ist.

»Du willst, dass ich die ganze Zeit die Hände in den Taschen lasse?«

»Vielleicht bis ich mich ein wenig wohler fühle?«, fragt sie leise und zögerlich, als hätte sie Angst, ich würde wütend werden.

»Ich hasse das so sehr. Irgendwann musst du aufhören, dir darüber Gedanken zu machen, was andere denken und anfangen, dein Leben zu leben.« Ich stehe auf und stopfe die Hände in die Hosentaschen. »Aber für jetzt gebe ich nach. Bereit?«

Sie steht auf und seufzt. Keine Ahnung, welche Reaktion sie erwartet hat. Ich will, dass jeder in dieser verdammten Stadt weiß, dass sie mir gehört. Doch sie findet immer wieder Gründe, unsere Beziehung geheim zu halten.

Kapitel 31

SAVANNAH

Erst am Freitag merke ich, dass mir Liam diesmal keine Wochenaufgabe gegeben hat – als er mir heute Morgen gesagt hat, dass er sich morgen freigenommen und Denver über Nacht rausgeschmissen habe. Er sagte, morgen würde ich meine fünfte und letzte Aufgabe bekommen. Da ich im Moment jede Gelegenheit nutze, ihn zu kontaktieren, zücke ich beim Mittagessen mein Handy und schreibe ihm.

ICH: Du hast mir für Woche vier gar keine Aufgabe gegeben.

Die drei Punkte erscheinen so schnell, dass ich mich frage, ob er mir gerade schreiben wollte. Ich sollte mich nicht so darüber freuen, tue ich aber.

LIAM: Du hast mit mir die Geschäfte für die Auktion abgeklappert. Außerdem solltest du jeden Tag eine Aufgabe aus dem Glas ziehen.

Sind Sie meinen Anweisungen nicht gefolgt, Miss Bailey?

ICH: Doch. Fast jeden Tag. Ein paar sind noch übrig.

Vor ein paar Tagen habe ich einen Zettel gezogen, auf dem stand, ich solle einem Fremden hallo sagen. Und heute sollte ich mit einem Mitarbeiter ein richtiges Gespräch führen. Ich habe zwanzig Minuten im Pausenraum verbracht und mich mit einer unserer Mitarbeiterinnen über ihre Geruchsempfindlichkeit unterhalten. Am Ende sagte sie mir, sie wolle sich über Phoenix beschweren. Nicht alle von Liams Ideen sind brillant.

Im Verlauf der letzten Woche habe ich in Liams Bett geschlafen, mit Liam gegessen, mit Liam meditiert. Gestern Abend habe ich ihm sogar erlaubt, mit mir joggen zu gehen. Das wird allerdings nie wieder passieren, denn er war schneller als ich.

LIAM: Vielleicht sollte ich sie durch Sexgefälligkeiten ersetzen?

Selbst ich weiß, dass mein Grinsen gerade total kitschig ist. Ich habe nicht nur Schmetterlinge im Bauch, nein, er bebt regelrecht. Ich habe mich in Liam Kelly verliebt. Und zwar sehr. Jetzt muss sich nur noch alles irgendwie ordnen. Nächste Woche habe ich noch zwei Termine. Wenn sie die

Verträge unterschreiben, bin ich gern bereit, unsere Liebe von den Dächern zu schreien.

Meine Mom sagte mir immer, ich solle mir ausmalen, was ich wolle. Man müsse so lange hart dafür arbeiten, bis es in Erfüllung gehe. Also schließe ich die Augen und stelle mir vor, wie ich Ende nächster Woche das Ruder für Bailey Timber herumgerissen und ab dann offiziell einen festen Freund habe.

Mein Handy piept und reißt mich aus meinen Gedanken. Vielleicht ist es gut so, denn möglicherweise denke ich schon viel zu weit in die Zukunft – wie die Hochzeitsfeier aussehen wird, wie mich Liam über die Schwelle tragen wird, wie unser Baby aussehen wird. Ich reiße die Augen auf. Fast bin ich erschrocken darüber, wie leicht mir diese Gedanken fallen.

LIAM: Ist das ein Nein?

LIAM: Kommst du damit nicht klar? 😉

ICH: Sorry, war kurz in Gedanken.

LIAM: Ich hoffe, du hast an mich gedacht.

ICH: Ich will nicht lügen. Neuerdings kann ich kaum an etwas anderes denken.

LIAM: Ich grinse gerade wie ein Trottel.

ICH: Gut.

LIAM: Bitte sag mir, dass du in meinem Bett liegen wirst, wenn ich nach Hause komme …

ICH: Das wirst du dann sehen. 😜

Es folgt eine lange Pause. Wahrscheinlich wurde er von einem Kunden unterbrochen, also lege ich das Telefon beiseite. Doch es piept, bevor ich weiteressen kann.

LIAM: Hier ist deine Aufgabe: Lieg nackt auf meinem Bett, wenn ich nach Hause komme. Stell Schlagsahne und Schokosoße bereit. Und vergiss die Kirschen nicht. Ich LIEBE Kirschen.

Ich lege das Handy mit dem Display nach unten auf meinen Schreibtisch und muss so laut lachen, dass Samara, meine Assistentin, einen Blick durch die Glastür wirft. Ich winke ab und greife kichernd nach meinem Smartphone.

ICH: Warum ziehe ich nicht einfach ein Zimmermädchenkostüm an? Das ist alles sehr klischeehaft. Von dir hätte ich etwas Originelleres erwartet.

LIAM: Wir müssen mit Klischees anfangen. Keine Sorge, Babe. Ich werde Dinge mit dir anstellen, da werden sich deine Zehen nach oben biegen.

ICH: Meine Zehen haben sich schon gestern Nacht nach oben gebogen.

LIAM: Sie machen es mir nicht leicht, Miss Bailey. Wie wäre es dann hiermit …

LIAM: Ich werde Dinge mit dir anstellen, bei denen du an deinem Schreibtisch kommst, wenn du nur daran denkst.

Mein Gesicht beginnt zu glühen. Mission erfolgreich ausgeführt, denn jetzt muss ich daran denken, was er gestern Nacht mit mir angestellt hat. Wie er mich über sein Bett gebeugt, meine Brüste liebkost und meine Wirbelsäule geküsst hat, während er mich von hinten genommen hat.

Klopf.

Das Smartphone fällt mir aus der Hand, hüpft vom Schreibtisch auf den Stuhl und landet schließlich mit einem dumpfen Laut auf dem Boden.

Austin steckt den Kopf zur Tür herein. »Hast du kurz Zeit zum Plaudern?«

Mein großer Bruder wirkt glücklich und gebräunt. Aber ich glaube, das wäre fast jeder, der gerade aus den Flitterwochen zurückkommt, in denen er nahezu jede Sekunde gevögelt und versucht hat, ein Baby zu machen. Für die beiden muss sich jeder Tag wie Weihnachten anfühlen.

»Ja, komm rein.« Ich bücke mich, hebe mein Handy auf und gehe hinüber zum Sofa, auf dem er bereits sitzt. »Wie waren die Flitterwochen?«

Er nickt. »Gut. Entspannend. Wir hatten eine tolle Zeit.«

»Sehr schön. Ist Holly auch so braun wie du?« Ich lächle.

»Nicht ganz.« Er lacht leise. »Sie saß fast die ganze Zeit unterm Schirm und hat mir Vorträge über Sonnenschäden gehalten. Sie hält sich für eine Expertin, weil sie in Florida aufgewachsen ist.«

»Nun ja, sie hat recht.«

Er verdreht die Augen.

Da ich keine bin, die lange um den heißen Brei herumredet – vor allem nicht bei Austin –, spreche ich das Thema direkt an. »Ich habe gehört, ihr versucht, ein Baby zu zeugen.«

Sein Kopf fällt in seine Hände. »Immer das Gerede in dieser Stadt.« Dann sieht er mich fragend an. »Ich habe Denver in der Innenstadt getroffen. Wir haben Calista und Dion ihre Souvenirs vorbeigebracht.«

Ich schlage die Beine übereinander und lasse das Handy im Schoß liegen, falls mir Liam noch mal schreibt. Wie kann der eine Zwilling schweigen wie ein Grab, während der andere die reinste Tratschtante ist? »Ich habe ihm gesagt, dass ich ihn auf jede Dating-Seite setzen und schreiben würde, er sei auf der Suche nach einer monogamen Beziehung, falls er es jemandem erzählt.«

Austin lehnt sich zurück und breitet die Arme auf der Rückenlehne aus. »Dann fang besser schon mal an, Dating-Apps herunterzuladen.«

Ich schüttle den Kopf.

»Hör zu. Ich bin nicht hier, um dir zu sagen, was du zu tun hast. Aber bevor wir in die Flitterwochen geflogen sind, war die Situation zwischen Liam und dir ein wenig angespannt. Ich habe mir ernsthaft Sorgen gemacht, dass einer von euch wegen Körperverletzung in den Knast wandert. Aber Denver meinte, wenn er zu Hause sein darf, seid ihr ziemlich friedlich.«

Wenn jemand versteht, wie es ist, in jungen Jahren Verantwortung für die Familie zu übernehmen und was das mit einem macht, dann Austin. Wir haben beide unsere Rollen eingenommen, nachdem unsere Eltern gestorben sind. »Ich glaube, ich mag ihn.«

Er hebt eine Augenbraue. »Du glaubst?«

»Na schön. Ich *weiß*, dass ich ihn mag.« Als in meinem Schoß das Handy piept, muss ich grinsen.

»Ist er das?«, fragt er.

Ich drehe es um, sehe Liams Namen und lege es, ohne die Nachricht zu lesen, wieder mit dem Display nach unten in meinen Schoß. »Ja.«

»So, wie du lächelst, scheint es zwischen euch besser als friedlich zu sein.«

Seit Holly in Austins Leben getreten ist, hatten wir nicht mehr viele Gelegenheiten, uns gegenseitig das Herz auszuschütten. Er lernte sie kennen, nachdem die Zwillinge gerade achtzehn geworden waren. Als er nicht mehr dafür verantwortlich war, jeden Tag ein Auge auf unsere Geschwister zu werfen, war sein Job erledigt. Ich bin diejenige, die den ewig währenden Job angenommen hat, für Bailey Timber verantwortlich zu sein.

»Ja. Aber ich bin sicher, das ergibt für dich nicht viel Sinn.«

Er lächelt. »Doch, tut es.«

»Er ist so unkompliziert.«

»Gegensätze ziehen sich an.«

»Er ist kein Playboy mehr. Oder zumindest hoffe ich es.«

Austin setzt sich auf die Kante des Sofas. »Liam ist kein Playboy. Ich weiß nicht, ob er jemals wirklich einer war. Ja, er hatte mal eine Phase. Und klar, er hatte seinen Spaß. Aber die Jungs hingen früher oft bei uns zu Hause ab. So schlimm es auch klingt, aber unsere Brüder hatten einen schlechten Einfluss auf *ihn*. Er hat ihnen mehr als einmal aus der Patsche geholfen.«

»Wirklich?«

Lachend schüttelt er den Kopf. »Kennst du deine Brüder denn überhaupt nicht?«

»Doch, natürlich. Aber ich dachte immer, Liam wäre mit von der Partie gewesen.«

»Ja, war er. Aber er ist nie auf so bescheuerte Ideen gekommen. Ich meine, er hatte schon ein Haus lange bevor sich Rome und Denver auf die Reihe gekriegt haben. Ihm gehört Smokin' Guns, und er hilft bei allen Wohltätigkeitsveranstaltungen und Events der Stadt.«

Ich brauche keine Gründe, um Liam zu schätzen. Seine Vergangenheit ist genau das – das, was vor mir passiert ist. Natürlich gefällt es mir nicht, dass er mit anderen Frauen geschlafen hat, aber ich kann damit umgehen. Aber es ist trotzdem nett, dass Austin ein gutes Wort für ihn einlegt.

»Ich wollte nur dein Gesicht sehen, wenn ich dich darauf

anspreche. Aber nur, damit du es weißt. Ich war nur acht Stunden wieder in der Stadt, bevor es mir Denver erzählt hat. Von daher bin ich ziemlich sicher, dass es bereits alle Baileys wissen. Aber ich bin der Einzige, der das Thema anschneidet.«

Er steht auf, um zu gehen. Ich erhebe mich ebenfalls und umarme ihn. Als er merkt, wie ich mit den Tränen zu kämpfen habe, drückt er mich fest.

»Alles okay, Sav?«

Ich ziehe den Kopf zurück und wische mir die Augen. »Ich werde dir jetzt etwas sagen. Und wenn du es irgendjemandem weitererzählst, werde ich dich umbringen.«

»Wie gut kennst du mich?«

Austin hat recht. Wir waren so lange die Vertrauensperson des jeweils anderen. Aber seit er verheiratet ist, habe ich das Gefühl, er gehört nur noch Holly.

»Liam führt ein Experiment mit mir durch.«

»Warte. Ich rufe Holly an. Ich weiß nicht, ob ich das wirklich hören will.« Er dreht sich zur Tür, doch ich greife nach seinem Arm.

»Es ist nichts Sexuelles.«

Er bleibt stehen und wartet.

»Es geht darum, den Menschen wiederzufinden, der ich war, bevor Mom und Dad gestorben sind.«

Er nickt und verlagert das Gewicht auf die Fersen. »Und?«

»Und ich glaube, es funktioniert. Und jetzt heule ich die ganze Zeit. Ich bin das reinste Wrack!«

Lachend drückt er meine Schulter. »Dann hast du es fast

geschafft, würde ich sagen. Du lässt endlich wieder Gefühle zu. Das ist eine große Sache für dich.«

Ich ziehe die Stirn kraus. »Was soll das heißen? Ich habe mich immer um alle gesorgt.«

»Ich sage ja nicht, dass du herzlos bist. Aber nachdem Mom und Dad gestorben sind, wurden wir in ein neues Leben geworfen. Wir mussten unseren Geschwistern helfen, mit dem Verlust unserer Eltern fertigzuwerden und haben unseren eigenen Schmerz beiseitegeschoben. Und mir ist aufgefallen, dass du im Laufe der Jahre deine Emotionen auf Eis gelegt hast.«

»Das ist nicht wahr. Bei deiner Hochzeit habe ich sogar geweint.« Na gut, fast.

Er seufzt. »Ich glaube, du hast Moms und Dads Tod nie wirklich verarbeitet. Immer wenn du etwas gefühlt hast, egal, ob gut oder schlecht, hast du es von dir geschoben. Außer Wut lässt du kaum Emotionen zu.«

»Langsam fühle ich mich angegriffen.« Ich presse die Kiefer aufeinander.

Lachend fährt er sich durch das Haar. Er und seine lässigen Shorts und T-Shirts. Aber schließlich ist er Lehrer. Und sein Baseball-Team hat gerade die Meisterschaft gewonnen. Und er hat gerade geheiratet. Mr Ich-habe-alles-was-ich-mir-je-erträumt-Habe will mir weismachen, ich würde meine Gefühle unterdrücken?

»Tränen sind großartig. Wenn Liam dafür verantwortlich ist, dass du dich selbst – oder wie auch immer du es nennen willst – wiederfindest, könnte ich nicht glücklicher sein.

Liam liegt mir sehr am Herzen. Er ist für mich wie ein kleiner Bruder.« Er streichelt meinen Unterarm.

»Noch ein Grund, warum ich das zwischen uns infrage gestellt habe. Wir sind fünf Jahre auseinander. Als ich neunzehn war, war er erst vierzehn. Ist das nicht gruselig?«

Austin lacht erneut. »Und jetzt bist du einunddreißig und er sechsundzwanzig. Ihr seid beide erwachsen. Und mal im Ernst. Wäre es ein Problem gewesen, wenn er neunzehn gewesen wäre, als du vierzehn warst?«

Ich kaue auf meiner Unterlippe herum. Es stimmt, was er sagt. Und ich würde gern so tun, als würde es mir nichts ausmachen, aber aus irgendeinem Grund lässt es mir keine Ruhe. »Ich schätze, du hast recht.«

Mein Handy klingelt erneut. Ich versuche, mir das Grinsen zu verkneifen, doch Austin deutet auf mich. »Auf diese Emotion solltest du dich jetzt konzentrieren.« Dann wirft er einen Blick nach hinten. »Ich muss verschwinden, bevor mich Grandma Dori erwischt. Sie will zum Abendessen vorbeikommen, und ich habe wirklich keine Lust, all ihre Fragen zum Thema Kinderkriegen zu beantworten. Ich werde Phoenix umbringen.« Er schnippt mit den Fingern. »Kann Phoenix bei dir einziehen, wenn du endgültig zu Liam ziehst? Vielleicht können sie und Denver zusammen dort wohnen.«

»Ich ziehe aber nicht aus.«

Scheiße. Ich habe überhaupt nicht mehr darüber nachgedacht, wieder in mein Haus zu ziehen. Es ist schon so lange her, dass ich dort gewohnt habe. Jetzt, da ich darüber nachdenke, deprimiert mich der Gedanke, wieder einzuziehen. Liams Sofa ist viel gemütlicher als meins. Außerdem hat er alle Küchengeräte, die man sich nur vorstellen kann. Und sein Bett ist auch nicht schlecht.

»Denk mal darüber nach.«

Austin späht den Flur hinab, bevor er aus meinem Büro schlüpft. Als wüssten nicht bereits alle, dass er hier ist. Gerade als er den Gang hinabschleicht, taucht Grandma Dori auf. Er bleibt stehen, und seine Schultern sacken ein wenig zusammen, doch er breitet trotzdem die Arme aus, um sie zu drücken.

Als er mich über ihre Schulter ansieht, muss ich unweigerlich lachen. Dann kehre ich zurück an meinen Schreibtisch, um Liams Nachrichten zu lesen. Das wird ein langer Abend werden, bis er von der Arbeit nach Hause kommt. Irgendwie fühlt es sich nicht nach Zuhause an, wenn er nicht da ist.

Kapitel 32

LIAM

Als ich um zehn Uhr abends nach Hause komme, brennt im Wohnzimmer das Licht. Ich rechne schon fast damit, Denver und Savannah streitend vorzufinden, denn Denvers große Klappe ist der Grund, warum mich heute drei Bailey-Geschwister im Smokin' Guns besucht haben. Austin und Brooklyn waren wenigstens so freundlich zu warten, bis ich mit meinem Kunden fertig war, doch Rome platzte einfach herein, schnappte sich Rhys' Stuhl und rollte zu mir herüber, während ich gerade in einer vierten Sitzung an dem Familienportrait auf Geralds Rücken arbeitete. Zum Glück gaben mir alle Baileys ihren Segen und versicherten, sie würden Savannahs Wunsch respektieren und es für sich behalten. Aber jetzt muss ich dank Rome sicherstellen, dass Gerald, der zwei Städte weiter als Buchhalter arbeitet, das Geheimnis ebenfalls für sich behält.

Als ich die Tür erreiche, höre ich von drinnen Musik – *Dancing In The Streets* von David Bowie und Mick Jagger. Ich betrete die Küche und erwische Savannah dabei, wie sie tanzt und einen Löffel als Mikro benutzt.

Ich stelle meine Tasche ab, verschränke die Arme und beobachte sie. Das Haar hat sie zu einem hohen Pferdeschwanz zusammengefasst. Sie trägt eine Yogahose, dazu mein altes Highschool-Shirt, das sie in der Taille zusammengeknotet hat. Am liebsten würde ich sie kidnappen und so lange in meinem Schlafzimmer gefangen halten, bis sie mindestens drei Orgasmen hatte. Aber ich wage es nicht, denn sie so zu sehen ist ein seltener Anblick. Dann rührt sie mit dem Holzlöffel im Kochtopf, während sie die Hüften weiter im Takt der Musik bewegt.

Denver rutscht auf Strümpfen ins Zimmer, als wäre er Tom Cruise in *Lockere Geschäfte*. Dann packt er sie und tanzt mit ihr. Eine Hand liegt auf ihrer Hüfte, die andere in ihrer. Jede Bewegung ist total übertrieben. Als der Song zu Ende ist, lachen die beiden so heftig, dass Denver auf den Hocker plumpst, während sich Savannah prustend über die Theke beugt, sodass ich perfekte Sicht auf ihren Hintern habe.

Als mich Denver entdeckt, stößt er Savannah an und deutet auf mich. »Daddy ist zu Hause.«

Lächelnd blickt Savannah über die Schulter.

Verdammt. Ich kann mit Sicherheit sagen, dass ich ein glücklicher Mann wäre, wenn ich den Rest meines Lebens jeden Abend dieses Lächeln sehen würde, wenn ich nach Hause käme.

Sie dreht sich um und stützt die Ellbogen auf die Theke. »Du kommst genau rechtzeitig. Wir wollten gerade die Glasur machen.«

»Glasur?« Ich drücke mich von der Wand ab und bin froh, dass sie Denver kein Veilchen verpasst hat. Doch ich wünschte, er würde verschwinden, damit ich ihre Schenkel spreizen und sie dazu bringen kann, meinen Namen zu schreien.

»Der Kuchen«, erklärt sie, während ich Denver mit einem Faustschlag begrüße.

Ich schlinge den Arm um ihre Taille und drücke sie an meine Brust. »Das wollte ich schon den ganzen Tag tun.«

Dann beuge ich sie über meinen Arm und küsse sie. Zuerst versucht sie, mich wegzudrücken, bevor sie kurz nachgibt, nur um mich erneut von sich zu schieben.

»Ich schätze, daran werde ich mich jetzt gewöhnen müssen, was?« Denver flüchtet auf die andere Seite des Tresens, als hätte er Angst, wir wären ansteckend.

»Ja, musst du.«

Savannah beißt sich auf die Unterlippe, und ich drücke ihren Hintern. Wir wechseln einen Blick. Ich bin ziemlich sicher, sie denkt das Gleiche wie ich eben. Warum zum Teufel hat Denver an einem Freitagabend nichts vor?

»Dann habt ihr euch also vertragen?«, frage ich.

Savannah kneift Denver in die Wange. »Ach, man muss ihn einfach lieb haben.«

Ich suche die Küche nach Alkohol ab, entdecke jedoch nicht einmal eine Bierflasche. Sind die beiden nüchtern?

»Ich glaube, ich habe ihr leidgetan.«

»Es war das Orangenhühnchen von Wok For U«, erwidert sie.

»Was hat es mit dem Kuchen auf sich?«, frage ich.

»Nun ja …« Sie sieht ihren Bruder an, und sie lachen. »Wir haben uns eine Backsendung angesehen, und Denver meinte, er könne es besser als die Dame im Fernsehen. Also habe ich ihn herausgefordert. Wir haben dieses alte Mix-Tape in der Schublade dort drüben gefunden.« Sie deutet auf Denver, als wäre *er* die Schnüffelnase. »Und wir haben uns gefragt, warum du ein Mix-Tape und einen Kassettenrekorder hast.« Doch sie winkt ab, als könnte ich die Frage ruhig ein andermal beantworten. »Dann haben wir beschlossen, gemeinsam ein hässliches Meisterwerk zu kreieren. Zum Glück hattest du alle Zutaten da.« Mit dem Zeigefinger streicht sie über meine Brust. »Backst du etwa heimlich?«

Ich lache. »Ich backe nicht.«

»Wir sind auch nicht gerade Profis.« Sie hält den einseitigen Kuchen in die Höhe, dem bereits ein Stück fehlt.

Ich wünschte, ich könnte sie den ganzen Abend beobachten. Sie ist so frei und lebt im Moment. Haben die Aufgaben, die ich ihr gestellt habe, tatsächlich dazu beigetragen? »Und das fehlende Stück?«

Wieder lachen beide.

»Wir mussten ja probieren«, gibt Denver zu.

Das sieht ihm ähnlich. Aber es wundert mich, dass sich Savannah nicht über die unperfekte Kreation ärgert.

»Und jetzt kommt die Glasur.«

Gerade als sie es gesagt hat, erklingt *Hit Me With Your Best Shot* von Pat Benatar. Savannah schreit. Während sie um uns herumhüpft und so tut, als würde sie uns boxen, beäugt mich Denver entschuldigend. Ich nicke und setze mich an die Frühstückstheke.

»Du hast ein Monster erschaffen«, bemerkt er und beobachtet Savannah.

Ich erwidere nichts, denn ich liebe es, dass sie sich gerade so wohlfühlt.

»Woher hast du das?« Sie fällt in meinen Schoß und schlingt die Arme um meinen Hals. Es freut mich, dass sie sich inzwischen traut, ihre Zuneigung in Gegenwart ihres Bruders zu zeigen.

Wenn ich jetzt ehrlich bin, könnte die Party schlagartig vorbei sein. Aber ich bin sicher, sie werden die Wahrheit zu schätzen wissen. »Von euren Eltern. Austin hat mir eine Kiste zugeschoben mit Kassetten von eurem Dad, nachdem ... Jedenfalls habe ich sie da drin gefunden. Und dann habe ich einen Kassettenrekorder gekauft, um sie abspielen zu können.«

Denver setzt sich auf einen der Hocker. »Sie hat mal Dad gehört?«

»Ich glaube, eurer Mom.«

Savannah wird in meinen Armen ganz schlaff. Dann steht sie auf und beginnt, die Glasur auf den Kuchen zu streichen.

»Warum glaubst du das?«, fragt Denver, doch meine Augen sind auf Savannah gerichtet. Sie beteiligt sich nicht mehr an dem Gespräch. Es folgt *I'm Free* von Kenny Loggins, und Denver wippt den Fuß im Takt. »Das ist von diesem *Footloose*-Film, nicht wahr?«

Ich würde gern zustimmen, doch Denvers Blick ist auf Savannah gerichtet, die sich auf den Spatel konzentriert, wie er die Glasur auf dem Kuchen verteilt.

»Könnt ihr euch noch an die Achtziger-Filme eurer Mom erinnern? Diese rothaarige Schauspielerin hat in fast allen mitgespielt.«

»Molly Ringwald«, sagt Savannah.

»Ja«, erwidert Denver sanft.

Japp, ich habe die Stimmung ruiniert.

»Wollt ihr euch einen ansehen?«, frage ich.

Savannah ist fertig mit der Glasur. Ja, vielleicht braucht sie darin noch ein wenig Übung. Sie stellt die Schüssel mit dem Spatel in die Spüle. »Ich muss das Geschirr spülen.«

Denver fährt mit dem Finger durch die Glasur und leckt ihn ab. »Sieht vielleicht scheiße aus, schmeckt aber grrroßartig«, sagt er wie Tony der Tiger aus der Kellog's-Werbung.

Ich lache, während mir Savannah weiterhin den Rücken zuwendet.

Schweigend bitte ich Denver, mir ein wenig Zeit mit ihr zu geben, und er nickt.

»Ich muss eh pinkeln«, sagt er und steht auf.

»Igitt. Das interessiert keinen«, erwidert Savannah schnippisch.

Als Denver weg ist, schlinge ich von hinten die Arme um ihre Taille und lege das Kinn auf ihre Schulter. Doch sie spült weiter das Geschirr, als wäre ich überhaupt nicht da.

»Du weißt, dass es okay ist, sich an sie zu erinnern«, bemerke ich.

»Ich denke jeden Tag an sie.«

»Man darf auch mal lächeln, wenn man sich erinnert. Ich erinnere mich daran, wie ich, kurz vor dem Unfall, in den Weihnachtsferien zu euch kam und du, Brooklyn und eure

Mom einen Achtziger-Filme-Marathon gemacht habt. Und ihr hattet so viel Essen. Deine Haare waren auftoupiert und in allen möglichen Farben angesprüht. Und du hattest grellen blauen Lidschatten und pinken Lippenstift aufgetragen. Deine Mom hat damit geprahlt, dass du und Brooklyn ihre Klamotten von damals tragen würdet. Kannst du dich nicht mehr an diese Zeiten erinnern?«

Energisch schrubbt sie die Kuchenform. »Die sind jetzt vorbei.«

Ich nicke. »Das stimmt. Aber man muss nicht so tun, als hätte es sie nie gegeben. Komm.« Ich zupfe leicht an ihr, um sie vom Waschbecken wegzuziehen. »Das können wir später machen.«

»Dann trocknet es ein, und man bekommt es noch schwerer sauber.«

»Ich mache es. Komm jetzt. Ich habe den ganzen Tag gearbeitet und will jetzt deinen Kuchen essen.«

»Er wird nicht sonderlich gut schmecken. Er ist trocken und klumpig.« Ihre Stimme klingt rau. Ich mache mir Sorgen, dass sie mal wieder versucht, ihre Gefühle zu verstecken.

»Ach, so schlimm kann er gar nicht sein. Außerdem kriege ich später noch etwas anderes zu naschen, oder?«

Sie dreht sich um und sieht mich fragend an. Als es bei ihr *klick* macht, verdreht sie die Augen und rammt mir den Ellbogen in die Rippen. Ich tue, als würde es nicht wehtun, aber verdammt, sie hat einen ziemlich spitzen Ellbogen. »Hat dir schon mal jemand gesagt, dass du zu aufdringlich bist?«

Kurz starre ich an die Zimmerdecke. »Nein. Darüber hat sich bisher noch niemand beschwert.«

Ich ergreife ihre Hand und ziehe sie in Richtung Wohnzimmer. Zuerst versucht sie, sich zu wehren, doch schließlich gibt sie auf.

»Denver!«, rufe ich.

Er stürmt die Treppe hinab. »Bin bereit.«

Dann rennt er in die Küche, schnappt sich den Kuchen, drei Gabeln und drei Flaschen Wasser und gesellt sich zu uns aufs Sofa. Der Kuchen steht auf Savannahs Schoß, während wir alle unsere Gabeln hineinhauen und dabei *Footloose* sehen. Es dauert eine Weile, bis sich Savannah entspannt, doch ich deute es als gutes Zeichen, als sie nach dem ersten Film *The Breakfast Club* als Folgetitel vorschlägt.

Zwar hat sie nicht nackt im Bett auf mich gewartet, als ich nach Hause gekommen bin, aber ich glaube, wir sind unserem Ziel wieder ein Stück nähergekommen. Heute Abend war genau das, was sie gebraucht hat.

Kapitel 33

LIAM

Am Samstag ist im Smokin' Guns ziemlich viel los, also muss ich wohl oder übel für eine Weile hin. Ich habe Denver gestern Abend gesagt, er müsse heute woanders schlafen. Er kommt im Laden vorbei, um mir mitzuteilen, dass er bei Brooklyn übernachten wird.

Nachdem wir endlich zugemacht haben und ich nach Hause komme, finde ich Savannah wieder in der Küche vor. Sie steht am Herd und lächelt mich über die Schulter an.

»Zwei Abende in Folge in der Küche?«

Sie lacht. »Nun ja, du meintest, ich würde heute Abend meine letzte Aufgabe bekommen. Da hielt ich ein kleines Dankeschön zur Feier des Tages für angebracht.«

Ich ergreife ihr Kinn, küsse sie und lasse meine Zunge in ihren heißen Mund gleiten. Sie dreht sich um und schlingt die Arme um meinen Hals. Ich will den Kuss nicht beenden, doch nachdem ich nichts zu Mittag gegessen habe, bin ich am Verhungern. Es lag vor allem daran, dass mich das, was ich heute Abend vorhabe, ganz nervös macht.

»Ich habe gute Neuigkeiten«, sagt sie und rührt. Savannah ist eine gute Köchin. Ich bin schon vor dem Tod ihrer Eltern in den Genuss ihrer Kochkünste gekommen.

Ich setze mich auf die Küchentheke und nehme mir einen Cracker und ein Stück Käse, den sie bereitgestellt hat. »Was denn?«

»Mein Haus ist fertig. Ich war heute dort. Alle Arbeiten sind erledigt.«

»Wirklich?« *Das sind beschissene Neuigkeiten.* »Das ist ja großartig.«

Sie dreht den Herd herunter, stellt den Timer an der Mikrowelle und platziert sich zwischen meinen Beinen. Ihre Hände streicheln meine Oberschenkel. »Ja. Ich weiß zwar nicht, ob ich noch allein schlafen will, aber so haben wir mehr Ruhe vor Denver.«

Ich nehme ihr Gesicht zwischen die Hände und sehe ihr in die Augen. »Wie wäre es, wenn Denver in dein Haus zieht und du zu mir?«

Sie lacht.

Ich habe es ernst gemeint.

»Witzig, dass du das sagst. Als Austin zu mir ins Büro gekommen ist, hat er vorgeschlagen, Phoenix und Denver könnten zusammen in mein Haus ziehen.«

»Er ist dein großer Bruder. Man sollte immer auf die Älteren hören.«

»Kannst du dir vorstellen, was wäre, wenn ich immer auf Grandma Dori hören würde? Sie ist die Älteste der Älteren.« Sie schüttelt den Kopf. »Wir sind erst seit ein paar Wochen zusammen. Ich glaube, es ist noch zu früh, um richtig zusammenzuziehen.«

Ich springe vom Tresen und ergreife ihre Hand. »Wann ist das Essen fertig?«

Sie wirft einen Blick auf die Mikrowelle. »In zwanzig Minuten.«

»Gut. Komm mit.«

»Wohin? Was ist mit dem Ofen?«

Ich zerre an ihrem Arm. »Schon in Ordnung. Wir gehen nur in den Schuppen. Stell den Timer auf deinem Handy.«

»In den Schuppen?« Ihre Augen beginnen zu leuchten, als hätte ich ihr gerade gesagt, dass N'Sync vor der Tür steht, um ein Privatkonzert zu geben.

»Ja, aber hey, wenn du es nicht wissen willst ...«

»O nein.« Sie zieht die Schürze aus, wirft sie auf die Küchentheke und steuert auf die Hintertür zu. »Los. Gehen wir.«

Lachend öffne ich ihr die Tür. Doch der Ton bleibt mir fast im Hals stecken. Je mehr ich versuche zu schlucken, desto trockener wird mein Hals durch die Angst, die von meinem Körper Besitz ergriffen hat. Sie hat so viel mit mir geteilt. Ich bin es ihr schuldig.

Wir gehen den Steinweg entlang. Ich glaube, so muss man sich fühlen, wenn man kurz vor einem Bungee- oder Fallschirmsprung steht. Mit jedem Schritt lastet das Gefühl des drohenden Unheils schwerer auf meinen Schultern. Sobald sie es gesehen hat, wird sie es nie wieder vergessen können. Was wird sie dann von mir halten? Wird sie schlecht von mir denken? Dass es besser für immer und ewig in der Scheune bleiben und niemals das Tageslicht erblicken sollte? Meine größte Angst ist, dass sie denken könnte, ich wäre schwach. Dann bin ich nicht länger Liam Kelly, der Tattoo-Künstler. Der, der die Kämpfe zwischen den Bailey-Zwillingen beendet. Das hier wird ihre Meinung über mich ändern. Während meine Hand auf dem Knauf liegt, hole ich noch einmal tief Luft.

»Hey.« Sie hält mich auf, bevor ich den Türknauf drehen kann, legt ihre warme Hand auf meine Brust und stellt sich auf die Zehenspitzen. »Du musst das nicht machen, wenn du nicht willst. Du musst es mir nicht zeigen. Ist schon in Ordnung.«

»Warum sagst du das?«

Sie legt die Hand über mein Herz. »Weil dein Herz poltert wie eine Elefantenherde.«

Leise lachend nehme ich ihre Hand. »Normalerweise bin ich ein offenes Buch. Aber was sich hinter dieser Tür befindet, habe ich bisher mit niemandem geteilt. Doch du bist Teil meines Lebens, und ich möchte es dir zeigen.«

»Okay.« Sie nickt.

Ich drehe den metallenen Knauf und drücke die Tür auf. Wir treten ein in die Dunkelheit, und ich knipse das Licht an. Die Scheune ist nicht wirklich eine Scheune. Ich habe sie für meine Zwecke hergerichtet.

»Liam!« Sie schnappt nach Luft.

Sie tritt weiter hinein in meinen privaten Bereich, wo überall Staffeleien stehen und Bilder an den Wänden hängen. Manche lehnen gestapelt in der Ecke. Die Tische sind beladen mit Farben und Pinseln. Den Boden habe ich zum

Schutz mit Tüchern ausgelegt. In der Ecke stehen ein voller Kühlschrank, ein Sofa und ein Sessel. Für die späten Stunden, wenn ich mal wieder eine Blockade habe.

Sie dreht sich weg von einem Bild von Lake Starlight in der Abenddämmerung. »Die hast alle du gemalt?«

Nickend schiebe ich die Hände in die Hosentaschen. Ich spüre, wie meine Wangen zu glühen beginnen.

Sie geht weiter zu den nächsten beiden Staffeleien. Auf einer steht ein Gemälde von Calista bei Brooklyns und Wyatts Hochzeitsfeier. Das andere zeigt die Laube auf dem Marktplatz, die für Austins und Hollys Hochzeit dekoriert wurde. Schweigend betrachtet sie sie.

Ich lasse meinen Nacken knacken und beobachte, wie ihr Blick über die Wände wandert. Die meisten Bilder, die ich aufgehängt habe, zeigen Lake Starlight. Eins davon das Terra & Mare am Tag der Eröffnung, ein anderes die Rückseite von Wyatts Hotel mit dem See im Vordergrund.

»Sag etwas«, dränge ich.

Sie sieht mich an und streicht über die bemalten Leinwände in der Ecke. »Sie sind wunderschön. So realistisch.«

Ich verlagere das Gewicht auf die Fersen.

»Warum versteckst du sie hier drin?« Sie sieht sich den Stapel an Gemälden an, der in der Ecke lehnt. Ich unterdrücke den Drang, ihr Einhalt zu gebieten. In diesem Stapel befinden sich ein paar meiner ersten Bilder, darunter welche, die sie bestimmt traurig stimmen.

»Weil sie nur für mich sind.«

Sie nickt und hört auf zu stöbern. Langsam gehe ich auf sie zu und sehe, wie sie die Särge ihrer Eltern betrachtet. Bevor ich sie hergebracht habe, habe ich darüber nachgedacht, die Bilder loszuwerden, doch ich konnte nicht.

»Das habe ich aus dem Gedächtnis gemalt.«

Sie betrachtet es eine Weile. Ich bin sicher, sie sieht die neun Bailey-Geschwister, die in der Kirche in der ersten Reihe sitzen, alle um Jahre jünger, als sie jetzt sind.

»Es ist alles, was mir von diesem Tag im Gedächtnis geblieben ist«, sagt sie leise. »Weißt du noch, wie dir Phoenix und Sedona nicht von der Seite gewichen sind?« Mit dem Handrücken streichle ich ihren Arm.

Sie nickt und besieht sich weiter den Stapel.

»Ich sollte dich besser warnen ...«

Doch als sie nach Luft schnappt, weiß ich, dass sie es schon gesehen hat. Das Bild von unseren Müttern, wie sie lachend zusammen auf dem Sofa sitzen. Sie ist noch nicht bereit, die Bilder von uns als Kinder bei Grillpartys oder beim Fischen zu sehen.

»Du siehst tatsächlich aus wie sie.«

Sie dreht sich um, und die Bilder kippen zurück an ihre ursprüngliche Stelle. »Warum?«

»Warum was?«

»Warum machst du das?«

Ich zucke mit den Schultern. »Ich schätze, es hilft mir, Dinge zu verarbeiten.«

»Was verarbeiten?« Sie macht einen Schritt auf mich zu, und ich frage mich, ob sie mich ohrfeigen wird, weil ich sie hergebracht habe.

»Ihren Tod. Dass meine Eltern gegangen sind. Das Leben.«

Sie dreht sich von mir weg und betrachtet das Bild von Calista in ihrem Blumenmädchenkleid. Sie sieht nach vorn zum Altar, zu Rome, während sie die Blüten auf den Boden streut. Sie lächeln einander an.

Savannah setzt sich auf den Hocker und starrt vor sich hin. Langsam rollt ihr eine Träne über die Wange.

»Ich habe dich nicht hergebracht, um dich traurig zu machen.« Ich stelle mich neben sie, und sie lehnt sich gegen meine Brust.

»Ich weiß. Sie sind so wunderschön und lebensecht. Es tut weh, dass meine Eltern Calista, Dion, Holly, Wyatt und Harley nie kennengelernt haben.« Dann sieht sie mich an. »Was glaubst du, was sie von uns gehalten hätten?«

Ich drehe den Hocker und beuge mich zu ihr herunter. »Mir gefällt die Vorstellung, dass sie sich freuen würden. Wahrscheinlich wären sie überrascht. Wie der Rest deiner Familie. Aber sie würden sich sicherlich für uns freuen.«

Sie lächelt ein wenig. »Danke, dass du das mit mir geteilt hast. Und ich dachte, du hättest irgendwelche Autos im Schuppen stehen oder eine gigantische Käfersammlung oder so was.«

Lachend ergreife ich ihre Hände, ziehe sie hoch und wische die Tränen von ihren Wangen. »Mit ›Käfersammlung‹ meinst du Autos?«

Sie schüttelt den Kopf. »Nein, ich dachte an Insekten.«

»Wie kommst du denn auf so was?«

Sie zuckt mit den Schultern. »Keine Ahnung. Aber damit habe ich nicht gerechnet.« Sie lässt den Blick durch den

Raum schweifen, bis er wieder am Stapel in der Ecke hängen bleibt. »Sind die alle von früher?«

»Ja. Manche zeigen nur meine Eltern, mein Elternhaus, mein Bike.«

»Dann sind sie nicht alle so emotional?«

Leise lachend ziehe ich sie zu mir. »Nein. Ich male das, was mir im Kopf bleibt und ich rekonstruieren möchte.«

»Liam?«, fragt sie in mein Shirt.

»Ja?«

Sie zieht den Kopf zurück und sieht mich mit ihren blauen Augen an. »Warum willst du sie nicht mit anderen teilen? Die Leute würden sie kaufen, so gut, wie sie sind. Ich bin sicher, Rome würde das von sich und Calista lieben. Und deiner Mom würde das von sich und meiner Mom mit den Kaffeetassen in ihren Händen gefallen. Du solltest stolz sein auf dein Talent.«

Ich schüttle den Kopf. »Für diesen Schritt bin ich noch nicht bereit. Ich weiß nicht, ob ich es je sein werde. Ich wollte, dass du die Bilder siehst, damit du weißt, dass ich mir keine Pornos reinziehe oder mit meinen Käfern spiele, wenn ich hier drin bin.«

Sie lacht, und ihre Stirn landet auf meiner Brust. »Okay.« Ich drücke sie noch fester. »Danke, dass du mir einen Einblick gegeben hast.«

Ich beuge mich hinunter und küsse sie. »Danke, dass du nicht ausgeflippt bist.«

»Darf ich denn hier drin sein?«, fragt sie und kaut auf ihrer Unterlippe herum, als würde ihr Gehirn auf Hochtouren arbeiten.

»Ja. Wann immer du willst. Aber sei gewarnt. Manche Bilder sind vielleicht nicht einfach anzusehen.«

Sie nickt. »Danke für die Vorwarnung.« Dann klingelt der Timer auf ihrem Handy. »Essen ist fertig.«

Wir gehen den gepflasterten Weg hinab, als sie über die Schulter blickt. »Vielleicht könntest du *mich* malen. Wie bei *Titanic*.«

»Ich weiß nicht, ob ich mich so gut beherrschen kann wie Jack.« Ich packe ihre Hüften, hebe sie hoch und drehe sie um, sodass sie die Beine um meine Taille schlingen kann. »Willst du heute Abend mit mir malen?«

Sie wird bleich. »Das ist nicht mein Ding, Liam. Ich bin nicht kreativ.«

»Das musst du auch nicht sein. Dein fünfter Schritt ist, irgendwas zu malen. Setz dich einfach eine Stunde lang hin. Oder länger. Glaub mir. Es wirkt beruhigend. Du könntest einen Regenbogen malen. Oder eine Blume. Oder einen Baum. Du musst keine Menschen malen.« Unsicher verzieht sie das Gesicht, also wechsle ich erst mal das Thema. »Lass uns zuerst essen.«

Ich habe noch viel Zeit, sie zu allen möglichen Dingen zu überreden.

Kapitel 34

SAVANNAH

Nach dem Abendessen überredet mich Liam dazu, gemeinsam mit ihm zu malen. Jetzt trage ich ein übergroßes Hemd, das mal ihm gehört hat.

»Ich bin hoffentlich die erste Frau, mit der du so etwas machst.« Ich deute auf die Farbklekse auf dem Shirt.

Er beugt sich herunter und gibt mir einen Kuss auf den Mund. »Versprochen.«

»Willst du mir dann erklären, warum dieses schöne Hemd so ruiniert ist?«

»Ich bin hier reingekommen und habe angefangen zu malen, ohne mich umzuziehen. Hatte das Bild im Kopf und wollte nicht, dass es verschwindet, also ...«

Ich blicke an dem blauen Hemd herab, kann mich aber nicht daran erinnern, es jemals an ihm gesehen zu haben. »Welches Bild hattest du denn im Kopf?«

Er lacht leise. »Willst du, dass ich mich verplappere?«

»Ich bin nur neugierig.« Ich zucke mit den Schultern.

Er stellt mir eine Staffelei mit einer frischen Leinwand

auf, daneben Farben und Pinsel. Das ist doch verrückt. Mein Bild wird aussehen, als hätte es eine Fünfjährige gemalt. Ich will damit nicht sagen, dass Fünfjährige hässliche Bilder malen. Sie sind erst fünf. Aber ich bin einunddreißig. Großer Unterschied.

»Falls du es unbedingt wissen willst – es war nach Brooklyns und Wyatts Hochzeitsfeier.«

Ich kneife die Augen zusammen. »Als du mich angeschrien hast?«

Er schüttelt den Kopf. »Du meinst wohl, als du *mich* angeschrien hast.«

Er küsst meine Stirn. Mir ist klar, dass er mich damit nur besänftigen will, aber dieser Mann weiß, wie er mich mit seinen Lippen ablenken kann.

Ich konzentriere mich auf die weiße Leinwand, und mein Magen beginnt zu rumoren. Das hier ist das Letzte, was ich jetzt tun will.

»Okay, alles bereit. Irgendwelche Musikwünsche?« Er geht hinüber zur Stereoanlage, die mir beim ersten Mal nicht aufgefallen ist.

Ich kann nicht aufhören, mir jedes seiner Bilder anzusehen. Er ist so talentiert. Keine Ahnung, warum er keine Galerie auf der Main Street hat. Die Landschaftsbilder würde man ihm aus den Händen reißen, denn sie fangen unsere kleine Stadt perfekt ein.

»Dann entscheide ich.« Mit dem Daumen tippt er auf seinem Handy herum und wischt über das Display. Lewis Capaldi erklingt über die Lautsprecher.

»Willst du mich etwa traurig machen? Und zieh gefälligst dein Shirt an. Das lenkt mich zu sehr ab.«

Leise lachend setzt er sich an seine Staffelei. »Wir könnten statt der Leinwände uns gegenseitig bemalen und auf dem Boden herumrollen.«

»Ich würde gerade alles tun, um nicht malen zu müssen. Das ist so unfair. Was, wenn ich dich vor eine Excel-Tabelle und eine Gewinn-und-Verlust-Rechnung setzen würde?«

Lachend steckt er den Kopf hinter seiner Staffelei hervor und sieht mich an. »Du vergisst, dass ich auch ein Business habe.«

Knurrend bewerfe ich ihn mit einem Pinsel.

»Ich bin sicher, es gibt irgendwas, das ich nicht kann.«

Leicht gesagt, aber er ist so gelassen, dass es ihn nicht kümmern würde. Ganz egal, ob er darin gut wäre oder nicht. Ich bin es nicht gewohnt, irgendwas nicht gut zu machen, denn ich meide alles außerhalb meiner Komfortzone.

»Entspann dich einfach und lass es fließen.«

Schmollend sitze ich eine Weile auf meinem Stuhl und höre, wie sich sein Pinsel über die Leinwand bewegt.

Ein neuer Song beginnt. In der Pause zwischen den beiden Liedern muss er mein Seufzen gehört haben, denn er kommt zu mir herüber, ergreift meine Hand und drückt mir den Pinsel in die Finger. »Beginnen wir mit deiner Lieblingsfarbe.«

»Ich habe keine.«

Er seufzt. »Ich weiß, dass du eine hast.«

Ich denke daran, als er mir das Tagebuch geschenkt hat, während er meinen Pinsel in die rote Farbe taucht. Dann führt er meine Hand über die Leinwand und hinterlässt eine geschwungene Linie.

»Was ist das?«

»Was ist es für dich?«

»Eine geschwungene Linie.«

»Benutz deine Fantasie.« Dann setzt er sich wieder an seine eigene Staffelei.

Ich starre auf die Linie. »Ich bin kein besonders fantasievoller Mensch. Du benutzt Fotos. Kann ich nicht auch Fotos benutzen?«

»Vielleicht sollte ich dich ein Malen-nach-Zahlen-Bild malen lassen«, bemerkt er, ohne aufzustehen.

»Das wäre perfekt.«

Er wirft mir einen Blick zu, der halb genervt und halb belustigt wirkt.

»Na schön.« Ich atme laut aus. »Aber ich werde es dir danach nicht zeigen.«

»Okay. Musst du nicht.«

Uff. Er ist wirklich Mr Ich-gebe-immer-die-richtige-Antwort. Ich schwöre.

Ich setze den Pinsel auf die geschwungene Linie und mache daraus eine Blume. Dann tauche ich einen anderen Pinsel in die gelbe Farbe, um das Innere der Blume auszumalen, dann Grün für den Stängel und die Blätter.

Nachdem ich endlich herausgefunden habe, was ich malen will, genieße ich den Schaffensprozess. Ich male noch eine Blume und noch mehr Gelb und Grün. Als ein fröhlicheres Lied erklingt, wippe ich auf meinem Hocker auf und ab und besprenkle die Leinwand mit blauer Farbe als Wassertropfen.

Liam wirft mir ab und zu einen Blick zu, doch ich deute mit Zeige- und Mittelfinger auf meine Augen und dann auf ihn. »Augen auf deine eigene Leinwand, Kelly.«

Er lacht und wippt mit dem Fuß im Takt der Musik.

Eine halbe Stunde später drehe ich mich auf meinem Hocker um. Das hat sich tatsächlich großartig angefühlt. Ich habe mich so im Malen verloren, dass die Zeit vergangen ist wie im Flug. »Fertig!«

»Das hier ist kein Wettrennen, Babe.« Er taucht immer noch den Pinsel in die Farbe und zieht ihn über die Leinwand. Tauchen und ziehen.

Ich beobachte, wie sich die Muskeln seines Unterarms bewegen. Inzwischen bin ich es gewohnt, ihn ohne Shirt zu sehen, aber es macht mich trotzdem jedes Mal heiß.

»Hör auf, mich zu beobachten«, sagt er, ohne mich eines Blickes zu würdigen.

»Bist du bald fertig?«

»Bald.« Wieder taucht er den Pinsel in die Farbe.

Ich lege den Kopf in den Nacken und schaue gedankenverloren an die Decke. Dann springe ich auf und gehe wieder zu den Bildern, die in der Ecke stehen. Das Quietschen seines Stuhls verrät, dass er mich dabei nicht aus den Augen lässt.

Ich kann nicht leugnen, dass es ein Schlag in die Magengrube war, das Bild mit meiner Mom zu sehen. Natürlich habe ich schon Bilder von meinen Eltern gesehen. Ich gehe jeden Morgen an einem vorbei, sobald ich das Firmengebäude betrete. Im Flur der Chefetage hängt das Bild meines Vaters direkt neben dem meines Großvaters, doch ich bleibe nie stehen, um es genauer zu betrachten. Ab und zu werfe ich einen flüchtigen Blick darauf, aber nie richtig. So habe ich die letzten Jahre überlebt.

Ich blättere durch die Leinwände. Bei manchen Bildern muss ich lächeln, andere überspringe ich, wie zum Beispiel das von der Beerdigung. Beim letzten angekommen, stockt mir der Atem. Es ist von der Hochzeit meiner Eltern.

Ich schiebe die anderen Gemälde beiseite, um es herauszuziehen. »Sie waren ein so schönes Paar.«

»Wie Ken und Barbie«, sagt Liam hinter mir.

Ich starre auf das Bild. Diese Szene stellen wir jedes Jahr beim Gründertag nach.

»Dieses Bild ist legendär. Ich musste es einfach malen.«

Ich kann meinen Blick nicht von dem Bild meiner Eltern wenden. Meine Mom trägt ein schlichtes weißes Kleid und mein Dad einen Anzug statt eines Smokings. »Ich sehe ihr wirklich ähnlich.«

»Ja. Aber ein bisschen was hast du auch von deinem Dad. Es liegt an den blonden Haaren, dass die Leute immer nur deine Mutter in dir sehen. Aber du hast die Nase deines Dads. Und siehst du, wie seine Oberlippe beinahe verschwindet, wenn er lächelt? Das ist bei dir auch so.«

»Woher willst du das wissen? Ich lächle nie«, erwidere ich trocken.

»Du lächelst viel öfter, als du denkst.«

Ich stelle das Bild zurück. »Ich habe die Erinnerung an

sie immer in einer Schachtel verwahrt, weißt du? Es ist zu schmerzhaft, sich richtig an sie zu erinnern.«

»Ich weiß.« Er küsst meine Stirn.

»Zeigst du mir dein Bild?«, frage ich.

»Nur, wenn du mir deins zeigst.«

»Du wirst dich nur über mich lustig machen.«

Er zieht an meiner Hand. »Niemals.«

Wir gehen hinüber zu meiner Staffelei und betrachten das Bild eine Weile.

»Eben war es noch ein Blumenstrauß. Ich schwöre. Hast du es etwa vertauscht?«

Er lacht. »Es ist gut, Babe.«

Er ignoriert meine Frage. Ich kann einfach nicht malen. »Nein, ist es nicht. Sieht eher aus wie verfaulte Äpfel.«

»Es ist dein erstes Bild. Hab ein wenig Nachsicht mit dir.« Ich nehme es, um es wegzuwerfen, doch er hält mich auf. »Nope.«

Statt ihm zu widersprechen – denn er wird sowieso gewinnen –, renne ich hinüber zu seiner Staffelei. Und wieder bin ich total verzückt. »Ich bin wunderschön.«

Er lacht. Es macht ihm überhaupt nichts aus, mir sein Werk zu zeigen. Er hat mich in seinem Hemd und ohne Hose gemalt. »Das bist du.«

Als mir klar wird, was ich eben gesagt habe, schlage ich die Hand vor den Mund. »So habe ich es nicht gemeint. Ich meinte, du hast mich schön gemalt.«

Er beugt sich herunter und küsst meinen Hals. »Du bist schon immer schön gewesen. Aber ich bilde mir gern ein, dass *ich* derjenige bin, der dich so strahlen lässt.«

Ich taste nach meinem unordentlichen Dutt. »Wenn ich gewusst hätte, dass du mich malst, hätte ich mir eine anständige Frisur gemacht.«

»Aber so gefällst du mir am besten.« Dann presst sich seine Brust gegen meinen Rücken, und seine Finger machen sich am obersten Knopf seines Shirts zu schaffen. »Nur ohne das Shirt.«

In Windeseile hat er alle Knöpfe geöffnet, ohne auch nur einen abzureißen. »Wie bist du darin so gut geworden?«

»Als ich noch klein war, hatte meine Mom Decken mit Druckknöpfen, normalen Knöpfen und Klettverschluss. Sie meinte, die mit den Knöpfen hätte ich geliebt. Wer hätte gedacht, dass es sich irgendwann auszahlen würde?«

Er streift das Shirt über meine Schultern, und es fällt zu Boden. Dann öffnen seine warmen Hände den Verschluss meines BHs, der ebenfalls auf dem Fußboden landet. Er beugt sich nach vorn, schiebt die Finger in den Bund meines Slips und streift ihn über meine Beine. Ich trete heraus, und er wirft ihn irgendwo hin.

»Erinnere mich daran, dass ich mich bei deiner Mom bedanken muss, sobald ich sie wiedersehe.«

Seine Lippen landen auf meiner Schulter. Eine Hand streichelt über meine Rippen, während die andere meinen Oberkörper hinaufwandert. Mit seinem großen Körper über mir und seiner nackten Brust, die mich zu schützen scheint, will ich hier nie wieder weg. Mit Liam zusammen zu sein, mich durch seine Augen zu sehen, lässt erneut Tränen in mir aufsteigen.

»Glückwunsch. Du hast die Finde-dich-selbst-Universität erfolgreich abgeschlossen. Dein Professor möchte dir jetzt deine Belohnung geben.«

Als seine Finger zwischen meinen Schamlippen hindurchgleiten und er mich gleichzeitig in den Nippel kneift, bekomme ich am ganzen Körper Gänsehaut. So gern ich auch so bleiben würde, es gibt etwas, das ich schon die ganze Zeit tun wollte – und jetzt ist dafür der perfekte Augenblick.

»Ich würde Ihnen zum Dank auch gern etwas schenken, Professor Kelly.« Ich drehe mich um, gehe auf die Knie und öffne Knopf und Reißverschluss seiner Jeans. Zusammen mit seinen Boxershorts ziehe ich sie herunter und beobachte, wie seine Erektion herausspringt und nach oben zu seinem Bauchnabel zeigt.

Er hilft mir, ihn aus seiner Kleidung zu befreien und löst mein Haargummi, sodass mein Haar über meine Schultern fällt. »Sav.« Er seufzt, als ich die Hand um ihn lege.

Ich beende unser Studentin-Professor-Spiel, lecke über seine gesamte Länge und lasse die Zunge um seine Eichel kreisen. Seine Finger krallen sich fest in mein Haar. Er beobachtet mich mit feurigen Augen, was mich nur noch feuchter werden lässt. Während ich ihm einen blase, bearbeite ich ihn gleichzeitig mit der Hand.

»Hast du dir ein YouTube-Video angesehen, um so gut zu werden?«

Ich kichere, meine Lippen immer noch um seinen Schwanz, und blicke zu ihm auf, ohne seine Frage zu beantworten, denn er würde sowieso nicht zuhören. Er verdreht die Augen, und ich danke ihm auf meine ganz eigene Art dafür, dass er mir geholfen hat, mich selbst wiederzufinden. Ich bin vielleicht nicht mehr dasselbe neunzehnjährige Mädchen, aber ich genieße endlich wieder mein Leben als die Frau, die ich heute bin.

Als er noch fester an meinem Haar zieht, erhöhe ich die Geschwindigkeit, sauge noch fester und massiere ihn noch schneller. Jedes Seufzen, Stöhnen und Knurren, das seiner Kehle entweicht, spornt mich weiter an. Die Tatsache, dass ich ihn da hinbringen kann, wo er jetzt ist, beflügelt mich. Er stößt die Hüften nach vorn, und ich seufze. Er sieht so heiß aus von hier unten. Er schlägt die Augen auf, und ich blicke zu ihm, denn ich will keine Sekunde seiner Reaktion verpassen.

»Sav, ich …«

Ich höre nicht eher auf, bis er seinen Schwanz tiefer in meinen Mund stößt und kommt.

»Fuck«, raunt er.

Bevor ich aufstehe, lecke ich ihn sauber. Ohne Zeit zu verlieren hebt er mich hoch und trägt mich zu dem Stuhl, auf dem ich vorher beim Malen saß.

»Beine auseinander, Babe. Ich bin dran.« Jetzt ist er derjenige, der auf die Knie sinkt.

Kapitel 35

LIAM

Inzwischen war ich wegen der Spendengala für die Bibliothek schon so oft bei Bailey Timber, dass mein Namensschild bereits auf Carries Tischkante liegt.

Im Vorbeigehen greife ich danach. »Hey, Carrie.«

»Mr Kelly.«

Ich springe in den Aufzug. Phoenix wartet nicht länger auf mich, um mir den Weg zu weisen. Zum Glück wurde Savannahs Kühlschrank nicht rechtzeitig geliefert und kommt erst am Wochenende. So lange wird sie noch bei mir wohnen. Nach dem Galadinner am Sonntag werde ich sie schweren Herzens nach Hause fahren. Aber ich habe vor, die Nacht bei ihr zu verbringen. Sie weiß es zwar noch nicht, aber ich denke nicht, dass sie etwas dagegen haben wird.

Da der Konferenzraum leer ist, gehe ich weiter den Flur hinab und bleibe vor Samaras kleinem Tisch stehen.

»Du kannst ruhig schon hineingehen, Liam. Sie macht gerade noch etwas fertig. Dori verspätet sich ein wenig«, erklärt Samara.

»Danke.«

Ich klopfe, und Savannah winkt mich herein in ihr großes Büro. Sie sitzt an ihrem Schreibtisch. Ich könnte mir nicht vorstellen, den ganzen Tag vorm Computer zu sitzen.

»Hey«, sagt sie und rollt mit ihrem Stuhl zurück. Dann drückt sie auf einen Knopf, um die Jalousien zu schließen.

»Ich bin hoffentlich der einzige Kerl, bei dem du das bisher gemacht hast.«

»Versprochen.« Sie stellt sich auf die Zehenspitzen und küsst mich.

Nachdem ich gestern spät von der Arbeit nach Hause kam, bin ich zu ihr ins Bett gekrochen. Jedoch bin ich heute Morgen nicht aufgestanden, bevor sie ins Büro gefahren ist. Eine Schande, denn sie trägt heute wieder das Wickelkleid. »Sollen wir heute den Zwei-Sekunden-Trick ausprobieren?«

Sie lacht. »Nur, wenn du willst, dass uns Grandma Dori erwischt.«

Ich zupfe am Stoff ihres Kleids und finde den Knopf. Sie schnappt zwar nach Luft, doch ich lege die Hand auf ihren Bauch und lasse sie nach oben wandern zu ihrer Brust. Während ich Savannah küsse, fällt das Kleid auseinander.

»Das ist nicht fair«, murmelt sie gegen meine Lippen.

Ich reibe ihren Nippel und drücke sie gegen ihren Schreitisch. Sie folgt meinen nonverbalen Anweisungen und spreizt die Schenkel, um mir Platz zu machen.

»Das habe ich auch nie behauptet.«

Ihre Lippen sind weich. Ich lasse meine Zunge in ihren Mund gleiten. Ich glaube, ich werde nie genug davon bekommen, sie in meinen Armen zu halten, mit meinen Lippen auf ihren und meinen Händen auf ihrem Körper. Ich kann immer noch nicht fassen, dass das tatsächlich passiert. Manchmal fühlt es sich immer noch unwirklich an. Ich bedecke ihren Hals mit Küssen und ziehe das Körbchen ihres BHs herunter. Es überrascht mich, dass sie mir noch nicht Einhalt geboten hat.

»Rate mal«, sagt sie. Ich sehe zu ihr auf, während ich ihren Nippel in den Mund nehme. »Wir haben zwei neue Verträge abgeschlossen. Alles wird gut. Ich meine, ja, wir brauchen noch mehr Verträge. Aber das hilft uns, uns erst mal über Wasser zu halten.«

Ich lasse von ihrer Brust ab und nehme wieder ihren Mund in Beschlag. Nachdem ich unseren Kuss beendet habe, sage ich: »Glückwunsch. Das müssen wir feiern.«

»Heute Abend?«

»Ja, im Terra & Mare. Ich will ja nicht angeben, aber ich kenne den Besitzer.« Ich zwinkere, und ihr Lächeln verebbt.

»Was das angeht ...«

Mein Schwanz erschlafft augenblicklich. Und ich dachte schon, alles würde jetzt gut werden. Ich mache einen Schritt rückwärts. »Was?«

»Bitte hör mir kurz zu, okay?«

Ich bin schon jetzt genervt. Ich habe ihr Zeit gegeben, aber allmählich wird es lächerlich. Schweigend stehe ich da und warte.

»Lass uns noch ein paar Tage warten. Bis nach der Spendengala. Wir wollen doch das Event nicht überschatten. Man wird uns so viele Fragen stellen. Der Fokus soll auf der Veranstaltung liegen. Danach gehen wir zusammen essen.

Gleich am Sonntag, wenn du willst. Und dann gebe ich dir mitten auf dem Marktplatz den größten Kuss aller Zeiten.«

Ich atme laut aus. Sie packt ihre Brust wieder ein und bindet das Kleid schneller zusammen, als ich es aufbekommen habe.

Ich setze mich aufs Sofa und stütze den Kopf in die Hände. »Ich kann nicht so tun, als wäre das für mich in Ordnung. Ich hatte gehofft, mit dir *gemeinsam* zur Spendengala gehen zu können. Deine Hand zu halten und dir einen Drink zu holen. Verdammt, ich würde sogar deine Handtasche für dich tragen. Ich habe dieses scheiß Versteckspiel satt.«

Sie eilt zu mir herüber, setzt sich neben mich und legt die Hand auf meinen Oberschenkel. »Ich auch. Glaubst du nicht, dass ich das Gleiche will wie du?«

»Ganz ehrlich? Ich glaube nicht.«

Sie drückt meinen Schenkel und küsst meinen Kiefer. »Doch, will ich. Wirklich. Das Timing ist nur schlecht. Aber wir haben die Ziellinie fast erreicht.«

Wir können unsere Beziehung dann offiziell machen, wenn sie bei mir auszieht. Fantastisch.

Doch ich nicke, denn welche Wahl bleibt mir denn? Wir halten unsere Beziehung seit Wochen geheim. Ein paar Tage werde ich noch aushalten. »Okay. Aber ich will einen Quickie in der Garderobe.«

»Deal.« Sie lächelt mich an und küsst mich. Diesmal ist sie diejenige, die die Zunge in meinen Mund gleiten lässt und körperliche Nähe sucht.

Ich weiß, dass man mir meine Wut anmerkt, aber ich

komme einfach nicht umhin zu glauben, dass sie sich für mich schämt. Was soll ich machen, wenn es wirklich so ist?

Ihre Bürotür geht auf. Zum Glück sind wir inzwischen wieder angezogen. Dori und Phoenix stehen in der Tür und starren uns an.

Dori strahlt, während Phoenix die Augen verdreht. »Ich habe gehört, ihr beiden treibt es hier drin miteinander.«

Dori schüttelt den Kopf. »Hört nicht auf Phoenix. Sie hat schlechte Laune.«

»Ja, weil du mich heute Morgen mit einer zweiwöchigen Kündigungsfrist gefeuert hast. Das mit den zwei Wochen sollte eigentlich anders herum sein.«

Dori setzt sich in einen Sessel und sieht Savannah und mich voller Freude an. »Wie wäre es mit einem Danke?«

»Ich soll mich dafür bedanken, dass du mich gefeuert hast?« Phoenix legt die Füße auf den Tisch. »Und ich hole heute keine Getränke. Ich habe meine Jobbeschreibung durchgelesen. Darin steht nicht, dass ich bei Meetings den Kellnerjob übernehmen muss.«

Ihre Empörung bringt mich trotz meiner Wut zum Lachen.

»Bald ist der große Tag, also reißen wir uns jetzt zusammen und eröffnen das Event mit einem großen Knall.« Doris Enthusiasmus springt nicht auf uns über.

Ich bin sauer, Phoenix ist sauer, und Savannah kann nicht aufhören, mich zu befummeln. Eine willkommene Abwechslung, denn normalerweise fasst sie mich im Beisein ihrer Familie nie an. Aber vielleicht tut sie es nur, weil sie Angst hat, dass ich das zwischen uns beende. Ich sage bewusst »das«, denn wären wir in einer richtigen Beziehung, wüsste es ganz Lake Starlight.

Kapitel 36

SAVANNAH

Der Abend der Spendengala ist endlich gekommen. Da Liam und ich nicht zusammen auftauchen konnten, habe ich beschlossen, mich bei mir zu Hause fertig zu machen statt bei ihm. Ich will seinen Blick sehen, wenn er mich in meinem roten Kleid entdeckt.

Außerdem musste ich seine Überraschung hineinschmuggeln.

Das Event findet im Lakeside Grill statt. Die Location befindet sich in Lake Starlight und ist groß genug, um alle Tische unterzubringen, die wir verkauft haben. Ich arrangiere die Sachen für die stille Auktion, während die Kellner die Tische fertig eindecken und die Wassergläser befüllen.

»Das ist so süß. Das war die beste Idee, die wir je hatten«, flötet Grandma Dori. »Der *Kater-mit-Hut*-Tisch gefällt mir am besten. Oh, aber der *Goodnight-Moon*-Tisch ist auch bezaubernd.«

Ich drehe mich zu ihr, während sie von Tisch zu Tisch geht. »Sie sind großartig geworden, nicht wahr?«

»Wenn das nicht genug Geld einbringt für den Anbau, weiß ich auch nicht.«

Jetzt, da wir diese Woche zwei neue Verträge abgeschlossen haben, geht es uns beiden besser.

»Mir persönlich gefällt *Charlotte und Wilbur* am besten. Und hast du die Desserttische mit den verschiedenen Themen gesehen? Greta hat sich selbst übertroffen.«

Grandma Dori richtet den Blick auf die hintere Wand, an der die Tische mit den Desserts stehen. Auf jedem befindet sich ein Kuchen passend zum Thema, dazu kleine süße Häppchen. »Ja, das hat sie.«

Schweigen erfüllt den Raum. Das Klappern von Besteck ist alles, was man hört. Ich rücke die Notizblöcke gerade und stelle sicher, dass an jeder Station ein Kugelschreiber liegt. Auf meiner Unterlippe herumkauend besehe ich mir das wundervolle Gemälde für die stille Auktion, das ich auf eine Staffelei gestellt habe. Es ist von einem herausragenden Künstler aus Lake Starlight. Liam hat unsere Stadt großartig eingefangen. Die Laube ist beleuchtet von Lichterketten, und die herbstlichen Bäume, die den Marktplatz säumen, sind in leuchtenden Farben gemalt. Selbst die Fassaden der Läden sind detailgetreu. Ich frage mich, ob ich das Richtige tue. Doch sobald er sieht, wie hoch die Gebote werden, wird er nicht mehr sauer sein.

»Wow! Es ist umwerfend«, sagt Brooklyn. Sie trägt ein goldenes Kleid, Wyatt einen schwarzen Anzug. Sie sehen aus, als wären sie eben aus New York eingeflogen. Wyatt hat im Namen von Brooklyns Firma einen Tisch gekauft. Er hätte auch auf das Resort buchen können, doch er meinte,

Brooklyns Business brauche mehr Werbung. Er ist wirklich ein Schatz. »Ich habe das von dir und Liam gehört. Du Cougar, du.«

Ich schenke ihr ein knappes Lächeln.

Sie seufzt, denn sie kennt meine Körpersprache. »War nur ein Witz. Ich mache doch nur Spaß.«

»Ich weiß.« Ich hebe die Hände, um ihr zu verstehen zu geben, dass ich mich nicht hier darüber unterhalten will.

»Das ist eine gute Sache. Diese ganze Wut ist bestimmt gut für euer Sexleben.«

»Brook.« Kopfschüttelnd legt Wyatt den Arm um ihre Taille. »Wir haben gesagt, wir würden es nicht ansprechen.«

»Sie ist meine Schwester. Sie ist heimlich mit dem Bad Boy der Stadt zusammen. Komm schon.«

»Wir werden uns jetzt ein wenig umsehen. Du hast einen hervorragenden Job gemacht.« Brooklyn will widersprechen, doch er führt sie trotzdem fort.

Ihre Bemerkung über meine Wut wirft mich aus der Bahn. Liam und ich haben uns seit Wochen nicht mehr gestritten. Es sei denn, man zählt sein kindisches Verhalten dazu, nachdem ich ihm gesagt habe, ich wolle unsere Beziehung erst nach der Gala offiziell machen. Aber Brooklyn hat uns schon eine Weile nicht mehr zusammen gesehen. Für sie sind wir die ewigen Streithammel.

Ich helfe dem Manager, die Absperrungen vor dem Tisch mit den Sachen für die Auktion anzubringen. Nach dem Dinner werde ich jedes einzelne Teil ankündigen und beschreiben.

Es kommen immer mehr Gäste, und ich drehe meine

Runden. Austin und Holly sehen aus, als hätten sie Selbstbräuner benutzt, denn keiner wird im alaskischen Winter so braun. Rome und Harley haben bereits Drinks in den Händen, als ich sie begrüße.

»Keine Kinder!« Sie stoßen an.

Denver erscheint gemeinsam mit Phoenix. Sie setzen sich an den Tisch von Lifetime Adventures. Juno und Colton repräsentieren zusammen die Tierarztpraxis. Kingston musste zu einem Brandeinsatz, und Sedona kommt für das Event nicht extra aus New York.

Die anwesenden Baileys scheinen alle ihr eigenes Ding zu machen. Der Einzige, den ich nicht sehe, während ich die Leute begrüße und mich bedanke, ist der Kerl, der den Smokin'-Guns-Tattoos-Tisch gekauft hat.

Ich gehe hinüber zu dem Tisch, an dem Rhys mit vier Mädels sitzt, die ich nicht kenne, und zwei Typen. Die Kerle arbeiten im Tattoo-Studio. Die Mädchen nicht. Und warum sind sie zu viert? Ich erinnere mich selbst daran, wie sehr ich Liam vertraue. Es gefällt mir nur nicht, dass ich vorn am Bailey-Timber-Tisch sitzen werde, während er hier hinten sitzt. Doch ich habe es mir selbst so ausgesucht.

»Hey, weißt du, ob Liam hier ist?«, frage ich.

Eine der Frauen dreht sich zu mir und mustert mich von oben bis unten, doch ich ignoriere sie.

Rhys beißt sich auf die Unterlippe. »Ich habe ihn noch nicht gesehen. Aber er hat mir gesagt, ich solle uns den *Kater-mit-Hut*-Tisch sichern.« Er fummelt an einer rot-blauen Fliege herum, die auf dem Tisch liegt, um damit Fotos zu machen.

Ich nicke. »Danke.«

Als ich weggehe, will das Mädchen wissen, wer ich bin, und Rhys antwortet, ich sei die Organisatorin. Super. Das setzt mich überhaupt nicht unter Druck.

Als ich den Raum verlassen will, werde ich von Greta aufgehalten. Sie hat sich mit ein paar anderen kleineren Firmen zusammengeschlossen und einen Tisch gekauft. Süß von ihnen. Es zeigt mir, dass meine ursprüngliche Idee, nicht nur die Reichsten der Stadt zu integrieren, doch gut gewesen wäre.

»Greta, alles sieht großartig aus. Wir sind total verliebt«, sage ich.

Sie erzählt davon, wie sie die Schweine modelliert hat und dass ihre Klimaanlage ausgefallen sei und sie Platz im Kühlschrank schaffen musste. Es tut mir leid, dass sie so viel Arbeit hatte, vor allem mit sechs verschiedenen Themen. Dafür bin ich ihr sehr dankbar. Während wir uns unterhalten, erscheint Liam in der Tür. Ich will ihm gerade zuwinken, als Rhys die Hand hebt. Liam nickt und geht hinüber zu ihrem Tisch.

Mein Magen zieht sich zusammen.

»Alles in Ordnung, Savannah?« Greta ergreift meine Hand.

Ich setze ein Lächeln auf. »Alles super. Aber ich muss jetzt leider weiter. Ich muss sicherstellen, dass für das Dinner alles bereit ist.«

»Aber natürlich. Geh ruhig.«

Als ich an Liams Tisch vorbeigehe, entgeht mir nicht, wie die Frau von eben versucht, seine Aufmerksamkeit auf sich zu ziehen. Er hält mich nicht auf, und ich blicke nicht in seine Richtung, denn warum auch? Anscheinend werden wir heute Abend so tun, als würden wir uns immer noch hassen.

Der Manager sagt mir, dass das Dinner in Kürze serviert würde. Also trete ich ans Mikrofon, doch ich fühle mich nicht so sicher wie sonst immer. Ich versuche, die linke hintere Ecke des Raums zu ignorieren und räuspere mich.

»Bitte entschuldigen Sie«, sage ich in das Mikro. »Wenn Sie jetzt bitte Ihre Plätze einnehmen würden? Das Dinner wird gleich serviert.«

Rome sitzt bei Denver und Phoenix, denn das Terra & Mare konnte sich keinen Tisch leisten, und Denver meinte, Chip und Nancy würden ohnehin nicht kommen. Bailey Timber hat zwei Tische, an denen die Mitarbeiter sitzen. Da Austin im Vorstand ist, sitzen er und Holly bei uns.

Nachdem alle ihre Plätze eingenommen haben, zeigt mir Grandma Dori einen Daumen nach oben. Das macht sie, seit ich zwanzig bin und sie mich gezwungen hat, bei allen Veranstaltungen die Dankesreden zu übernehmen.

»Im Namen von Bailey Timber und der Bibliothek danke ich Ihnen, dass Sie heute Abend erschienen sind. Der Ausbau der Bibliothek …« Während meiner Rede traue ich mich nicht, Liam einen Blick zuzuwerfen. »Nach dem Dinner werde ich Ihnen die Preise der stillen Auktion vorstellen. Die Geschäfte sind dieses Jahr sehr großzügig gewesen.«

Nachdem ich meine Rede beendet habe, tätschelt Holly eifrig den Stuhl neben sich, doch ich gebe ihr zu verstehen, dass ich gleich da sein werde. Ich gehe in Richtung Damentoilette, beschließe dann aber, ein wenig frische Luft zu schnappen, um meine Nerven zu beruhigen. Der Typ vom Parkservice beäugt mich, während ich an der Wand des Backsteingebäudes stehe, tief einatme und die Augen schließe.

»Tolle Rede.« Liam klatscht langsam, während er auf mich zukommt.

»Hi.«

»Hi.« Er bleibt ein paar Meter von mir entfernt stehen und schiebt die Hände in die Hosentaschen. Gott, wie ich ihn vermisse. Warum habe ich mich bei mir zu Hause fertig gemacht? Er mustert mich von Kopf bis Fuß. »Du siehst umwerfend aus.«

Ich könnte das Kompliment erwidern. Er trägt einen schwarzen Anzug, ein weißes Hemd und eine schwarze Krawatte. Sein Haar ist gegelt, und die Tattoos, die unter den Hemdsärmeln und aus dem Kragen hervorblitzen, lassen ihn noch heißer wirken.

»Alles okay zwischen uns?« Ich lasse den Zeigefinger zwischen uns hin- und herwandern, ohne ihn auf die Frau an seinem Tisch anzusprechen. Ich will mich nicht wie die eifersüchtige Freundin aufführen.

Er zuckt mit den Schultern. »Ja.«

»Warum stehst du dann da drüben?« Ich hasse es, dass meine Stimme so schwach klingt.

»Ich dachte, das zwischen uns wäre noch geheim. Wir wollen doch nichts verraten, oder?« Sein bissiger Ton sagt mir, dass wir uns streiten, ohne dass er es zugibt. Passiv-aggressives Verhalten vom Feinsten.

»Alles klar. Ich merke, dass du immer noch sauer bist.« Ich will gerade gehen, als er mich am Ellbogen festhält. Der Typ vom Parkservice macht einen Schritt nach vorn, und Liam greift in seine Hosentasche und reicht ihm ein paar Scheine. »Such dir ein Auto, um das du dich kümmern kannst.«

Der junge Kerl blickt so ängstlich drein, als würde er sogar vom Steg ins Wasser springen, solange ihm Liam keine verpasst. Er verdünnisiert sich, was mich nicht überrascht.

»So schüchtert man einen Jungen ein«, knurre ich.

»Ich habe ihm gerade zwanzig Dollar gegeben. Ich bin sicher, es geht ihm gut.« Er lässt meinen Arm los. »Ich halte mich an deine Regeln. Was ist also dein Problem?«

»Nichts. Es ist nur ... Du bist wütend. Ich weiß es.«

Er atmet laut aus. »Ich bin genervt. Und ich will nicht so tun, als wäre ich es nicht.«

Ich berühre seine Krawatte, doch er macht keinerlei Anstalten, mich ebenfalls anzufassen. »Nach heute Abend ist das Versteckspiel vorbei.«

»Bis es wieder einen anderen Grund gibt.«

»Nein.« Ich zupfe an seiner Krawatte. »Es wird jetzt nichts mehr passieren. Das verspreche ich dir. Wir sind gerade allein. Wollen wir uns weiter streiten?«

»Wir streiten nicht.«

Wieder ziehe ich an seiner Krawatte. »Küss mich.«

Er grinst. »Am liebsten würde ich dich bestrafen und Nein sagen, weil du es so sehr willst.«

»Aber?«

Er nimmt die Hände aus den Hosentaschen, schlingt die

Arme um meine Taille und hebt mich hoch. »Was dich angeht, kann ich nur schwer Nein sagen.«

Als sich unsere Lippen berühren, ist meine Welt endlich wieder in Ordnung. Das melancholische Gefühl, das mich überkommen hat, verschwindet umgehend, als ich seine Zunge an meiner spüre.

Langsam setzt er mich ab und küsst mich ein letztes Mal. »Wir werden heute früh nach Hause gehen.«

»Da habe ich nichts dagegen.«

Ich erwische den Jungen vom Parkservice, wie er hinter einem Busch hervorspäht.

Ich schiebe Liam in Richtung Tür. »Du zuerst.«

Er holt tief Luft, gibt mir einen Klaps auf den Hintern und geht wieder hinein. Ich warte noch ein paar Minuten. Als ich zurückkehre, essen alle bereits. Ich setze mich neben Holly, die mich mit klimpernden Wimpern ansieht. Sie merkt aber auch alles.

Ich ignoriere sie und beginne, meinen Salat zu essen. Wir unterhalten uns über den ungewöhnlich heißen Sommer, und ich erkundige mich nach ihren Flitterwochen, auch wenn mein Blick immer wieder zu Liams Tisch wandert. Er scheint mich die ganze Zeit zu beobachten. War es ein Fehler, unsere Beziehung nicht schon vorher offiziell zu machen?

Mitten während des Dinners räuspert sich Grandma Dori. »Savannah, es ist an der Zeit, dass du die Preise vorstellst.«

»Lass sie doch zuerst essen«, sagt Austin.

»Wir sind die Gastgeber. Man hat bestimmte Erwartungen an uns.«

Austin erwidert nichts mehr und sieht mich entschuldigend an.

Ich wische mir den Mund, lege die Serviette auf meinen Stuhl und nehme die Liste mit den Preisen, die ich vorstellen muss.

Als ich am Mikrofon stehe, winke ich in die Menge. »Hallo allerseits. Ich bin's wieder.«

Diesmal sehe ich Liam an. Er lächelt breit, und ich erwidere es. Unsere Beziehung öffentlich zu machen macht mich so nervös, dass mein Magen rumort, aber ich bin stolz auf Liam. Gleich wird er sehen, wie gut seine Gemälde ankommen. Dann wird er in der Lage sein, ein freies Leben zu führen. So, wie er es sich vorstellt.

»In wenigen Minuten werden wir die Absperrung entfernen. Dann können Sie Ihre Gebote abgeben und hoffen, die eine oder andere der großzügigen Spenden zu ergattern. Angefangen mit einer Survival-Exkursion von Lifetime Adventures. Außerdem eine sechsstöckige Torte von Sweet Suga Things und ein Werkzeugkasten, von dem Männer nur träumen, gespendet von Hammer Time. Terra & Mare hat ein sechsgängiges Chefkoch-Menü gestiftet und Lard Have Mercy einen Verzehrgutschein im Wert von zweihundertfünfzig Dollar. Zwei unserer größeren Preise sind eine Harley Davidson und ein All-Inclusive-Trip nach New York in einem Privatjet.«

Es ertönen einige »Ohhs« und »Ahhs«. Danke, Wyatt Whitmore. Brooklyn schenkt ihrem Ehemann ein Lächeln.

»Aber es gibt eine Sache, die ich besonders hervorheben möchte. Diesen Preis werde ich als Erstes enthüllen.« Ich nehme das Mikrofon vom Ständer. Liam legt den Kopf schief, als würde er sich fragen, wovon ich spreche. Ich kann nicht aufhören zu lächeln, denn ich freue mich so sehr, sein Talent mit allen zu teilen. Ich nehme die Absperrung beiseite und ziehe das Tuch von Liams Bild. »Das hier ist ein Original eines lokalen Künstlers. Es zeigt die Laube auf dem Marktplatz im Herbst, gesäumt von Geschäften.«

»Wundervoll«, ruft Grandma Dori.

Und wieder hört man »Ohhs« und »Ahhs«.

»Ich sehe Terra & Mare.« Harley stößt Rome mit dem Ellbogen an.

»Und an der Ecke ist das Diner. Ist das Karen, die man durch die Scheibe sieht?«, fragt jemand.

»Wer hat es gemalt?«, will Holly wissen und lehnt sich weiter nach vorn.

»Sie werden vielleicht erstaunt sein zu hören, dass es kein Geringerer ist als unser Liam Kelly.« Ich strecke die Hand in Richtung seines Tischs aus.

Alle drehen die Köpfe, doch mein Blick fällt auf einen leeren Stuhl.

»Du hast echt Talent, Mann ...« Denvers Worte schweifen ab, als alle beginnen, sich nach Liam umzusehen.

Doch er ist weg.

Kapitel 37

SAVANNAH

»Ich bin gleich wieder da. Geben Sie schon mal Ihre Gebote ab, und genießen Sie das Dessert.« Als ich das Mikrofon auf den Tisch werfe, hallt ein schrilles Geräusch durch den Raum.

Ich verlasse das Gebäude und sehe, dass Liam schon fast bei seinem Auto ist.

»Liam«, rufe ich, doch er geht einfach weiter. »Liam!« Als ich ihm hinterherrenne, bleibt er endlich stehen und lässt die Schultern hängen. »Wohin gehst du? Alle lieben es!«

»Diesmal bist du zu weit gegangen, Savannah.«

Ich taumle rückwärts, als hätte er mich geohrfeigt. Dann dreht er sich um und geht weiter in Richtung seines Autos.

Nein, verdammt. Wir klären das jetzt.

Nachdem er sein Auto erreicht hat, dreht er sich um. »Was gibt dir das Recht? Das ist meine Sache.«

»Weil du deine Bilder nicht verstecken solltest. Ich wette, es wird heute Abend mit am meisten Geld einbringen. Wärst du geblieben und hättest die Reaktionen mitbekommen, wüsstest du es. Die Leute lieben es.«

»Dazu sind sie nicht berechtigt.«

»Ich dachte, du würdest dich freuen. Jetzt musst du nicht mehr das Gefühl haben, deine Werke im Schuppen verstecken zu müssen. Du kannst dein Talent mit anderen teilen.«

Er schiebt die Hände in die Hosentaschen und hält den Blick eine Weile auf den See gerichtet, bevor er mich ansieht. Diesen Gesichtsausdruck habe ich an ihm noch nie gesehen. Wir haben uns schon oft gestritten, aber so wütend habe ich ihn noch nie erlebt. »Also deshalb.«

Ich schüttle den Kopf, denn ich verstehe nicht, was er meint. »Wie bitte?«

Wir stehen zwischen zwei parkenden Autos, und seine Stimme wird immer lauter. »Deshalb wolltest du bis heute Abend warten. Du wolltest den Leuten sagen: ›Seht nur, er ist nicht nur ein Penner, der Tattoos sticht. Er ist auch Künstler.‹ Wahrscheinlich willst du, dass ich Smokin' Guns dichtmache und auf der Main Street eine Galerie eröffne. Wäre ich dann gut genug für dich?«

Wovon zur Hölle redet er? »Nein, ich habe dir gesagt, warum. Ich wollte nicht, dass unsere Beziehung die Gala überschattet. Ich habe diese Entscheidung schon während des Dinners infrage gestellt. Ich habe dich vermisst.« Ich atme laut aus. »Ich habe dein Bild gezeigt, weil ich das Gleiche für dich tun wollte wie du für mich.« Ich streiche über meinen Körper, als könnte man mir von außen ansehen, dass ich mich verändert habe. »Ich lache wieder, Liam. Ich bin glücklich. Deinetwegen. Ich wollte, dass du dich so großartig fühlst wie ich.« Ich trete einen Schritt nach vorn und sehe ihn flehend an. »Ich wollte, dass du deine Bilder zeigst, weil es dich vollständig gemacht hätte.«

»Ich war bereits vollständig.« Er weicht zurück. »Ich bin nicht wie du. Mir ist es scheißegal, was die Leute über mich denken. War es schwer, meine Bilder mit dir zu teilen? Ja, verdammt! Weil darunter Bilder sind, von denen ich wusste, dass sie dich berühren würden. Aber ich will meine Kunst nicht mit allen teilen. Sie gehört mir und mir allein.« Er deutet auf seine Brust.

Tränen brennen mir in den Augen, doch ich blinzle sie schnell weg. »Ich wollte nur helfen.«

Er atmet laut aus und reibt sich den Nacken. »Gib es einfach zu. Ich bin schon ein großer Junge. Ich kann damit umgehen. Aber ich bin mehr wert, als dein kleines schmutziges Geheimnis zu sein. Dein Spielzeug. Ich lasse mich von dir hinhalten, weil ich dich verdammt noch mal liebe. Weil ich dachte, das mit uns beiden würde zu etwas führen. Aber du willst einen Anzugträger. Einen Typen, der mit seinem Geld prahlt. Sorry. Dieser Typ werde ich niemals sein.«

»Das will ich überhaupt nicht. Warum denkst du so etwas?«

Ihm entweicht ein hohles Lachen. »Sieh nur, was du heute Abend getan hast. ›Oh, wir können es keinem sagen wegen der Firma. Oh, noch nicht, Liam. Wir wollen nicht die Spendengala überschatten.‹ Du hast mir verschwiegen, dass du mein größtes Geheimnis mit der gesamten Stadt teilen willst. Damit sie mich als Mann sehen, der es wert ist, mit dir zusammen zu sein. Aber weißt du was? Ich spiele dein lächerliches Spiel nicht länger mit.«

»Warum hörst du mir nicht zu?« Ich greife nach seinem Arm, doch er reißt ihn zurück und tastet nach dem Türgriff seines Autos.

»Lass die letzten drei Wochen mal Revue passieren. Ich habe alles dafür getan, dass du dich selbst wieder liebst. Dass du Frieden mit dir schließt und herausfindest, wer du in Zukunft sein willst und nicht, wer du für andere sein *musst*. Du bist der stärkste und gleichzeitig schwächste Mensch, den ich kenne. Ich liebe alles an dir. Deine guten und deine schlechten Eigenschaften. Aber es ist nicht genug für dich.« Er öffnet die Wagentür. Ich stelle mich dazwischen, damit er sie nicht schließen kann. »Lass mich gehen.«

»Nein! Du hörst mir nicht richtig zu.«

Er sieht mir in die Augen. »Weißt du, was ich seltsam finde? Ich habe dir gerade gesagt, dass ich dich liebe. Zweimal sogar. Und du hast nichts dazu gesagt. Du hörst nur dich selbst und keinen anderen.«

Ich bin vollkommen sprachlos. Er hat mir gesagt, dass er mich liebt? Ich hätte mit Sicherheit sofort innegehalten. Es ist unmöglich, dass er das gesagt hat.

Seine große Hand landet auf meiner Hüfte. Dann schiebt er mich beiseite, steigt in seinen Wagen und schließt die Tür. Bevor ich seine Worte realisiere, sehe ich nur noch seine Rücklichter.

Kapitel 38

SAVANNAH

Ich gehe wieder hinein, lächle trotz meines Schmerzes und setze das fröhliche Gesicht auf, das man von mir erwartet. Ich lüge und erzähle allen, die nachfragen, Liam fühle sich nicht wohl. Dann biete ich unter falschem Namen eine unheimlich hohe Summe auf sein Gemälde.

Im Laufe des Abends versuche ich mehrmals, Liam zu erreichen, doch er geht nicht ran. Meine Haut juckt. Alle Gespräche rücken in den Hintergrund. Ich lasse den Blick durch den Raum schweifen und entdecke Brooklyn und Wyatt, die von Tisch zu Tisch gehen und sich die Preise der stillen Auktion ansehen. Seine Hand liegt auf ihrem Steißbein, gefährlich nahe an ihrem Hintern, aber nicht so nahe, dass es Aufsehen erregen würde. Und wie sich meine Schwester von ihm führen lässt. Sie fühlt sich so wohl mit ihm und hat kein Problem damit, ihre Zuneigung zu zeigen, ganz egal, wie viele Leute sie beobachten. Sie lacht, und er lehnt sich nach vorn und küsst ihren Hals. Sie wechseln einen Blick, als wollten sie sagen *Wenn wir jetzt allein wären.*

Ich sitze allein am Tisch, nippe an meinem Wein und denke daran, wie mich Liam immer heimlich geküsst oder berührt hat, wenn Denver mit im Raum war. Hat Liam recht mit dem, was er sagt? Vielleicht fühle ich mich tatsächlich unwohl, wenn mich Leute bei etwas anderem als Delegieren beobachten. Aber es hat nichts mit Liam zu tun. Klar, es ist ein bisschen seltsam, mit jemandem zusammen zu sein, der jünger ist als ich. Aber meistens wirkt er deutlich reifer.

Ich greife nach meinem Handy, scrolle durch Instagram und sehe mir die Fotos an, die die Leute von dem Event heute Abend posten. Harley und Rome draußen am See, in schicken Klamotten, im Hintergrund die Abendsonne. Austin und Holly am Tisch sitzend und mit Champagnergläsern in den Händen. Es gibt sogar ein Foto von Denver und Phoenix an der Bar, wie sie auf das Singleleben anstoßen.

Als sich jemand neben mich setzt, schalte ich mein Handy aus und lege es mit dem Display nach unten auf den Tisch. Es ist Grandma Dori.

»Brauchst du irgendwas?«, frage ich, denn bei solchen Veranstaltungen kommandiert sie mich für gewöhnlich herum und ist nicht zu Gesprächen aufgelegt.

»Nein. Ich wollte nur wissen, wie der Abend so läuft.« Sie lässt den Blick durch den Raum schweifen, statt mich anzusehen.

»Gut.«

»Außer dass Liam abgehauen ist?«

»Darüber will ich jetzt nicht reden. Deine Taktiken funktionieren bei mir nicht.«

Sie lacht. »Ach, du bist so klug. Aber dir ist schon klar,

dass in deinem Kopf gerade ein Film abläuft, weil *ich* mich eingemischt habe, oder? Stell dir mal vor, du wärst nicht bei Liam eingezogen. Oder hättest nicht mit ihm die Gala organisiert.«

Ich denke darüber nach, doch sie hat unrecht. Das sind nicht die Gründe, warum ich hier sitze und in meinem Herzen einen Schmerz von der Größe des Pazifiks verspüre. Es ist die Wette. Dass Liam es geschafft hat, dass ich endlich das Gefühl habe, dass mit mir nichts falsch ist. Außer dass ich mich für eine Weile selbst verloren habe.

»Bitte entschuldigen Sie«, unterbricht uns der Manager des Lakeside Grill. »Können wir uns kurz unterhalten, Miss Bailey?«

Man nennt mich schon mein ganzes Leben Miss Bailey, doch diesmal klingt es wie Nägel, die über eine Tafel kratzen.

»Bin gleich wieder da«, sage ich zu Dori und folge dem Manager in sein Büro, um mit ihm die letzten Details zu klären.

Eine Stunde später verlasse ich das Event. Brooklyn drückt sich von der Hauswand ab.

»Hey, Schwesterherz«, sagt sie und hakt sich bei mir unter. »Lass uns einen kleinen Spaziergang machen.«

»Ich will jetzt nach Hause gehen.«

»Komm schon. Wyatt und ich waren in letzter Zeit nur mit dem Haus beschäftigt. Er treibt mich noch in den Wahnsinn. Ich brauche ein wenig Mädelszeit.«

Ich weiß genau, dass sie lügt, aber tun wir einfach so, als würde ich ihr glauben.

»Okay.«

Sie legt den Kopf auf meine Schulter. »Danke.«

Sie führt mich den Bürgersteig hinab und um die Kurve. Ich hätte wissen müssen, wer dort auf mich wartet. All meine Geschwister sitzen auf Liegestühlen und albern herum. Die Einzigen, die fehlen, sind Holly, Wyatt und Harley. Ich frage mich, ob sie vielleicht nach Liam suchen.

»Tolles Event, Sav!« Denver hebt eine Weinflasche in die Höhe und nimmt einen Schluck, bevor er sie an Rome weiterreicht.

»Danke.«

Austin tätschelt den Stuhl neben sich. Ich setze mich so elegant, wie es meine Abendrobe zulässt.

»Liam hat's echt drauf, was?«, bemerkt Phoenix. »Das Bild hat das meiste Geld eingebracht. Nach der Harley.«

»Wo ist Grandma Dori?«, frage ich. Normalerweise wäre sie die Erste, die sich hier einfinden würde.

»Ich habe sie nach Hause geschickt. Das hier ist unsere Sache.« Austin sieht mich an.

Die Tränen kommen so schnell, dass ich nicht so tun kann, als wären sie nicht da.

»Ach, Sav.« Austin zieht mich in seine Arme.

Ich fange an zu schluchzen. »Ich wollte ihn nur glücklich machen. Er hat mich glücklich gemacht. Aber jetzt ist er sauer.«

»Beruhig dich.« Austin streichelt mir den Rücken.

Brooklyn und Juno setzen sich vor meine Füße.

»Schon okay«, sagt Brooklyn.

»Es ist Liam. Er bleibt nicht lange wütend«, sagt Brooklyn.

»Ich trete ihm in den Arsch, wenn er dir nicht vergibt«, bemerkt Denver.

Alle werfen ihm einen Blick zu, der sagt, dass er es ruhig probieren kann, aber sowieso scheitern wird. Ich lehne mich zurück und wische die Tränen weg.

»Magst du ihn?«, fragt Rome. »Ich meine, Denver hat uns erzählt, dass ihr miteinander schlaft. Aber du magst ihn tatsächlich, oder?«

Ich wische noch mehr Tränen weg und nicke. »Ja, tue ich.«

»Du hast dich so sehr verändert, seit ihr zusammen seid«, sagt Denver. »Ich erkenne dich kaum wieder.«

Austin lächelt mich sanft an. Ich weiß, dass er mir sagen will, dass ich meiner Familie gegenüber ehrlich sein soll.

»Liam und ich haben diese dumme Wette abgeschlossen, die wahre Savannah Bailey zu finden. Die, die ich vor dem Unfall war.«

Alle werden still. Keiner wechselt mehr einen Blick. Die kleinen Wellen des Sees sind das einzige Geräusch, das man noch hört.

»Wie meinst du das?«, fragt Juno.

Austin setzt sich auf und räuspert sich. Ich weiß, dass er es meinen Geschwistern, die nach dem Tod unserer Eltern nicht so viel Verantwortung übernehmen mussten, gern erklären würde. Doch ich hebe die Hand.

»Ich habe mich im Laufe der Jahre selbst verloren. Bailey Timber so jung zu übernehmen hat mich verändert.«

Sie sehen einander an, als müsste jemand die Lücken füllen. Austin und ich haben das ganze Gewicht auf uns genommen, damit sie es nicht tun mussten. Und ich würde es nicht rückgängig machen wollen. Ich kann nicht von ihnen erwarten, dass sie mich verstehen, wenn sie immer noch ihren Träumen nachgehen können. Ja, wir alle haben unsere Eltern verloren, und das hat uns verändert. Aber Austin und ich waren diejenigen, die die Elternrolle übernommen haben.

»Leute, Savannah und ich … Wir würden unsere Entscheidung niemals rückgängig machen«, sagt Austin. »Nach Moms und Dads Tod haben wir uns zusammengesetzt und einen Plan geschmiedet. Ich glaube, ich spreche für uns beide, wenn ich sage, dass wir froh sind, dass alles so gut funktioniert hat. Und wir sind froh, dass ihr alle euer Leben leben könnt. Aber wir beide haben uns tatsächlich ein wenig selbst verloren. Savannah mehr als ich, denn sie ist das Gesicht von Bailey Timber. Sie ist die Chefin. Diese Rolle bringt eine Verantwortung und eine Erwartung mit sich, die sie zu erfüllen versucht.«

»Warte mal. Aber was hat das mit Liam und dir zu tun?«, fragt Denver.

Rome, Austin und Brooklyn lächeln mich liebevoll an. Sie verstehen, dass man neue Dinge über sich erfährt, sobald man in einer Beziehung ist. Gute und schlechte Dinge.

»Wir erklären nur, wie es für uns war.« Ich winke ab und gebe Austin mit einem Blick zu verstehen, dass ich jetzt übernehme. »Liam denkt, ich würde aus unserer Beziehung ein Geheimnis machen, weil er Tattoo-Künstler ist und ich angeblich einen Geschäftsmann will. Er sagt immer wieder, ich wolle einen Anzugträger. Und ich habe keine Ahnung, warum.«

Denver und Rome wechseln einen Blick. Sie zeigen denselben Gesichtsausdruck, der sagt: *Sagen wir jetzt was? Oder behalten wir es für uns?*

»Was?« Ich deute auf sie.

Erschrocken weichen sie zurück, weil ich es bemerkt habe. Es ist wie früher, wenn sie etwas angestellt haben. Da haben sie auch immer versucht, die Gedanken des jeweils anderen zu lesen, um sich darüber abzustimmen, welche Geschichte sie erzählen würden.

»Wisst ihr irgendwas?«, fragt Austin.

Denver schüttelt den Kopf, doch Rome öffnet den Mund und schließt ihn sofort wieder.

»Kommt schon. Sagt es mir.«

Rome und Denver kommunizieren ohne Worte. Manchmal finde ich es unheimlich, wie sie nur mit ihren Augen und Gesichtsausdrücken miteinander sprechen.

»Ich glaube, Liam ist unsicher«, sagt Rome, als wäre es nur seine Meinung.

»Warum? Alle Frauen dieser Stadt wollen ihn«, bemerkt Phoenix. Das hilft jetzt natürlich.

»Nicht alle«, wirft Austin ein.

»Stimmt. Holly findet ihn bestimmt abstoßend.« Phoenix verdreht die Augen und legt die Füße auf den kleinen Hocker. Warum ist dieses Mädchen immer so entspannt?

»Alle lieben ihn«, fügt Juno hinzu.

Rome sieht wieder Denver an, bevor er sich uns zuwendet. »Genau. Und was denkt ihr, woran das liegt? Er *will*, dass alle ihn mögen. Das habe ich nie verstanden. Bis eben.«

»Wie bitte?«

Denver schüttelt den Kopf, als wollte er sagen *Sag jetzt nichts mehr. Wir verraten unseren Freund*. Aber Rome ist zum Glück anderer Meinung.

»Wir haben schon immer gewusst, dass er eine Schwäche für dich hat, Sav. Wenn du zu Hause warst, als wir noch jünger waren, meinte er immer ›Kommt, wir gehen eure Schwester ärgern.‹ oder ›Kommt, wir suchen ihr Tagebuch. ‹«

Ich könnte schwören, er hätte gesagt, es sei nicht seine Idee gewesen. Hm.

»Als du aufs College gegangen bist und er mit Rachel zusammenkam, dachten wir, es hätte sich erledigt. Doch als du nach Moms und Dads Unfall zurückgekommen bist, hat er sie sofort abserviert. Wir dachten …« Er sieht Denver an. »Das zwischen ihnen war etwas Ernstes. Wir waren total schockiert, als er es uns erzählt hat.« Rome zuckt mit den Schultern. »Es wirkte immer, als würde er versuchen, deine Aufmerksamkeit auf sich zu ziehen. Egal, ob auf gute oder schlechte Weise. Ihr habt euch ständig gezankt.«

»O mein Gott.« Juno schlägt die Hand vor den Mund. Denver nickt, als hätte sie es endlich kapiert.

Seit wann beherrscht sie Zwillingstelepathie?

»Rome will damit sagen, dass Liam versucht, ein angesehener Bürger Lake Starlights zu sein, um gut genug für dich zu sein.« Phoenix hört auf, auf ihrem Handy herumzuscrollen und sieht mich an, als wäre ich dumm.

»Aber ich …«

Brooklyn und Austin seufzen, denn zu ihnen bin ich bisher am aufrichtigsten gewesen.

»Ich meine, ja, das mit dem Alter hat mich abgeschreckt. Und dass er euer bester Freund ist«, sage ich und deute auf Rome und Denver. »Aber ich habe noch nie gedacht, dass er nicht gut genug für mich ist.«

»Ich glaube, ihr beiden solltet euch mal ordentlich aussprechen«, sagt Rome.

Ich springe so schnell auf, wie es mein Kleid zulässt. »Ich muss ihn finden. Wo könnte er sein?«

Rome sieht Denver an. Beide zucken mit den Schultern.

»Lucky's?«, frage ich.

»Ganz ehrlich? Ich weiß es nicht mehr. Du weißt es wahrscheinlich eher.« Rome sieht seinen Zwilling an.

Denver steht auf. »Komm. Ich bringe dich zu seinen Lieblingsbars.« Dann schüttelt er den Kopf. »Ich fasse nicht, dass du Liam liebst.«

»Lieben habe ich nicht gesagt«, sage ich auf dem Weg zu seinem Truck.

Er öffnet mir die Tür, und ich steige ein. »Das musst du auch nicht.«

Kapitel 39

LIAM

Poppy's ist der einzige Ort, an dem mich keiner vermuten wird. Mein Handy klingelt die ganze Zeit, aber ich bin fertig mit Savannah Bailey. Sie denkt, ich wäre ihrer nicht würdig. Vielleicht ist es an der Zeit, dass ich ihr zeige, wie unwürdig ich bin. Sie liebt es doch, recht zu haben. Aber das ist nicht mein Stil.

Ich wollte nur irgendwo sitzen und meine Gedanken sortieren, doch allein an einem der hinteren Tische zu sitzen, nur mit einem Wasser, lässt mich herausstechen. Die Kellnerinnen werfen mir schiefe Blicke zu. Wahrscheinlich wundern sie sich, warum ich keinen Alkohol trinke. Warum ich einen Anzug trage.

In so einer Bar sieht mich Savannah, oder? Das hält sie von mir? Dass ich so bin wie Slim und seine Crew? Ein Störenfried? Ich bin erschöpft. Ich habe alles gegeben – und trotzdem lehnt sich mich immer noch ab.

Sie verkauft mein Gemälde, weil sie denkt, es würde mich befreien?

Ich hasse es, dass sie dachte, mit ihr wäre etwas nicht in Ordnung. Dass ich mir ihretwegen diese dumme Wette ausdenken musste. Ich habe ihr von Anfang an gesagt, dass Teile ihres alten Ichs immer noch da sind. Dass sie sie nur herauslassen muss. Als sie nach der fünften Woche meinte, ich sei gescheitert, dachte ich, ich müsste ihr zeigen, was sich im Schuppen verbirgt. Aber wenigstens hatte ich fünf Wochen lang ihre Aufmerksamkeit. Das war mein einziges Ziel. Vielleicht war es egoistisch und hinterhältig. Scheiße, vielleicht bin ich wirklich nicht gut genug für sie. Ich habe sie einen Monat lang manipuliert.

»Hey, Fremder.« Der Körper zu der Stimme setzt sich neben mich.

Ich kenne diese Stimme. Ich leere den Rest meines Wassers und drücke die Plastikflasche zusammen, während ich aufstehe.

»Wohin gehst du?«, fragt Nina.

»Weg«, erwidere ich.

Sie lehnt sich zurück. Sie trägt ein ähnliches Outfit wie Savannah, als wir hier waren. Nur, dass sie statt eines karierten Rocks einen aus schwarzem Leder trägt. Sie wickelt sich eine Haarsträhne um den Finger. »Gehst du zurück zu deiner Sugar-Momma?«

»Findet Slim es in Ordnung, dass du dich mit mir unterhältst?« Ich ignoriere ihren Kommentar über Savannah. Es überrascht mich nicht, dass sie herausgefunden hat, wer Savannah ist. Nina ist eine Stalkerin. Sie wird sogar dafür bezahlt, Leute ausfindig zu machen.

»Wir haben uns getrennt.«

Ich nicke. »Dann wünsche ich dir alles Gute. Ich muss jetzt gehen.«

»Hey, Liam?«, ruft sie mir hinterher. Ich bleibe stehen, ohne mich umzudrehen. »Sie wird niemals bei dir bleiben. Frauen wie sie denken vielleicht, sie würden einen Bad Boy wollen. Aber sie wollen nur mit ihm vögeln. Sie wollen ihn nicht heiraten.«

Ich schließe die Augen. Was sie sagt, ist genau der Grund, warum ich heute Abend hier bin. Aber ich weiß, dass es nicht klug wäre, mich auf Nina einzulassen. Also verlasse ich die Bar und steige ins Auto. Im Handschuhfach vibriert mein Handy, doch ich ignoriere es und starte den Motor.

Autofahren hat mir schon immer geholfen, einen klaren Kopf zu bekommen. Als mich meine Eltern direkt nach der Highschool verlassen haben und nach Florida gezogen sind, bin ich bis nach Seattle gefahren, nur um wegzukommen.

Nach dem Tod der Baileys war meine Mom geistig in keiner guten Verfassung. An einem Tag war sie fröhlich, am nächsten weinte sie ununterbrochen. Sie konnte es nicht ertragen, in der Nähe der Bailey-Kinder zu sein. Deshalb war ich die meiste Zeit bei Rome und Denver.

Sobald mich das Gefühl überkommt, abhauen zu müssen, fahre ich einfach auf die Interstate und fahre und fahre. Ich muss Savannah hinter mir lassen. Aber leider habe ich nicht mal meinen Ausweis dabei.

Ich fahre zuerst nach Glenwall, dann nach Sunrise Bay. Beide Städte sind nicht annähernd so schön wie Lake Starlight. Ich kann nur daran denken, wie Savannah mich angesehen hat, nachdem sie kapiert hat, dass ich gesagt habe, dass ich sie liebe. Wie schockiert und überrascht sie war. Wie konnte sie es nicht wissen? Seit Wochen lege ich ihr mein Herz offen.

In Gedanken gehe ich den Abend noch einmal durch. Als ich ankam, habe ich ihr absichtlich die kalte Schulter gezeigt, weil es mich verletzt hat, dass sie unsere Beziehung noch nicht offiziell machen wollte. Vielleicht habe ich sie mehr als Preis gesehen, als ich zugeben will.

Ich schüttle den Kopf. Nein. So war es nicht. Ich wollte nur, dass es alle wissen.

Der Teufel sitzt auf meiner Schulter und flüstert mir ins Ohr: *Du wolltest, dass alle wissen, dass du gut genug bist. Dass sie deinen Wert erkennt.*

Fuck, woher kam das denn jetzt? Ich habe mir das nicht alles nur eingebildet. Sie hat sich für mich geschämt.

Dann taucht der Engel wieder auf. *Sie ist dir hinterhergerannt, obwohl man sie hätte sehen können.*

Scheiße. Das ist ein guter Punkt. Aber es hat uns keiner gesehen. Zumindest habe ich niemanden gesehen. Aber wie hätte ich jemanden bemerken sollen, wenn meine gesamte Aufmerksamkeit nur auf ihr lag?

Gib's zu. Du bist derjenige, der denkt, er wäre nicht gut genug für sie.

Mitten auf der Bundesstraße reiße ich das Lenkrad herum, mache einen U-Turn und werde von einem Truck angehupt.

So schnell wie möglich rase ich zurück nach Lake Starlight. Am Ortseingang erwarten mich jedoch Sirenen und Blaulicht.

Fuck. Ich fahre rechts ran, schlage mit der Faust auf das Lenkrad und warte, dass Sheriff Miller ans Fahrerfenster tritt. Er weiß, dass ich es bin. Wir kennen uns zu gut.

»Liam Kelly!«

O Scheiße. Es ist nicht Sheriff Miller. Ich meine, ja, er sitzt bestimmt in seinem Wagen. Aber was diese Frau angeht, sollte ihm dringend jemand die Leviten lesen.

»Dori«, sage ich. Das Licht von Sheriff Millers Streifenwagen fällt durch ihr dünnes blaues Haar. »Begrüßt du heute Abend die Leute?«

»Heute Abend ist mir nicht nach deinen Scherzen zumute. Entriegle die Türen.« Sie umrundet meine Motorhaube und winkt Sheriff Miller zu.

Ich tue, wie mir geheißen. Sie steigt ein und schnallt sich an. »Soll ich dich nach Hause bringen?«

»Du fährst mich jetzt zu Savannah, damit ihr euch küssen und wieder vertragen könnt.«

Nachdem Sheriff Miller noch einmal gehupt hat und weggefahren ist, fädle ich mich in den Verkehr ein. »Ich war gerade auf dem Weg zu ihr.«

»Ach ja?«

Die Verwunderung in ihrer Stimme lässt mich lächeln. »Was denn? Bist du etwa sauer, weil du mich nicht erst überreden musstest?«

Ich kenne ihre Vorgehensweise. Sie ist diejenige, die ihre Enkel zur Vernunft bringt, wenn sie einen Fehler gemacht haben. Sie hat bei all ihren Beziehungen die Finger im Spiel.

Es scheint ihre Mission zu sein, all ihre Enkelkinder zu verheiraten. Auch Savannah und mich.

Sie schmollt. »Ein bisschen.«

»Solltest du nicht besser mit Savannah reden?«

»Du bist auch mein Enkel. Und ich glaube, du musst das, was ich zu sagen habe, dringender hören als Savannah. Aber sie ist in guten Händen.«

Austin, nehme ich an. »Du musst mir keinen Vortrag halten. Ich bin schon auf dem Weg zu ihr. Ich weiß, dass ich alles missverstanden habe.«

»Nein, hast du nicht.«

Wie bitte?

An einer roten Ampel müssen wir anhalten. Doch Sheriff Miller schaltet seine Sirene und das Blaulicht ein, damit wir weiterfahren können. Sehr schön.

»Was?«, frage ich.

»Ich will, dass du weißt, dass du ein Bailey bist. Wir sind vielleicht nicht blutsverwandt, aber ich habe dich schon immer als meinen Enkel gesehen. Was bedeutet, dass das zwischen dir und Savannah genau genommen Inzest ist.«

»Ähm. Nein. Ist es nicht.«

»Irgendwie schon«, widerspricht sie.

»Nein. Kein bisschen.«

Sie zuckt mit den Schultern. »Du hast Tim und Beth geliebt wie deine eigenen Eltern. Nicht wahr?«

»Ja. Das macht Savannah aber nicht zu meiner Schwester.«

Sie lacht. »Ich will damit nur sagen, dass du sie auch verloren hast.«

Ich sage nichts mehr, bis ich nur noch fünf Minuten von Savannahs Haus entfernt bin. »Ich kann dich bei Northern Lights absetzen.«

Doch sie winkt ab. »Ich werde mir doch nicht die Versöhnung entgehen lassen.«

»Nichts für ungut, Dori. Aber das klingt ein bisschen gruselig.«

Sie lacht erneut. »Nicht *die* Versöhnung. Nur die Versöhnung, wenn ihr endlich eure Köpfe aus euren Ärschen zieht.«

»Ich habe meinen Kopf schon aus dem Arsch gezogen.«

»Dann ist also alles gut? Willst du eine Geschichte über Mr Bailey und mich hören? Ich war ein armes Mädchen, und Mr Baileys Familie hatte sehr viel Geld. Ich hätte niemals zu träumen gewagt, dass er mich liebt …«

»Vielen Dank, aber das musst du mir nicht erzählen. Deine Weisheit kannst du dir für den nächsten Bailey aufheben.«

Sie sackt zusammen.

In einem Moment der Schwäche – und weil ich ihr einiges schuldig bin, denn Savannah wäre niemals bei mir eingezogen, wenn Dori sie nicht dazu gedrängt hätte – sage ich: »Weißt du, was? Ich würde die Geschichte doch gern hören.«

»Wirklich?« Ohne auf eine Antwort zu warten erzählt sie davon, wie sie auf dem Teich, wo heute die Grundschule steht, Schlittschuh gefahren ist. Sie erzählt, dass Mr Bailey Fischer gewesen sei. Dass sie dachte, seine Eltern würden sie nicht als gut genug erachten, weil sie aus einer armen Familie stammte.

Ich verstehe, was sie mir damit sagen will. Das klingt jetzt vielleicht eingebildet, aber ich glaube, ihrem Sohn und ihrer Schwiegertochter hätte es gefallen, dass Savannah und ich ein Paar sind. *Ich* bin derjenige, der begreifen muss, dass ich gut genug für sie bin.

Als wir Savannahs Haus erreichen, ist es dunkel.

»Es ist niemand zu Hause«, bemerke ich.

»Sie ist bestimmt in ihrem Schlafzimmer.« Dori kramt einen Schlüsselbund mit etlichen Schlüsseln aus ihrer Handtasche. »Ich habe einen Schlüssel.«

»Und wofür sind die ganzen anderen Schlüssel?« Wir steigen aus und gehen den Weg zum Haus entlang.

»Zu allen Häusern. Das ist aber unser kleines Geheimnis.«

»Solange *mein* Schlüssel nicht an deinem Schlüsselbund hängt, ist dein Geheimnis bei mir sicher.«

Sie tut gespielt beleidigt. »Klar. Lass uns einfach so tun, als würde er nicht dranhängen.«

Aus irgendeinem Grund erwärmt es mein Herz, dass sie meinen Schlüssel vielleicht tatsächlich hat, aber ich werde morgen trotzdem mein Schloss austauschen.

Wir gehen hinein. Doch es ist still und dunkel.

»Es ist großartig geworden. Sie hat alles allein umgestaltet«, sage ich, als wir eintreten.

Ich bin schon seit ein paar Wochen nicht mehr hier gewesen, aber gerade ist es mein einziges Ziel, sie zu finden. Also werfe ich einen Blick in jedes Zimmer und gehe die Treppe hinauf, um oben nachzusehen. Dori habe ich inzwischen verloren. Ich bin gerade im Badezimmer, als ich sie schreien höre.

Ich renne die Treppe hinunter, folge dem Licht und finde sie in der Haustür stehend vor.

»Hast du sie gefunden?«, frage ich.

»Nein, aber sieh mal.« Sie macht einen Schritt beiseite, und ich lächle, als ich die orange-gelb-grüne Blumentapete sehe, die Austin und Holly bei sich zu Hause herausgerissen haben. »Warum macht sie das? Die Tapete passt überhaupt nicht zu Grau und Blau.«

Ich lege den Arm um Doris Schultern. »Weil sie sich an ihre Kindheit erinnern will.«

Dori wirkt verwirrt, doch mich wundert es nicht.

»Komm, ich fahr dich nach Hause. Ich werde sie schon finden«, sage ich.

»Danke, Liam.«

Sie schließt die Tür ab und schweigt auf dem Weg zur Seniorenresidenz die meiste Zeit. »Du bist ein gutes Ei.«

Ich lache leise. »Danke?«

»Wie die mit doppeltem Dotter. Diese Sorte Ei.«

Ich nicke. »Danke, Dori.«

Sie tätschelt mir die Wange. »Und jetzt schnapp dir meine Enkelin.«

»Das ist der Plan.«

Sie steigt aus, und ich beobachte, wie sie durch die Eingangspforte geht und der Nachtdienst auf sie zukommt. Sie werden schon sicherstellen, dass sie es in ihr Apartment schafft.

Ich nehme mein Handy aus dem Handschuhfach, überfliege meine Nachrichten und ignoriere alle, die nicht von Savannah sind. Sie hat mir eine Million Mal geschrieben, aber nie, wo sie ist. Aber ich glaube, ich weiß, wo ich sie finden werde.

Zehn Minuten später biege ich in meine Einfahrt ein. Zum Glück schlafen die Bewohner von Northern Lights um diese Uhrzeit schon, sodass ich keine langsamen Fahrer vor mir hatte. Als ich ihren SUV nicht entdecken kann, bin ich ein wenig enttäuscht. Ich steige aus und beschließe, mir ein Wasser zu holen und mich umzuziehen, bevor ich alle Baileys abklappere.

Als ich die Tür aufschließe, sehe ich im Dunkeln einen Schatten.

»Bist du hier, um mich umzubringen?«, frage ich.

Das Licht geht an. »Kommt ganz darauf an, ob du mir diesmal zuhörst.«

Kapitel 40

SAVANNAH

»Ich bin hier, um dir zuzuhören. Ist Denver auch da?«

Liam sieht furchtbar aus. Das Jackett hat er ausgezogen, die Krawatte hängt in seiner Hand.

»Nein. Wir haben dich überall gesucht. Also habe ich beschlossen, hier auf dich zu warten. Sei froh, dass du allein bist.« Ich hatte schon befürchtet, er würde besoffen und mit einer Frau im Arm nach Hause kommen. Vielleicht habe ich zu viele Filme gesehen.

»Fast wäre ich es nicht gewesen.«

Ich kneife die Augen zusammen. »Wundervoll.«

»Nein.« Er wirft seinen Schlüssel auf den Tisch. »Dori. Sie war mit dem Sheriff unterwegs, als sie mich rausgezogen haben. Wir waren bei dir zu Hause und haben dich gesucht. Schöne Tapete übrigens.«

Ich lächle. Wahrscheinlich ist er der einzige Mensch, der diese Tapete zu schätzen weiß. Es hat viel zu lange gedauert, bis ich kapiert habe, dass er meine Eltern ebenfalls vermisst.

Er ist mehr als nur der beste Freund meiner Brüder. »Ich habe noch eine Rolle, falls du sie willst.«

»Kommt darauf an.« Er setzt sich auf das andere Ende des Sofas. Ich wünschte, er hätte sich neben mich gesetzt.

»Worauf?«

»In welches Haus wir ziehen.«

Ich lache. Ich wünschte, es wäre so einfach, endlich das Kriegsbeil zu begraben, aber er muss wissen, was ich für ihn empfinde. »Vielleicht können wir zuerst reden?«

Er atmet laut aus, hält aber meinem Blick stand. »Es tut mir leid. Ich habe überreagiert.«

Ich krabble zu ihm hinüber. »Nein, hast du nicht. Ich hätte das nicht tun sollen. Hätte ich aus unserer Beziehung kein Geheimnis gemacht, wärst du nicht auf die Idee gekommen, dass ich aus dir jemanden machen will, der du nicht bist. Es war so dumm von mir zu warten. Aber ich dachte …« Ich halte inne, denn ich habe versucht, alle anderen glücklich zu machen – nur nicht den wichtigsten Menschen in meinem Leben. Wie beschissen ist das bitte?

»Komm erst mal her.« Er tätschelt seinen Schoß. Ich hoffe inständig, dass wir uns jetzt nicht trennen, sondern vertragen. Aber ich habe ihn noch nie so wütend erlebt.

Ich klettere auf seinen Schoß und schlinge die Arme um seinen Hals.

»Ich war ein egoistisches Arschloch. Ich muss dir zuerst etwas sagen, bevor wir über diese Nicht-gut-genug-Sache sprechen. Ich habe dir vorgemacht, ich könnte dein altes Ich wieder zum Vorschein bringen, nur um fünf Wochen mit dir verbringen zu können.«

Ich lächle. »Aber es hat geholfen. Ich bin jetzt geheilt.«

»Ich glaube, du hast dir einfach selbst erlaubt, endlich wieder zu leben.«

Ich setze mich so, dass ich ihm direkt in die Augen blicken kann. Er muss mir glauben. »Ich hatte viel Zeit, hier im Dunkeln zu sitzen und nachzudenken, denn du musst durch ganz Alaska gefahren sein, bevor du nach Hause gekommen bist. Aber ich glaube, dass ich jetzt nur glücklicher bin, weil du mir das Gefühl gegeben hast, in deiner Gegenwart ich selbst sein zu können. Die Wette gab mir die Erlaubnis, Seiten an mir zu zeigen, die ich viel zu lange versteckt habe. Wenn ich hier in diesen vier Wänden bin, habe ich nicht das Gefühl, beurteilt zu werden. Und das liegt allein an dir.« Ich deute auf seine Brust. »Als du unsere Beziehung offiziell machen wolltest, habe ich Angst bekommen. Ich hatte Angst, dich zu enttäuschen, denn wenn ich durch Lake Starlight gehe, habe ich manchmal das Gefühl, unter einem riesigen Scheinwerfer zu stehen. Alle beobachten, was ich tue.«

Sein Blick wird weicher. »Aber so kannst du nicht leben.«

»Ich weiß. Das weiß ich jetzt. Als du weggefahren bist und ich dachte, ich hätte dich verloren, konnte ich nur noch daran denken, wie ich dich zurückbekommen kann. Da habe ich gemerkt, dass die Welt nicht zusammenbricht, wenn ich beginne, für mich selbst zu leben statt für alle anderen.«

Lächelnd lehnt er sich nach vorn, doch ich lege den Zeigefinger auf seine Lippen. Wie oft hat er genau das schon gemacht?

»Ich habe noch mehr Ängste, die ich mit dir teilen muss, damit du sie entkräften kannst«, sage ich.

»Ja?«

»Ich hatte Angst, du würdest mir wehtun. Aber ich weiß jetzt, dass das nicht passieren wird. Jemand, der so etwas tut – der sich Zeit nimmt, mit mir zu meditieren und nach Möglichkeiten sucht, um mir zu helfen, mich selbst wiederzufinden –, wird mich nicht enttäuschen. Du meinst es ernst mit mir. Und es tut mir leid, dass ich je daran gezweifelt habe.«

Er nimmt meinen Kopf zwischen die Hände. »Mir geht es genauso. Es tut mir leid, dass ich an dir gezweifelt habe. Ich hätte niemals denken sollen, dass du dich für mich schämst. Ich schätze, ich muss auch an mir arbeiten.«

»Ich glaube, es würde helfen, wenn wir einander zeigen, wie viel wir uns bedeuten.«

»Kann ich es dir direkt zeigen?« Er lehnt sich wieder nach vorn, doch ich lege erneut den Finger auf seinen Mund.

»Warte kurz.«

Ich nehme mein Handy vom Tisch. Das Terra & Mare hat zwar nicht geöffnet, aber ich muss das jetzt tun, bevor mich Liam nach oben trägt und mich unseren Streit vergessen lässt.

»Sav?«, meldet sich Rome müde.

»Ich will für morgen einen Tisch reservieren. Am Fenster. Für zwei Personen.«

»Fahr zur Hölle. Du hast gerade Dion aufgeweckt.« Weinen dringt durch den Hörer, und Harley stöhnt.

»Danke. Dann bis morgen um 18:30 Uhr.«

»Dummkopf. Wir haben sonntagabends geschlossen.« *Klick*. Dann ist die Leitung tot.

Lachend zieht mich Liam zu sich. »Der Wille zählt. Ein Sonntagsspaziergang Hand in Hand die Main Street hinab genügt mir schon.«

Er lehnt sich nach vorn. Als ich wieder den Finger auf seine Lippen lege, knurrt er.

»Noch eine Sache.«

»Sav …« Langsam verliert er die Geduld. Irgendwie gefällt es mir.

»Ich liebe dich, Liam Kelly.«

Lächelnd hält er meine Hände hinter meinem Rücken fest und gibt mir einen Kuss, bei dem ich Schmetterlinge im Bauch und Herzklopfen bekomme. Meine weiblichen Teile feiern bereits eine wilde Party.

Ich lehne mich zurück. »Hast du denn gar nichts zu sagen?«

Als er grinst, wie nur Liam es kann, verspüre ich eine innere Wärme. »Ich habe es zuerst gesagt. Schon vergessen?«

Ich will aufstehen, doch er kommt mir zuvor, packt mich und hebt mich hoch. »Du entkommst mir nicht mehr.«

Ich drücke meinen Mund auf seinen. »Oh, mich wirst du nicht mehr los.«

»Endlich hast du es kapiert.«

Er schließt die Haustür ab, schaltet die Lichter aus und trägt mich in sein Schlafzimmer, wo wir die nächsten beiden Tage in seinen marineblauen Laken verbringen.

Nun ja … abgesehen von unserem Sonntagsspaziergang. Hand in Hand die Main Street hinab.

Überraschenderweise haben wir keine schockierten Blicke geerntet, als wir bei Sweet Suga Things Donuts gekauft haben, Kaffee bei Brewed Awakenings und Kuchen bei Lard Have Mercy. Wir haben uns sogar auf dem Marktplatz auf eine Bank gesetzt. Er hat Zeitung gelesen, während ich Donuts gegessen habe. Die Welt ist nicht untergegangen, und keiner hat etwas gesagt.

Das stimmt nicht ganz. Rome hat das Fenster seines Apartments aufgerissen und uns zugeschrien, wir sollen uns ein Zimmer nehmen, als wir angefangen haben, miteinander rumzumachen. Wir haben schnell gemerkt, dass wir für die Außenwelt noch nicht bereit sind. Vorher gibt es noch eine Menge erogene Zonen und Sexstellungen zu entdecken.

Epilog

SAVANNAH

Sechs Monate später

Ich lege gerade eine neonfarbene geschlitzte Sonnenbrille, Plastikarmbänder und fingerlose Netzhandschuhe auf die Kücheninsel, als die Haustür aufgeht und ein kalter Windstoß unter meinen kurzen Jeansrock weht. Diese gewagte pinke Strumpfhose hält mich nicht warm.

»Hey, Babe«, sagt Liam, zieht seine Jacke aus und schlüpft aus seinen Stiefeln. »Das Wetter wird immer schlechter. Vielleicht sollten wir es besser verschieben.«

Wie immer schlingt er seine kalten Arme von hinten um meine Taille und steckt die eisige Nase in meinen Nacken.

»Sei froh, dass ich dich liebe.« Ich drehe den Kopf und küsse ihn. »Wir sind hier in Alaska. Der Großteil meiner Familie besitzt Trucks. Sie schaffen es schon hierher.«

»Wenn du meinst.« Er stützt das Kinn auf meine Schulter. »Wo ist mein Vokuhila?«

»Auf dem Bett. Zusammen mit deinem Netzshirt und den Jeansshorts.«

»Danke.« Er küsst meine Wange.

»Ich finde immer noch, du hättest auf mich hören und als George Michael gehen sollen.«

Schnaubend steckt er sich einen Chip in den Mund. »Mein Outfit ist das beste.«

»Ich finde nicht, dass es unbedingt nach Achtzigern schreit.«

»Zum Glück gehören wir nicht zu den Paaren, bei denen die Frau die Outfits ihres Mannes aussucht«, erwidert er.

Ich arrangiere das Essen von Wok For U und die Snacks. Nachdem ich die ganze Woche gearbeitet habe, wollte ich nicht noch kochen. Außerdem passt zu Achtziger-Filmen nur Fastfood. Das hat Mom immer sehr genau genommen.

Mein Blick fällt auf die Wand vor mir. Das Bild von meiner Mom und Liams Mom, wie sie wie verrückt lachen, hängt an einer Stelle, wo es jeder sehen kann. Liam hat einige seiner Gemälde weggeben. Rome hat er das von Calista geschenkt und Austin und Holly das von ihrer Hochzeit. Und der Bibliothek hat er das von Lake Starlight vermacht. Das ist aber erst passiert, nachdem ich mich etliche Male entschuldigt und immer mal wieder in lockeren Gesprächen eingeworfen habe, dass es doch schön wäre.

»Hey, warst du noch im Supermarkt?«

Auf der Treppe bleibt er stehen. Obwohl er mir den Rücken zugewandt hat, weiß ich, dass er innerlich gerade flucht. »Das habe ich total vergessen. Ich war so abgelenkt vom Wetter und …«

»Okay. Das bedeutet aber, dass du morgen nicht ausschlafen kannst.«

Er stöhnt. Er tut, als wäre es das Schlimmste auf der Welt, eine Packung Tampons zu kaufen. Ich hätte nie gedacht, dass ein Kerl wie Liam mit so etwas Probleme hat. Er schert sich nie darum, was andere über ihn denken – abgesehen von mir. Normalerweise gibt er irgendwann nach. Ich weiß nicht, ob es tatsächlich am Wetter lag.

Er geht nach oben, und ich bereite weiter alles vor.

Wir sind in Liams Haus gezogen. Es war einfach sinnvoller, denn sein Haus ist um einiges größer. Außerdem liegt es am Stadtrand, sodass wir hier mehr Privatsphäre haben. Ich war so nett und habe mein Haus Phoenix und Denver überlassen. Eigentlich sollen sie Miete bezahlen, aber bisher habe ich keinen Cent bekommen. Und das, obwohl ich ihnen für den ersten Monat nichts berechnet habe.

Ich höre von draußen Motorengeräusche. Es klopft, gefolgt von einem Klingeln und noch einem Klopfen.

»Ich komme.«

Ich öffne die Tür, und sechs meiner Familienmitglieder trampeln herein und beschweren sich über die Kälte.

»Kann sein, dass heute einige Gäste bei euch übernachten werden«, bemerkt Harley und reicht mir ihren Mantel.

»Ich bringe die Sachen nach oben«, sagt Holly. »In Denvers altes Zimmer, richtig?«

»Danke, Holly.«

Sie sammelt alle Jacken und Taschen ein und geht nach oben. Eine Sekunde später hört man sie kreischen. »Liam! Ist das Achtziger?«

»Nein, ist es nicht«, rufe ich die Treppe hoch.

»Doch, ist es«, höre ich Liam widersprechen.

»Vielleicht solltest du die abgeschnittenen Shorts besser ausziehen. Der Vokuhila und das Netzshirt passen aber.« Holly sagt immer etwas Nettes. Wahrscheinlich kommt sie so mit ihrem Job als Rektorin klar.

»Was gibt es zu essen? Ich bin am Verhungern.« Rome geht in die Küche.

Liam kommt gerade die Treppe herunter, als es erneut klopft. »Ich bleibe einfach hier stehen, bis alle da sind.«

»Gute Idee.« Ich küsse seine Wange.

Er öffnet die Tür, und Grandma Dori und Ethel kommen herein. Um mit dem Strickkurs aufhören zu dürfen, musste ich Ethel versprechen, dass sie ab jetzt an unseren Achtziger-Partys teilnehmen darf, bei denen wir Fastfood essen und den ganzen Abend Achtziger-Filme sehen. Außerdem ist sie eine gute Autofahrerin, sodass Grandma nicht selbst fahren muss.

»Ich liebe das Sophia-Outfit!«, sage ich.

Ethel rückt ihre Brille zurecht und drückt das schlohweiße Haar nach oben. Sie sieht genau aus wie Sophia von den *Golden Girls*.

»Dori, bist du Blanche?«, fragt Harley und begutachtet Grandma Doris Seidenpyjama mit dem tiefen Ausschnitt, den Schmuck und das dicke Make-up.

»Das ist ganz schön viel Haut«, bemerkt Brooklyn.

»Vielleicht ein bisschen zu viel Haut«, fügt Austin hinzu.

Dann erscheinen Phoenix, Juno und Colton.

»Kingston ist direkt hinter uns«, sagt Phoenix.

»Wo ist Denver?«, frage ich und schlage Austins Hand

weg, als er versucht, sich ein Stück Orangenhühnchen zu schnappen.

»Ich nehme das.« Holly nimmt ihre Sachen entgegen und eilt wieder nach oben. Diese Frau kommt nie zur Ruhe.

»Er meinte, er würde sich ein wenig verspäten.« Phoenix setzt sich aufs Sofa, legt die Füße auf den Tisch und spielt an ihrem Handy herum.

»Meine Mom und Onkel Brian kommen auch vorbei, um sich den Film anzusehen«, sagt Holly schwer atmend.

»Warum legst du nicht eine Pause ein?«

Sie setzt sich auf einen Hocker an der Frühstückstheke. »Danke. Ich habe so viel nervöse Energie in mir, die ich einfach nicht loswerde.«

Austin geht zu ihr und legt den Arm um sie. Lächelnd lehnt sie sich gegen ihn.

»Okay, Leute, haut rein. Die Abstimmung hat ergeben, dass wir uns heute *Immer Ärger mit Bernie* und *St. Elmo's Fire* ansehen.« Ich habe noch nicht zu Ende gesprochen, da schnappt sich Austin bereits die Kelle und belädt seinen Teller. »Vielleicht gibst du zuerst deiner Frau was?«

»Mache ich doch.«

»Ist das nicht ein bisschen viel für Holly?« Nicht, dass ich etwas dagegen hätte.

»Sie hat eben genauso viel Hunger wie ich.« Sein bissiger Ton sagt mir, dass ich es gut sein lassen soll. Also trete ich beiseite, damit sich unsere Gäste bedienen können.

Brooklyn stellt sich neben mich.

»Iss«, sage ich und deute auf das Essen.

Sie legt die Hände auf ihren Bauch. »Mir geht es nicht so gut. Ich esse später was.«

»Hast du Magen-Darm?«, frage ich.

»Magen-Darm?« Sie verzieht das Gesicht.

Alle halten inne und starren Brooklyn an, als wollten sie ihr sagen, dass sie gefälligst abhauen soll, wenn sie Magen-Darm hat.

»Wir haben mit Calista und Dion schon genug zu tun. Du kannst uns nicht mit irgendwas anstecken, Brook.« Rome wird immer fuchsteufelswild, wenn er seine Kinder in Gefahr sieht.

»Ich habe kein Magen-Darm«, sagt sie. »Ich fühle mich einfach nicht besonders wohl. Ich habe heute Nachmittag ein paar Süßigkeiten gegessen.«

»Ein paar?«, bemerkt Wyatt. »Eher die ganze Socke, die ich an Weihnachten für dich befüllt habe.«

Sie streckt ihm die Zunge heraus und verzieht hinter seinem Rücken das Gesicht wie ein Kleinkind.

»Ich bin jedenfalls am Verhungern«, sagt Harley. »Wenn man den ganzen Tag hinter zwei Kindern herrennt, sind eine halb aufgegessene Waffel und ein paar Makkaroni mit Käse nicht genug.«

»Man sollte nicht meinen, dass du mit einem Koch verlobt bist«, bemerkt Rome kopfschüttelnd.

»Nun ja, der Koch kocht aber nicht für seine wunderschöne Frau und seine Kinder.« Sie lächelt ihn zuckersüß an.

»Ich habe dir gesagt, du sollst sie runter ins Restaurant bringen.«

»Und du sagtest auch, du würdest dich weigern, ihnen die fertigen Makkaroni mit Käse zuzubereiten.«

Ich muss lachen, weil Harley so schnippisch klingt. Als mich Rome böse anfunkelt, beiße ich mir auf die Unterlippe.

»Dieses Zeug ist Mist. Ich habe ihnen schon oft Makkaroni mit Käse gemacht.«

Harley sieht sich um. »Sie wollen aber nicht den echten Käse. Sie wollen Käsepulver.« Harley ist auch ziemlich angespannt.

Ich glaube, wir sollten besser das Thema wechseln. »Nun ja, ich habe genug für alle bestellt. Im Ofen stehen noch zwei weitere Essenboxen. Nur für den Fall.«

Liam zieht mich zu sich und gibt mir einen Kuss auf den Kopf. Ich kann es nicht erwarten, heute Nacht mit ihm allein zu sein. Doch dann geht mir ein Licht auf, und ich bekomme Panik. Bei der ganzen Hektik habe ich es vollkommen vergessen.

»Bin gleich wieder da«, flüstere ich, schleiche mich aus dem Zimmer und gehe nach oben ins Bad.

Ich öffne die Schublade und greife nach der Tamponpackung. Japp, ich habe definitiv ein Problem. Sie ist ganz leicht, und es kullert nichts darin umher.

Die Schachtel ist ganz sicher leer.

Scheiße.

Meine Handtasche ist unten. Wahrscheinlich ist mein letzter Tampon da drin. Verdammt sei Liam, dass er auf dem Heimweg vergessen hat, welche mitzubringen.

Nachdem ich meine Hose hochgezogen habe, wasche

ich mir die Hände und spähe den Flur hinab zu meinem alten Zimmer. Fast habe ich das Gefühl, das war gar nicht ich, die da gewohnt hat. Denvers Tür ist offen. Ich erinnere mich daran, dass Holly dort die ganzen Taschen verstaut hat. Bestimmt befindet sich in irgendeiner ein Tampon.

Ich eile über den Flur und höre, wie die anderen unten lachen und Witze reißen. Alle sind gut drauf. Ich meine, einige von uns müssen sich noch selbst finden, wie zum Beispiel Phoenix und Denver, aber immerhin haben wir überlebt. Wenn ich daran denke, wie nahe wir uns stehen, muss ich lächeln.

Ich öffne die erste Handtasche, werfe zuerst einen Blick in das Portemonnaie, dann in die Make-up-Tasche. Nichts. Wem auch immer diese Tasche gehört – sie scheint zu denken, dass schon jemand aushelfen wird, wenn sie mal einen Tampon braucht.

In der zweiten Tasche könnte sich irgendwo ein Tampon befinden, doch sie ist vollgestopft mit Quittungen und Papieren. Ist das ein Snickers? Vielleicht hat sich in dieser Tasche irgendein Tier eingenistet. Dieses Risiko gehe ich lieber nicht ein.

»Gibt es irgendwas, das du mir sagen willst?«

Ich blicke auf. Liam lehnt im Türrahmen, die Knöchel überkreuzt, die Arme vor der Brust verschränkt. Er ist so verdammt heiß. Wie konnte ich ihn jemals von mir weisen? Er ist süß und fürsorglich … Aber er hat mir keine Tampons gekauft. Und jetzt wirke ich wie eine Kleptomanin, die ihre eigene Familie beklaut.

»Hast du ein Drogenproblem, von dem ich nichts weiß? Oder bist du einfach naseweis?«, fragt er grinsend.

»Ich suche nach einem Tampon, weil du nicht zum Supermarkt gegangen bist.«

»Ich komme mir komisch dabei vor«, gesteht er. »Du weigerst dich doch auch, Kondome zu kaufen.«

»Das stimmt überhaupt nicht. Ich denke nur nie daran, bis ...«

»Wir schon halb ausgezogen sind. Ich weiß. Wir können von Glück reden, dass du gerade nach einem Tampon suchst.«

Wir haben beschlossen, dass ich nicht die Pille nehmen oder anderweitig verhüten werde, denn Kinder sind nicht mehr allzu weit entfernt. Immerhin bin ich schon einunddreißig. Ich schenke ihm den *Ganz-genau*-Blick.

Als ich wieder einen Blick in die Handtasche werfe – denn es ist unmöglich, dass keine der anwesenden Frauen einen Tampon hat –, entdecke ich eine Flasche. Ich ziehe sie heraus. »Sieh mal!«

»Das ist kein Tampon, Babe«, bemerkt Liam und setzt sich auf die Bettkante.

»Nein, das sind pränatale Vitamine.«

»Und?«

»Das heißt, dass irgendjemand unten sie nimmt.«

»Vielleicht sind sie schon alt. Harley war schon zweimal schwanger.«

Doch die Flasche fühlt sich ziemlich voll an. Also schraube ich den Deckel ab. Sie ist noch versiegelt. »Sie sind brandneu.«

»Wessen Tasche ist das?«

Wir begutachten die Tasche und starren einander mit offenen Mündern an.

Zehn Minuten später ...

Nachdem ich in einer anderen Tasche endlich einen Tampon gefunden habe, im Bad war und Liam weiter wegen der Vitamine vollgelabert habe, gehen wir wieder nach unten. Denver ist inzwischen auch da, doch er ist kreidebleich. Er sitzt am Küchentisch. Normalerweise sitzt nie jemand am Küchentisch. Alle stehen um ihn versammelt. Grandma Dori steht neben ihm und hat die Hand auf seinen Unterarm gelegt.

»Was ist los?«, frage ich.

Liam ergreift meine Hand, als bräuchte ich gleich seine Unterstützung.

»Chip Dawson ist verstorben«, erklärt Austin.

Ich schnappe nach Luft. »Das tut mir leid, Denver. Ich weiß, wie nahe ihr auch standet.«

Denver nickt, und Rome setzt sich neben ihn. Wir stehen uns alle nahe, doch die beiden stehen sich näher als alle anderen. Rome wird wissen, was in dieser Situation zu tun ist.

»Tut mir leid, Mann. Aber es ist gut, dass du ihm die letzten sechs Monate so unter die Arme gegriffen hast. Es hat ihm bestimmt eine Menge bedeutet«, sagt Rome.

Denver schüttelt den Kopf. »Ich fasse nicht, dass er nicht mehr da ist. Es ist so unwirklich.«

Alle beugen sich ein wenig nach vorn, weil Denver so leise spricht.

»Warst du bei ihm, als es passiert ist?«, fragt Rome.

Es klingelt an der Tür. Alle blicken sich um, als würde jeder durchzählen, ob einer fehlt.

Liam geht zur Tür, und ich folge ihm. Es ist Cleo Dawson. Ihre Zähne klappern, und ihr blondes Haar ist von Schnee bedeckt. Sie stapft herein und lässt den Blick durchs Zimmer schweifen, bis er auf Rome landet, der nun vor dem Küchentisch steht.

Sie stürmt an Liam vorbei und pikst Rome den Zeigefinger in die Brust. »Ich will den Schlüssel zu Lifetime Adventures! Wenn du denkst, du kannst mir jetzt, da mein Vater nicht mehr da ist, die Firma stehlen, dann hast du dich geschnitten!«

Rome hebt die Hände und tritt beiseite.

Cleos Augen wandern von ihm zu Denver. »Oh ... Was hat sich der liebe Gott denn dabei gedacht, zwei von euch zu erschaffen?«

Und zum Schluss noch ein bisschen Einhorn-Geschwafel …

Wir müssen zugeben, dass uns die Erwartungen an Liams und Savannahs Geschichte ein wenig nervös gemacht haben. Keine Ahnung, ob es an der sechsmonatigen Pause zwischen den Bailey-Büchern lag oder an den Andeutungen in den ersten drei Romanen. Wir hatten unsere Zweifel, ob wir in der Lage sein würden, die Geschichte zu liefern, der alle so entgegenfieberten.

Letztendlich sind wir aber glücklich mit der Story und haben das Gefühl, dass sie Liams und Savannahs Charakteren gerecht wird. Savannah würde nicht einfach zugeben, dass sie sich in jemanden verliebt hat, der fünf Jahre jünger ist als sie – und der beste Freund ihrer Brüder. Savannah trägt das Gewicht der gesamten Bailey-Familie auf ihren Schultern und hatte Mühe, ihr eigenes Leben zu leben.

Wir wussten, Liam – der sein Leben als Playboy schon aufgegeben hatte, bevor er versucht hat, Savannah zu erobern – würde einen Weg finden, um um Savannah zu kämpfen, ohne dass sie es merkte. All die Jahre hat er sich geduldet. Er wollte sie so sehr, dass er kurz vor seinem Ziel nichts überstürzen würde.

Hier ein paar Hintergrundinfos zu einer von uns …

Rayne ist vier Jahre älter als ihr Ehemann (zwei Monate im Jahr sind es sogar fünf Jahre, aber wen kümmert's? Ach ja, Rayne.). Als sie ihn kennenlernte, fiel es ihr schwer, mit dieser Tatsache fertig zu werden. Er war in jeder Hinsicht perfekt, aber die Vorurteile gegen Frauen, die mit einem jüngeren Mann zusammen sind, gab es immer noch. Es gibt sie sogar noch heute. Und zwar in einem Ausmaß, dass sie Angst hatte, der Altersunterschied zwischen Savannah und Liam könnte die Leserinnen abschrecken. Selbst nach dreizehn Jahren Ehe reagieren manche immer noch schockiert, wenn sie erfahren, dass Rayne älter ist als er. Es entspricht in unserer Gesellschaft einfach nicht der Norm. Sie wird als Cougar bezeichnet. Oder die Leute fangen an zu rechnen – als du sechzehn warst, war er zwölf. Alle machen nur Scherze, und Rayne weiß das. Sicherlich hat keiner deshalb schlaflose Nächte. Aber es war etwas, das sie erst überwinden musste, damit ihre Beziehung halten konnte. Ihre Kinder sind ihr jeden Tag dankbar, dass sie sich so gut anpassen kann (Scherz).

Vielen Dank an unser Team, ohne das es diese Bücher niemals geben würde!

Danielle Sanchez und das gesamte Team von Wildfire Marketing Solutions!
Cassie von Joy Editing für das Korrektorat.

Ellie von My Brother's Editor für das Korrektorat.
Shawna von Behind the Writer für das Lektorat.
Sarah von Okay Creations für das Cover und das Branding der gesamten Reihe.
Sara von Sara Eirew Photography für das heiße Foto von Liam und Savannah.
Die Blogger, die sich immer wieder Zeit nehmen, unsere Bücher zu lesen, zu rezensieren und Werbung für uns zu machen.
Die Piper-Rayne-Einhörner, die unsere Neuerscheinungen von den Dächern schreien und unsere Charaktere genauso lieben wie wir.
Die Leser*innen, die sich bei der großen Auswahl da draußen für eines unserer Bücher entschieden haben.

Als Nächstes kommt Denver Bailey. Junge, Junge. Der größte Playboy aller Zeiten wird von Cleo Dawson von seinem hohen Ross gestürzt. Und wir sind sicher, er hat keine Ahnung, was oder wer ihn da getroffen hat!

Wir umarmen euch alle!

Xo
Piper & Rayne

Ein One-Night-Stand mit Folgen

Harley Sullivan weiß nicht mehr weiter. Ihre kleine Tochter Calista ist krank und der einzige, der ihr helfen kann, ist Calistas leiblicher Vater. Auf der Suche nach Denver Bailey kommt Harley nach Lake Starlight, Alaska. Sie hat nur ein Ziel: Seine Krankenakte einsehen und verschwinden. Rome Bailey liebt das Singleleben. Als Harley in sein Restaurant marschiert und nach seinem Zwillingsbruder fragt, denkt er sich nichts dabei. Bis sich herausstellt, dass es eine Verwechslung gab ...

Piper Rayne

Twist of a Love Affair

Aus dem Amerikanischen von Cherokee Moon Agnew
Auch als E-Book erhältlich
forever.ullstein.de

FOREVER